숨결이 스미다

숨결이 스미다

초판 1쇄 찍은 날 ┃ 2015년 4월 20일
초판 1쇄 펴낸 날 ┃ 2015년 4월 28일

지은이 ┃ 김나혜
펴낸이 ┃ 서경석

편 집 장 ┃ 권태완
편집책임 ┃ 최고은
편   집 ┃ 나정희
캘리그라피 ┃ 강보미

펴낸곳 ┃ 도서출판 청어람
등록번호 ┃ 제387-1999-000006호
등록일자 ┃ 1999. 5. 31
어람번호 ┃ 제5-0409호

주소 ┃ 경기도 부천시 원미구 부일로 483번길 40 서경B/D 3F (우) 420-822
전화 ┃ 032-656-4452 팩스 ┃ 032-656-4453
http://www.chungeoram.com
E-mail ┃ chungeorambook@daum.net

ISBN 979-11-04-90201-7 03810

숨결이
스미다

김나혜 장편 소설

Chungeoram romance novel

도서출판
청어람

목 차

프롤로그   7

1   19

2   46

3   65

4   84

5   105

6   127

7   149

8   179

9   203

10   228

11   252

12   277

13   301

14   320

15   342

16   363

에필로그   383

외전 강훈과 유민   394

작가 후기

프 롤 로 그

뎅. 뎅. 뎅.

묵직한 종소리가 허공에 울려 퍼졌다. 그 소리에 차 안 운전석 시트에 몸을 기대어 눈을 감고 있던 수인의 속눈썹이 파르르 떨다 이내 눈꺼풀이 올라갔다. 검정색과 흰색이 선명하게 대비되는 커다란 눈동자가 몇 차례 깜빡거리며 모습을 드러내고 감추기를 반복했다.

창밖은 화창했다. 언제 눈이 내렸냐는 듯싶게 하늘이 구름 한 점 없이 푸르렀다. 수인은 목에 돌돌 감은 목도리로 코까지 가리고 눈만 빼꼼 내놓아 전방을 주시했다.

종소리는 커다란 성당 안에서 울려 퍼지고 있었다. 새해 첫날 아침. 오로지 그를 보겠다는 일념 하나로 부족한 잠을 뒤로한 채 수인은 이곳으로 왔다.

굳게 닫혀 있던 성당 문이 열리고, 사람들이 쏟아져 나왔다. 수인은 일순간 당황했다. 이렇게나 많은 사람들이 있을 줄은 몰랐기에. 물론 예상은 했지만 통일이라도 한 듯 어두운 색의 코트를 걸친 사람들이 우르르 내려오는 것을 보자 수인은 어쩔 줄 몰라 눈동자를 빠르게 굴렸다.

"어?"

그때 수인의 눈이 한곳에 고정되었다. 그녀의 시선이 닿은 곳에는 큰 키에 준수한 외모의 한 남자가 환하게 웃고 있었다. 수인은 잠금을 해제하고 차에서 내려 남자 쪽으로 빠르게 걸음을 옮겼다.

사람들을 헤치고 걸어간 수인이 남자의 팔을 잡아당겼다. 환하게 웃고 있던 남자가 뒤돌아 그녀를 내려다봤다. 얼굴을 다 가린 탓에 누구인지 모르겠다는 듯 남자의 머리가 한쪽으로 기울었다. 그런 남자의 모습에 수인이 낮게 웃었다. 갸우뚱거리는 남자에게 수인이 목도리를 잡아내려 살짝 얼굴을 내보이고는 웅얼거리며 물었다.

"강훈 오빠, 강준이는요?"

목도리 안에 감춰졌던 달걀형의 하얀 얼굴이 드러났다. 옅은 쌍꺼풀과 기다란 속눈썹이 있는 아몬드형의 눈에는 장난기가 가득했다. 커다란 눈 사이로 굴곡 없이 반듯하고 오똑하게 솟은 코와 오밀조밀한 붉은 입술을 가진 수인은 누가 보아도 빼어난 미인이었다.

"아, 수인이구나. 강준이는 아직 안에."

수인이 속삭이며 던진 질문에 답을 한 강훈이 또 환하게 웃었다. 그러더니 다정하게 수인의 목도리를 올려 도로 얼굴을 가려주었다.

"그런데 추워?"

많이 춥냐는 듯 강훈의 얼굴에 안쓰러움이 비쳤다. 강훈은 또 그새 잊었다. 수인이 개방된 공간에서 얼굴을 드러내고 다닐 수 있는 사람이 아니라는 걸.

"아니요. 그럼 안녕."

이제는 익숙한 그의 기억력과 행동에 수인은 눈을 접어 웃으며 인사를 했다. 그녀의 인사에 강훈이 반사적으로 손을 흔들며 아이처럼 인사했다. 수인은 사람들을 헤치고 성당 안으로 들어갔다. 그러다 마침 나오던 사람을 피하지 못하고 부딪치고 말았다.

"죄송합니다. 괜찮으세요?"

정중한 어조의 낮게 울리는 목소리에는 미안함과 상대방에 대한 걱정이 담겨 있었다. 상대의 음성에 수인이 빙긋 미소를 지었다. 비록 그 미소는 목도리에 가려져 보이지 않았지만.

"아니요. 안 괜찮은데요."

당혹스러운 눈빛으로 수인을 내려다보던 남자가 그녀의 목소리에 일순 미소를 지었다. 그러고는 부드러운 손길로 그녀의 목도리를 매만졌다.

짙은 눈썹 아래 속 쌍꺼풀이 있는 길고 깊은 눈매. 남자의 그윽한 눈동자가 목도리 위로 빠끔 내놓은 그녀의 눈과 마주쳤다.

"한수인. 연락도 없이."

"연락한다고 한들, 네가 성당 안에서 핸드폰을 꺼내지는 않을 거잖아."

강준이 미간을 좁히며 금세 미안한 얼굴을 했다. 수인의 말대로 성당에 들어오기 전 핸드폰을 꺼놓곤 한 번도 주머니 안에서 빼내지 않았기 때문이다.

강준의 얼굴을 한 번 흘기고 시선을 내리던 수인의 눈에 그의 오른손에 들린 성경책이 들어왔다.

'예나 지금이나 성경책은 꼬박꼬박 들고 다니네.'

강준은 신앙심이 깊은 편은 아니었다. 그저 모친을 따라 간혹 성당을 오가는 정도였다. 그럼에도 그는 모친의 요구대로 성당에 올 때면 성실하게 행동했다. 예배 중에는 일절 다른 짓을 하지 않았다. 그리고 꼭 성경책을 챙겼다.

처음 강준을 만났을 때도 그는 손에 성경책을 들고 있었다.

그날 수인은 속상한 일이 있었고, 길거리를 배회 중이었다. 사람들 눈에 띄지 않으려 애쓰던 중 성당 근처까지 오게 되었다. 속상한 마음을 털어놓을 곳이 없어서 답답하던 차에 신에게나 털어놓을까 싶어 성당 안으로 들어갔고, 그곳에서 강준을 처음 봤다.

그는 성경책을 들고 무표정한 얼굴로 서 있었다. 그의 옆에는 그와 똑 닮은 준수한 얼굴의 젊은 남자가 웃는 얼굴로 중년의 여인과 서 있었다. 굉장히 잘생긴 두 남자. 자연히 수인의 시선을 확 끌었다.

그러나 수인은 웃고 있는 강훈보다 무감한 듯 담담한 표정의 강준에게 더 시선이 갔다.

일자로 굳게 다물린 입술. 길고 깊은 눈매 아래 단호한 눈빛. 구김 하나 없는 단정한 복장. 그리고 곧게 서 있는 자세. 그 어떠한 것에도 흔들리지 않을 것 같은 모습으로 강준은 서 있었다. 그의 몸에 배인 절제와 무심함은 이상하게도 그 순간 수인에게 금욕적이면서도 섹시하게 다가왔다. 수인은 순간 뱀의 유혹에 빠져 선악과를 먹은 이브의 마음을 이해할 수 있을 것 같았다.

금지된 것에 대한 욕망. 거세게 일어난 욕망이 그 순간 수인을 흔들었다. 그렇게 그에게 시선을 빼앗긴 그녀는 한동안 그 자리에서 꼼짝할 수 없었다. 그저 멀거니 그가 강훈과 어머니를 모시고 성당을 떠날 때까지 그의 뒷모습을 바라볼 뿐이었다.

그것이 그와의 첫 만남이었다.

강준을 다시 만나게 된 건, 뜻밖에도 친구인 주은과의 약속 장소에서였다. 그곳에서 주은의 사촌인 지휴를 만났고, 그들의 동기인 강준을 만났다. 두 번째 만남에서 그는 당연히 자신을 알아보지 못했다. 저 홀로 구경을 했으니 당연한 일이었다.

강준은 굉장히 예의가 발랐다. 매너도 몸에 배어 있었다. 교육자 집안에서 자란 그는 반듯했다. 뭐든지 상대방을 배려했다. 상대방에게 폐를 끼치는 행동이나 상대방의 기분을 상하게 하는 나쁜 말은 일절 하지 않았다. 그래서 오히려 손해를 보는 타입이었다. 전형적인 모범생 스타일. 어찌 보면 매력이 없고 시시했다. 강렬했던 첫인상과 달리 조금은 심심한 그의 모습에 수인이 실망하던 찰나, 사건 하나가 터졌다.

남성 취객 하나가 화장실을 나오던 수인에게 집적댔는데, 마침 화장실에 가던 강준이 그 모습을 보았다. 다른 사람에게 도움을 청하거나, 취객을 정중한 말로 타이를 거라는 수인의 예상과 다르게 그는 망설임 없이 남자에게 손을 뻗었다.

강준은 수인의 팔을 잡고 있던 남자의 손을 잡아 비틀어 떼어놓은 뒤, 목덜미를 잡고 무릎으로 명치를 차 단숨에 남자를 제압했다. 마치 짜인 매뉴얼대로 착착착 움직이는, 군더더기가 없는 깔끔한 동작이었다. 비틀거리며 일어난 취객이 도망을 가자 강준은 세심한 눈으로 수인의 상태를 살폈다.

"괜찮아요?"

그 순간 또다시 첫 만남에서 느꼈던 욕망이 꿈틀거렸다. 그의 금욕적인 외모와 절제된 행동이 그녀를 자극하고 있었다. 그를 흐트러 놓고 싶은 강렬한 욕망이 조금씩 차올랐다. 그의 이면을 보고 싶었다. 그가 궁금했다.

수인은 고맙다며 사례를 하고 싶다는 핑계로 연락처를 요구했다. 하지만 그는 누구라도 이렇게 도와주었을 거라며 딱 잘라 거절했다. 수인은 주은을 통해서 연락처를 알아낼 수도 있었지만 그것보다는 직접 그에게 연락처를 받고 싶었다.

다음 만남에서 또 연락처를 물었지만, 역시나 거절당했다. 그런 그에게 수인이 방법을 바꿔 보답 때문이 아닌 친구를 하자며 연락처를 묻자, 잠시 고민하던 강준은 그제야 연락처를 건네주었다. 그 뒤로 틈이 나는 대로 그를 만났다.

강준은 예상대로 친구가 도움을 요청하면 무리가 없는 선에서는 모두 도와주었다. 밖에서만 만나던 그를, 집에 전구가 나갔는데 새 것으로 갈 수 없으니 도와달라며 집으로 끌어들였다. 몇 번 비슷한 상황을 만들어 집으로 불러들여 자신의 집에 익숙하게 만들었다.

그 뒤에는 그의 도움이 필요하지 않아도 집으로 초대했다. 한 공간에서 둘만의 시간은, 특히나 혈연이 아닌 남녀 사이에서는 미묘한 공기가 흐르고 서로를 의식하게 만들었다.

어색하면서도 작은 설렘이 도는 분위기에서 같이 영화를 보면서 슬쩍 강준의 손을 스치고 어깨를 스쳤다. 영화에서 빠지지 않는 키스신. 수인이 화면에서 눈을 떼고 고개를 옆으로 돌렸을 때 그와 눈이 마주쳤다. 피하듯 빠르게 옆으로 돌아가는 그의 얼굴에 기습적으로 뽀뽀를 했다.

"한수인."

"좋아해. 강준아, 네가 좋아."

잠시간의 정적.

그의 낮은 숨소리.

그녀의 팔을 움켜잡는 뜨겁고 커다란 손.

잡아당기는 힘.

그리고 이어진 키스.

이제는 강준이 자신의 남자라고 수인은 생각했다. 하지만 그날 이후 강준과의 관계는 전혀 진전이 없었다. 집으로 불러도 그는 바쁘다는 핑계로 그녀를 피해 다녔다. 그렇게 며칠을 보내고서야 간신히 수인은 그를 만났다.

"내가 싫어?"

"아니."

그는 혼란스러운 눈으로 수인을 바라봤다. 그럼 왜 피하는 거냐고 수인이 눈으로 물었다.

"널 보면 욕망이 먼저 앞서. 그래서 그래. 미안하다."

강준은 조금은 죄책감이 서린 눈으로 사과를 했다. 수인과 있으면 그는 늘 긴장했다. 아슬아슬 줄타기를 하는 것 같은 심정이었다. 수인이 보이는 관심을 그도 눈치챘지만, 그녀에게 욕정을 먼저 느끼는 스스로에게 그는 작은 혐오감을 느꼈다. 키스 이후로는 그게 더 커졌다. 그래서 그녀를 피했다.

강준의 그런 반응에 수인은 오히려 더 당황했다. 그는 한 차례 더 사과를 한 뒤 자리에서 일어났다. 수인은 지금 그를 보내면 절대 기회가 없을 거라는 느낌을 받았다. 그래서 오히려 역으로 그것을 이용했다.

"남녀 사이에 욕망 없는 만남이 더 이상한 거 아니야?"

사랑 뒤에 욕망이라는 강준의 생각을 수인은 뒤엎었다. 그녀의 도발에 그는 결국 넘어갔다. 그렇게 두 사람은 욕망이라는 이름의 사랑을 시작했고, 시작부터 서로를 뜨겁게 탐했다.

반년의 시간을 공들여 유혹한 끝에 결국 수인은 강준을 차지한 것이다.

"무슨 생각해?"

잠시 지난 회상에 잠겨 있던 수인은 강준의 물음에 무뜩 정신을 차렸다.

"그냥. 안에 사람들 많아?"

"아니, 다 나갔을걸. 내가 마지막으로 나온 것 같아."

수인은 망설이지 않고 강준의 팔을 잡아당겼다. 예배실 안은 텅 비어 있었다. 그녀는 구석진 곳 벽으로 그를 밀쳤다. 그리고 자신의 목도리를 풀어 강준의 목에 걸었다.

"뭐야?"

눈을 동그랗게 뜨고 묻는 강준에게 수인이 유혹적인 미소를 짓더니 그대로 목도리를 잡아당겼다. 그의 얼굴이 딸려 내려오자 그녀는 그대로 입을 맞췄다. 놀란 강준이 숨을 훅 들이켰다. 그때를 놓치지 않고 수인이 혀를 그의 입안으로 집어넣었다.

시작은 수인이 했지만 주도권은 강준에게 넘어갔다. 그의 혀가 수인의 입안을 잠식했다. 오돌토돌한 입천장을 훑고 작은 혀를 낚아채 물고 빨았다. 호흡과 타액이 섞이면서 끈적거리는 소리가 예배실 안에 울렸다.

"으음……."

수인의 신음 소리에 놀란 듯 강준이 고개를 들었다. 어느새 그의 손은 수인의 코트를 풀고 스웨터 안에 들어가 가슴을 탐하고 있었다. 동시에 그의 하체는 수인의 몸에 바짝 붙어 은근하게 비벼대고 있었다.

"아. 젠장."

강준의 낮은 욕설에 수인은 미소를 지었다. 이렇게 그가 평소에 하지도 않는 욕설을 내뱉을 정도로 자제력을 잃고 무너질 때, 가장 큰 희열을 느꼈다. 오로지 그녀만이 만들 수 있는 그의 타락.

"여기서는 안 돼."

강준은 스웨터 안에서 손을 빼고 빠르게 수인의 코트를 잠갔다. 자신의 목에 걸린 목도리를 걷어 수인의 목에 감아주고 얼굴의 절반까지 가렸다. 언제 떨어뜨렸는지 모를 두꺼운 성경책이 바닥에 나뒹굴고 있었다. 강준은 그것을 성급하게 주운 뒤, 수인의 손을 잡고 예배실을 나왔다.

수인의 차에 오르자마자 강준은 핸드폰을 꺼내 전원 버튼을 켰다. 핸드폰 전원이 켜지자마자 기다리고 있을 어머니께 전화를 걸어 급한 약속이 생겼다는 핑계를 댔다.

"그거 알아? 저쪽 산으로 올라가는 길에서 조금 더 안쪽으로 들어가면 사람들이 잘 안 다니는 곳이 있어. 당연히 차 한 대쯤은 들어갈 공간이 있고."

수인이 강준의 허벅지에 손을 올려 은근하게 쓰다듬으며 속삭였다. 안 된다고 고개를 흔드는 강준에게 그녀는 그곳으로 가자고 꼬드겼다. 어차피 운전석에는 수인이 올라탔으니, 행선지는 핸들을 쥔 그녀의 마음대로였다.

수인은 자신이 말한 곳으로 차를 몰았다. 정말 그곳으로 가서 차를 세우자 강준이 단호하게 맞물려 있던 입으로 자신이 운전하겠으니 자리를 바꾸자고 안전벨트를 풀었다. 수인은 차에서 내리려는 그의 어깨를 짚어 도로 자리에 앉히고 조수석으로 몸을 옮겼다. 그리고는 강준의 다리 위에 앉아 차근차근 옷을 벗기 시작했다. 코트를 벗고, 스웨터를 벗고, 이어 브래지어를 벗자 그녀의 새하얀 가슴이 드러났다. 순간 강준이 이를 악물며 눈을 질끈 감았다.

"한수인, 내려가."

꽉 다물린 강준의 잇새로 억눌린 듯한 낮은 목소리가 흘러나왔다.

"싫은데."

얄밉게 웃은 그녀는 강준의 코트 단추를 풀어 내렸다. 버티려는 그의 손을 잡아 억지로 자신의 가슴 위에 올려놓은 수인은 강준이 빨리 포기하기를 기다렸다.

"으윽."

손에 닿는 부드러운 감촉에 강준의 입에서 절로 신음이 터져 나왔다. 번쩍 눈을 뜬 강준이 수인의 뒷목을 잡고 끌어당겨 입을 맞췄다. 결국은 수인의 승리였다. 강준의 코트는 빠르게 뒷좌석에 던져졌고, 그들이 입고 있던 상의도 뒤로 던져졌다. 조수석은 뒤로 젖혀져 그들에게 충분한 공간을 제공했다.

레깅스와 팬티를 벗고 오로지 치마만 걸친 수인은 강준의 몸 위에서 엉덩이를 흔들었다.

"하아……. 읏. 수인아."

강준이 미치겠다는 얼굴로 수인의 허리를 붙잡고 허리를 들썩였다. 살과 살이 마찰을 일으키며 내는 소리가 차 안을 가득 울렸다. 두 사람의 움직임이 점점 빨라졌다.

"아앙. 아흑……. 강…… 준."

강준이 상체를 들어 수인의 가슴을 입으로 강하게 빨아들였다. 이로 잘근잘근 유두를 깨물고 탄력적인 가슴 위를 베어 물었다. 그러고는 보들보들 부드러운 가슴 아래를 손가락으로 쓸었다.

"으윽……."

강준의 애무에 수인의 아랫배에 힘이 들어갔다. 꽉 조이는 수인의 몸 속에 갇힌 강준의 목에서 으르렁거리는 소리와 비슷한 신음이 흘러나왔다.

"아아……. 아흣."

수인이 절정에 오르며 몸을 잘게 떨었다. 강준은 좁은 공간 안에서 자세를 바꿔 수인의 위에 올라탔다. 바짝 허리를 잡아당기고 수인의 다리를 어깨에 걸쳤다. 잠시 빠져나간 수인의 몸에서 애액이 흘러나왔다.

그 애액을 묻히듯 바깥에서 자신의 성난 분신을 빙글 문지르던 강준은 단숨에 수인의 몸을 뚫고 들어갔다. 이미 절정에 도달한 수인의 몸은 한껏 수축되어 있었다. 빈틈없이 조여오는 속살이 선사하는 짙은 쾌감에 강준의 허리가 빠르게 움직였다.

"수인아, 사랑해."

쾌락에 젖은 남자의 말. 수인은 대답 없이 교태 섞인 눈웃음으로 강준의 눈과 마음을 앗아갔다. 눈앞이 아찔해지는 절정에 도달하며 강준이 눈을 질끈 감았다. 그리고 수인의 입술을 찾아 머금었다.

두 번의 절정을 느낀 수인의 몸은 시트 위로 축 늘어졌다. 뒷좌석에 던진 옷을 찾으면서 강준은 차창 밖으로 이파리가 다 떨어져 헐벗은 나무들을 보곤 헛웃음을 내뱉었다.

옷을 건네주는 그와 눈이 마주친 그녀는 버릇처럼 교태 어린 눈웃음을 지었다. 그의 다리 사이로 들어오는 작은 손을 제지한 강준은 경고를 하듯 눈을 찡그리고 낮은 목소리로 읊조렸다.

"집에 가자."

단번에 얼굴을 바꿔 순하게 웃은 그녀는 몸에 옷을 걸쳤다. 이곳으로 올 때와 달리 갈 때는 강준이 운전을 했다.

두 사람의 은밀한 행위는 수인의 집에 도착하자마자 다시 이어졌다.

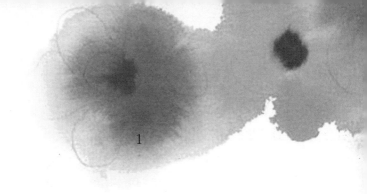

1

타닥타닥. 휘리릭.

자판을 두드리는 소리와 종이를 넘기는 소리가 적막한 사무실 안에서 유일하게 흘러나오는 소리였다. 간혹 중요한 부분을 표시라도 하듯 형광펜과 볼펜으로 줄을 긋는 소리도 간간이 들려왔다.

"이 판례 좀 보세요."

현재 준비 중인 소송과 관련된 모든 판례를 찾아 검토하느라 상아그룹의 법무 1팀은 정신이 없었다. 중요 참고 자료는 바로 복사를 해서 모든 팀원이 볼 수 있도록 돌렸고, 아직 일이 익숙지 않은 신입들은 자신들이 찾은 판례가 이번 소송과 관련이 있는지 상사에게 물어가며 판례를 뒤적거렸다.

"똑똑. 점심 먹고들 하시죠."

입으로 노크 소리를 내어 팀원들의 시선을 모은 김형우 변호사가 시계를 손가락으로 가리켰다. 어느새 시각은 점심시간을 20분이나 지나 있었다. 형우의 손가락을 따라 시각을 확인한 사람들이 모두 손을 펴서 들고 있던 펜을 책상 위에 떨어뜨리고 동시에 고개를 돌려가며 뭉친 근육을 풀었다.

"부장님, 오늘 점심은 탕수육에 육개장이던데요."

상아그룹에는 법무부서만 세 개로 나누어져 있다. 각 팀은 가장 오래 근무를 함과 동시에 가장 능력이 우수한 변호사가 부장 직위로 팀을 꾸려 나가고 있었다. 그리고 부장 밑으로는 모두 따로 직위가 없이 변호사 또는 선배로 호칭을 사용하고 있었다.

법무 1팀에는 팀을 이끌고 있는 이명인 부장과 그의 밑으로 김형우 변호사, 고기훈 변호사, 이용천 변호사, 이강준 변호사, 서지휴 변호사와 그 팀의 홍일점인 서주은 변호사가 있다.

명인은 형우의 말에 입맛을 다셨다. 어서 식사하러 가자는 명인의 손짓에 우르르 자리에서 일어나 회의실을 빠져나왔다. 장시간 동안 한 자세로 판례를 뒤적거리느라 뻐근해진 온몸을 두드리며 앓는 소리를 내는 지휴의 등짝을 내려친 형우가 그를 앞질러 갔다.

"아! 선배!"

손이 닿지 않는 부분을 때리고 가는 형우를 원망 섞인 목소리로 부르던 지휴는 옆에 서 있는 오랜 친구이자 입사로는 선배인 강준에게 등짝을 내밀었다.

"이 변, 나 등 좀. 아, 진짜 아파 죽겠네."

강준은 별말 없이 지휴의 등을 손바닥으로 문질렀다. 뭉근한 아픔이 가시는지 지휴의 접힌 미간이 펴졌다.

"둘이 너무 보기 좋은데?"

비꼬는 말투에 다분히 담긴 의도를 눈치챈 지휴가 화들짝 물러나며 주은의 옆으로 섰다.

이강준, 서지휴, 서주은. 세 사람은 대학 동기다. 먼저 고시를 합격하고 연수를 거친 뒤 변호사가 된 강준이 상아그룹 법무부서에 취직을 했고, 1년 뒤에 지휴와 주은이 그의 발자취를 따라 입사를 했다. 운이 좋게도 두 사람은 강준이 있는 1팀으로 발령이 났다.

"자기, 질투해?"

지나가던 다른 팀의 여자 직원들이 지휴의 말에 화들짝 놀라며 눈을 동그랗게 뜨고 지휴와 주은을 쳐다봤다.

"입조심 안 해? 이상한 소문이라도 나면 어쩌려고?"

주은이 지휴의 옆구리를 찔렀다. 오히려 그 모습을 본 여자 직원들이 수군거리며 자신들의 사무실로 들어갔다. 필히 조만간 두 사람의 열애 소문이 날지도 모르겠다.

"남자인 강준이 녀석하고 소문이 나는 것보다는 너랑 나는 게 낫지."

주은과 달리 지휴는 강준과 고등학생 때부터 친구다. 여학생들에게 무한한 사랑을 받았던 강준은 유독 여자에게 관심이 없었다. 그로 인해 매일 그와 어울렸던 지휴는 이상한 오해를 받아야만 했다. 여학생들의 잘못된 동경과 이상한 상상력으로 인해. 하필 그때 모 아이돌 그룹의 팬픽이라는 것이 유행을 하던 때였고, 그 팬픽의 영향으로 여학생들은 남자끼리 엮어 이러쿵저러쿵 이야기를 만드는 데 재미를 갖고 있었다.

그때를 떠올린 지휘는 소름이 돋는다는 듯 치를 떨었다. 그때처럼 이상한 소문이 돌 바에는 사촌인 주은과 소문이 나는 게 낫다.

"난 싫거든?"

"왜. 혈연 간의 금단의 사랑. 여자들 이런 거 좋아하지 않냐?"

"괜찮네."

묵묵히 그들과 걸어가던 강준이 장난기 섞인 목소리로 말했다. 낄낄 웃는 지휘와 달리 주은은 지휘에게 했던 것과 같이 강준의 옆구리를 찔렀다.

"이강준, 너 왜 서지휘 장단을 맞춰주는 건데."

강준이 피식 웃었다. 그에 지휘도 이상하다는 듯 그를 쳐다봤다. 장난기라고는 찾아볼 수 없었던 녀석이기도 했거니와 저렇게 웃은 적이 없는 녀석이다.

"너, 무슨 일 있냐?"

"아니. 배고프다. 빨리 가자."

구내식당으로 내려온 그들은 팀원들 뒤로 줄을 섰다. 차근차근 배식을 받아 자리를 잡은 뒤 말없이 늦은 식사를 했다.

늦게 내려온 터라 식당 안이 차츰 비워지고 있었다. 그들처럼 늦은 식사를 하는 다른 부서의 직원들이 근처 테이블에 앉아 식사를 했다. 법무 1팀과 달리 그들의 테이블은 약간 소란스러웠다.

"와, 그럼 할리우드로 진출을 한다고?"

"그렇다니까요. 저번 주에 오디션도 봤다던데요?"

연예계 이야기를 하는 터라 형우가 그들을 쳐다봤다. 연예계 이야기라면 지나가는 아이들도 흥미를 끄는 것이기에 자연스레 다른 사람들도 그들을 쳐다봤다. 유독 일에 치여서 인터넷 기사를 검색할 시간도 없는 법무 1팀은 그들의 이야기에 귀를 기울였다.

"어? 마침 저기 뉴스 나오네요."

식당에는 양쪽으로 커다란 TV가 설치되어 있었는데, 남자가 그곳을 눈짓했다. 그들의 이야기를 듣고 있던 사람들의 시선이 한곳으로 모아졌다.

TV 소리를 줄여놓았던 탓에 어중간하게 중간에 앉은 법무 1팀은 소리가 들리지 않아 밑으로 흘러나오는 자막을 눈으로 읽었다. TV에는 요즘 가장 핫한 여배우의 소식이 전해지고 있었다. 아름다운 여배우의 최근 영상이 틀어졌고, 밑으로는 할리우드 진출에 관련된 소식이 글자로 박혀 있었다.

"어라. 한수인, 할리우드까지 가? 하기야 저 얼굴이면 세계적으로도 먹힐 만하지."

형우의 말에 자동반사처럼 기훈이 고개를 끄덕였다. 그 옆에 있던 용천도 고개를 위아래로 끄덕였다. 다만, 지휴와 주은은 강준의 눈치를 살폈다.

"'한수인 주인공으로 뽑혀.' 심지어 카메오나 조연이 아닌 주연이야? 10개월 넘게 할리우드에 있으면 올 연말 연기대상은 누가 타? 여름에 한수인이 찍었던 드라마가 대박 치지 않았었나?"

"뭐 대리 수상하겠죠. 아, 한수인 드레스 입은 모습 못 보겠네. 드레스는 한수인인데. 그 여신의 자태. 그보다 할리우드로 가면, 차기작으로 검토 중이라던 영화는 물 건너갔군."

"그새 차기작 검토 중이었대?"

"무슨 로맨스소설을 영화로 만든다고 했었는데 그 작품 섭외 1순위가 한수인이라고 하던데요. 원작자가 한수인을 모델로 글을 썼다던가."

형우와 기훈이 수인의 할리우드 진출과 국내 활동에 대해 이야기를 늘어놓는 걸 보던 지휴가 조용히 강준에게 물었다.

"저거 진짜야?"

TV를 주시하던 강준이 시선을 떨어뜨렸다. 반듯한 눈매와 오뚝한 코. 부드럽게 맞물린 입술의 준수한 얼굴은 평온했다. 그가 내색하지 않았지만 지휴와 주은은 알 수 있었다. 지금 강준이 당황해하고 있다는 걸.

"저번 주에 연락이 안 된 이유가 저거였군."

강준이 낮게 뱉은 말에 지휴와 주은은 다시 TV로 시선을 돌렸다. 한수인의 아름다운 얼굴을 클로즈업한 마지막 영상이 지나가고 곧 다른 소식이 화면을 채웠다.

금요일 저녁. 이른 퇴근을 한 강준은 회사 근처 유명 일식집에서 초밥을 산 뒤 오피스텔로 향했다. 익숙하게 번호를 눌러 도어록을 해제한 그는 거실로 들어서서 불을 켠 뒤, 테이블 위에 포장된 초밥이 든 쇼핑백을 올려놓았다.

오피스텔 안은 딱 필요한 물건을 제외하고는 아무것도 들여놓지 않은 터라 꽤 횅했다. 재킷을 벗어 소파 팔걸이에 걸친 강준은 오른손으로 느슨하게 넥타이를 풀어 그 위에 던지듯 두었다. 소파에 등을 기대앉으면서 손가락으로 셔츠 단추를 풀었다.

순식간에 그의 분위기가 바뀌었다. 빈틈없이 반듯했던 그는

숨결이 스미다

180도 변해 남자로서의 매력을 풍기며 눈을 가늘게 뜨고 소파 위에 흐트러졌다. 회사에서라면 절대 볼 수 없는 그의 모습. 늘 언제나 단정하고 정갈하게 반듯한 그의 모습은 온데간데없었다.

왼손에 찬 손목시계로 시각을 확인한 강준은 옆에 있던 재킷 안쪽 주머니에서 핸드폰을 꺼냈다. 단축번호가 아닌 차근차근 열한 자리의 숫자를 누른 뒤 통화 버튼을 누른 그는 핸드폰을 귀로 가져갔다.

뚜르르르.

[연결이 되지 않아 소리샘으로…….]

단조로운 신호음 끝에는 익숙한 여자의 목소리가 들렸다. 대화라도 할 수 있는 상대라면 좋으련만. 일방적으로 말을 내뱉는 여자의 목소리를 버튼 하나로 종료시킨 강준은 다시 시계를 확인했다. 그리고 기다리기로 마음을 먹은 듯 소파 위로 무너졌다.

한참이나 시간이 지났건만 핸드폰은 울리지 않았다. 눈 위에 올려 빛을 완벽하게 차단했던 왼팔을 허공에 들고 강준은 눈을 떴다. 팔에 눌려있던 탓에 바로 시야가 잡히지 않아 눈을 몇 차례 깜빡인 뒤에야 그는 손목시계를 확인했다.

"8시 23분."

자리에서 일어나 앉은 그는 헝클어진 머리를 쓸었다. 손가락 사이로 빠져나온 부드러운 머리카락이 다시 제자리를 찾았다. 강준은 초밥이 담긴 쇼핑백에서 1인분씩 따로 포장된 초밥 두 접시를 꺼냈다. 그중 하나의 포장을 뜯고 일회용 젓가락을 든 그는 연어 초밥 하나를 입안에 넣었다.

아삭한 양파가 씹히고 부드러운 연어 살이 으깨지면서 고유의 고소함이 혀에 감돈다. 유명 가게의 요리인 만큼 비릿함 없이 담백함만이 입안에 가득 찼다. 소리 없이 다 씹어 삼킨 그는 장국이 담긴 일회용 그릇의 뚜껑을 열고 그대로 한 모금 마셨다. 묵묵히 그는 남은 초밥을 해치웠다.

자신의 몫을 다 먹은 강준은 아직 곱게 포장이 되어 있는 남은 초밥을 그대로 쇼핑백에 넣었다. 자신이 만든 쓰레기를 분류해 일반 쓰레기는 쓰레기통에 담고 재활용 쓰레기는 쇼핑백에 넣었다.

소파에서 일어난 강준은 풀어놓았던 단추를 다시 차근차근 잠갔다. 그러곤 넥타이를 집어 들어 차분한 손길로 목에 맸다. 벗어 놓았던 재킷까지 걸친 그는 거실의 커다란 창에 어렴풋이 비치는 자신의 모습을 체크한 뒤 핸드폰과 쇼핑백을 들고 오피스텔을 나섰다.

띵. 1층에 도착했다. 열린 엘리베이터 문으로 여학생 하나가 올라탔다. 강준은 사람이 내리기도 전에 올라탄 여학생의 예의 없는 행동에 살짝 미간을 접고 엘리베이터에서 내렸다.

쓰레기를 모으는 곳으로 가 재활용 쓰레기를 분리해 담았다. 그리고 포장된 초밥의 포장을 벗겨 음식물 쓰레기에 초밥을 버린 뒤 남은 쓰레기를 처리했다.

습관적으로 손목시계로 시각을 확인한 강준은 걸음을 옮겼다.

거리는 금요일 저녁으로 활기가 가득했다. 벌써부터 술에 취한 사람들이 비틀거리며 걷고 있었다. 그들을 지나친 강준은 옆의 가게로 들어갔다.

"어서 오세요."

가게 안은 갖가지 꽃이 내는 향기로 가득했다. 순식간에 머릿속을 아찔하게 만드는 꽃향기에 강준이 눈을 지그시 감았다가 떴다. 중년의 여인이 강준을 위아래로 훑은 뒤 흐뭇한 미소를 지었다. 잘 성장한 아들을 보듯이.

"어떤 꽃을 찾으세요."

"붉은 장미꽃 주세요. 저기 있는 거 전부 다."

가게 주인은 저 꽃을 전부 다 달라는 게 맞느냐는 듯 강준을 한 번 쳐다본 뒤 웃으며 꽃을 꺼냈다.

"애인에게 선물할 건가 봐요. 아주 좋아하겠네."

"다른 건 없이 그냥 장미만 포장해 주세요."

안개꽃을 집어 들던 가게 주인은 다시 내려놓았다. 100송이가 넘는 장미를 포장하면서 주인은 강준을 다시 훑었다.

애인에게 선물을 한다고 하기에는 남자의 얼굴에 떨림이나 기대감, 설렘의 감정은 보이지 않았다. 무덤덤함. 그럼 이 장미꽃은 누구에게 주는 것인지 혼자 생각을 하던 가게 주인은 고개를 끄덕였다.

"다 됐습니다."

가게 주인에게 돈을 주고 계산을 한 강준은 품에 가득 담기는 꽃다발을 받았다.

"여자는 좋겠네. 이렇게 잘생긴 남자한테 고백을 받고. 잘될 거예요. 그럼, 잘 가요."

강준의 무덤덤한 얼굴을 긴장한 얼굴로 본 가게 주인은 그를 고백을 앞둔 사람으로 생각하고 멋대로 응원까지 했다. 그는 굳이 가게 주인의 오해를 정정해 주지 않고 가게를 벗어났다.

오피스텔 안은 그가 나왔던 그대로였다. 여전히 상대방은 오지 않은 채였다. 물론 전화도 여직 없다. 꽃다발을 든 채로 방으로 들어간 강준은 침대 위에 그것을 내려놓은 뒤 넥타이를 풀었다. 하나하나 탈의를 한 그는 입었던 옷을 정리한 뒤 나체인 상태로 방 안에 있는 욕실로 들어가 샤워를 했다.

탈탈탈 머리를 털고 거울을 보자 사방팔방으로 뻗힌 머리가 시야를 절반가량 가렸다. 드라이어로 살짝 말린 뒤 강준은 욕실 바닥까지 말끔하게 청소를 하고 나서야 가운을 걸치고 욕실을 나왔다.

핸드폰을 확인한 그의 입가 한쪽이 위로 올라갔다.

―이제 출발해.

문자가 온 시각을 확인한 그는 침대 위에 놓인 장미 꽃다발에 손을 뻗었다. 그리고 가게 주인이 애써 포장해 놓은 걸 풀었다. 리본 한쪽을 잡아당겨 포장을 푼 그는 손에 잡히는 만큼 장미를 움켜쥐었다.

코 밑으로 가져가 꽃향기를 폐부 깊숙이 담은 그는 미련 없이 모든 꽃잎을 뗐다. 세심하게 하나하나가 아닌, 뭉텅이로 꽃잎을 뜯었다. 봉우리째 뜯어지기도 했지만, 강준은 개의치 않고 주먹에 가득 담긴 장미 꽃잎을 침대 위로 던졌다.

새하얀 이불 위로 붉은 장미 꽃잎이 쌓여갔다. 몇 번 반복을 하자 금세 침대가 붉어졌다. 남은 꽃을 들고 강준은 욕실로 향했다. 마찬가지로 우악스럽게 꽃잎을 뜯어 욕조에 던졌다.

손에서 장미가 뜯기고 망가지자 내내 무표정이었던 그의 얼굴

근육이 실룩거린다. 눈에 이채가 돌고 입매가 비틀린다. 아름답게 피어 있던 장미가 제 손에서 가차 없이 망가지자 묘한 희열이 돋아났다. 가장 좋아하는 장미가 이렇게 망가진 걸 보는 그녀의 얼굴이 어떠할까.

그렇게 한참을 장미 꽃잎을 잡아뜯으며 속에 쌓아두었던 분노를 떨쳐 내던 그는 손에 장미 줄기만 남자 아쉬움에 낮은 한숨을 내쉬었다.

방으로 돌아와 이제는 쓸모없어진 장미 줄기를 포장지에 돌돌 말아 쓰레기통에 버린 뒤 침대에 걸터앉았다. 그리고 눈을 감고 그녀가 오기를 기다렸다.

띠리릭.

현관문이 열리는 소리가 났다. 그리고 몇 분의 시간이 흐른 뒤 방문이 열렸다. 방 안을 가득 메운 장미향보다 더욱 아찔한 향기에 강준이 눈을 떴다. 언제나 그를 미치게 하는 향기. 그를 다른 사람으로 만들어 버리는 향기.

"이게 뭐야?"

너무 높지도 낮지도 않은 목소리. 가녀린 듯싶지만 강단 있는 목소리에는 흥미로움이 담겨 있었다.

몇 시간을 기다린 자신보다 다른 것에 더욱 관심을 쏟는 여자가 얄미워 강준은 비꼬았다.

"뭐긴 뭐야, 축하 꽃이지. 기사 봤어."

걸치고 있던 카디건을 벗으며 수인이 그제야 강준에게 시선을 두었다. 꽤 화가 났는지 그의 얼굴이 굳어 있었다.

늘 바른말만 하고, 정직하고 남을 험담하는 적이 없는 강준은 교육자 집안의 아들답게 반듯했다. 그런 그가 가끔 이렇게 화를 내거나 말을 비꼬는 경우는 대부분이 수인으로 인한 것이었다.

"기사 봤어? 내가 직접 말하려 했는데."

카디건을 바닥에 떨어뜨린 수인은 강준의 앞으로 걸어갔다. 천천히 몸을 낮추더니 그의 무릎 위로 안착을 했다. 어느새 다 마른 그의 머리카락 사이로 손가락을 집어넣은 수인은 살짝 그의 입술에 입을 맞췄다.

"보고 싶었어."

카디건 속에 숨겨져 있던 옷이 강준의 시야를 흩뜨렸다.

몸에 딱 달라붙는 검정색 미니드레스는 수인의 몸매를 더욱 강조했다. 볼륨감이 넘치는 가슴과 잘록한 허리. 그리고 엉덩이까지. 특히나 그가 환장하는 잘록한 허리 뒷부분은 옷이 파여서 밖으로 드러나 있었다. 가녀리고 곧은 척추에 그의 손이 닿았다.

"옷이 이게 뭐야."

물론 이보다 더한 옷을 입은 것도 봤다. 의상에 있어서는 자유분방한 수인 덕분에 생전 처음 보는 옷들도 많았다.

"자기 좋으라고."

고혹적인 미소를 지으며 수인이 강준이 입고 있는 가운 속으로 손을 미끄러뜨렸다. 굳은살이라고는 전혀 없어 손끝마저도 부드러운 작은 손이 단단한 가슴을 손으로 더듬자 강준의 몸에 힘이 실렸다. 수인의 다른 손이 묶여 있던 가운의 끈을 잡아당겨 풀었다.

"한수인."

잡힌 허리에 강한 힘이 실렸지만 수인이 몸을 흔들자 강준이 팔의 힘을 풀었다. 갑자기 일어난 수인이 그의 가운을 옆으로 젖혔다. 그의 어깨를 타고 흘러내린 가운이 접혀진 팔꿈치 부근에서 걸렸다.

넓게 벌어진 상체와 탄탄한 가슴 근육. 선명하게 갈라진 근육으로 꽉 짜인 복근 밑으로 검붉게 부푼 페니스. 그녀를 보는 순간, 아니, 그녀가 집에 들어온 걸 안 순간부터 이미 그의 몸은 그녀를 향해 열렬히 반응을 보였다.

수인이 몸을 틀어 다리를 벌리고 강준의 두 다리를 사이에 가두고 침대 위로 올라왔다. 한 손으로 그의 어깨를 잡고 자세를 잡은 그녀가 남은 손으로 천천히 치마 끝단을 끌어 올렸다.

새하얀 허벅지가 조금씩 드러나자 강준의 목울대가 크게 움직였다. 아슬아슬한 위치까지 끌어 올린 수인은 돌연 엉덩이를 내렸다.

"한수인, 너!"

당연히 있어야 할 방해물이 느껴지지 않았다. 그대로 그의 분신이 수인의 은밀한 곳에 닿았다. 그의 분신이 자신이 들어가야 할 곳을 감지한 것인지 더욱 활개를 띠었다.

"아까 거실에서 벗었지."

현관문이 닫히고 난 뒤로 방으로 들어오는 데 몇 분의 시간이 소요된 이유가 이거였다.

"으응……."

단단하게 부푼 강준의 분신이 은밀한 성감대를 자극했는지 수인이 몸을 비틀며 비음이 섞인 신음을 흘렸다. 은근하게 움직이는 수인의 몸에 강준이 이를 악물었다. 조금씩 젖어 들어가는 수인의 몸이 그의 분신을 품으려 하는 순간 강준이 그녀의 양어깨를 잡아 옆으로 밀쳤다.

침대 위로 쓰러진 수인의 몸을 강준이 빠르게 올라탔다. 이미 제 기능을 잃어버린 가운을 벗은 그가 상체를 숙였다. 닿을 듯 말 듯 입술이 스치고 그가 고개를 틀어 수인의 목덜미에 얼굴을 묻었다.

그녀의 체취가 폐부 깊숙이 밀려들어 온다. 장미향보다 더 진하게 파고드는 그녀의 향을 더 음미하기 위해 강준이 끝도 없이 숨을 들이켰다. 그의 가슴이 팽창하면서 수인의 몸을 내리눌렀다. 그가 혀를 내밀어 목덜미를 핥자 수인이 파르르 몸을 떨었다. 그녀의 성감대인 그 부분을 입술로 뭉근히 문지르자 수인의 몸이 크게 위로 들렸다가 다시 침대로 떨어졌다.

"강준……. 더…… 빨리."

오랜만의 관계에 이런 느긋한 애무는 고문과도 같다. 강준보다 성미가 급한 수인이 손을 뻗어 그의 등을 껴안았다. 다리로 그의 허리를 감싸 안으려는데, 강준의 커다란 손이 그녀의 한쪽 다리를 잡아 아래로 내리눌렀다. 수인의 다리 하나가 간신히 강준의 허리 뒤로 둘러졌지만, 고정되지 못하고 툭 미끄러지며 떨어졌다. 그를 제 속에 품으려던 행동이 저지되자 수인이 불만 섞인 신음을 내뱉었다.

강준이 남은 손으로 수인의 가슴을 쥐고 힘을 주었다. 옷 속에서 뭉그러지는 가슴에 수인이 숨이 막힌 듯 헐떡거렸다.

"하아……. 키스해 줘."

탁한 숨과 함께 터지는 말에 강준의 움직임이 멈췄다. 이미 그의 손길에 바짝 곤두선 유두가 옷에 쓸려 아릿했다. 아니, 온몸이 저릿했다.

강준이 듣지 못했다는 듯 다시 움직였다. 가슴을 더욱 꽉 쥐고 곤두선 유두를 손가락으로 굴리며 수인의 한쪽 다리를 잡아 누르고 있던 손을 뗐다. 수인의 두 다리가 허공으로 올라가더니 그의 허리 뒤에서 교차하며 그를 감쌌다. 수인이 허리를 들어 올리며 어떻게든 그를 제 속에 품으려 움직이자, 그가 엉덩이를 뒤로 뺐다. 수인이 다리에 힘을 주고 그를 끌어당기자, 그가 그녀의 골반을 잡아 눌렀다. 그를 품고 싶은 몸이 작은 경련을 일으키며 들썩였지만, 수인의 몸이 위로 튀어 오를 때마다 강준이 몸을 뒤로 뺐다.

"강준아…… 제발……."

"제발, 뭐?"

강준의 목소리도 한껏 가라앉았다. 욕망에 사로잡힌 눈이 수인을 내려다봤다. 달싹이는 수인의 입술에 강준이 고개를 내려 귀를 댔다.

"해줘, 지금."

"크큭."

수인의 당당한 요구에 강준의 입에서 짧은 웃음이 터졌다. 강준이 고개를 돌려 입을 맞췄다. 자연스레 벌어지는 수인의 윗입술을 빨아들이고 혀로 살짝살짝 건드렸다. 아랫입술을 이로 자근자근 물자 수인의 혀가 그의 윗입술을 건드렸다.

"제대로 하란 말이야!"

도무지 안으로 들어오지 않는 강준의 혀에 수인이 항의를 했다.

몸은 이미 자신이 주체하지 못할 정도로 달아올랐다. 그것은 강준도 마찬가지로 보였다. 성이 날 대로 성이 난 그의 분신과 힘이 들어간 그의 손. 분명 잡힌 곳에 멍이 생기리라.

강준이 이번에는 수인의 귓가에 입술을 가져갔다. 그리고 짧게 명령했다.

"그럼 벗어."

살짝 치켜떠진 눈을 접으며 수인이 고혹적인 미소를 지었다. 그녀는 자신에게서 손을 떼고 상체를 일으켜 앉은 강준과 눈싸움을 하듯 시선을 맞췄다. 수인이 천천히 원피스 옆에 달린 지퍼를 끌어 내렸다. 지지직거리며 귀를 긁는 지퍼 내려가는 소리가 두 사람을 더욱 자극시켰지만, 누구도 섣불리 움직이지 않았다.

스르륵. 그녀의 몸을 꽉 조이던 원피스가 몸을 타고 흘러내려 갔다. 강준의 시선이 아래로 떨어졌다. 새하얀 풍만한 가슴과 붉은 유실. 매끈한 복근. 안이 비칠 듯 투명한 피부는 짙은 자국을 남기고 싶게 남자의 욕망을 부추겼다.

수인이 엉덩이를 살짝 들어 원피스를 끌어 내렸다. 맞물린 다리 사이의 검은 음모에 강준의 시선이 못 박혀들었다. 허벅지까지 끌어 내리면서 그녀의 손이 슬쩍 그의 성난 분신을 건드렸다.

불끈. 강준의 분신이 더욱 성을 냈다.

이미 시선을 수인의 몸에 빼앗기면서 주도권을 잃은 강준이 졌다는 듯 몸을 내렸다. 한 손으로는 수인의 원피스를 마저 벗겨 침대 아래로 떨어뜨리고 남은 손으로는 수인의 뒤통수를 감쌌다.

도망치지 못하도록 꽉 잡은 강준은 거칠게 입안을 헤집었다. 모든 걸 빨아들이기라도 할 듯 혀를 움직였다. 수인의 혀를 옭아매고 이로 잘근잘근 씹었다. 그녀의 타액, 그녀의 숨결, 모든 걸 다 앗아갔다. 그녀가 원하는 대로 제대로 된 노골적이고 농밀한 키스를 했다.

"으응…… 아흑."

"음……."

수인의 목 안에서 만족스러운 신음이 흘러나왔다. 강준의 등을 감싸고 있던 그녀의 손이 등줄기를 타고 오르내리면서 그의 단단한 몸을 훑었다. 그의 날개뼈 아래로 손톱을 세워 박았다. 단단한 그의 피부에 옅게 박힌 손톱을 쭉 내려 긁자 등 근육이 요동을 친다. 움직이는 근육을 더듬는 손을 강준이 잡아채 머리 위로 올려 내리눌렀다. 옴짝달싹도 못 하는 몸을 내려다보는 그의 눈에는 아직 화가 담겨 있었다.

붉은 장미 위에 누운 수인의 몸을 강준이 눈으로 훑었다. 투명하리만치 새하얀 수인의 몸이 피처럼 붉은 장미와 묘한 대비를 이루면서도 어울렸다.

울컥 무언가가 솟구쳤다. 잔인한 생각이 머릿속을 헤집었다. 입 밖으로 꺼낼 수 없는 가학적인 상상이. 단 한 번도 그런 상상을 해본 적이 없었기에 그런 상상을 한 스스로가 놀랍다. 마치 자신이 짐승이 되어버린 듯한 미친 생각.

"강준……."

수인의 입에서 나오는 소리가 듣기 싫다는 듯 강준이 거칠게 입을 막았다. 사납게 입술을 깨물고 혀로는 그녀의 입안을 한껏 맛보아 강탈했다. 오로지 포식자가 된 것마냥 음미하던 그는 수인의 양손을 한 손으로 모아 쥐고 남은 손으로는 그녀의 허벅지를 잡아 벌렸다.

"웃……. 하악."

일말의 배려가 없는 움직임. 그가 수인의 몸을 예고도 없이 채우자 그녀가 몸을 비틀며 반항을 했지만, 강준은 한 치의 빈틈도 없이 그녀를 가득 메웠다. 벗어나려는 움직임을 용서치 못하겠다는 듯 그가 수인의 목덜미를 물고 세차게 빨아들였다. 연약한 초식동물의 목을 물어뜯는 포식자가 된 기분은 그를 더 쾌락에 눈이 멀게 했다.

"으웃…… 아앙……."

"하아…… 수인아."

수인과 강준의 입에서 동시에 신음이 터졌다. 빠르게 움직이는 그의 허리에 수인의 두 다리가 허공에서 흔들렸다. 조금씩 위로 밀리는 수인의 허리를 잡아 다시 끌어 내린 그는 그녀의 다리를 자신의 허리에 감고 빠르게 흔들던 허리의 속도를 늦췄다.

수인의 몸이 풀어지기 전 내밀한 속살이 꽉 조여들 때, 빠르게 움직일 때의 쾌락을 알기에 이성을 잃은 몸이 더 속도를 올리려고 바짝 힘이 들어간다. 하나 그는 이를 악물고 천천히 허리를 돌렸다. 그녀의 몸 속의 모든 영역에 제 흔적을 남기듯 크게 허리를 돌렸다.

"하아…… 하아…… 강준아."

쾌락에 젖어 갈라지는 수인의 목소리에는 그를 탓하는 불만이 담겨 있기도 했다. 그녀의 눈가에 물기가 서려 있었다. 자신을 거칠게 대하는 강준의 어깨를 풀린 손으로 때렸다.

"아파. 아프단 말이야."

요부처럼 웃으며 유혹하던 것과는 정반대로 눈물을 머금은 눈으로 그를 애처롭게 쳐다보는 얼굴은 다른 의미로 강준을 흔들었다. 부드럽게 허리를 놀리던 강준이 수인의 눈가에 입을 맞췄다.

"미안. 미안해. 수인아, 사랑해."

이번에도 강준이 먼저 굴복했다. 그의 사과에 수인이 강준의 목을 감싸며 안겨 들었다. 자신의 목덜미에 얼굴은 묻은 수인이 웃고 있음을 그는 잘 안다. 알면서도 그는 또 이렇게 당해준다.

하지만 오늘이 마지막이다.

강준은 느릿하게 허리를 움직이면서 수인의 가슴에 얼굴을 묻었다. 혀를 뾰족하게 세워 유륜을 찌르고 동그랗게 굴려 입에 머금었다. 작은 애무에도 자극이 큰지 그녀가 몸을 휘었다. 입을 크게 벌려 가슴을 삼킨 그는 손을 내려 감춰진 진주알을 찾아 손가락으로 꾹 눌러 비볐다. 수인의 몸이 더 젖어든다. 호흡이 짧아지고 가빠진다. 강준의 머리카락을 헤집는 손에 힘이 들어갔다.

조금씩 더 속도를 높여갔지만, 강준은 조금 전처럼 일방적인 움직임 아닌 수인과 같이 움직임을 맞췄다. 거칠게 들썩이는 두 사람의 몸이 일순 빳빳하게 굳어갔다. 먼저 절정에 도달하는 수인을 배려해 강준이 분신을 깊숙이 묻으며 그녀가 완전히 쾌감을 느낄 수 있도록 기다렸다. 축 늘어지는 몸을 받아 다시 빠르게 움직이며 그도 절정으로 향했다.

땀에 젖은 몸에 장미 꽃잎이 거추장스럽게 달라붙었다. 머리를 쓸어 넘기던 강준은 자신의 팔에 붙은 장미 꽃잎을 짜증이 섞인 손으로 탈탈 털었다. 심술로 모두 뜯은 장미가 도리어 그를 괴롭혔다. 반면 수인은 옆에 있는 장미 꽃잎을 집어 자신의 몸 위에 뿌리며 신나 했다.

"하지 마."

새하얀 몸을 덮는 붉은 장미 꽃잎이 또 자극적인 상상을 불러일으킨다. 동시에 기억하기 싫은 일이 떠올랐다.

반년 전 수인과 크게 싸웠다. 조절하지 못할 정도로 분노가 치솟았고, 수인도 마찬가지였다. 수인이 손에 잡히는 대로 물건을 집어 던져 거실은 엉망진창이 됐다. 꺼지라고, 헤어지자고 말하고 돌아서는 수인의 팔을 잡아 바닥에 눕혔다.

수인이 소리를 지르는데도 가느다란 손목을 잡아 내린 손에 힘을 풀지 않았다. 방금 한 말 취소하라고 윽박을 질렀다. 온몸이 내리눌러지고 옴짝달싹도 못 한 채로 그녀는 작은 몸으로 자신의 화를 받아내야 했다. 기세가 죽어 그녀가 잘못했으니 놓아달라고 울고 나서야 손에 힘을 뺐다.

수인이 고통스러운 얼굴로 상체를 일으켰을 때, 바닥에 묻은 피를 발견했다. 수인이 던진 물건 중에 액자도 포함되어 있었는데, 깨진 유리 조각이 자신으로 인해 그녀의 등에 박힌 것이다.

급히 옷을 벗겼다. 멍이 든 손목과 피로 얼룩진 가녀린 등. 수인이 몇 번이나 아프다고 소리를 질렀던 게 뒤늦게 자신의 머리를 때렸다.

싸우면서 수인이 다치는 횟수가 늘어났다. 그럴 때마다, 반복될 때마다 지독한 자괴감에 빠졌다.

하지만 그 지독한 자괴감에 빠지면서도 수인이 다치면 묘한 쾌감이 들었다. 그때만큼은 자신에게 굴복했다. 아프다고 울면서 다시는 그러지 않겠다고 비는 수인. 그 모습에 짙은 만족감을 맛봤다. 자신에게 굴복하는 그 모습을 보고 싶어 이상한 상상을 하기 시작했다.

또 잔인하고도 잔혹한 상상이 시작되려 한다.

그만하라고 양손을 붙들어 버리자 수인이 몸을 돌려 자신의 몸 위에 타고 올랐다.

장미 꽃잎이 수인의 몸에서 떨어져 강준의 가슴과 배 위에 떨어졌다. 꺄르르 웃으며 수인이 꽃잎 하나를 집어 입에 물었다. 붉은 수인의 입술에 물린 꽃잎을 보며 강준이 몸을 일으켰다.

"뱉어."

강준의 미간이 깊게 패었다. 뱉으라고 손바닥을 턱 아래 받치자 싫다고 고개를 흔든 수인이 그대로 그의 입에 입을 맞춰왔다. 입술 사이에 끼어 있는 장미 꽃잎에서 약간은 텁텁한 맛이 났다. 그녀는 그저 재미있는지 홀로 웃으며 그의 입술에 억지로 꽃잎을 물렸다.

수인의 얼굴이 떨어지자마자 강준은 고개를 옆으로 돌려 타액이 묻은 장미 꽃잎을 퉤 뱉어냈다. 움직일 때마다 몸에 들러붙는 꽃잎에 짜증이 치밀었다.

"어? 꽃이다."

강준의 손에 무자비하게 뜯기면서 봉우리째 뜯긴 장미 한 송이를 발견한 수인이 팔을 길게 뻗었다. 닿지 않는 그녀를 대신해 강준이 팔을 뻗어 집어주었다. 뜯어지면서 그의 손아귀에 잡혔던 터라 뭉그러지긴 했으나 그녀는 양손에 들고 웃었다.

"이 꽃이 예뻐, 아니면 내가 예뻐?"

"그 어떠한 꽃보다 아름다운 한수인 아니신가? 인터넷에 쳐보면 알 텐데."

그의 시니컬한 어투에 수인이 눈가를 늘어뜨렸다.

"으응? 나 안 예뻐?"

"예뻐, 지독하리만치."

자신의 얼굴을 손바닥으로 감싸 부드럽게 쓰다듬으며 내뱉는 강준의 말에 그제야 수인이 활짝 웃었다.

어디를 가든 예쁘다는 말을 가장 많이 듣는 수인이 자신의 예쁘다는 칭찬에 이렇게 웃어 보일 때면 그도 잠시 착각을 했다.

이 여자가 온전히 내 것인 것만 같은. 오로지 내 말에만 울고 웃는 것 같은 착각.

"씻자."

몸에 붙은 장미 꽃잎을 다 떼어내고 강준이 수인을 안아 들고 욕실로 향했다. 그리고 낮은 신음을 내뱉었다. 욕조에 장미 꽃잎을 뜯어 던져 놓았던 걸 잊었다. 이미 욕조 안을 봐버린 수인은 냉큼 그 안으로 들어가 물을 틀었다.

"거품도 해줘."

물 온도를 맞추는 수인의 요구에 강준은 입욕제를 찾았다.

욕조 안은 거품과 장미 꽃잎으로 가득했다. 기분이 좋은지 수인은 호호 거품을 불며 거품 속에 가려진 꽃잎을 찾았다.

"이런 이벤트 좋다."

이벤트는 아니었다. 아니, 어쩌면 이벤트라 할 수 있을지도 모르겠다. 조금 후에 있을 무언가를 기념할 만한.

수인의 말에 한쪽 입가를 비스듬히 올려 웃은 강준은 고개를 돌렸다. 그녀가 자신의 생각을 눈치채지 못하도록.

욕조에서 나오지 않으려는 수인을 억지로 끌어내 씻고 나온 강준은 탈탈 자신의 머리를 말렸다. 어느새 수인은 가운을 입은 채 도로 장미 꽃잎으로 가득한 침대 위에 누웠다.

"안 자?"

피곤한지 졸음이 가득한 목소리로 수인이 눈을 게슴츠레 뜨고 강준을 보며 물었다. 그는 말없이 묵묵히 잘 개켜놓았던 옷을 도로 주워 입었다. 바닥에 나뒹구는 수인의 옷을 집어 들고 거실로 나가 그녀가 벗어놓았다던 속옷을 찾은 그는 잘 분류해서 다용도실에 있는 세탁기와 빨래통 안에 넣었다.

"이강준!"

수인이 그를 불렀다. 강준은 수인이 있는 방으로 도로 들어갔다. 그리고 수인을 보지도 않은 채 마지막으로 재킷을 집어 들어 몸에 걸쳤다.

"뭐야? 진짜 가려고?"

"응."

"내가 할리우드 진출 얘기 미리 말하지 않은 거에 아직 화난 거야? 이렇게 가는 게 어디 있어? 기분 나빠."

뜨겁게 몸까지 섞고 즐겁게 욕조 안에서 같이 씻기도 했다. 그런데 저렇게 매정하게 마치 욕정도 다 해소했고 볼일을 다 봤다는 듯 차갑게 뒤돌아서는 모습에 수인은 기분이 가라앉았다. 이건 뭐, 마치 즐기는 여자, 또는 정부 취급을 하는 것 같았다. 강준은 단 한 번도 그녀를 이렇게 대한 적이 없었다.

"그럼, 화가 안 날까? 너라면 화 안 나겠어?"

수인은 그제야 눕힌 몸을 일으켜 앉았다. 무거운 침묵이 그들을 감쌌다. 서로를 노려보던 눈은 한 치의 물러섬도 없었다. 그녀는 언제나 그랬듯 그가 자신을 따뜻하게 안아주기를 기다렸다.

"하아. 그만하자. 나 더는 못 하겠다."

"무슨…… 말이야?"

강준은 낮은 한숨을 연달아 내뱉고 양손으로 자신의 얼굴을 감쌌다. 감정을 조절하는 듯 그의 가슴이 크게 들썩였다. 강준은 마른세수를 한 뒤 수인을 바라봤다.

"너, 나 왜 만나?"

"……."

수인은 대답하지 않았다. 어떤 대답을 하든 강준이 도로 물어올 말을 알기 때문이다. 간혹 싸울 때마다 반복되는 이 상황.

"너, 나 사랑해?"

한참 만에야 천천히 수인이 고개를 끄덕였다. 강준의 눈이 놀란 듯 커졌다.

늘 답이 없던 수인이 드디어 대답을 했지만 강준은 알 수 있었다. 수인이 분위기상 마지못해 고개를 끄덕였다는 걸. 고개를 끄덕이자마자 곤혹스러운 얼굴로 고개를 돌리는 것이 그 증거였다. 그럼에도 처음으로 자신을 배려해 답해준 수인을 보자 잔뜩 힘이 들어갔던 몸에 힘이 빠지고, 몽글하게 차오르는 기대감에 가슴께가 간질거렸다.

하나 또 이대로 분명한 대답을 얻지 못한 채 그녀의 옆에 주저앉을 수는 없다.

"말로 대답해 봐."

숨결이 스며~

수인은 당황했다.

물론 만나는 기간 동안 싸움이 없었던 적은 없었다. 스물네 살 때 복학한 강준을 처음 만나고 무려 7년을 만났다. 하지만 그 7년 동안 그가 이렇게 강경하게 나온 적은 없었다. 언제나 늘 먼저 한 수 접고 들어가 다정하게 다독여 주던 강준이 변했다.

강준이 변했다는 걸 인지한 순간 수인은 창백하게 질렸다. 강준의 차가운 눈과 잔뜩 굳은 얼굴. 매섭게 쳐다보는 그에게서는 서늘한 냉기가 뿜어져 나왔다. 그에게서 흘러나오는 냉기에 덜덜 몸이 떨려와 수인은 이불을 움켜쥐고 끌어 당겼다.

"너 왜…… 그래?"

"왜 그러냐니. 연인에게 사랑한다는 말 한마디 듣는 걸 가지고 난 왜 그래, 라는 말을 들어야 해?"

"됐어. 너 그냥 가. 나 잘래."

휙 돌아눕는 수인의 등을 강준이 짙은 감정이 담긴 눈으로 쳐다봤다. 강준의 얼굴에는 허탈함이 가득했다. 7년의 사랑의 대가는 고작 '왜 그래?' 였다.

도대체 난 왜 그랬을까. 왜 널 사랑했을까.

"우린 서로 원하는 게 달라. 난 네가 나에게만 속하기를 원해. 내 옆에서……."

그는 내 옆에서 나만 바라보고 살아주기를 바란다는 말을 삼켰다. 자신은 점점 그녀를 향한 열망이 걷잡을 수 없을 만큼 커져 가는데, 아무렇지도 않게 자신을 놓고 가려는 그녀에게 그는 원망을 넘어선 짙은 배신감을 느꼈다.

수인이 벌떡 일어나 앉으며 그를 쏘아봤다.

"갑자기 왜 그러는데? 내가 할리우드 진출하는 게 그렇게 싫어? 네 옆에만 있었으면 좋겠어? 그것 때문에 그래?"

"꼭 그것만이 아니야. 수인아, 난……."

"너는 날 원하고 나도 널 원해! 원하는 게 뭐가 다르다는 거야?"

"그래? 내가 널 원하는 만큼 너도 날 원해? 그럼 결혼하자."

"이강준!"

결혼이라는 단어에 수인이 베개를 집어 던졌다. 가슴을 때리고 떨어지는 베개를 보며 강준이 씁쓸한 웃음을 지었다.

마치 이 베개처럼 자신이 한순간에 쉽게 그녀의 손아귀에서 던져진 기분. 이제야 끝이 보였다. 애써 모르는 체했던 끝이.

"나도 다른 평범한 남자들처럼 사랑하는 여자와의 결혼을 원해."

"꼭 결혼이 답이야? 난 결혼 싫어! 알잖아!"

"알아. 처음부터 알고 있었어."

알고 있었다. 수인과는 절대 결혼할 수 없을 거라는 걸. 우리가 헤어질 수밖에 없다는 걸. 난 너만을 원하는데, 넌 나를 원한다는 것. 단 한 사람만 원하는 것과 한 사람을 원하는 차이를 난 안다.

자조적인 어투로 내뱉는 말은 지독히도 낮아서 수인의 귀에까지 도달하지 못했다.

"간다."

수인의 얼굴이 흐려졌다. 슬픔이 차오르는 얼굴에 강준의 손끝이 움찔거렸다. 피가 통하지 않을 만큼 손에 힘을 준 그는 천천히 몸을 돌렸다.

'하나, 둘, 셋……넷.'

숨결이 스미다

강준은 자신의 발걸음 수를 셌다. 현관까지 그리고 엘리베이터까지. 그리고 그가 주차를 한 자동차 앞까지. 그가 차에 오르기까지 걸음을 세는 동안 그를 붙잡는 수인의 목소리는 들리지 않았다. 핸드폰도 울리지 않았다.

　단 한 번만이라도 수인이 먼저 잡아주기를 바랐다. 그렇다면 자신도 결혼 따위 집어치울 수 있었다. 다른 거 바라지 않고 수인만 바라보고 살아갈 수 있었다. 자신이 바라는 건 단 하나. 수인의 사랑이었다.

　"난 그랬단 말이다. 넌 어째서 단 한 번도! 한수인!"

　원망이 가득 담긴 그의 고함이 차 안에 쩌렁쩌렁 울렸다. 빠앙. 핸들을 내려치면서 경적 소리가 길게 울렸다.

　눈시울이 뜨거워지자 강준은 양 손바닥으로 눈을 꾸욱 눌렀다. 시동을 켜고 핸들을 잡은 그의 손바닥에 물기가 느껴졌다. 그는 제 눈에서 흐르는 눈물을 무시한 채 그대로 핸들을 돌려 그곳을 빠져나갔다.

2

2년 후.

판례를 뒤적거리던 서연이 앞에 있는 강준을 흘끔 쳐다봤다. 최근 진행 중이던 소송 하나가 마무리되고 강준은 잠시 쉬는 중이었다. 말이 쉬는 중이지, 새로운 소송 건에 대한 업무 분담이 되지 않아 대기 상태였다. 그 틈에 서연은 일을 핑계로 강준을 붙잡아 앉혔다.

이제 막 새로 들어온 신입인 소서연 변호사. 그녀의 집안은 대대로 법조계에서 일을 했을 정도로 꽤 유명하다. 현재 그녀의 부친은 '대한' 로펌을 세워 운영 중인데, 그녀의 두 오빠 중 한 명은 그곳에서 변호사로 일을 하고 있고, 또 다른 오빠는 검사로 서울 검찰청에서 일을 하고 있다.

막내인 서연은 집안 배경을 등에 업고 사회생활을 할 생각이 절대 없다는 일념으로 상아그룹 법무부서에 지원을 했다. 그러나 다들 아닌 척, 모르는 척하고 있지만 실상 서연이 이곳에 들어오게 된 데에는 그녀 부친의 힘이 컸다.

백으로 들어온 서연이 법무 1팀으로 배정을 받았을 때, 팀원들은 달가워하지 않았다. 서연은 변호사가 될 정도로 머리는 좋았지만, 집안에서 공주님 대접을 받으며 고이 자라온 탓에 이기적인 면이 있었고, 남 생각을 전혀 하지 않았다. 특히나 요즘, 툭하면 강준을 쫓아다니면서 일은 뒷전이고 그를 귀찮게 구는 탓에 팀원들은 혀를 내둘렀다.

"선배, 우리 커피 마시러 갈까요?"

"판례 찾는 거 도와달라고 하지 않았나?"

"피곤하지 않아요? 눈도 아프고. 우리 커피 한 잔만 해요. 네?"

두 손을 맞잡고 눈을 크게 뜨며 애교를 떠는 서연을 보던 강준은 그들을 주시하고 있는 형우의 시선에 고개를 흔들었다. 형우는 어제 퇴근 전 강준을 따로 불렀다. 모질지 못한 성격과 남의 부탁을 쉬이 거절하지 못하는 그를 쥐고 흔들려는 서연에 대한 경고를 했다.

교육자 집안에서 자란 강준은 남이 부탁할 때, 특히나 어려운 일에 도움을 요청할 때는 자신이 도울 수 있는 한에서는 도와야 한다고 배워서인지 단칼에 거절하는 일이 드물었다. 그걸 어찌 알았는지, 서연은 강준에게 적절한 판례를 찾는 게 어렵다며 가르쳐 달라는 핑계로 강준을 괴롭혔다. 그는 답답하게도 번번이 그 부탁을 들어주었다.

'이번에도 또 넘어가지는 않겠지.' 라는 형우의 눈빛에 강준이 단호하게 말했다.

"부탁을 하는 건 좋아. 하지만 소서연 변호사가 이렇게 자신의 일을 스스로 하지 않을수록 다른 팀원들에게도 피해가 가."

네 일을 다른 사람에게 떠넘기지 말라는 말이었다. 실제로 서연이 나 몰라라 하는 일을 뒤처리하느라 기훈과 용천이 최근에 꽤나 고생을 했다.

"이번 판례는 혼자 찾아보는 게 좋겠군. 그래야 실력이 늘지."

아무리 강준이라도 이렇게까지 딱 잘라 지적하고 거절을 하자 서연의 눈이 뾰족해졌다. 알겠다는 대답도 없이 무거운 판례를 들고 휙 사무실을 나가 버리는 그녀의 태도에 형우가 눈살을 찌푸렸다.

"아우. 저걸. 진짜 '대한' 로펌만 아니었어도 확!"

형우가 주먹을 날리듯 허공에 손을 뻗었다. 그 순간 재판 때문에 법원에 갔던 지휴와 주은이 들어왔다.

"무슨 일 있어요?"

주은의 질문에 형우가 낮게 '소 변'이라고 대답을 했다. 대부분 성(姓)씨에 변호사를 줄인 '변'을 덧붙여 부르지만, '소 변'이라고 불리는 걸 지독히도 싫어하는 서연이 들었으면 한바탕 난리가 났을지도 모른다.

"이 변, 설마 또 휘둘린 건 아니지? 그냥 잘라 버려. 네가 잘 받아주니까 유독 너한테 더 들러붙지."

지휴가 강준의 어깨에 팔을 두르며 말했다. 강준이 일에 있어서 도움을 청하면 잘 도와주는 것 때문이기도 하지만, 서연이 유독 그에게 들러붙는 이유는 따로 있었다. 강준에게 반해서 어떻게든 말 한마디라도 더 섞어보려고, 같이 있으려고 일을 들먹거리며 그에게 들러붙는 걸 팀원 모두가 알고 있었다. 모두들 절대 두 사람이 잘 되기를 바라고 있지 않기에 강준에게 서연을 멀리하라고 번갈아가며 충고를 했다.

"이번에는 강준이 딱 잘라냈다. 앞으로도 그렇게 해."

형우가 잘했다는 듯 엄지를 치켜세웠다.

"아, 부장님이 너 찾았어. 가봐."

주은의 말에 강준은 자리에서 일어나 부장실로 향했다. 가던 중 휴게실을 지나게 되었는데, 서연이 전화를 하며 짜증을 내고 있는 걸 목격했다. 대충 흘려 들어보니 부친에게 투정을 부리는 것 같아 그는 못 본체 지나갔다.

똑똑.

짧은 노크에 안에서 명인의 목소리가 들렸다. 문을 열고 들어선 강준은 짧게 목례를 한 뒤 명인이 가리키는 곳에 앉았다.

"이번 소송 마무리하느라 고생했어."

"아닙니다."

묵묵히 자기 할 일을 하는 강준이 명인은 늘 흡족했다. 예의 바르고 흐트러진 모습을 보이지 않는 게 사람들과 거리를 만드는 것 같아 걱정이 되었지만, 그것을 제외하고는 강준은 언제나 모든 일에 성실하게 임했다. 그랬기에 이번 일을 그에게 맡기는 게 명인은 마음에 걸렸다.

"정말이지 내 사위로 삼고 싶어."

"유정이가 고1이던가요?"

"허허허. 그렇지. 내년이면 고2야. 애들은 빨리 큰단 말이야. 눈

깜짝할 새에 아가씨가 다 됐어. 어때? 조금만 더 지나면 성인이 될 텐데."

"죄송합니다."

농담으로라도 따님이 다 클 때까지 기다리겠다는 말을 하지 않고 정중하게 거절하는 강준에게 명인은 허허 웃어 보였다. 그러다 돌연 정색을 했다.

"내 딸이 미모가 조금 달린다지만."

"유정이 예쁩니다."

명인의 말에 강준이 미소를 지으며 대답했다. 그 대답이 흡족한지 명인이 얼굴을 풀고 나중에 가서 후회하지 말라는 말을 하고는 본론으로 들어갔다.

"박정민 상무이사님 말이야. 이혼을 한다고 하더군. 사네가 맡아줬으면 해."

박정민 상무이사. 그의 할아버지가 상아그룹이 세워질 때 초기 투자자였다. 부동산으로 돈을 불린 정민의 집안에는 돈이 넘쳐 났다. 현재, 박정민의 형이 집안 후계자로 일을 배우고 있었다. 투자에 대한 타고난 감각도 없고 머리 쓰는 데에는 형편없는 박정민은 할아버지의 백으로 상아그룹에 입사해 상무이사라는 직함을 달고 회사에 놀러 다니고 있었다.

정민은 결혼 전에는 꽤나 사고를 치고 다녔다. 철이라도 들까 싶어서 그의 집안은 사고만 치는 정민을 스물일곱 살이라는 어린 나이에 결혼을 시켰다.

정민은 비슷한 재력을 가진 집안의 외동딸인 황혜진과 결혼했다. 평소 성실치 못한 그의 품행에 1년도 채 되지 않아 이혼을 할지도 모른다는 주위의 우려와 달리 결혼을 하고 난 뒤에는 조용히 지냈다. 딸이 태어났을 때는 제법 일에 의욕을 보이기도 했고, 공식석상에서는 꽤 부부 금슬이 좋아 보였었다.

정민에 대해 알고 있는 걸 다 끄집어내어 떠올린 강준은 명인에게 물었다.

"왜 저입니까."

이혼은 그의 전문 분야가 아니다. 특히나 재력가 집안의 이혼에는 큰 재산이 왔다 갔다 하는 일이니 이혼 전문 변호사에게 맡기는 게 좋았다. 강준의 숨겨진 말을 알아들은 명인이 고심이 가득한 눈으로 그를 봤다.

"나도 잘은 몰라. 박정민 상무이사님이 자네를 콕 짚었다더군."

"거절해 주십시오."

자신이 없다기보다는 이혼이라는 것이 진흙탕에서 뒹구는 일이었다. 변호사를 찾는 걸 보니 합의이혼이 아닐 가능성이 크다. 굳이 그 진흙탕에 같이 뒹굴 생각은 없다. 이것은 잘해도 욕먹고, 못해도 욕을 먹을 소송이다.

명인은 고뇌가 가득한 얼굴로 그들 사이에 있는 테이블 언저리를 쳐다봤다. 그는 이미 강준에게 이야기하기 전에 거절을 했다. 하지만 되돌아온 대답은 절대 강준이어야 한다는 말이었다.

"거절이 불가능합니까?"

"응. 내 선에서는 안 되더군."

명인의 눈에는 미안함이 담겨 있었다. 올곧고 정직한 강준은 이혼소송에는 맞지 않았다. 물론 맡는다면야 그 누구보다 확실하게 일을 잘 해낼 테지만. 아니, 솔직히 걱정이 되기도 했다.

강준의 성정으로는 박정민 상무이사에게 이혼 사유가 있다면 황혜진에게 유리하게 변호를 할지도 모른다. 아니, 정민에게 이혼 사유가 있더라도 자신의 피변호인인 그를 잘 변호할 의무가……

끙.

명인은 머릿속이 복잡해지자 손으로 이마를 감쌌다. 그 모습을 본 강준은 덤덤하게 말했다.

"그럼 하겠습니다."

굳이 명인까지 힘들게 하면서 남에게 일을 넘길 수는 없었다. 강준은 내일 오전에 박정민 상무이사에게 찾아가라는 명인의 지시를 마지막으로 그의 사무실에서 나왔다.

다음 날 상아그룹 법무 1팀은 출근을 하자마자 여느 날과 다름없이 진행 중인 소송에 대한 회의를 했다. 특히 새로 진행될 강준의 소송에 다들 지대한 관심을 보였다. 그러나 아직 피변호인인 정민과 이야기를 나누지 않은 강준은 회의 시간 내내 침묵했다. 물론 정민과 이야기를 나눴을지라도 그는 말을 하지 않았을 거다. 변호사는 일절 상담 내용을 누설해서는 안 된다. 특히나 개인변호는 더욱 주의해야 한다.

회의는 현재 진행 중에 있는 소송의 애로 사항이나 소송의 문제점을 파악하는 데 중점을 두어 진행되었다. 마지막으로 서연에 대한 질타로 회의는 끝이 났다. 분명 판례를 잘 찾아오라 했건만, 서연은 대충 굵직한 사건만 찾아왔을 뿐, 제대로 된 준비를 하지 않았다. 이대로 가면 백 퍼센트 소송에서 진다는 명인의 질타에 서연의 입이 삐죽 나왔다.

회의가 끝나고 그 누구도 서연을 다독이거나 응원 한마디도 없이 회의실에서 빠져나왔다.

"와. 쟤 진짜 대박이다. 아니, 저럴 거면 그냥 자기 아빠 로펌으로 가지 그래?"

"맨 처음에 소 변 들어왔을 때, 여자가 들어왔다고 가장 좋아했던 사람은 너거든?"

"그거야 저렇게 깡통인지 몰랐을 때니까."

이래서 사람은 겉모습만 보고 판단을 하면 안 된다고 반성하는 지휴의 등짝을 내려친 주은이 강준에게 걱정스레 물었다.

"이번 소송 건 괜찮겠어? 이혼은 우리 전문이 아니잖아."

"회사에 있는 법무부서가 자기들 뒤치리 해주는 부서도 아닌데, 이건 월권 아닌가?"

지휴도 이건 너무했다고 툴툴거렸다.

"괜찮아. 너희들 먼저 가. 난 박정민 상무이사님 만나러 가야 해."

어제 미리 비서실에 통화를 해서 그와의 면담 시간을 조율했다. 생각 외로 정민의 스케줄은 빡빡했다. 현재 진행 중에 있는 프로젝트가 꽤 큰 건이라 바쁘다던 비서실의 이야기를 들어보면, 정민이 회사에서 놀기만 하는 건 아닌 것 같았다.

"이따가 술 한잔하자. 오케이?"

"봐서."

사무실로 들어가는 주은과 지휴를 뒤로하고 강준은 정민의 사무실이 있는 14층으로 향했다.

박정민 상무이사의 비서실은 꽤나 분주했다. 강준이 문을 열고 들어갔을 때 다들 하던 일을 멈추고 자세를 바로 하는가 싶더니 강준을 확인하고는 다시 제 업무에 몰두했다.

"3분 일찍 오셨네요. 잠시만요."

테가 있는 안경을 쓴 깐깐한 인상의 키 작은 남자가 강준에게 이야기를 하고는 인터폰을 들었다. 3분 일찍 왔다고 타박하는 듯한 말투에 강준이 손목시계를 확인했다. 약속 시각은 11시 30분. 이제 막 분침이 28분으로 움직였다.

"상무이사님, 이강준 변호사님께서 오셨습니다. 네."

전화를 끊은 비서는 강준을 바로 정민의 집무실로 안내했다. 짧은 노크 후에 비서는 문을 열어준 뒤 강준을 내버려 두고 돌아갔다. 강준은 열린 문 안으로 들어서서 등 뒤로 문을 닫은 뒤 정민을 마주했다.

"이강준입니다."

짧은 묵례와 소개에 정민이 의자에서 일어나 책상을 빙 둘러 걸어 나와 소파에 앉았다. 인사를 받는 둥 마는 둥 하는 정민의 태도에 강준의 이맛살이 찌푸려지는가 싶더니 정민이 보기 전 바로 무표정한 모습으로 돌아갔다.

"앉아요."

맞은편 소파를 가리킨 정민이 느슨하게 소파에 등을 기대로 앉았다. 마주 보고 앉은 강준은 정민에게서 살짝 시선을 비켜 그의 뒤편 어딘가를 응시했다.

정민의 옷차림은 꽤나 루즈했다. 구겨진 셔츠는 단추가 네 개나 풀려 있었고, 바지 밖으로 셔츠가 빠져나와 있었다. 소매는 단추를 풀어 대충 걷어 올렸기에 내려갈 듯 말 듯 아슬아슬하게 그의 팔에 걸쳐져 있었다. 머리는 잔뜩 헝클어져 있었고, 눈에는 핏발이 서서 꽤 피곤해 보였지만, 형형한 눈빛에는 독기가 스며 있어 위험 경계 발령이 울린 남자로 보이게 했다.

강준의 시선이 비켜간 걸 본 정민이 슬쩍 입꼬리를 올려 웃었다. 그러고는 두 개의 단추를 잠갔다.

"내 몰골이 말이 아니라는 건 알아요. 요즘 좀 신경 쓰이는 일이 있어서 관리를 못 하고 다녀요, 내가."

관리를 하지 않았지만 충분히 매력 발산을 하고 있었다. 정민은 굉장한 미(美)남자였다. 어릴 적 얼굴 하나로 여자를 여럿 울렸다는 소문이 있었다. 심지어 남자도 홀렸다는 소문이 나돌 정도였다. 오히려 이런 모습을 본다면 여자들이 더 환장할지도 모르겠다. 잔뜩 흐트러진 미남자가 보이는 색(色)기에.

문득 강준은 평소 남자의 외모에 무심하던 주은이 엘리베이터에서 우연히 박 상무이사를 본 후 감탄했었던 것이 떠올랐다.

비서가 차를 놓고 가는 사이 침묵이 그들을 감쌌다. 정민은 먼저 입을 열지 않았다. 강준은 고민한 끝에 첫마디를 내뱉었다.

"변호사는 피변호인의 비밀을 발설하지 않을 의무가 있습니다."

그러냐는 듯 고개를 끄덕이던 정민은 뒤늦게 강준이 의도한 바를 읽고 헛웃음을 내뱉었다.

"이혼의 사유를 먼저 여쭤봐도 되겠습니까?"

당연히 강준이 알고 있어야 할 사항이다. 그럼에도 정민은 강준의 질문에 묘한 웃음을 지었다. 그는 자신이 변호해야 할 사람의 오점(汚點)을 먼저 알아야겠다는 강준의 속내를 간파했다.

"이혼의 사유가 나한테도 있습니다."

나한테도 있다는 말은 상대방에게도 이혼 사유가 있다는 말이었다. 강준은 정민의 이어질 말을 기다렸다. 그럼에도 정민은 말이 없었다. 할 말은 그게 다라는 듯이.

"끝입니까?"

"어차피 합의이혼은 힘들 겁니다. 내 처의 집안에서는 어떻게든 한몫 뜯어내려 할 것이고, 우리 집안은 기필코 10원짜리 동전 하나 더 내어주지 않으려 할 것이고."

결혼하고 정민의 처인 황혜진의 가세가 조금씩 기울어졌다. 최근에는 성급히 투자한 일이 잘못되어 큰 빚을 떠안게 되었다. 하필 이때 외동딸인 혜진이 이혼을 하겠다고 하니, 내심 정민이 빚을 해결해 주기를 바랐던 그녀의 집안에서는 난리가 났다.

"위자료 건은 이혼 사유가 상무이사님께 있다는 게 증명된다면 포기하셔야 될 부분입니다. 최소한으로 줄이는 게 제 일입니다."

정민은 정작 관심이 없는 듯 시큰둥했다. 말 그대로 '네 일이니 네가 알아서 해라.'라는 얼굴로 정민은 강준을 바라봤다.

"이혼 사유는 내 처에게 있습니다. 뭐, 나도 있고."

놀리듯 정민이 말을 내뱉었다.

"말씀해 주시지 않으면 변호가 힘듭니다. 절대 외부에 발설하지 않을 테니 절 믿으십시오."

신뢰감을 주는 눈빛을 보이며 내뱉는 강준의 말에도 정민은 고개를 돌렸다.

이혼 사유마저 알려주지 않고 알아서 변호하라는 정민의 태도에 답답함이 목을 죄어왔다. 보아하니 절대 말하지 않을 것 같아 강준은 그만 자리에서 일어나려 했다.

"다른 변호사를 찾아보시는 게 좋을 것 같습니다."

"아아, 그건 안 돼요. 이혼 전문 변호사를 선임할 생각은 없어요."

이혼 전문 변호사는 절대 싫다는 말에 강준의 눈썹 끝이 올라갔다.

도무지 정민이 무슨 생각을 하는지 모르겠다.

찻잔을 응시하는 정민은 깊은 생각에 잠긴 듯 보였다. 일순 그의 얼굴에 감정이 스쳐 지나갔다. 지독히도 쓰디쓴 얼굴. 강준은 자신이 잘못 본 것인지 눈을 깜빡였다. 이미 표정을 감춘 정민은 피곤한 얼굴로 강준을 바라봤다.

"부탁입니다. 유능한 변호사를 선임해야 합니다. 이강준 씨 같은."

정민의 칭찬에 낯 뜨거워할 성격은 아니다. 다만 정민이 감춘 비밀이 무엇일지를 생각하느라 강준은 고개를 숙여 정민의 시선을 피했다.

"원하는 게 무엇입니까."

낮게 울리는 강준의 목소리에 정민이 옅은 미소를 지었다.

"제 딸의 양육권. 저는 딸의 양육권을 원합니다."

강준이 고개를 들어 정민과 눈을 마주쳤다. 흔들림이 없는 눈. 시큰둥하던 방금 전 태도와 달리 진지하게 똑바로 강준의 눈을 마주 보는 정민에게서 원하는 것을 꼭 얻겠다는 강한 의지가 보였다.

"제 아이와 같이 살 수 있도록 도와줘요. 다른 건 필요 없습니다."

정민이 보이는 부정이 조금은 어색하게 다가왔다. 왠지 어울리지 않다고 할까. 딸을 둔 가장의 모습과는 현저하게 먼 그의 행색. 가볍다고 생각했던 정민의 의외의 면을 엿본 것 같은 기분이 들었다.

"이강준 씨의 결정에 따라 법무 1팀의 앞날이 달라질 겁니다."

"협박입니까."

정민이 씩 웃었다. 왜 꼭 저여야만 하는지 의심이 되었지만, 강준은 명인도 거절하지 못한 일을 그가 거절할 수 있을 거라는 생각을 하지는 않았다.

"알겠습니다. 하겠습니다."

강준의 대답에 정민이 한시름 던 얼굴로 손을 내밀었다. 그가 내민 손을 맞잡고 흔들며 강준은 머릿속으로 자신이 해야 할 일들을 정리했다.

일본 선술집에는 비교적 손님의 수가 적었다. 듬성듬성 앉아 있는 테이블 중에 주은과 지휴, 그리고 강준이 자리했다. 팩으로 나온 사케를 사각사각 간 얼음으로 둘러진 유리병에 옮겨 담던 지휴가 강준에게 물었다.

"어땠어, 박정민 상무이사?"

저녁 전이라 식사 겸 안주로 시킨 숙주와 고기가 들어간 라면을 그릇에 덜던 주은도 고개를 들어 강준을 봤다. 딱히 피변호인과 상담한 내용을 묻는 건 아니다. 다만, 그 사람이 어떤 사람인지가 궁금할 뿐이었다. 정민과는 마주칠 일이 거의 없는 데다, 과거에는 꽤나 사건을 몰고 다녔던 사람인지라 궁금했다.

"글쎄. 잘 이야기를 안 해."

강준이 대답을 하며 드는 잔에 술을 따르며 지휴가 고개를 절레절레 흔들었다. 주은의 잔에 이어 자신의 잔에까지 술을 따른 그는 곧바로 잔을 허공에 들었다.

"고생하겠다."

회사를 변호하다보면 별의별 꼴을 다 본다. 세상살이가 다 그렇다지만, 예상외로 회사라는 곳이 더럽다. 투명과는 거리가 멀다.

가끔 비리를 감추기 위해 입을 꾹 다무는 종족들이 있다. 그럴 때에는 변호를 할 때 굉장히 힘들다. 회사를 변호할 때에만 국한된 게 아니다. 모든 변호가 그렇다.

한쪽에서는 어떻게든 감추려하는 걸 다른 한쪽에서는 캐려고 하기에 중간에 놓인 변호사는 자칫 잘못하다가는 휩쓸리기 십상이다. 더불어 감추고자 하는 걸 변호사가 끝까지 몰랐을 때 골치 아픈 일이 생기기도 한다. 상대방 변호사가 먼저 이를 캐내고 물고 늘어져 이것에 대해 미리 방편을 마련하지 못해 뒤통수 치이면 정말 기분이 더럽다. 거기에 피변호인이 오히려 변호사를 무능력하다고 탓하는 눈초리를 보일 때에는 그 피변호인을 데려다가 마구잡이로 때리고 싶었다.

"왜 너로 선임을 했을까."

"그러게. 그게 가장 의문이야."

가장 본질적인 부분을 파고드는 주은에게 동의를 하듯 지휴가 고개를 끄덕였다. 강준이 능력이 있다고는 하나, 전문 분야가 아님은 확실하기에.

"어쨌든 힘내라. 힘든 거 있으면 우리도 도와줄게. 아무래도 그쪽 세계의 이혼은 10원짜리 동전까지도 세세하게 나눌 테니. 거기에 요즘 황혜진 집안일도 있고."

"어느 이혼이든 10원에 목맬걸."

심드렁한 주은의 말에 퍽이나 큰 도움이 되는 위로를 한다는 듯 지휴가 어깨를 쳤다. 강준이 잔을 꺾고 난 뒤 물로 입안을 헹궜다. 딱히 술을 즐기는 편이 아닌지라 그는 입안에 남은 알코올의 맛을 물로 바로 씻어 넘겼다.

"내가 들은 게 있는데."

주은이 이 이야기를 해도 되나 고민하는 듯 입술을 깨물었다. 두 남자의 시선을 받은 그녀는 낮은 한숨을 쉬고 입을 열었다.

"그냥 지나가다가 들었거든? 황혜진 그 여자, 호스트바에 출입한다는 소문이 있어."

"그런 소문은 어디서 들었는데?"

지휴가 출처를 물었다. 현재 이혼 준비 중에 있는 만큼, 소문의 진위 여부가 중요하다. 이혼에 있어서 가장 주의해야 할 것이 불륜과 외도이다. 소문이 사실일 수도 있지만, 이 시점에 이런 소문이 났다는 건 누군가 의도적으로 냈을 수도 있기에 신중해야 한다.

"이혼 이야기가 나오기 전부터니까 꽤 오래된 이야기야. 딸을 낳고 얼마 지나지 않아 여러 남자를 만났다는 소문이 있어."

"그러니까 그 소문이 어디서 시작되었냐고. 넌 어디서 들었고."

강준도 관심이 생겼는지 상체를 앞으로 당겼다. 더욱 집중되는 두 남자의 시선에 주은이 고개를 숙였다.

"화장실에서."

"장난하냐, 너?"

주은의 대답에 맥이 빠진 지휴가 이죽거렸다. 전혀 신비성이 없는 소문으로 전락해 버린 황혜진의 외도 소문에 주은이 민망한 얼굴로 지휴의 옆구리를 찔렀다.

강준은 박정민이 아닌 황혜진의 외도 소문이 나돌고 있다는 사실에 꽤나 놀랐다. 황혜진은 청초한 외모의 얌전한 규수로, 다른 사모님들과 봉사활동을 가는 기사가 해마다, 아니, 분기마다 매체를 통해 나왔다.

"박정민 상무이사에 대한 소문은 없어?"

정민에게서 일절 결혼 생활이나 이혼 사유에 대한 다른 이야기를 듣지 못해서 강준은 주은에게 물었다. 여자들 사이에 나도는 소문이 살이 붙어서 과장이 되었을지라도, 소문의 본질이 의외로 사실인 경우가 많았다.

"딱히. 결혼 전에나 소문이 무성했지, 결혼한 후에는 일에도 열심이었고. 내가 들은 소문은 없어. 한번 알아볼까?"

"됐다. 화장실에 잠입해서 여자들이 하는 이야기 주워들으려고?"

주은은 참다가 결국 이죽거리는 지휴의 뒤통수를 내려쳤다. 다시 시작되는 사촌지간의 싸움에 강준은 익숙한 듯 방관을 했다.

"그보다 너 또 선본다며?"

"아아……."

그만 때리라고 주은의 손을 잡아 고정시키고 묻는 지휴의 질문에 강준이 말꼬리를 늘여 대답했다.

그러고 보니 이번에 돌아오는 주말, 또 선이 잡혀 있다. 모친이 넓지 않은 인맥을 총동원해 매달 한 번 이상 선을 물어오고 있었다. 작년에는 그래도 3, 4개월에 하나씩 물어오더니 최근에는 그 횟수가 잦아졌다.

"됐다. 마시자 그냥. 먹고 죽자."

한 달 전 만나던 여자와 헤어진 지휴는 그때의 아린 상처가 여태 남았다는 듯 쓰린 얼굴로 가슴을 부여잡고 다른 한 손으로는 잔을 채웠다. 주은은 조용히 강준의 얼굴을 살폈다.

원래 표정이 많지는 않았지만, 저렇게 차가운 얼굴은 아니었다. 교육자 집안에서 자란 강준은 말문이 트일 때부터 친절과 배려, 예의와 예절을 몸에 익혔다고 해도 과언이 아니다. 알게 모르게 뒤에서 남을 챙기고 보이지 않는 배려를 일삼던 강준은 자신의 감정을 좀처럼 드러내지 않았다. 속으로 삭이는 타입이었다. 아니, 단 한 사람에게는 자신의 온전한 감정을 드러냈었다. 그런데 그 사람을 버린 뒤 감정을 죽였다.

"언제까지 선볼 거야?"

주은이 낮게 물었다.

"결혼할 여자를 만날 때까지겠지."

"어떤 여자를 원하는데?"

"왜. 이제는 너도 누구 소개해 주게? 아서라. 어머니만으로도 벅차다."

강준과 주은의 대화를 듣고 있던 지휴가 갑자기 테이블을 주먹으로 탕 내려쳤다.

"그러고 보니 강준 너 이 자식, 주은이 말대로 네가 원하는 타입이 뭐야? 그걸 어머님께 이야기해 드리면 결혼할 여자 찾는 게 더 빠르지 않을까?"

강준은 생각하듯 팔짱을 끼고 가볍게 등을 기댔다. 그의 움직임에 팽팽하게 조여드는 몸을 보던 주은이 얼굴을 붉히며 재빨리 고개를 돌렸다.

"글쎄. 딱 타입은 없어."

고민을 한 것치고는 대답이 시원찮았다. 그게 뭐냐고 툴툴대는 지휴를 본 강준의 입술이 가늘어졌다.

'그럼, 나는 어때?'

그의 작은 미소에 주은이 속으로 물었다.

"그럼 차라리 얘는 어떠냐."

주은이 깜짝 놀라 지휴에게로 고개를 돌렸다. 마치 제 속을 들킨 것마냥 깜짝 놀란 그녀의 심장이 빠르게 뛰었다.

술에 취한 듯 눈앞이 어지러웠다. 지휴의 얼굴이 흐릿하게, 아니, 하나로 겹쳐졌다가 다시 이, 삼중으로 분리되는 등 초점이 잡히지 않았다.

"주은이야 일등 신붓감이지."

고정되지 못하고 자잘하게 흔들리던 주은의 눈이 강준의 대답에 환희에 가득 찬 듯 빛으로 물들었다. 하지만 그 빛은 빠르게 꺼졌다.

"그런데 그보다 나에게는 최고의 친구지."

강준이 눈가에 미소를 띠고 주은을 바라봤다. 오랜만에 보여주는 그 미소에 주은이 동조하듯 고개를 끄덕이고 간신히 입꼬리를 말아 올렸다.

"뭐냐. 최고의 친구? 그럼 나는?"

"친구의 탈을 쓴 웬수."

지휴가 얼굴을 찌푸리는가 싶더니 돌연 히히 웃었다. 실없는 농담을 내뱉는 강준을 오랜만에 본 지휴는 강준의 잔에 술을 따랐다. 오랜만의 술 때문인지 풀어지는 친구의 모습을 보고 더 풀어지고 늘어지라는 의미로 가득 따랐다.

"역시 술이 좋구나."

잔을 들면 틀림없이 넘쳐흐를 정도로 가득 따라진 술을 보고 강준이 미간을 접었다. 원샷을 외치는 지휴를 노려본 그는 입에 가득 술을 머금었다. 마지막으로 잊지 않고 물로 입안을 헹군 강준은 더는 마시지 않겠다는 듯 술잔을 뒤집어놓았다.

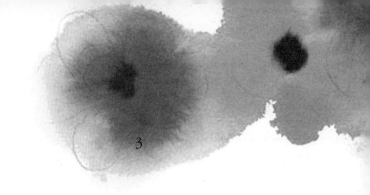

3

쉽지 않을 거라 생각했지만, 피변호인이 사라져 버릴 줄은 몰랐다. 분명 어제까지만 해도 정민은 진행 중인 프로젝트로 바빴고 회사에서 철야 근무를 했다고 비서에게 들었다. 그로 인해 정민과의 상담은 미뤄졌다. 그리고 오늘 강준이 비서에게 들은 말은 이랬다.

"상무이사님께서 연차를 내셨습니다."

분명 오늘 2시에 약속이 되어 있었다. 강준은 정민의 연차 소식을 왜 미리 알려주지 않았나, 답을 요구하는 눈초리로 비서를 쳐다보았다.

"상무이사님께서 병가로 오늘 출근을 못 하셨습니다."

유능한 비서도 미처 강준의 날카로운 눈을 피할 수 없었다. 정민의 갑작스러운 연차에 대한 사유는 방금 비서가 만들었음이 틀림없었다. 아닌 척 무표정한 얼굴로 대하고 있었지만, 강준은 비서의 흔들리는 눈빛을 이미 봐버렸다. 강준이 조용히 쳐다보자 이내 자신의 거짓말을 시인을 하듯 비서가 고개를 푹 숙였다.

"그럼, 내일 출근하십니까."

정확히 대답을 하지 못하는 비서에게 강준은 정민의 연락처를 요구했다. 오전 내내 꺼져 있던 핸드폰 번호를 알려준 비서는 강준에게 혹여 연락이 닿으면 자신에게 연락을 달라며 연락처 하나를 더 알려주었다.

정민과 비서의 연락처를 챙긴 강준은 어차피 꺼져 있을 전화이기에 문자를 남겼다.

—이강준입니다. 재산 분할

툭툭툭. 핸드폰 하단에 나열된 모음과 자음을 두드리던 손가락이 멈췄다. 강준은 곰곰이 생각하다가 적었던 글을 삭제했다. 재산에는 크게 관심 없어 보였던 정민이니 이걸로는 연락을 주지 않을 것 같아 강준은 다른 미끼를 던졌다.

—이강준입니다. 따님의 양육권에 관한 문제이니 연락 주십시오.

문자를 보낸 강준은 사무실로 돌아가 먼저 정민이 가진 재산을 동산부터 부동산까지 전부 다 확인했다.

뻐근해져 오는 목을 부드럽게 돌리던 강준은 드르륵 울리는 진동에 핸드폰으로 손을 뻗었다. 문자를 확인한 그의 얼굴이 작게 일그러졌다. 자리에서 일어난 강준은 책상을 정리하고 정민에 관련된 모든 서류를 모아 서류가방에 넣은 뒤 재킷을 챙겼다.

"어디 가?"

"박정민 상무이사 만나러."

고생하라는 지휴의 인사를 뒤로하고 사무실을 나서는 강준을 서연이 따라 나왔다.

"선배님."

엘리베이터 앞까지 따라온 서연이 제법 앙칼진 목소리로 그를 불러 세웠다. 흘끗 서연을 내려다본 강준은 엘리베이터 버튼을 누른 뒤 서연을 돌아봤다.

"무슨 일이지?"

"왜 선배님이 박정민 상무이사의 변호를 맡는 건데요?"

내심 강준이 자신이 맡은 소송을 같이하기를 바랐던 서연은 그가 다른 사건을 맡게 되자 툴툴거렸다. 더욱이 뜬금없이 강준이 이혼소송을 맡자 이해할 수 없다는 듯 서연은 내내 선배들에게 불평을 해댔다. 아니, 당사자인 강준도 가만히 있는데 네가 왜 그러냐고 상관 말고 네 일이나 잘하라고 선배들이 충고했지만 서연에게는 씨알도 먹히지 않았다.

"소서연 변호사, 할 일이 많을 텐데."

신경 쓰지 말라는 말을 에둘러 하는 강준에게 서연은 오히려 서운하다는 듯 울상을 지었다.

"저희 아빠 로펌에 이혼 전문 변호사가 있거든요. 소개해 드릴 테니……."

"지금 나보고 능력 없다고 지적하는 건가?"

낮게 울리는 목소리에 서연이 깜짝 놀란 듯 눈을 키웠다. 전혀 그런 게 아니라 그저 도움이 되고 싶어서 그런다는 서연의 변명에도 딱딱하게 굳은 강준의 얼굴은 풀리지 않았다.

"부친 로펌에 능력 있는 변호사가 많다면, 그곳에서 일을 배워 보는 게 어때."

넌지시 이직을 권유한 강준은 때마침 열리는 엘리베이터 안으로 몸을 실었다. 서서히 닫히는 문 사이로 서연이 강준을 쏘아봤다.

정민이 문자로 알려준 주소는 그의 집도 아니고 본가도 아닌 강남에 위치한 아파트였다. 출입이 철저하게 통제되는 이곳은 유명한 연예인은 물론, 스포츠 선수, 재벌가 자제들이 거주하는 초호화 고급 아파트로 알려진 곳이었다.

경비라고 하기보다는 보디가드에 가까워 보이는 남자들에게 신원 확인을 해 출입문을 통과한 강준은 로비에서 그를 맞이하는 또 다른 경비에게 신원 확인을 받았다. 정민에게 연락해 방문까지 허락받은 강준은 엘리베이터에 올랐다.

카페와 빵집 등의 가게가 있는 1층부터 외부인들도 등록이 가능한 스포츠 센터가 있는 2층까지는 별다른 조치 없이 버튼이 눌러졌다. 하지만 거주자만이 등록할 수 있는 스포츠 센터가 있는 3, 4층을 비롯해 그 외의 층부터는 거주자 카드가 있어야만 버튼이 눌러졌다. 이에 강준은 엘리베이터에 올라 정민이 있다는 층수와 호수를 눌렀다. 바로 정민이 확인을 했는지 9층에 자동으로 불이 들어오고 엘리베이터가 움직였다.

9층에서 내린 강준은 두 집을 지나 세 번째 집 앞으로 가 섰다.

딩동.

단조로우면서도 경박하지 않은 초인종 소리가 울리고 이내 곧 문이 열렸다.

"빨리 왔군요."

들어오라는 듯 정민이 현관문을 활짝 열었다. 씻은 지 얼마 되지 않았는지 정민은 가운 차림이었다. 느그적대며 걸어가는 정민을 따라 강준도 걸음을 옮겼다.

넓게 탁 트인 전망이 거실에 들어서자마자 가장 먼저 보였다. 한쪽이 벽 대신에 커다란 유리로 되어 있었는데, 가리는 것 하나 없이 바깥의 빛과 색을 모조리 빨아들이고 있었다. 거실에는 소파와 벽걸이 TV만이 놓여 있었다. 그 누가 봐도 막 이사를 온 집처럼 휑했다.

"이사하셨습니까?"

휑한 집 안을 보면서 강준이 물었다. 정민은 낮게 웃으며 소파 반대편에 앉는 강준에게 고개를 끄덕였다. 사실상 이사라고 하기도 뭐했다. 아직 사용하던 물건들과 읽었던 책들은 모두 아내와 딸이 머물고 있는 집에 있었다. 정민이 지금 있는 이곳에는 필요한 물건만 사다 놓았다. 이곳에 오래 있게 된다면 차차 정민의 물건으로 가득 찰 것이다.

"그보다 우리 민주가 왜요."

멀찍이 앉아 있음에도 정민이 입을 열자 독한 알코올 냄새가 풍

69

겼다. 아직 술이 덜 깼는지 정민의 얼굴은 까칠했고 잔뜩 구겨져 있었다. 툭툭. 머리가 아픈지 이마를 치던 정민은 강준이 입을 열기도 전에 자리에서 일어났다.

"저녁 먹으면서 하죠. 기다려요, 옷 입고 나올 테니."

옷을 입겠다던 정민은 부엌으로 향하더니 냉장고를 열어 1.5L 생수를 꺼내 뚜껑을 열고 마셨다. 1/3을 비워내더니 갈증이 가셨는지 한결 개운한 얼굴로 방으로 사라졌다.

강준은 조금 더 여유를 갖고 거실을 둘러봤다. 사실상 있는 게 없어서 볼 것도 없었다. 너무나 넓은 거실에 홀로 앉아 있다가 일어나서 창가로 향했다. 전망은 좋았다. 바로 앞이 공원이었고, 멀리로는 흘러가는 강이 보였다.

"커튼도 없군."

집을 꾸미는 것에는 일절 신경 쓰지 않았는지 커튼도 블라인드도 없었다. 그랬기에 더욱 넓어 보이는 거실에 있자니 문득 허전함이 찾아왔다. 고독감. 무엇을 해도 혼자라는 느낌. 창밖으로 주황색과 붉은색이 교차하는 하늘을 보며 강준은 자신도 종종 홀로 집에 있을 때 느꼈던 감정을 느끼고 있었다.

"남의 집에서 뭐 하는 짓인지……."

아무래도 독립이 너무 길었나 보다. 그러니 모친이 가정을 꾸리라고 여자들을 선보이는 거겠지. 집에서 혼자 이럴 아들의 걱정에.

"나가죠. 근처에 국밥집이 있으려나."

짙은 색의 면바지에 셔츠 하나를 걸친 정민이 거실을 지나 현관으로 향했다. 강준은 그 뒤를 따랐다.

엘리베이터가 위에서 내려오고 있었다. 막 문이 열리고 먼저 올라서던 정민이 멈칫하더니 안에 타고 있는 사람들을 훑고는 올라탔다. 정민을 따라 엘리베이터에 타던 강준은 먼저 타고 있던 남녀를 보고 숨을 멈췄다.

"뭐 합니까."

정민의 말에 정신을 차린 강준이 엘리베이터에 올라 몸을 틀었다. 강준의 등이 뻣뻣해졌다. 그 뻣뻣함이 어깨를 타고 목을 따라 올라와 그의 안면 근육에 힘이 들어갔다. 딱딱하게 이를 악문 강준은 1층에서 문이 열리자마자 내렸다. 정민이 내리고 엘리베이터의 문이 닫혔다. 닫힌 엘리베이터는 지하로 내려갔다.

"뭘 그렇게 긴장합니까. 연예인 처음 봐요?"

재미있다는 듯 웃음기를 머금은 정민이 강준의 어깨를 툭 치며 물었다. 딱히 대답을 바랐던 질문이 아닌지라 정민은 쓰린 속을 부여잡고 젊은 경비원에게 근처에 해장국집이 있는지를 물었다.

"갑시다. 저쪽으로 건너가면 있다고 하네요. 국밥 괜찮죠?"

간신히 고개를 끄덕인 강준은 정민을 따라 건물에서 벗어났다. 그제야 숨통이 트이는 듯 숨이 쉬어졌다.

"방금 그 여자 한수인 맞죠? 와, 진짜 예쁘네."

정민의 말에 강준은 눈을 지그시 감았다가 떴다. 이렇게 정민의 입에서 수인의 이름이 나오고서야 그는 방금 전 엘리베이터에 타고 있던 여자가 수인임을 받아들였다.

'2년 만인가.'

짙은 선글라스로 얼굴의 절반을 가리고 있던 여자가 수인이라는 걸 한눈에 알아봤다. 그리고 굳이 옆에 서 있던, 온전하게 얼굴을 드러내고 있던 남자가 그녀의 매니저인 걸 확인하지 않아도 본능적으로 알아챘다.

식사하는 내내 정민은 말이 없었다. 오로지 숙취 해소가 목적이라는 듯 국물을 들이켜고는 국물만 따로 리필을 했다. 정민과는 반대로 입맛이 싹 사라진 강준은 몇 번 수저를 뜬 뒤 내려놓고 정민의 식사가 끝나기를 기다렸다.

"그래서 우리 민주가 왜요."

막 수저를 내려놓으며 정민이 딸에 대해 물었다.

"양육권의 경우, 부모의 자격이 우선시됩니다. 양육권을 가져오고 싶으시다면 부정을 저지르지 않아야 하고 자녀를 키울 수 있는 능력이 뒷받침되어야 합니다."

외워두었던 말을 줄줄이 내뱉기라도 하듯 강준은 쉬지 않고 말을 했다. 기계가 입력된 말을 토해내듯 감정 없이 말하는 그를 보고 정민이 눈썹 끝을 올렸다. 정민은 강준이 이혼 사유에 대해 넌지시 묻고 있다라는 걸 알았다.

"능력이야 충분히 있습니다만."

교묘하게 강준이 원하고자 하는 답을 비켜간 정민은 나머지 이야기는 다음 주에 하자며 자리에서 일어났다. 그러고는 계산을 하고는 쌩하니 가버렸다.

정민을 잡을 틈도, 겨를도 없었다. 강준은 머릿속이 복잡했다. 가게를 나온 그는 차를 가지러 되돌아갔다. 차에 오른 그는 핸들에 얼굴을 묻었다.

미약한 두통이 일었다. 답답함이 옥죄어왔다. 그리고 신경질도 났다. 짜증, 분노 모든 악감정이 한꺼번에 치솟았다.

도통 이혼 사유에 대해서 정확하게 알려주지 않는 정민 때문이 아닌, 불시에 마주친 수인 때문이라는 걸 아는 강준은 형언할 수 없는 감정을 추스르지 못하고, 한동안 그 자세를 유지했다.

　수인은 계속해서 집에만 있는 게 너무 답답하고 미칠 것만 같았다. 그렇다고 해서 스케줄을 만들어 일을 하고 싶지도 않았다. 무료함과 따분함을 죽이기 위해 영화도 보고 운동도 했지만 부족했다. 더군다나 불면증에 시달리면서부터 하루가 길어 너무 힘들었다.

　이것저것 하다가 지쳐서 아무것도 안 하고 가만히 있을 때에는 마음이 허했다. 마음 한구석이 텅 비어 버렸다. 아니, 심장은 오래 전부터 비어 있었던 것일지도. 수인은 그 어떤 걸로도 횅한 마음을 채울 수 없을 것 같아 불안했다.

　초조한 듯 손톱을 물어뜯던 수인은 핸드폰을 찾았다. 그녀는 집 밖으로 나가 바람을 좀 쐬면 괜찮아질까 싶어 상대방이 전화를 받자마자 용건부터 말했다.

　"나 외출 좀 할래. 드라이브라도 해야겠어."

　해외에 있는 동안 정기 적성검사 기간이 만료되었다. 추가로 주어진 기간 내에 적성검사를 받지 않아 자동으로 운전면허가 취소되었었다. 그러니 운전면허증도 없는 수인이 드라이브를 홀로 할 수 있을 리가 없다. 그걸 아는 그녀의 매니저 연우는 금방 갈 테니 기다리라는 말을 했다.

집에 있는 수인과 달리 그녀의 매니저인 연우는 할 일이 태산이었다.

제연우. 현재 수인이 몸을 담고 있는 Cielo기획사의 실장인 그는 사실상 실장이라는 직함 그 이상의 일을 하고 있었다. Cielo기획사의 대표 제성호의 장남인 그는 기획사의 차기 대표였다. 그런 그가 경영 수업을 위해 일을 배울 때부터 수인의 매니저를 자청하고 있었다. 장장 9년째 수인의 매니저를 하고 있는 연우가 어떤 마음으로 수인의 옆에 있는지, 기획사 사람들과 이 업계의 사람들은 은연중에 다들 알고 있었다.

기획사에서도 함부로 오라 가라 할 수 없는 사람을 수인은 제 필요껏 부르고 있었다. 곧 연우가 도착할 것이기에 그녀는 외출복으로 갈아입기 위해 드레스룸으로 향했다. 몰래 하는 외출이라고는 하지만 언제 어디서 사진이 찍힐지 모른다. 그렇기에 수인은 사람들의 시선을 끌지 않을 정도이면서도 너무 추레한 느낌이 들지 않도록 고심하며 옷을 골랐다.

찢어진 청바지 위에 검정색 나시를 입고 커다란 체크무늬가 들어간 붉은 계열의 난방을 걸쳤다. 밑에 달린 단추 두 개를 제 위치의 구멍이 아닌 하나 위의 자리에 채운 뒤 선글라스를 골라 손에 들었다.

전신거울 앞에 서서 몸을 돌려가며 앞태와 뒤태를 꼼꼼하게 살핀 수인은 자신이 입은 청바지에서 살짝 미간을 찌푸렸다. 딱 달라붙는 청바지에 날씬한 긴 다리가 더욱 도드라졌다. 찢어진 부위에서 하얀 다리가 수줍게 드러났다. 수인은 찢어진 부위에 두 개의 손가락을 걸고는 잡아당겼다. 찌이익. 옷감이 찢어지면서 맨살이 드러나는 면적이 넓어졌다.

"하아."

수인의 입에서 습관적인 한숨이 쏟아졌다.

드레스룸을 나온 수인은 화장대 앞에 앉아 손등에 선크림을 덜었다. 꼼꼼하게 펴 바른 뒤 완벽하게 흡수가 될 때까지 톡톡 두드렸다. 가늘고 긴 속눈썹을 뷰러로 집어 올린 뒤 입술에는 핑크빛이 도는 립글로스를 바르는 것으로 치장을 끝냈다. 어차피 얼굴의 절반을 가릴 선글라스를 쓸 것이기에 더 할 것도 없었다. 요즘은 민낯 같은 옅은 화장이 대세이기도 하고.

딩동. 딩동.

짧은 초인종 소리가 울렸다. 시각을 확인한 수인은 연우가 날아왔나 하는 생각을 하고는 거실로 향했다. 수인은 사생활 보장을 요구했고, 이것은 매니저인 연우에게도 예외는 아니었다. 그 누구도 수인을 제외하고는 도어록 비밀번호를 모른다. 인터폰 화면으로 연우의 얼굴을 확인한 수인은 열림 버튼을 눌렀다.

"왔어?"

연우가 수인보다 한 살이 많지만, 워낙에 오랜 시간을 같이해 온 터라 그녀의 입에서 자연스레 반말이 흘러나왔다.

"잠은 좀 잤어?"

하얀 피부가 트레이드마크인 수인의 얼굴을 본 연우는 걱정스러운 눈으로 그녀의 얼굴을 살폈다. 함께해 온 시간이 있기에 작은 잡티 하나 없는 수인의 하얀 얼굴이 창백하다는 걸 한눈에 알아본 것이다.

"조금. 답답해. 나갈래."

"병원에 안 가도 괜찮겠어?"

불면증이 스트레스와 마음의 병으로부터 기인했다는 걸 알기에 연우는 클리닉으로 수인을 데려가 치료받게 하고 싶었다. 하지만 혹시나 이상한 소문이 돌까 봐 수인은 병원에 가기를 꺼려했다. 그녀는 불면증으로 클리닉을 찾았다가 소문이 잘못 나서 없던 정신병이 생길지도 모른다고 고개를 흔들었다. 연우는 최후의 수단으로 수면제 처방을 권했지만, 그녀는 단칼에 거절했다.

"드라이브도 하고 산책 좀 하면 오늘은 푹 잘 수 있을 것 같아."

어쩔 수 없다는 듯 연우는 걱정스러운 눈을 거두고 현관으로 향했다. 수인은 선글라스를 쓴 뒤 그의 뒤를 따랐다.

"잠깐만. 차 키 가지고 나올게."

혹여나 싶은 마음에 연우는 차를 바꿔 가기로 했다. 그는 수인의 집 바로 옆집으로 들어갔다. 그들이 거주하고 있는 이곳은 한 층에 세 집이 나란히 있는데, 중간에 있는 집이 수인의 집이었다. 수인의 집 왼쪽에 연우가 살고 있고, 오른쪽 집은 재벌 2세가 살고 있었는데 유학으로 인해 현재 비어 있었다.

"음음음, 음음음……."

연우를 기다리는 수인의 입에서 로맨스가 허밍으로 흘러나왔다. 단조로운 음계가 그녀의 입술을 통해 반복이 될 때쯤 연우가 집에서 나와 엘리베이터로 향했다. 늘 듣는 수인의 허밍에 익숙해져 있던 그는 지하주차장으로 향하는 버튼을 눌렀다. 13층에서 그들을 태운 엘리베이터가 서서히 아래로 향했다.

띵.

9층에 다다라 엘리베이터 속도가 느려지는가 싶더니 엘리베이터 문이 열렸다. 먼저 올라탄 남자가 수인을 보더니 눈으로 훑어 내렸다. 수인은 허밍 소리를 줄이고 살짝 고개를 숙였다. 남자는 인사를 받는 듯 슬쩍 웃으며 몸을 돌렸다. 그리고 뒤이어 남자의 일행인 또 다른 남자가 모습을 드러냈다. 그 남자의 얼굴을 본 순간 수인은 허밍을 멈췄다.

저도 모르게 한 발 앞으로 내디딜 뻔했다. 그걸 연우가 손목을 잡아 제지했다. 연우가 아니었다면 당장 저 팔에 매달렸을지도 모른다. 거의 2년 만에 보는 강준이었다. 강준도 저를 알아본 것인지 엘리베이터에 오르기 전 머뭇거렸다.

수인을 외면하듯 등을 돌리고 선 강준은 미동도 없이 전방을 주시하고 있었다. 선글라스에 가려진 수인의 눈이 깜빡임도 잊고 그의 등을 뚫어져라 쳐다보았다.

1층에서 두 남자가 내리는 걸 수인이 따라 내리려 걸음을 내디뎠지만, 강하게 붙드는 손에 의해 제자리걸음을 했다.

"강준아."

수인의 부름은 이미 닫힌 엘리베이터 문에 막혀 강준에게 닿지 못했다. 뒤늦게 수인이 연우의 손을 털어내고 1층 버튼을 여러 차례 눌렀다. 1층 버튼에 불이 켜졌다가 꺼지기를 반복하는 와중에 지하에서 엘리베이터 문이 열렸다. 수인은 곧바로 닫힘 버튼을 누른 뒤 1층을 눌렀다.

"수인아."

연우가 수인의 어깨를 잡아 뒤로 당겨 그녀의 행동을 저지했다. 바로 1층에서 문이 열렸지만, 두 남자의 모습은 보이지 않았다. 그들을 찾아 나서기 위해 엘리베이터에서 내리려는 수인을 붙잡은 연우는 도로 13층 버튼을 눌렀다.

"분명 강준이었어. 그렇지? 강준이 맞잖아."

2년 만에 옛 연인을 본 수인은 이성을 잃었다. 턱에 힘을 준 연우는 자신의 심기를 다스렸다. 계속해서 강준의 이름을 부르는 수인을 보던 연우는 보기 싫다는 듯 눈을 감아버렸다.

강준을 우연히 마주친 그날의 외출이 무산된 후 수인은 잠을 이루지 못했다. 간간이 쓰러지듯 깜빡 잠이 드는 것 외에는 도통 잠을 자지 못해 컨디션은 물론 몸 상태가 무척 좋지 않았다. 게다가 소속사에서는 차기작에 대해 논의를 하자고 불러내 수인의 신경은 더더욱 날카로워졌다.

조금 더 쉬겠다는 수인에게 대표는 시나리오 세 개를 들이밀었다. 수인이 슬쩍 연우에게 어떻게 좀 해보라는 눈치를 줬지만, 그는 제 부친의 말에 동조라도 하듯 묵묵부답이었다. 수인은 어쩔 수 없이 시나리오를 들고 내려왔다. 활동할 때 타는 밴 대신, 쉴 때 주로 이용하는 연우의 승용차에 올라타자마자 수인은 시나리오를 뒷좌석에 던졌다.

"커피라도 마셔야겠어."

"잠도 못 자면서. 커피 말고……."

"앞에 카페에서 내려줘."

혼자라도 마시고 가겠다는 태도에 연우가 낮은 한숨을 쉬었다. 그날 이후로 수인은 연우에게 반감이 생긴 듯했다. 강준을 잡으러 가지 못하게 막은 탓이었다.

소속사 주차장에서 나와 연우는 근처 카페 앞에 차를 세웠다.

주위를 두리번거리며 살펴보자 다행히 오가는 사람이 적었다. 연우가 주위를 살피는 중에 캡모자를 푹 눌러쓴 수인은 차에서 내렸다. 재빨리 연우가 따라 내렸다.

손으로 자연스럽게 입가를 가린 수인은 카페 안으로 들어섰다. 가을로 접어드는 날씨에 카페 내부의 에어컨 온도는 낮지 않았다. 곰곰이 고민하던 그녀는 앞으로 가 뜨거운 아메리카노를 주문했다. 커피를 주문하는 수인에게 얼핏 미간을 찌푸려 보였지만, 연우는 낮게 '같은 걸로.' 라고 주문한 뒤 계산을 했다.

손님이 적어서인지 금방 준비해 준다는 직원의 말에 수인은 카운터 바로 앞 테이블에 앉았다. 차임벨을 들고 온 연우가 그녀의 앞에 앉았다.

딸랑.

그때 카페 문이 열리면서 종소리가 울렸다. 훤칠한 키의 준수한 얼굴의 남자가 싱글 웃으며 가게 안으로 들어왔다. 거침없이 긴 다리로 카운터에 가 서자 직원이 재빠르게 그의 앞에 섰다.

"카라멜마끼아또랑 카페모카 중 어떤 게 더 달아요?"

눈이 휠 정도로 크게 웃는 남자의 얼굴을 본 여직원이 얼굴을 붉혔다. 실례가 되는 줄 알면서도 직원은 남자의 얼굴에서 눈을 떼지 못한 채 둘 다 달다고 대답을 했다. 직원의 대답이 아리송하다는 듯 고개를 갸웃거린 남자는 두 개 다 주문을 했다.

"10,600원입니다."

남자는 지갑을 꺼내 들고는 지폐 두 장을 꺼냈다. 돈을 건네받은 직원이 순간 당황해하며 남자의 얼굴을 다시 쳐다보았다.

"부족한가?"

또다시 고개를 갸웃거린 남자가 한 장 더 꺼내서 직원의 손 위에 올렸다.

남자가 들어올 때부터 내내 시선을 떼지 않고 있던 수인이 벌떡 일어났다. 그의 얼굴을 보고 멍하니 정신을 놓고 있던 수인은 남자가 직원에게 건넨 지폐 두 장을 보고 황급히 카운터 앞으로 걸어갔다. 덩달아 놀란 연우가 뒤돌아 수인을 따라 시선을 옮겼다. 남자의 얼굴을 확인한 연우의 얼굴이 급속도로 굳어졌다.

"5만 원권 한 장만 내야죠."

손 위에 받은 돈을 들고 멍하니 있는 직원에게서 도로 5만 원권 두 장을 가져간 수인이 남자의 지갑에 친히 넣어주었다. 그제야 정신을 차린 직원이 계산한 뒤 거스름돈을 챙겨주었다.

"아, 한 장만 내는 거구나."

남자가 싱긋 웃으며 고개를 끄덕였다. 그러면서도 '많이 주면 좋아하던데.' 하며 중얼거렸다.

"그런데 누구시죠?"

환하게 웃으며 남자가 수인을 내려다보며 물었다. 수인은 직원의 눈길을 피해 얼굴을 가린 모자를 살짝 들어 올려 남자와 시선을 맞췄다. 수인의 얼굴을 본 남자가 눈을 크게 뜨더니 다시 눈을 접어 웃었다.

"수인이구나."

"오랜만이네요, 강훈 오빠."

수인은 강훈의 팔을 잡아 이끌어 연우가 앉아 있는 테이블로 향했다. 얌전히 수인이 이끄는 대로 따라온 강훈은 예전에 몇 번 본 적이 있는 연우를 향해 반갑다는 인사를 했다.

수인은 강준에 이어 그의 형인 강훈을 만나자 지금 꿈을 꾸고 있는 게 아닌가 싶을 정도로 정신이 없었다. 뜻하지 않은 곳에서 강훈을 만나자 심장이 빠르게 뛰고 손에 땀이 찼다. 그동안 불면 증에 시달려서인지 작은 흥분에도 쉽게 진정이 되지 않았다. 싱글 벙글 웃고 있는 강훈과 무표정한 연우의 얼굴을 번갈아 본 뒤에야 수인은 차분하게 마음을 가라앉혔다.

"수인이는 더 예뻐졌구나. 연우 씨는 더…… 듬직해졌어요."

수인을 보며 부드럽게 미소를 지으며 칭찬한 강훈은 연우를 보 더니 살짝 눈썹을 일그러뜨리며 고민하다가 말했다.

호감형의 연우는 키가 크기도 했지만, 그보다는 덩치가 컸다. 뚱뚱한 게 아니라 뼈대가 굵고 체격이 있어서 운동선수, 특히 격 투기 쪽에 어울려 보였다. 덩치 때문에 그의 외모가 많이 묻힌다 고 볼 수 있었다.

"푸훗. 오빠는 여전하네요."

거짓말을 못 하는 성격답게 강훈은 빈말이라도 연우에게 더욱 멋있어졌다는 평범한 칭찬을 하지 않았다.

차임벨이 울리자 연우가 커피를 가져왔다. 그가 가져온 트레이 에는 네 잔의 커피가 있었다. 눈치껏 직원이 강훈의 커피까지 한 꺼번에 준비한 것이다.

"두 개나 마셔요?"

"가장 달달한 거 마시려 했는데, 직원이 둘 다 달다고 해서."

어쩔 수 없었다는 듯 강훈이 웃었다. 두 개의 커피를 번갈아 한 번씩 마신 강훈은 카페모카가 더 입에 맞았는지 카라멜마끼아또 에 손을 가져가지 않았다.

"수인아, 오빠가 맛있는 점심 사줄까? 전에 내가 사준 스테이크 맛있다고 좋아했잖아. 파스타도."

마치 2년간 계속 봐온 사람처럼 강훈이 거리낌 없이 말했다. 거리감이 느껴지지 않는 강훈의 말에 수인은 희미하게 웃었다.

강훈은 늘 그랬다. 사소한 건 기억하면서도 중요한 건 잊었다. 유독 숫자에 약해 방금처럼 원래 액수보다 더 많이 지불하는 일이 다반사였다. 그리고 그는 수인이 얼굴을 가리고 다녀야 할 정도로 유명한 연예인이라는 걸 늘 잊었다. 그로 인해 강훈 때문에 황당한 일을 겪기도 했다. 밖에서 수인의 이름을 크게 불러 사람들의 시선을 모아버리던가 하는. 아마도 강훈은 수인을 2년 만에 본다는 자각조차 없을 거다. 기억에 관해서는 얼마든지 스스로 조작해 버리니.

"왜 혼자 있어요? 비서는요?"

이런 강훈을 챙겨주는 비서가 항시 대기해 있었다. 평범하지 않은 아들을 캐어하기 위해 그의 부모님은 큰돈을 들여서 따로 비서를 붙였다. 어렸을 때에는 경호원도 붙였다고 했다. 그런 강훈이 혼자 카페에 있다는 걸 뒤늦게 깨달은 수인이 주위를 두리번거렸다.

"몰라. 어딘가 있겠지."

분명 강훈을 찾느라 난리가 났을 것이다. 그 사실을 아는지 모르는지 강훈은 여유작작했다. 그저 수인에게 점심 먹으러 가자고 그녀의 팔을 잡고 흔들었다. 연우는 그 모습을 마지막으로 참을 만큼 참았다는 듯 강훈에게 물었다.

"핸드폰 있죠?"

연우의 말이 끝나기가 무섭게 강훈의 주머니 안에서 벨소리가 울렸다. 강훈은 연우에게 끄덕이더니 주머니에서 핸드폰을 꺼내 흔들어 보였다. 하지만 벨소리가 끊길 때까지 받지 않았다.

"어, 이거는 받아야겠다. 강준이네."

연달아 울리는 핸드폰의 발신자를 확인하더니 강훈이 또 고개를 갸웃거렸다.

"그런데 왜 전화했지? 강준이 오늘 선본다고 했는데."

강준의 전화에 핸드폰으로 시선을 빼앗겼던 수인은 이어진 강훈의 말에 숨이 멎었다. 수인의 앞에서 강준의 선 이야기를 아무렇지도 않게 꺼내고서는 싱긋 웃는 강훈의 얼굴이 천사의 탈을 쓴 악마처럼 보였다. 마치 수인의 반응을 보겠다는 듯 느릿한 손길로 전화를 받으려는 강훈의 손을 막은 수인은 그대로 그를 일으켜 카페를 빠져나갔다.

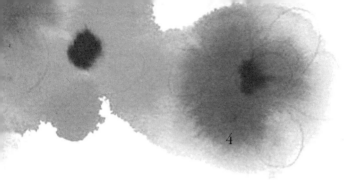

4

　토요일. 이제는 익숙해진 모친의 잔소리와 우려가 섞인 전화로 아침을 시작한 강준은 외출 준비를 한 뒤 고급 레스토랑으로 향했다. 늘 그러했듯 그는 약속 시각 20분 전에 도착했다.

　웨이터의 안내를 받아 창가 자리에 앉은 그는 먼저 차를 마시고 있는 것도 오늘 선볼 상대방에 대한 예의가 아니라는 생각에 물 한 잔을 부탁했다.

　15분이 지나고 약속 시각이 되기 5분 전에 웨이터가 테이블로 다가왔다. 웨이터의 뒤편에는 긴 생머리의 여자가 시선을 비스듬하게 내린 채 서 있었다. 강준은 시각을 확인한 뒤 자리에서 일어나 여자에게 인사를 했다.

　"이강준입니다. 앉으세요."

　"윤슬아입니다."

여자는 허리를 곧추 세우고 바른 자세로 앉아 강준을 응시했다. 단아한 외모와 그에 걸맞은 단정한 옷차림. 조곤조곤한 말투와 조신한 행동. 딱 어머니가 원하는 며느리상이었다.

딱히 여자의 어떤 면이 싫은 건 아니다. 다만, 최근에 우연히 만난 누군가와의 차이를 느꼈을 뿐이다.

조용하게 시작된 식사는 나쁘지 않았다. 그전에 만났던 여자들이 첫 만남부터 집안의 재력과 자신의 미래와 앞으로의 수입에 대해 과하게 관심을 내비쳐 질리게 만들었던 것과 달리, 여자는 시종일관 담백함을 유지했다. 자신에 대해 캐묻지 않았고, 자신이 무슨 생각을 하는지 알려고 들지 않았다. 서로의 공통점을 찾으려 노력하는 여자의 노련한 말솜씨가 제법 괜찮게 느껴지기도 했다.

"맞아요. 저도 그 부분이 이해가 되지 않아요. 조금 억지이지 않았나 싶어요. 어차피……."

쉴 때 무엇을 하는지, 취미가 무엇인지 이야기를 나누다 두 사람 모두 영화 감상이라는 무난한 취미를 가지고 있다는 걸 알게 되었다. 그 이야기가 최근이 아닌 몇 년 전에 개봉했던 영화까지 이어졌고, 슬아가 감상평을 늘어놓고 있었다. 그때 강준의 주머니에서 진동이 울렸다.

지이이잉.

"죄송합니다."

찡그린 미간에 미안한 기색이 실렸다. 전화를 끄기 위해 핸드폰을 꺼낸 강준은 발신자를 확인한 뒤 난처한 얼굴을 했다. 뜻밖에도 지금 강준이 선을 보고 있다는 걸 아주 잘 알고 있는 모친의 전화였다.

"받으셔도 돼요."

슬아가 너그러운 미소를 보이며 끄덕였다. 양해를 구한 강준은 몸을 한쪽으로 돌리고 전화를 받았다.

"이강준입니다."

[나다. 지금 만나고 있니?]

어머니는 단 한 번도 선을 보는 도중에 전화를 건 적이 없으셨다. 선을 보고 본가로 찾아가면 그제야 묻곤 하셨다.

"네. 무슨 일이세요, 어머니."

어머니라는 말에 슬아가 놀라는 기색을 비쳤다. 강준은 모친이 선을 보는 자식에게 전화를 걸어 꼬치꼬치 캐묻는 사람으로 오인을 살까 봐 걱정되었지만, 이어지는 모친의 말에 모든 사념이 날아갔다.

[강훈이가 외출을 나갔는데, 김 비서가 강훈이를 놓쳤다고 하더구나.]

"언제, 어디서요?"

강훈이 김 비서를 따돌리는 건 하루 이틀이 아니다. 형인 강훈은 어릴 때 납치 사건 이후로 경호원들의 철저한 감시하에 생활을 했다. 성인이 된 뒤로 경호원 대신 김 비서가 그 일을 맡았다. 솔직히 저라도 감시하는 시선을 피해 자유를 만끽하고 싶을 거다.

적당히 자유를 만끽하면 강훈은 제 스스로 집으로 오던가, 김 비서에게 데리러 오라고 연락을 했다. 그랬기에 강준은 큰 걱정을 하지 않았지만, 모친은 언제나 그러했듯이 걱정을 한가득 안고 큰 아들을 찾아댔다. 강준은 행여나 무슨 일이라도 생길까 전전긍긍하는 모친에게 강훈이 그 시간 동안 더없이 즐겁게 보내고 있을 거라는 말은 차마 하지 못했다.

강훈이 없어진 지 두 시간이 흘렀다. 전화를 받지 않는다고 말하는 모친의 목소리에는 물기가 스며 있었다. 오늘따라 유독 걱정을 하는 모친에게 자신이 전화를 해보겠다는 말을 하고 통화를 종료했다.

"무슨 일 있어요?"

강준의 얼굴에는 표정 변화가 없었지만, 통화 내용이 가볍지 않은 듯해 슬아가 물었다.

"죄송합니다. 잠시 실례하겠습니다."

오늘 처음으로 만나는 상대방에게 이미 실례를 했지만, 그렇다고 해서 그 앞에서 또 통화를 할 수는 없었다. 게다가 첫 만남에 고스란히 집안일을 보이고 싶지 않아 강준은 또 한 번 양해를 구하고 자리에서 일어났다.

사람이 잘 통행하지 않는 복도 한구석에서 강준은 형에게 전화를 걸었다. 통화음이 꽤 흘렀는데도 강훈은 전화를 받지 않았다. 끝내 받지 않자 핸드폰을 손안에 꽉 쥔 그는 다시 해볼까 하다가, 부재중을 확인하고 전화를 주겠거니 하고 다시 자리로 돌아갔다.

막 자리에 앉으려는데 핸드폰 진동이 울렸다. 핸드폰 발신에는 형의 이름이 떠 있었다. 슬아가 받으라는 손짓을 했다. 계속되는 실례에 미안함을 담아 고개를 숙여 인사한 강준이 전화를 받았다. 그러나 전화 너머에서 흘러나온 낯익은 여자의 목소리에 강준의 눈이 순식간에 차갑게 얼어붙었다.

"어떻게 된 거야."

[우연히 길에서 만났어. 당신이 데리러 와.]

"김 비서 보낼 테니까, 아니, 형 핸드폰에 김 비서 번호가 있을 거야. 그쪽으로 전화를 해서……."

[왜. 선보느라 바빠? 그런데 이를 어쩌나. 오빠가 김 비서는 싫 대. 당신 올 때까지 내가 같이 있을게. 걱정 말고 천천히 일 다 보 고 와.]

"한수……."

이름을 끝까지 말하지 못한 강준은 바로 끊기는 전화에 화를 삼 키듯 침을 삼켰다. 핸드폰을 꽉 쥔 그의 손은 큰 힘이 들어가 하얗 게 질려 있었다. 그대로 핸드폰을 내려칠 기세에 슬아가 눈치를 살폈다. 그런 슬아의 시선을 느끼지 못한 강준은 성급하게 물 잔 을 집어 들고는 잔을 단숨에 비웠다.

지이이잉.

짧은 진동에 강준은 핸드폰을 확인했다. 낯선 번호로 집주소가 찍혀 있었다. 그는 직감적으로 이 낯선 번호가 수인의 번호라는 걸 알아챘다.

"괜찮아요?"

"……네."

짧게 고개를 끄덕인 강준은 슬아에게 사과하고는 다시 식사를 이어갔다. 나름 화기애애했던 분위기는 이미 찬물을 끼얹은 듯 가 라앉아 있었다. 슬아가 다시 대화를 이어가려 했지만, 다른 생각 에 빠진 강준에게서 짧은 답변만 이끌어낼 뿐이었다.

"죄송합니다. 이만 일어나야 할 것 같습니다."

후식으로 커피가 나오고, 막 한 모금을 마신 상태였다. 더는 시 간을 내지 못하겠다는 듯 자리에서 일어나는 강준을 따라 슬아도 자리에서 일어났다.

"급한 일이 생기셨나 봐요. 그럼 다음에 마저 이야기를 나눠요."

대충 고개를 끄덕인 강준은 먼저 앞서 걸어 나가 계산을 마쳤다. 주차장에서 슬아를 먼저 보낸 뒤 그는 핸드폰을 꺼냈다. 며칠 전 정민을 만나러 갔던 주소에서 호수만 다른 주소.

"후우."

길고도 깊은 한숨이 쏟아졌다.

언제나 형은 자신에게 있어서 약자였다. 그랬기에 늘 형을 감쌌고, 돌보았다. 그렇다고 해서 형을 얕보진 않았다. 먼저 태어난 형을 존중했다. 하지만 오늘만큼은 형이 원망스러웠다.

"이강준 변호사님 맞으시죠?"

한 번 왔던 강준을 로비에 있던 경비원이 알아봤다. 오늘 그가 방문한다는 말은 전해 듣지 못했지만, 정민에게서 앞으로 강준이 자주 들르게 될 거라는 말을 들었다면서 별다른 확인을 하지 않았다. 정민을 만나러 온 건 아니지만, 그는 경비원의 생각을 부정하지 않았다.

엘리베이터에 오른 강준은 1302호를 누르고 호출 버튼을 눌렀다. 곧바로 13층 버튼에 불이 들어오고 엘리베이터가 중력을 거스른 채 위로 향했다.

13층에서 내렸을 때, 지체할 시간을 주지 않겠다는 듯 현관문이 활짝 열려 있었다. 마치 환영이라도 하듯. 강준은 그에 응한 것처럼 거침없이 발걸음을 옮겼다. 열린 현관문을 고정하고 있는 도어스토퍼를 신발 앞에 걸고 힘을 주어 올린 뒤 집 안으로 들어서면서 등 뒤로 현관문을 닫았다.

"어서 와."

발목까지 오는 롱 드레스의 홈웨어를 입은 수인이 또렷한 눈으로 강준을 맞이했다. 흘끗 시선을 던진 강준이 신을 벗고 안으로 올라섰다.

"형은 어디 있어."

"생각보다 빨리 왔네?"

강준이 거실에 들어설 때까지 수인은 강훈에 대한 질문에 답을 하지 않았다. 강준이 거실에 강훈이 없다는 걸 알아차릴 때까지.

"형 어디에 있냐고."

"어머님한데도 전화가 계속 오기에 걱정하시는 것 같아서 강훈 오빠한테 전화 받으라고 했지. 매니저가 집에 데려다주러 갔어."

무언가가 속에서 치밀어 올랐지만, 강준은 조용히 몸을 돌렸다.

"우리 오랜만이잖아."

오자마자 형이 없다는 걸 알고 바로 나가려는 강준을 급히 수인이 잡았다.

"다시 만나서 좋을 사이는 아니잖아."

"왜?"

그걸 모르냐는 듯한 눈초리에 수인은 입을 앙다물었다.

2년 전 강준은 갑자기 사라졌다. 아니, 정확하게 말하자면 사라진 것은 아니다. 그저 연락처를 바꿨을 뿐이다. 강훈에게 들어보니 강준은 아직 상아그룹 법무팀에서 일을 하고 있다고 했다. 너무나 허무하게도, 용기만 냈더라면 강준을 만날 수 있었다.

"이만 갈게. 잘 지내고."

"아직 이야기 안 끝났어!"

"무슨 이야기가 안 끝났는데?"

계속해서 등을 돌리고 있던 강준이 천천히 몸을 돌려 수인을 응시했다. 따뜻함이 전혀 느껴지지 않는 서늘한 시선에 수인이 흠칫 몸을 떨었다. 처음으로 그녀는 그가 완전한 타인으로 느껴졌다. 손끝이 가늘게 떨리는 두려움을 느꼈다.

"우리 이야기 좀 해."

다리에 힘이 빠져 수인은 소파에 주저앉았다. 갑자기 온몸에 한기가 돌았다. 무심하게 관심 없다는 듯 쳐다보는 시선에 몸서리가 쳐졌다.

"이유가 뭐야?"

"무슨 이유? 하고 싶은 이야기가 있으면 정확하게 말해, 사람 간 보듯 굴지 말고."

그녀가 어떠한 말을 하든 바로 알아듣고 대답하던 강준이 변했다는 걸 수인은 온몸으로 느끼고 있었다.

"2년 전에. 갑자기 그렇게 연락을 끊어 버린 거."

"헤어졌으니까. 우습군. 2년 전의 일을 이제 와 묻다니."

행복했다. 그날은 수인에게 행복한 날이었다. 어렵게 얻은 기회를 잡았고, 더 높은 곳으로 올라갈 수 있었다. 그리고 그 기쁜 마음으로 강준을 만나러 갔을 때, 그 행복은 최고조에 달했다.

침대 위에 흩뿌려진 장미. 붉은 장미는 자신이 가장 좋아하는 꽃이었다. 자신을 안는 강인한 팔. 자신에게 파고드는 뜨거운 몸. 섞이는 숨결. 더없는 쾌락을 맛봤다.

그게 끝이었다면 좋았을걸. 강준은 사랑을 요구하더니 화를 내고는 가버렸다. 다시 오겠지 했지만, 그게 끝이었다. 며칠이 흐르고도 강준에게서 연락이 없었다. 그리고 2주일 뒤, 강준의 연락처가 바뀌었다는 걸 알았다.

"결혼 때문이었어? 결혼 때문에 헤어졌는데 아직도 결혼을 못 한 걸 보니. 하!"

비꼬는 말투와 기가 찬 웃음에도 강준의 표정 변화는 없었다. 할 이야기 있으면 다 해라, 나는 묵묵히 듣고 있을 테니 하는 그의 태도에 계속해서 쏘아붙이던 수인의 입이 다물어졌다. 지금 어떤 말을 한다고 한들 그가 귀 기울여 들을 것 같지가 않았다.

수 분이 흐르고 수인이 입술을 달싹였다.

"넌 인정 못 해. 우리 좋았잖아."

"잠자리에서? 섹스는 확실히 좋았지."

그들의 만남을 한낱 유희로 전락시켜 버리는 강준의 말에 수인의 눈이 커졌다. 강준에게서 그런 말이 나왔다는 걸 믿지 못하겠는지 수인이 얼떨떨한 얼굴로 그를 봤다.

"방금 뭐라고 했어?"

"너하고 하는 섹스가 좋았다고. 그때는 섹스에 미친 듯이 빠질 나이 아닌가? 그런 만남 질렸어, 난. 다른 상대를 찾아봐."

늘 반듯하고 매너 있던 강준이 내뱉은 말이기에 곱절로 더 충격으로 다가왔다. 찬물을 뒤집어쓴 듯 머릿속과 온몸이 차갑게 식었다.

"이강준!"

수인이 옆에 놓인 쿠션을 강준에게 집어 던졌다. 가슴에 맞고 떨어지는 쿠션을 보고 강준은 그날이 떠올라 씁쓸한 미소를 지었지만, 수인은 보지 못했다.

털썩.

쿠션이 떨어지는 소리보다 더욱 묵직한 무언가가 떨어지는 소리였다. 강준이 수인을 바라봤다. 망가진 인형처럼 수인이 소파 위에 늘어져 있었다.

"한수인, 뭐 하는 거야?"

소파 아래로 늘어진 다리. 마찬가지로 꺾여서 소파 밖으로 늘어진 팔. 불편해 보이는 자세에도 수인은 잠잠했다.

"한수인? 수인아!"

직감적으로 불길함을 감지한 강준의 딱딱한 얼굴이 서서히 풀리고 그의 동공이 흔들렸다.

강준은 재빨리 걸어가 수인의 등으로 팔을 집어넣어 일으켰다. 축 늘어지는 몸을 지탱하고 그는 얼굴을 가리고 있는 수인의 머리카락을 치웠다. 조막만 한 수인의 얼굴이 드러났다.

"한수인, 정신 차려. 수인아!"

수인의 이마에 송골송골 땀이 맺혀 있었다. 그 땀을 훔친 강준은 그대로 수인을 안아 들었다. 가볍게 들리는 몸에 강준의 미간이 패였다.

워낙 자기 관리가 철저했기에 늘 같은 몸무게를 유지했던 수인의 몸무게가 달라졌다는 걸 2년 만에 안아 들면서도 바로 알아차렸다. 그러고 보니 얼굴 살이 더 빠져 있었고, 팔이 유독 더 가늘었다.

병원으로 가기 위해 급히 현관으로 향하던 강준은 돌연 멈춰 섰다. 수인은 얼굴이 알려진 배우다. 이대로 그가 병원에 데리고 가면 무슨 소문이 돌지 모른다. 수인은 아파도 병원에 쉬이 가지 못한다. 그는 늘 그게 안쓰러웠다. 그 안쓰러웠던 마음이 2년의 공백기 따윈 모르는 듯 스멀스멀 피어올랐다.

강준은 걸음을 돌려 방으로 향했다. 집 내부는 정민의 집 구조와 같았다. 그래서 그는 전에 정민이 사라졌던 쪽으로 들어섰다. 역시나 그곳에 수인의 침실이 있었다.

침대 위에 조심스럽게 수인을 눕힌 강준은 열을 재듯 이마에 손을 올렸다. 미약한 열기가 손등에 옮겨져 왔다. 그 열기가 그의 가슴까지 퍼졌다.

"으음……."

마 손을 떼는데 신음 소리와 함께 수인의 큰 눈이 절빈쯤 떠졌다.

"강준아, 가지 마."

멀어지는 강준의 손을 잡은 수인이 힘없는 목소리로 간신히 말했다. 거의 힘이 느껴지지 않는 수인에게 잡힌 손이 가벼워졌다. 강준은 툭 떨어지는 수인의 팔을 조심스럽게 잡아 침대 위에 올려놓았다.

열을 떨어뜨리기 위해 강준은 수인의 이마에 물을 적신 수건을 올려두었다. 미열이라고 마음 놓고 있다가 수인이 크게 아팠던 적이 한두 번이 아니었기에 강준은 긴장했다. 2년이라는 시간이 무색할 정도로 강준은 그녀에 대한 기억을 하나도 남김없이 떠올리고 있었다. 아니, 이것이 자연스럽다는 듯 그의 뇌가 수인에 대한 걸 모조리 기억하고 있었다.

집안 곳곳을 뒤져 강준은 약을 찾았다. 상비약이 가득 담겨 있는 상자를 보고 착잡함에 그의 입에서 억눌린 한숨이 새어 나왔다.

병원에 가면 더 좋을 것을.

약을 찾고 나서 강준은 자신의 등이 땀으로 젖어 있다는 걸 알았다. 갑작스레 쓰러진 수인에 놀라 긴장한 탓에 재킷조차 벗지 않고 있었던 것이다. 재킷을 벗고 넥타이를 푼 그는 조금 더 편한 상태로 부엌으로 향했다.

약을 먹이기 전에 뭐라도 먹여야 할 것 같았다. 안아 들었을 때 무게감이 전혀 느껴지지 않았던 걸 떠올리며 강준은 냉장고 안을 훑었다. 있는 거라고는 계란 몇 개와 먹다 만 식빵, 맥주, 두어 가지의 반찬. 딱 봐도 음식을 만들어 먹은 흔적이 없었다.

"한수인."

악문 잇새로 말이 툭 튀어나왔다. 속에서 치미는 울화에 손에 힘이 들어가 냉장고 손잡이를 부술 듯 잡고 있던 강준이 탁, 냉장고 문을 닫았다.

딩동. 딩동.

죽이라도 사와야 하나 고민을 하던 강준의 귀에 초인종 소리가 들렸다. 반사적으로 수인이 잠든 방으로 그의 시선이 향했다. 혹여나 깬 건 아닌가 싶어서 까치발을 한 그가 안방으로 향했다. 다행히 수인은 죽은 듯이 잠들어 있었다.

딩동. 딩동.

"으음……"

재차 울리는 초인종에 수인이 몸을 뒤척였다. 떨어지려는 물수건을 다시 자리를 잡아 올려놓은 강준은 거실로 나가 인터폰을 확인했다. 연우의 얼굴을 띄운 화면을 본 그의 눈초리가 날카로워졌다.

잠깐 열어주지 말까 하는 생각이 들었다. 하지만 열어주지 않는다고 한들 문밖의 남자가 제 스스로 저 문을 열고 들어오는 것도 보고 싶지 않을 광경이라는 생각에 발걸음이 현관으로 향했다.

도어록을 풀고 현관문을 활짝 열자 연우가 뒤로 물러났다. 생각지도 못한 얼굴을 마주한 그의 눈가가 미미하게 떨렸다.

"아직 안 갔습니까."

수인의 부탁으로 강훈을 직접 데려다준 연우는 속도위반 딱지를 떼어가며 달려왔다. 가까운 거리가 아니기는 하지만, 과속카메라에 찍힌 것이 무색하게 시간이 지체됐다.

이 정도의 시간이 흘렀으니 강준이 돌아갔을 거라 생각했다. 더욱이 그의 형이 이 집에 없으니 당연히 강준이 돌아갔을 거라 생각했다. 그런데 이 남자는 언제나 그 당연함을 깼다.

"마침 잘 왔군요. 수인이가 아픕니다."

연우의 작은 이마에 주름이 졌다. 딱딱하게 굳은 얼굴이 바로 걱정으로 물드는 걸 본 강준의 얼굴이 그와 반대로 굳어갔다.

"제가 간호하겠습니다. 이만 가보세요."

막 안으로 들어오려는 연우를 강준이 막아섰다. 머리로는 연우에게 수인을 맡기고 돌아가리라고 했지만, 늘 그랬듯이 수인의 일에 있어서는 몸이 먼저 움직였다. 막아서는 강준을 노려보는 연우의 시선과 뚫고 들어오려는 연우를 노려보는 강준의 시선이 허공에서 부딪혔다.

"수인이가 먹을 죽을 좀 사다 주시겠습니까, 제 매니저님?"

언제나 자신의 위치를 깨우쳐 주듯 강준은 그를 매니저라 불렀다. 단 한 번도 이름을 부른 적이 없었다.

"그럼 부탁드리겠습니다."

현관문을 닫으려 잡아당기는 강준에 의해 반사적으로 연우가 물러났다. 눈앞에서 닫히는 현관문을 노려본 연우는 주먹을 말아 쥐었다. 하지만 이내 어쩔 수 없다는 듯 그가 몸을 돌려 엘리베이터로 향했다.

현관문에 딱 붙어 멀어지는 발소리를 확인한 뒤에야 강준은 거실로 들어섰다. 마음에 들지 않는 자신의 행동이었지만, 연우를 떨쳤다는 옅은 승리감이 그를 덮쳤다. 거실의 중앙에서 수인이 있는 방을 바라보며 그는 한참을 서 있었다.

딩동. 딩동.

30여 분이 흐른 후 초인종이 울렸다. 연우임을 알아챈 강준은 걸음을 옮겼다. 30분을 한 자세로 서 있었기에 굳은 그의 다리가 움직임으로 찌릿하게 감각을 되찾았다.

또 초인종을 누르려 했던 것인지 연우의 손이 위로 올라갔다가 어정쩡한 위치에서 다시 내려갔다. 반대편 손에 들린 죽 가게의 이름이 적힌 흰 봉지를 확인한 강준은 연우를 집 안으로 들였다.

"이제 가보셔도 됩니다."

"아직 이야기가 끝나지 않아서요. 수인이 깰 때까지 제가 있을 테니 제 매니저님은 걱정 말고 가시죠."

다시 시작된 두 남자의 신경전은 안방에서 수인이 걸어 나오면서 끝이 났다. 한 손에 물수건을 들고 다른 손으로는 이마를 짚으며 수인이 거실로 나왔다. 대치 중인 두 남자를 흘끗 본 그녀는 연우에게 먼저 말을 꺼냈다.

"연우 씨, 가봐. 난 괜찮아."

연우의 목울대가 크게 움직였다. 터져 나오는 한숨을 억지로 삼킨 그는 테이블 위에 죽이 담긴 봉투를 내려놓고 말없이 집을 나갔다.

"죽 먹고 약 먹어. 그럼 나도 간다."

"잠깐만. 강준아, 가지 마."

한 걸음을 떼기도 전에 수인이 강준을 붙잡았다. 고작 말뿐이었지만 보이지 않는 힘에 붙들린 듯 강준은 그 자리에 섰다. 강준을 잡아놓고 수인은 두통에 신음을 내뱉었다.

"아…… 머리 아파."

머리를 감싸 쥐는 수인을 내려다보던 강준이 한 발짝 걸음을 뗐다. 이제 막 걸음을 뗀 아이처럼 느릿느릿하고 조심스럽게 발걸음을 옮긴 그가 수인의 손에 쥐어진 수건을 잡아 뺐다. 촉촉하게 물기가 어린 그녀의 손바닥을 자신의 손등으로 닦은 강준이 죽을 꺼내고 숟가락의 포장지를 뜯어 수인의 손에 들려주었다.

"일단 먹어. 약 가지고 올게."

하얗게 질려 있는 수인의 얼굴을 보자 모진 말이 쏙 들어갔다. 특히나 수인이 쓰러졌던 것까지 봤기에 걱정이 생기지 않을 수가 없었다. 이렇게 약하게 굴어봤자 자신만 불리하다는 걸 알지만, 자신도 어쩔 수가 없었다.

물과 약을 챙겨온 강준은 묵묵히 수인이 죽을 다 먹기를 기다렸다. 1/3쯤 비워지자 수인이 숟가락을 내려놓았다. 그때를 기다렸다는 듯 강준이 플라스틱 포장지에 밀봉된 약을 툭툭 터서 수인에게 건넸다.

"먹어."

"응. 고마워."

약을 입안에 털어 넣은 뒤 물과 함께 약을 넘겼다. 커다란 알맹이가 지나가자 목에 미약한 통증이 일었다. 저도 모르게 찡그린 수인이 다시 물을 마신 뒤 소파에 등을 기댔다.

"피곤해."

"들어가서 쉬어. 열이 완전히 떨어질 때까지."

"잠을 못 자. 불면증이야."

투정이 섞인 목소리에 강준은 헤어지기 전을 떠올렸다. 다음 날 촬영이 있는 날, 특히나 촬영이 잘 되지 않아 재촬영에 들어가게 되면 수인은 스트레스에 잠을 잘 이루지 못했다. 강준은 전화로 온갖 짜증을 내면 묵묵히 받아주었다가 퇴근한 뒤 수인에게 가서 잠이 들 때까지 보듬어줬었다.

그때처럼 수인이 잠들 때까지 보살펴 주는 관계가 아닌지라 강준은 머리를 흔들어 추억을 지웠다.

"어디부터 풀어 나가야 할지 모르겠어. 나는 너랑 헤어지고 싶지 않았어."

덤덤하게 흘러나오는 수인의 목소리에는 힘이 없었다. 그 덤덤함에 강준은 비릿한 웃음을 지었다.

"네가 그렇게 가버리고 연락처도 바뀌었을 때 얼마나 당황했는지 알아? 헤어지더라도 그렇게는 아니었어."

"그래."

큰 반응이 없는 강준의 태도에 수인이 고개를 옆으로 꺾었다. 멀찍이 앉아 있는 강준을 보던 그녀가 화제를 바꿨다.

"강훈 오빠는 여전하더라. 꼭 어제 본 것같이."

"형이야 여전하지."

"지휴하고 주은이는 잘 지내? 애들 본 지도 오래됐다."

"응. 잘 지내."

몇 마디 더 주고받던 수인은 조금 더 편하게 몸을 늘어뜨렸다. 긴장이 풀린 듯 몸이 가라앉았다.

"전에 여기는 왜 온 거야? 너랑 같이 엘리베이터에서 내렸던 그 남자 어디서 본 것 같은데."

강준은 전에 보았던 정민을 묻는다는 걸 알았다. 단지 그와 같이 있는 남자였기에 묻는 것뿐이겠기만, 다른 남자를 묻고 관심을 갖는 수인의 모습에 그는 습관적으로 몸을 바짝 세웠다. 긴 침묵 끝에 강준이 대답했다.

"우리 회사 상무이사."

"상무이사? 아! 지금 이혼 준비 중이라는?"

떠돌아다니는 가십거리는 충분이 알고 있기에 수인이 흥미로운 눈빛을 보였다. 두 사람이 결혼할 때도 꽤 기사거리가 많이 흘러나왔었다. 이번에는 그들의 이혼 준비에 여러 가지 추측 기사가 쏟아져 나오고 있었다.

"응. 내가 변호를 맡았어."

"강준이 네가? 그 사람이 여기 사는 거지? 그럼 여기에 자주 오겠네?"

"글쎄."

"여기 오면 나한테 들러."

"왜?"

강준의 얼굴을 물끄러미 보던 수인이 눈썹을 일그러뜨리고는 볼을 부풀렸다. 마음에 들지 않다는 무언의 표시였다. 왜냐는 그의 말에 답을 찾지 못했다. 눈을 동그르르 굴린 수인이 강준에게 손을 뻗었다. 간신히 손끝이 그의 팔에 닿았다.

"안 돼? 우리가 헤어졌으니까? 일방적인 너의 통보였어, 그건. 난 동의한 적 없어."

"2년 동안 서로 연락도 없다가 이러는 거 좀 웃기지 않나?"

끝내 할 말을 잃었다. 강준의 말이 옳았다. 2년이 지난 지금에서야 그를 잡는다는 건 모순투성이니 말이다. 강준을 잃기 싫었다면 2년 전 그를 어떻게든 찾았어야 했다. 분명 만나고자 하면 쉽게 만날 수 있었을 것이다.

"사정이 있었어. 정말이야. 미국으로 갔을 때도, 한국으로 돌아왔을 때도 널 찾고 싶었어."

2년 동안 강준을 그리워했고, 여전히 원하고 있었다. 강준을 원하면서도 그를 찾지 못했다.

"무슨 사정? 우연히 만나지 않았다면 넌 날 찾지 않았을 거야."

강준의 말에 수인은 고개를 떨궜다. 눈물이 툭툭 허벅지 위로 떨어졌다.

"내가 잘못했어."

늘 싸우면 수인이 강자였다. 자신은 약자였다. 그게 익숙했던 탓인지 잘못을 비는 수인의 모습에 마음이 무거워졌다.

"어떻게 해야 할지 모르겠어. 2년 전에도 그랬고, 지금도 그래.

널 잃기 싫어. 진짜야."

"그래."

딱히 다른 말이 나오지 않았다. 7년을 만났다. 그동안 수인이 자신을 좋아하지 않았다는 건 아니다. 그 정도의 확신도 없었다면 7년을 만나지는 못했을 거다. 그녀는 늘 한결같았다. 한결같이 자신을 열렬히 원했다. 그러니 자신을 잃기 싫다는 수인의 말이 거짓이 아님을 안다.

"나 너무 힘들어. 요즘 너무 힘들어. 강준아, 나 힘들어."

소파 위에 엎드려 우는 수인을 일으킨 강준이 그녀를 품에 안았다. 기다렸다는 듯 목을 감싸고 어깨에 얼굴을 묻고 흐느끼는 수인의 등을 부드럽게 쓸어내렸다.

어떻게 해야 할지를 모르겠다. 수인과 마찬가지로 자신도 어떻게 해야 할지를 모르겠다. 우연이라도 마주치지 않았다면 좋았을 것을. 그럼 이렇게 네가 우는 걸 보지도 않았을 텐데.

아직 지워지지 않은 사랑에 강준도 속이 쓰렸다. 내뱉었던 모진 말들이 다시 그의 심장에 무섭게 박혀들었다. 뚝뚝 떨어져 그의 어깨를 적시는 수인의 눈물이 모두 다 저 때문인 것 같아 강준의 눈이 후회로 깊어졌다.

핸드폰 진동이 울렸다. 강훈에게서 계속 전화가 오고 있었다. 잠든 수인의 얼굴을 보는 강준의 눈이 벌겋게 충혈되어 있었다. 수인의 얼굴을 보고 있으면서 왜 자신이 여태 집에 가지 않고 이곳에 있나 하는 의문이 계속해서 들었지만, 그는 움직이지 못했다. 침대에 등을 기대고 앉아 잡힌 손을 보며 그는 나직이 숨을 내쉬었다.

"여보세요."

수인에게 잡히지 않은 손으로 핸드폰을 집어 든 그가 전화를 받았다.

[오늘은 집에 안 와? 어머니 기다리다가 주무시러 들어가셨어.]

이미 해가 모습을 감춘 지 오래라는 건 알고 있었다. 선이 어떻게 되었는지 보고를 하러 오지 않는 동생에게 강훈이 내일 오냐고 물었다.

"내일 갈게. 형은 아직 안 자고 뭐 해?"

[너 기다렸지. 선 어떻게 됐나 궁금해서. 아참, 나 수인이 만났어. 알아? 너도 만났지?]

그가 본 선에 대해 물어보면서도 아무렇지도 않게 수인을 만난 것에 대해 이야기를 하는 형이 강준의 심기를 거슬렀다. 강훈은 가끔 알면서 일부러 이러는 건 아닌가 싶을 정도로 얄미운 구석이 있었다.

"만났어."

[그래? 나 수인이랑 다음에 밥 먹기로 했는데.]

"그러든가."

더는 통화하기 싫어진 강준은 대충 대꾸를 하고 전화를 끊었다. 열기가 도는 핸드폰을 손에 쥔 그는 또 수인의 얼굴에 시선을 두었다.

오랜만에 보는 수인의 잠든 얼굴. 예전에는 보아도 보아도 질리지가 않았다. 잠을 자다가도 문득 수인이 보고 싶어 잠에서 깼다. 옆에 없을 때는 사진을 찾아봤고, 같이 잠이 들었을 때에는 지금처럼 새벽 내내 수인이 잠든 모습을 봤다.

"불면증이라더니."

불면증이라 해놓고 지금 잠을 잘 자는 모습을 비꼬는 게 아니었다. 수인은 불면증인 게 확실했다. 혈색이 없는 얼굴과 초점이 흐린 눈빛. 눈 밑에는 다크서클이 보였고, 무기력하던 모습과 기절하듯 잠이 든 것. 버티고 버티다가 몸에 있는 에너지가 바닥나 까무룩 잠이 들었다.

수인에게 잡힌 팔을 빼내고 강준은 침대 밖으로 나왔다. 이곳에 계속 있고 싶은 마음을 애써 접은 그는 자신의 집으로 향했다.

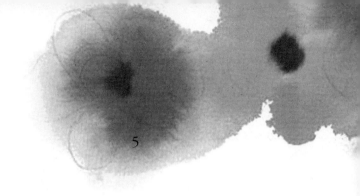

5

짙은 어둠이 아직 깨어나지 않은 시각에 핸드폰이 울렸다. 더듬거려 가며 간신히 핸드폰을 찾아 귀에 가져갔을 때 들리는 가라앉은 여자의 목소리에 강준은 잠이 확 달아났다.

"한수인. 지금이 몇 시인데."

[깼는데 잠이 안 와.]

"자려고 노력해 봐."

[언제 간 거야?]

낮게 숨을 내뱉은 강준이 몸을 일으켜 침대 헤드에 기대앉았다. 어둠에 익숙해진 그의 시야에 익숙한 형체들이 눈에 박혀들었다. 사물을 하나하나 담아가던 그의 눈이 자신의 움직임으로 구겨진 이불에 닿았다.

[강준아? 자?]

"아니, 안 자. 몸은 어때? 불면증이 심한 것 같던데. 언제부터 그랬어."

[한 2년 됐나, 불면증이 심해진 지. 너 때문이기도 해. 네가 그렇게 가버렸으니까.]

투정을 부리지 않는다면 한수인이 아니지.

낮게 혀를 차면서도 강준은 수인의 투정을 받아넘겼다. 짧게 끝내려던 통화가 핸드폰이 뜨거워질 때까지 이어졌다. 통화 내용은 과거에 머물렀다. 예전에 두 사람이 보았던 영화, 들었던 노래, 같이 공유했던 시간을 수인이 기억을 더듬어가며 이야기를 하면 강준이 동조를 하거나 잘못된 바로잡아 주었다.

한 시간이 넘는 통화는 두 사람이 만나던 초창기를 제외하고는 처음 있는 일이었다. 늘 수인은 바빴고, 강준은 그녀의 연락을 기다렸다. 간신히 갖게 된 짧은 통화도 누군가에 의해 강제로 종료가 됐었다.

"이제 그만 자. 배터리 방전된다."

[이따가 올 수 있어?]

"본가에 가봐야 해. 나중에 시간 되면 갈게."

당장 수인을 보기에는 그도 껄끄러운 부분이 있었다. 낯선 기분이 들기도 했고, 복잡한 심경에 또 수인에게 모진 말을 할까 두렵기도 했다. 그리고 수인을 보면, 지난 2년의 세월을 후회할 것 같기도 했다. 아니, 이미 후회 중이었다.

[응. 우리 이렇게 통화하는 것도 정말 오랜만이다, 그치?]

강준이 전화를 끊으려는 걸 감지한 수인이 마지막까지 말을 이어갔다. 하지만 방전으로 인해 전화는 바로 끊겼다. 열기가 감도는 핸드폰을 손에 쥔 강준은 무력감과 허탈함에 한숨을 쏟아냈다.

같은 서울권 내에 있기에 본가는 먼 거리가 아니었다. 그럼에도 강준은 2년 전까지만 해도 본가에는 서너 달에 한 번 정도 들렀었다. 요즘에는 한 달에 두 번씩은 들르기도 한다.

"왔니?"

먼저 맞아주는 집안일을 도와주시는 아주머니께 인사를 드린 뒤 강준은 모친인 정민희의 인사를 받았다. 거실에는 그의 부친인 이영진이 뉴스를 시청하고 있었고, 강훈은 그를 향해 손을 흔들며 웃고 있었다.

"저 왔습니다."

"그래. 요즘 일은 괜찮니? 듣자 하니 네 회사 상무이사가 이혼 준비 중이라지?"

정민의 이혼 소식을 부친까지 알고 있는 걸 보니 꽤 회자되고 있는 건 분명했다. 이혼이라는 단어에 영진과 민희의 얼굴에 거부감이 서렸다. 부부라면 서로를 우선으로 해야 하고, 서로에게 누가 되는 행동을 해서는 안 되며, 서로를 존중해야 한다. 행복과 불행을 함께하겠다는 선서를 죽을 때까지 지켜야 한다는 신념을 가지고 계시는 두 분이시니, 이혼을 못마땅하게 생각하시는 게 당연했다.

"요즘은 이혼이 참 쉬워졌어. 세상이 어떻게 돌아가려는지. 부부가 되는 인연이 그리 쉽나. 그만큼 서로에게 충실해야 하는 것을."

정민의 이혼에 어떤 소문을 들었는지 영진은 연신 혀를 찼다.

그리고 그 이야기가 돌고 돌아 부부의 연까지 이어졌고, 강준의 선 이야기까지 이어졌다.

"어제 나 때문에 슬아 양에게 결례를 범한 건 아닌지 모르겠구나."

내심 어제의 일이 마음에 걸렸는지 민희가 강준에게 말했다. 어제따라 강훈의 일탈에 손이 떨렸다. 언제나 늘 물가에 내놓은 것 같은 큰아들이 세 시간이 넘게 연락이 되지 않았을 때, 그녀는 정신을 잃는 줄 알았다.

강훈은 평생 저들이 끼고 살기로 마음을 먹었다. 자신들에게는 눈에 넣어도 아프지 않을 자식이지만, 어렸을 때 겪은 사건 이후로 강훈은 남달라졌다. 납치 사건 이후로 대인기피증이 생겨 학교에 보내지를 못했다. 간신히 홈스쿨링으로 고등교육을 마쳤지만, 대학은 가지 못했다.

지속적인 정신과 치료로 대인기피증은 나아졌지만, 어제 일을 마치 예전에 있었던 일마냥, 예전의 일을 어제 있었던 일마냥 기억을 왜곡하고, 숫자에 있어서 특히 돈에 대한 개념이 없는 그를 장가보내기는 어렵다는 걸 알았다. 그렇기에 영진과 민희는 둘째 아들인 강준의 장가에 온 관심이 쏠려 있었다.

"다행히 슬아 양과 다시 만나기로 했다며."

다음에 또 보자는 식으로 마무리를 했던 것도 같다. 기대감이 넘치는 모친과 부친의 눈초리에 강준은 알아서 하겠다는 말로 얼버무렸다.

만나는 사람이 있는 것 같기도 하고 없는 것 같기도 하던 둘째였다. 눈치를 보다가 1년 반 전 쯤에 선 이야기를 꺼냈다. 다행히

별 거부 없이 선 제안에 응하는 강준에게 민희는 옳다구나 하며 선을 줄줄이 잡아왔다.

영진은 젊은 시절 그의 부친이 그랬던 것처럼 교사가 되었고, 더 나아가 장학사까지 했다. 지금은 사기업이 세운 장학재단에서 근무를 하고 있었다. 그리고 민희는 가정학과 대학교수였으며, 지금은 일을 그만두고 친우들을 만나 취미 활동을 하고 있었다.

그런 부모이기에 두터운 인맥으로 비슷한 교육자 집안 또는 그들의 친인척 등의 선 자리가 끊이지 않았다.

"어머니, 당분간은 선 자리는 물려주세요. 맡은 일이 많아서 시간 내기가 힘들 것 같습니다."

민희의 눈동자가 커졌다. 벌어지는 입을 손으로 가린 그녀는 고운 미소를 지으며 남편과 눈을 맞췄다. 아내의 눈에 강준이 슬아와의 만남을 이어가기 위해 저러는 것이 아니냐는 뜻이 담겨 있는 걸 읽은 영진은 반신반의하며 아들의 얼굴을 봤다. 서글서글하고 자기 감정 표현이 확실한 첫째와는 달리 늘 감정을 드러내지 않는 둘째의 얼굴에서 어떠한 뜻을 읽어내기란 쉽지 않았다.

"그렇게 하렴. 어머! 벌써 시간이. 점심 준비 해야겠구나."

자리에서 일어나며 민희는 번듯한 두 아들을 흐뭇하게 바라봤다. 그녀를 따라 일어나는 두 아들은 이미 오래전 그녀의 키를 훌쩍 넘어섰다. 장성한 두 아들이 그 누구보다 반듯하게 자라준 것이 늘 고마웠다. 강훈과 강준, 특히 강준은 그들에게 있어서 큰 자랑이었다.

부엌으로 향하는 부친과 모친을 뒤따르던 강훈이 돌연 뒤돌아 강준을 막아섰다.

"수인이 때문이야?"

"뭐가."

"선. 그러고 보니 너네 헤어졌던가? 아닌가? 수인이를 굉장히 오랜만에 본 거였지, 나?"

강준에게 강훈의 뒤틀린 기억은 익숙했다. 이제야 그는 어제 수인이를 오랜만에 봤다는 걸 인지했다. 강준은 뒤통수를 따라 올라오는 찌릿한 두통에 미간을 접었다. 다행히도 강훈은 부모님 앞에서 수인이 이야기를 단 한 번도 한 적이 없었다. 물론 앞으로도 그래 주었으면 한다.

"부모님 앞에서는 이야기 꺼내지 마."

"왜? 아, 선 때문에? 아니다. 당분간 선은 안 본다고 했지. 아! 수인이는 몰래 만나야 해. 전에도 그랬어. 그치?"

수인이 유명 연예인이라는 걸 간혹 가다 상기하는 강훈이 지금 그걸 떠올렸다. 강훈의 제멋대로인 기억을 잘 알면서도 강준은 지금 그가 자신을 약 올리고 있다는 생각이 또 들었다. 싱글벙글. 하지만 강훈의 얼굴 그 어디에서도 악의는 찾아볼 수가 없었다.

"배고프다. 밥이나 먹자."

배고프다는 강준의 말에 강훈이 그의 팔을 잡고 성큼성큼 걸음을 옮겼다. 혼자 사느라 잘 못 챙겨 먹었냐고 걱정하면서 자리에 앉은 강훈은 부친이 숟가락을 들고 식사를 시작하자마자 젓가락으로 동생이 좋아하는 반찬을 집어 밥그릇 위에 올려주었다.

강준은 천천히 숟가락을 들어 반찬과 밥을 같이 떠서 보란 듯이 먹었다. 강훈의 가지런한 눈매가 휘었다.

자신과 닮은 얼굴은 자신과 달리 늘 웃고 있었다. 티 없이 맑은 웃음은 다른 사람들에게 쉽게 전이가 된다. 눈을 접어 웃으며 상대방에게 호의를 이끌어낸다. 한때는 저 웃음을 닮고 싶기도 했다. 하지만 그러하기에는 형을 대신해 짊어져야 하는 짐이 많았다. 그 중압감이 내면을 꽁꽁 감추도록 만들었고, 때문에 감정 표현이 서툴러졌다. 그렇다고 해서 형이 미운 건 아니었다. 자신과 반대로 늘 아이처럼 순수하기만 해서 제 감정을 고스란히 드러내는 그가, 때로는 감정을 감춰야 한다는 걸 알지 못하는 그가, 자라지 못한 형이 안타깝다.

"형도 먹어."

서로를 챙기는 형제를 보는 영진과 민희의 눈매도 강훈과 같이 휘었다.

—오늘도 바빠?

툭툭툭 핸드폰 자판을 두드리던 손가락이 멈췄다. 문자를 보내는 것이 주저되어 그런 것이 아닌, 일순 눈앞이 캄캄해지고 탁탁 터지는 여러 색의 폭죽들이 수인의 시야를 가렸기 때문이다.

순간적으로 공간이 빙빙 돌고 있는 것인지, 제 몸이 돌고 있는 것인지 구분이 가지 않았다. 무력하게 주저앉아 정신을 놓지 않으려 이를 악물었다. 턱관절이 얼얼하게 느껴질 만큼.

암흑에 휩싸였다가 다시 시야를 되찾았을 때 수인은 역한 기운과 함께 헛구역질이 올라왔다. 입을 틀어막고 몸을 들썩이던 그녀는 부엌으로 황급히 달려갔다. 싱크대의 물을 틀어놓고 헛구역질을 했지만, 토해내는 건 없었다.

"아, 어지러워."

강준이 집에 왔을 때 잠든 걸 빼고는 3일 동안 또 제대로 잠을 이루지 못했다. 이렇게 지내다가는 정말 몸이 망가질 것 같아 수인은 그동안 거부했던 수면제를 떠올렸다. 하나 처방전이 있어야 하기에 병원에 갈 생각을 하던 그녀는 고개를 저었다.

딩동. 딩동.

초인종 소리에 수인은 간신히 힘을 짜내어 걸음을 옮겼다. 위태롭게 흔들리는 몸이 현관 앞에 다다랐을 때 한 차례 크게 휘청거렸다.

"무슨 일이야?"

"또 잠 못 잔 거야? 안 되겠다. 이러다가 정말 큰일 나겠어."

할리우드 진출을 했을 때보다 수인은 살이 더 쏙 빠졌다. 잘 풀리지 않았던 해외 진출에도 수인은 이 정도까지 힘들어하지 않았다. 오히려 더 오기로 버티고, 연기 연습에 더 열정적으로 매진했다. 그런 그녀가 결국 해외 진출을 실패로 마무리 짓고 한국으로 돌아와서는 모든 의욕을 잃어버린 듯 행동하자 연우는 걱정 때문에 요즘 잠을 이루지 못하고 있었다.

"왜 왔어?"

"먹을 거랑 장 좀 봐왔어. 3일 동안 연락도 안 받고. 뭐 했어?"

"그건 왜 가져왔어?"

연우의 손에는 장을 본 음식뿐만이 아닌 며칠 전에 소속사 사장이 주었던 시나리오가 들려 있었다. 그걸 본 수인이 짜증을 내며 돌아섰다.

"일단 읽어는 봐. 2년간 해외에 있었으니 이쯤이면 하나 찍는 게 좋아. 알잖아. 벌써 네 자리 노리는 배우들이 수두룩해."

딱 수인의 자리라고 이름을 붙여놓은 건 아니다. 일부 연기력이 뛰어난 배우를 제외하고는 대부분이 인지도로 먹고사는 배우이기에 사람들에게 잊힌다는 건 추락을 의미했다. 수인은 연우가 자신을 걱정해서 하는 말이라는 걸 알았다. 그럼에도 짜증 섞인 말이 툭 튀어나왔다.

"할리우드 진출에 왜 실패했는지 몰라? 새로운 배역에 도전하려다가 실패한 거잖아! 지금 들어온 것도 전부 다 예전에 하던 배역과는 다르잖아! 모르겠어? 날 조롱하려고 일부러 할리우드 때와 비슷한 배역들을 주는 거라고!"

"수인아, 할리우드는 성급했어. 알잖아. 우리도 제대로 준비하지 않은 상태였고, 휘둘리다가 피해를 본 거야."

할리우드 진출 실패에 수인이 낙심한 건 알고 있었다. 그렇지만 자격지심까지 갖고 매너리즘에 빠질 줄은 몰랐다. 이럴 때일수록 더 도전을 해야 하지만, 국내와 국외로 받은 질타에 정신이 피폐해진 그녀는 대중 앞에 나서기를 꺼려하는 상태까지 와 있었다.

"싫어. 진짜 싫어. 그만 가줘. 나 쉴래."

방으로 들어가는 수인의 뒷모습을 보던 연우는 들고 있던 시나리오를 소파 앞의 테이블 위에 올려두고 장을 본 음식들을 차곡차곡 냉장고에 넣었다.

연우가 갔는지 거실에서 들리던 작은 소음이 사라졌다. 까만 블

라인드로 창이 가려진 방 안은 짙은 어둠에 잠겨 있었다. 그 가운데 침대 위에 엎드려 누워 있던 수인의 몸이 들썩였다.

단 한 번의 미팅으로 할리우드 진출이 결정나고 그야말로 수인의 인생에 있어서 최고점에 달하는 전성기였다. 장기간 해외에 나가야 했기에 강준과 떨어져 있어야 한다는 걸 제외하고는 만족스러웠다.

싸우고 난 뒤 강준이 번호를 바꾸고 사라졌을 때 처음에는 당황했다. 그가 화가 많이 난 것인가 싶으면서도 번호를 바꾼 그의 행동에 화가 나기도 했다. 하지만 얼마 지나지 않아 걱정이 되었다. 그날 싸울 때, 그가 돌아설 때 그의 뒷모습이 스산했다. 마지막 그의 표정이 어땠는지 떠올리려 해도 정확하게 기억나지 않았다. 그냥 느낌만 남아 있었다. 그가 남기고 간 서늘함만이.

뒤늦게 그날의 싸움에 대한 심각성을 깨달았다. 등줄기를 타고 묘한 두려움이 올라와 선뜻 바뀐 번호를 알아내려 하지 않았다. 평소에 느끼지 못했던 두려움에 그날의 싸움을 외면하면서 강준을 만나지 않았다. 실상, 어차피 주은이나 지휘를 통하면 강준을 찾을 수 있을 것이기에 조금쯤 마음을 놓고 있었던 건 사실이다. 게다가 해외 진출 준비로 그럴 겨를도 없었다. 구차한 변명일지라도 정말 그랬다.

TV뿐만 아니라 모든 매체 여기저기에서 그녀의 할리우드 진출에 관련된 기사가 도배가 됐다.

소속사에서 강행했던 무리한 일정. 수인은 짧은 기간 내에 영어를 배워야 했고, 영어로 연기하는 걸 배워야 했다. 그러곤 모든 준비를 완벽히 하기도 전에 미국으로 가야 했다.

처음부터 삐거덕거렸다. 오디션을 겸한 미팅 때와 달리 감독은 촬영을 준비하면서 그녀에게 미묘한 태도를 일관했다. 어떤 날은 이 배역이 수인을 위한 배역이라고 했다가, 또 어떤 날은 수인이 이 배역을 잘 소화해 낼 수 있을지 걱정된다고 말했다.

확실하게 도장을 찍고 계약한 상태가 아니었다. 구두로만 이뤄졌었기에 소속사와 수인은 제작자에게 이리저리 휩쓸렸다.

촬영 직전까지 감독은 수인에게 호감을 표하다가 시큰둥하기를 반복했다. 그것이 다른 걸 요구하고 있다는 걸 뒤늦게 알아챘다.

일종의 로비. 하지만 그것은 수인도, 그녀의 매니저인 연우도 절대 응해줄 수 없는 몸 로비였다. 소속사에서는 은근슬쩍 자리를 마련하라 했지만, 연우의 반발은 심했다. 수인 또한 격하게 화를 냈다. 어떻게 자신에게 이런 제의가 들어올 수 있는지 모멸감과 수치심에 치를 떨었다.

결국 계약서에는 도장을 찍지 못했다. 모욕과 치욕으로 제정신이 아닌 채로 강준을 찾았다. 이미 바뀐 강준의 번호로 연락을 취했다. 하지만 지금 와서 연락을 하면 그가 선뜻 달려와 줄지 걱정이 되었다. 싸우고 난 뒤 화해도 하지 않은 채 미국으로 와버렸다. 그제야 그가 이런 자신의 행동을 어떻게 받아들일지 걱정이 되었다.

수인은 직접 연락할 자신이 없어져 연우에게 그를 찾아달라는 부탁을 했다. 너덜너덜해진 그녀를 포근히 감싸줄 강준에게 데려가 달라고 고래고래 악을 질렀다.

연우는 이렇게 돌아가면 자존심에 상처 입은 수인이 어떻게 나올지 걱정되었다. 그 누구보다 자존심이 셌던 그녀는 초창기 한국에서 이와 같은 비슷한 일을 제안받았을 때 소속사 몰래 기자회견을 하려고 했다. 그때 연우가 먼저 알아채고 막았다.

수인은 언제 터질지 모르는 시한폭탄과도 같았다. 만약 수인이 기자회견을 했다면, 그의 부친인 제 대표가 가만히 있지 않았을 것이고 그녀는 매장당했을지도 모른다.

연우는 수인을 달래고 달래 꼭 성공해서 돌아가자고 했다. 이렇게 돌아가면 정말로 비웃음을 사게 될 거라고, 기자들이 이런 기사를 얼마나 반기는지 알고 있냐고 그녀를 타일렀다. 자존심이 그 누구보다 센 수인은 연우의 말에 결국 고집을 버렸다.

그날 이후로 수인은 오디션이란 오디션은 모두 보러 다녔다. 한국에서는 최고 주가를 달리는 배우였지만, 이곳 할리우드에서는 데뷔도 못 한 초짜 신인에 불과했다. 그때 수인은 이 세계의 매정함에 대해 몸소 깨달았다. 한국과는 비교도 되지 않는 차가움과 배척 어린 시선, 그리고 냉대.

간신히 작은 배역을 따냈다. 인기 있는 드라마의 새 시즌에 들어갈 새로운 배역을 맡았다. 하지만 5회 출연 끝에 수인은 하차를 하게 됐다.

1년 10개월의 노력 끝에 수인은 드라마 5회 출연을 마지막으로 한국으로 돌아왔다. 그녀의 해외 진출은 실패였다. 그녀의 연기력 때문만이 아니었다. 그녀가 소속사의 해외 진출 첫 케이스였다. 소속사도 준비가 잘 이루어지지 않았고, 처음이었기에 노하우가 없었다.

이러저러한 이유로 실패를 했지만, 어찌 됐든 실패의 낙인은 수인에게 찍혔다. 그 낙인은 수인을 유린했다. 그녀를 엉망진창으로 망가뜨렸다. 낙인은 살갗을 파고들어 혈관을 맴돌아 그녀의 심장까지 침투했고, 날카로운 유리 조각처럼 깨진 낙인 파편은 심장에 박혀 고통을 안겨줬다.

한국에 돌아와 무력감에 빠져 생활을 했다. 숨을 쉬어도 숨을 쉬는 게 아니었고, 상처 입은 마음을 추스를 수가 없었다. 그 누구도 위로해 주지 않았다. 소속사는 자신의 할리우드 진출에 쏟아부었던 돈을 회수하기 위해 한국에 오자마자 CF와 영화를 찍을 것을 권유했다. 하지만 대중들 앞에 설 자신이 없었다. 모두가 다 비웃을 텐데. 나는 실패자인데. 그 생각이 정신을 지배했다.

한국에 돌아와, 이곳에서도 상처를 받고 생각난 사람은 역시나 강준이 유일했다. 애초에 그를 떠나서는 안 되는 것이었다. 그랬다면 그와 싸우는 일이 없었을 것이고, 그가 없는 곳에서 그런 치욕스러운 일을 당하지도 않았을 거다. 그리고 이렇게 그를 그리워하며 괴로워하지 않았을 것이다.

지금이라도 찾아가서 용서를 빌어볼까. 내가 잘못했다고 빌어볼까. 하지만 찾아갈 수 없었다. 자신은 실패자이기에. 이런 모습으로 강준의 앞에 나설 수는 없었다.

"강준아."

몸이 덜덜 떨려왔다. 혼자라는 느낌. 아니, 혼자 있어도 누군가가 손가락질을 하고 비웃는 것 같았다. 보이지 않는 손가락. 들리지 않는 비웃음. 귀에는 들리지 않는 비웃음이지만, 자신의 머릿속에는 울렸다.

공포가 왈칵 밀려들었다. 지금 이 공간에 다른 누군가들로 가득 찼다. 낄낄 비웃으며 엎드려 울고 있는 자신을 보며 즐거워하고 있었다.

"흐윽. 저리 가. 싫어. 강준아."

수인의 흐느낌이 커져 갔다. 몸을 더욱 웅크리고 침대 속으로 들어갈 듯 파고들었지만, 그녀를 따뜻하게 감싸주는 건 아무것도 없었다. 어둠 속에 수인은 홀로 버려졌다.

일요일부터 계속 매 시간마다 울렸다고 해도 과언이 아닐 정도로 강준의 핸드폰은 드르륵 진동을 울렸다. 월요일 회의 때부터 시작된 문자와 전화에 그의 팀원 모두가 궁금한 눈초리로 쳐다봤다. 짧은 진동은 문자, 긴 진동은 전화. 짧은 진동이 울리면 슬쩍 핸드폰을 확인하고는 짧게 답장을 보냈고, 긴 진동이 울리면 발신자를 확인하고서는 사무실을 나섰다.

토요일에 그가 선을 봤다는 걸 지휴의 입을 통해 들은 팀원들은 선을 본 여자와 잘 되어가는 건 아닌지 흥미를 보였다. 오늘도 울릴 거라 생각했던 강준의 핸드폰이 잠잠하자 지휴가 슬쩍 떠봤다.

"흠흠. 오늘은 그 연락 안 와?"

"무슨 연락?"

지휴의 물음에 서연이 대놓고 목을 쭉 빼서 그들을 바라봤다. 강준이 선을 봤다는 것만으로도 저 혼자 열을 내던 서연은 강준의 핸드폰 진동이 울릴 때마다 펜을 집어 던지기도 했다.

대놓고 강준을 응시하는 서연과 달리 주은은 귀를 세워 두 사람의 대화를 엿들었다. 아마 다른 팀원들도 있었다면 서연이나 주은과 같은 행동을 보였을 것이다.

"그…… 연락? 계속 핸드폰 울리더니 오늘은 잠잠하기에. 꽤 괜찮은 여자였나 봐?"

"무슨 소리야."

강준의 매끈한 미간이 접혀 들어갔다. 쓸데없는 잡담을 할 시간 있으면 판례나 더 뒤적거리라는 소리 없는 말이 그의 눈에 깃들었다.

슬쩍 고개를 돌려 서연이 그들에게 집중을 하고 있는 걸 본 지휴는 강준의 어깨를 툭툭 쳤다.

"야. 나가서 이야기하자. 커피 한 잔도 하고."

서연의 얼굴이 팩 일그러졌다. 어딜 가냐고. 여기서 이야기하라는 서연의 사나운 눈길에 더욱 재미가 붙은 지휴는 강준의 팔을 잡아당겼다. 마침 커피가 생각나던 때라 강준은 별말 없이 핸드폰을 들고 따라 일어났다.

"서 변! 같이 가지?"

주은이 지휴의 부름에 오케이 사인을 보내고 보던 자료를 정리했다. 자신만 쏙 빼놓고 사무실을 나서는 세 사람의 뒷모습을 서연이 입술을 잘근잘근 씹으며 쏘아봤다.

이 회사에 입사하기를 가장 잘했다고 생각될 때가 딱 두 번 있었다. 설날과 추석에 나오는 빵빵한 보너스를 받을 때, 그리고 각 휴게실에 비치된 최고급 원두와 최신 커피머신으로 내린 커피를 마실 때.

오늘 새로 들어온 원두 봉투를 트면서 지휴는 신이 난 얼굴로 흥얼거렸다. 서 바리스타가 내려주는 커피를 기대하라는 능청스러운 말투에 강준이 피식 웃었다.

"자자, 왔습니다, 왔어요. 서 바리스타표 끝내주게 맛있는 커피가. 오늘 원두향이 아주 죽이는구나."

향긋한 커피 냄새가 휴게실을 유영하며 가득 채웠다. 머릿속까지 맑게 해주는 향기에 세 사람 모두 만족스러운 얼굴로 소파에 앉아 몸을 느른하게 기댔다.

"자, 이야기해 봐. 내가 며칠 봐줬다. 너 일만 안 바빴어도 월요일에 출근하자마자 탈탈 털었을 텐데."

"무슨 이야기?"

"토요일. 너 선본 거. 잘 되어가는 중 아니야?"

일요일 오전에 본가에 들러 마지막으로 이야기를 한 뒤에 강준은 자신이 선을 본 걸 까맣게 잊고 있었다. 선을 본 것보다 수인을 만난 게 더 인상이 깊었던 탓도 있지만, 선을 봤던 상대에게 관심이 없었기 때문이기도 했다.

"그게 끝인데. 밥만 먹고 헤어졌어."

그제야 왜 며칠 동안 팀원들이 음흉한 눈빛으로 자신을 봤는지 깨달았다. 분명 선을 본 이야기는 지휴의 입을 통해 퍼졌을 거다.

친구를 바라보는 강준의 눈빛에는 변호사답지 않게 입이 가벼운 걸 비난하는 것과 언제쯤 이 친구가 철이 들까 하는 걱정이 섞여 있었다.

"이 자식. 내숭 떨기는."

내숭이라는 단어와 강준이 전혀 매치가 되지 않아 조용히 커피를 마시던 주은이 사레가 걸려 콜록거렸다.

"진짜야. 그리고 당분간은 선 안 볼 거야."

농담을 잘 하지 않는 데다 말을 하지 않았으면 않았지 거짓말은 절대 하는 법이 없기에 강준이 뱉은 말을 믿어야 했지만, 의심이 갔다.

"그럼 내내 울리던 핸드폰은 뭐냐. 시간마다 서너 번씩 문자 오고 너도 계속 답장을 하고. 강훈 형일 리는 없고. 누군데? 내 직감에는 딱 여자란 말이지."

강준이 무의식적으로 핸드폰을 쥐고 있는 손에 힘을 줬다. 주은과 지휴의 시선이 한곳으로 떨어졌다. 강준이 핸드폰 옆에 있는 작은 버튼을 눌러 화면을 켰다. 번쩍 들어오는 화면에는 처음에 살 때 그대로의 푸른 메인화면과 시간이 떴다. 그 외에는 다른 아이콘이 없었다.

오늘 하루 종일 핸드폰은 이 상태였다.

"뭐야. 누구야? 어떤 여자이기에 네 얼굴을 이렇게 만들어?"

강준이 핸드폰을 쥔 손의 손등으로 자신의 얼굴을 쓸었다. 감정이 드러났다는 게 불편한지 그가 고개를 슬쩍 옆으로 돌렸다.

주은이 커피를 쭉 들이켰다. 슬쩍 옆으로 그 모습을 본 지휴가 낮게 혀를 찼다.

"누군데?"

"수인이."

"응?"

"수인이라고."

탁 소리와 함께 주은이 들고 있던 종이컵이 바닥으로 떨어졌다. 남아 있던 커피가 바닥으로 퍼지며 짙은 검갈색으로 물들었다. 잘

하는 짓이라며 비꼬아 타박하는 지휴와 달리 강준은 휴지를 가져와 건넸다. 다리에 튄 커피를 닦게 한 뒤 그가 직접 바닥을 닦기 시작했다.

"내가 할게."

"됐어. 치마 입은 네가 주저앉아 닦을 수는 없잖아. 앉아 있어."

친구를 위해 이 정도야 당연하다는 듯 가볍게 하는 행동이지만, 주은은 늘 설레었다. 친구에게 이 정도인데 연인에게는 보지 않아도 뻔했다. 그래서 주은은 늘 수인이 부러웠다. 아니, 강준의 모든 애정과 관심을 가져간 수인이 죽도록 미웠다. 이제는 끝이다 생각했는데 강준의 입에서 다시 수인의 이름이 나오자 주은은 질투심에 손이 파르르 떨렸다.

바닥을 꼼꼼하게 닦고 쓰레기를 버린 강준이 새 종이컵을 가져와 자신이 마시던 커피 절반을 덜어 주은의 앞에 놓아주었다.

"수인이를 만났어? 어떻게?"

지휴는 주은이 커피를 마시든 말든 상관없이 강준의 입에서 왜 수인이 거론되는지에 대해 관심을 쏟았다.

강준은 어디서부터 설명해야 할지 난감했다. 정민의 집에 갔던 날 우연히 만난 것부터 꺼내야 하는 건지, 강훈으로 인해 선을 보다가 수인을 만나러 갔던 것부터 꺼내야 하는 건지. 고민을 하다가 어쩌다 보니 그렇게 됐다고 대답했다.

아무리 친구라지만 늘 수인의 위치를 생각했기에 강준은 그녀에 대해 주저리주저리 말하지 않았다. 특히나 주은 앞에서는 이야기하지 않았다. 주은은 수인의 오랜 친구였다. 친구가 적은 수인에게 주은은 둘도 없는 친구와 다름 아니었다. 하나 지금은 무슨 이유에서인지 주은이 수인을 멀리했고, 결국엔 주은은 수인과 연락을 끊었다.

같이 사회생활을 하면서 주은과 더 친해졌는데, 강준은 그게 수인에게서 친구를 빼앗은 것 같아 마뜩치 않았다. 주은이 수인과 아예 연락을 끊고 나서부터는 그는 주은이 있을 때에는 수인에 대해 이야기하는 게 껄끄러웠다.

"너네 다시 만나냐?"

"그건 좀 아닌 것 같아."

지휴의 질문에 주은이 끼어들었다.

"두 사람 이미 끝난 관계잖아? 그리고 강준이 너, 수인이 만나면서 많이 힘들어했잖아. 너희 두 사람 어울리지 않아."

강준이 희미하게 미소를 지었다. 그 웃음이 지독히 썼다. 그도 알고 있다. 전혀 어울리지 않는 두 사람이란 걸. 서로 정반대였기에 그렇게나 끌렸던 것일까. 수인의 모든 점에 끌렸다. 아름다운 외모와 목소리, 나긋나긋한 몸짓과 눈길, 즉흥적이고 거침없는 성격. 모든 게 그를 자극했다.

자신을 보며 환한 미소를 짓고, 아름다운 목소리로 자신의 이름을 부르고, 자신에게 안겨오는 그녀의 몸짓과 그녀의 눈에 갇힌 자신.

굴복할 수밖에 없었다. 정신을 차렸을 땐 이미 수인에게 흠뻑 빠져 그녀의 모든 걸 사랑하게 돼버린 후였다.

"언제까지 여기 있으실 거예요? 서주은 변호사님 전화 왔어요. 핸드폰을 들고 다닐 것이지."

휴게실 유리문이 벌컥 열리고는 서연이 왈칵 짜증을 냈다. 선배들에게 하는 행동이 날이 갈수록 도가 지나치기에 세 사람 모두 얼굴이 굳어졌다. 툭하니 혼잣말하듯 내뱉은 뒷말에 지휴가 '저 바람직한 태도 좀 보게.'라며 뒷목을 부여잡았다.

"소서연 변호사."

강준이 부르자 서연이 대답도 없이 뒤돌았다. 입을 쭉 앞으로 빼고 퉁퉁하니 보는 태도에 지휴가 헛웃음을 삼켰다.

"여기는 직장입니다. 그리고 우리는 소 변의 선배입니다. 지금 그 태도는 문제가 있다고 보이는군요. 제가 알기로는 몇 차례 다른 선배 변호사님들께 지적받은 걸로 알고 있습니다. 앞으로 계속 이런 행동으로 팀의 분위기를 해칠 경우 정식으로 부장님께 건의 드릴 생각입니다."

"제가 뭘요?"

"잘 생각하고 행동하도록. 그렇게 행동할 거면 전에 말했던 대로 부친의 로펌에 취직하는 게 좋을 것 같군."

잘한다고 지휴가 강준에게 박수를 쳐주고, 쌩하니 나가는 서연에게는 들리지 않는 야유를 보냈다.

"저거 또 아빠한테 전화하는 거 아닌지 몰라."

"부장님도 벼르고 있어. 선배 딸이기에 잘 봐주려 했는데, 어디 예쁘게 볼 구석이 있어야지. 나 먼저 갈게."

종이컵을 들어 커피를 나눠준 강준에게 고맙다는 표시를 한 뒤 주은이 휴게실을 나섰다. 지휴는 휴게실 문이 닫히자마자 몸을 앞으로 쭉 뺐다.

"자, 이제 이야기해 봐. 수인이를 어떻게 만났는데?"

주은 때문에 강준이 이야기를 꺼내지 않았다는 걸 알기에 주은이 휴게실을 나가자마자 지휴가 살살 캤다. 그는 절대 어디 가서 이야기하지 않겠다고 맹세까지 했다. 약속은 잘 지키는 편인지라 강준이 입을 열었다.

"흐음. 사람이 만나지려면 어떻게든 만나나 보구나."

"이상한 소리 할 거면 일어나자."

"아, 잠깐만. 잠깐만."

황급히 강준을 잡아 앉힌 지휴가 진지한 얼굴로 물었다.

"그래서. 진짜 다시 만나기라도 할 거야? 너 선 안 본다는 거 수인이 때문이지? 다시 보니까 마음이 동하든?"

"마음이 동하는 건 뭐야."

"나 진짜 진지하게 묻는 거다. 나 네 친구야. 네가 얼마나 힘들어했는지 옆에서 지켜본 사람이야. 솔직히 나도 주은의 의견대로 너희 다시 만나는 건 별로 안 좋다고 생각해."

처음부터 그랬다. 두 사람의 만남은 처음부터 반대가 있었다. 주은은 주은대로, 지휴는 지휴대로, 수인의 소속사는 소속사대로. 처음부터 순탄치 않은 만남이었다.

"다시 만나는 건 아니야. 그냥, 걸리는 게 있어서 그래."

"누가 봐도 다시 만나는 것처럼 보이거든? 내내 핸드폰을 손에서 놓지 않고. 그리고 걸리는 건 뭔데?"

강준은 그만 이야기를 하고 싶었지만, 지휴의 눈빛은 단호했다. 수인을 좋아하지도, 싫어하지도 않았던 지휴이기에 그 누구보다 객관적으로 두 사람을 바라봤다. 어쩌면 가장 좋은 상담자가 될 수도 있었다.

"수인이한테 내가 모진 말을 했는데 그것도 걸리고, 수인이가 요즘 몸이 많이 안 좋아. 돌봐주는 사람도 없어서 계속 신경이 쓰여."

"네가 모진 말을 하면 얼마나 했겠냐. 한두 마디했겠지. 그 정도야 남들 다 하고 살아. 그리고 매니저가 살뜰히 보살필 텐데 왜?"

연우가 튀어나오자 강준이 몸을 세웠다. 모두가 알고 있다. 연우가 수인을 보는 눈이 매니저가 가지는 눈이 아니라는 걸. 소속사보다 연우가 더 수인을 지키며 배우 활동을 도왔다. 연우가 아니었다면 수인이 이만큼 배우 활동을 하기 어려웠을지도 모른다. 사적인 감정이 섞인 연우의 뒷받침은 가히 파격적이기까지 했다. 그걸 지켜봤던 강준은 늘 마음 한구석이 묵직했다. 수인에게 자신보다 더 힘이 되어주는 사람이 연우라는 생각에 그는 자신이 한심하게 느껴지기도 했다.

"어쨌든 오늘은 종일 연락이 없는 걸 보니 수인이가 정신 차렸을지도 모르지. 이미 헤어졌던 연인들은 같은 이유로 헤어진다는 거 잊지 마라."

연우 생각에 잠긴 강준에게 마지막 충고를 한 지휴는 먼저 휴게실을 나섰다. 지휴의 말대로 종일 잠잠한 핸드폰을 손에 꽉 쥔 강준은 허탈함에 짧은 웃음을 터뜨렸다.

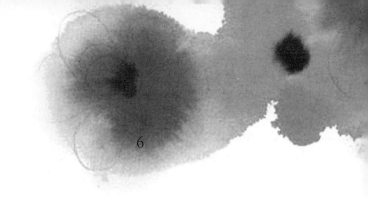

6

변호사를 피해 다니는 피변호인 때문에 강준은 골치를 앓고 있었다. 정민의 비서에게 전화를 하면 상무이사님의 일정이 바빠 시간 내기가 어렵다는 답변만 돌아왔다. 정민에게 일과가 끝나고라도 좋으니 연락을 달라는 메모를 남겼는데, 그 메모가 정민에게 전달이 되지 않은 것인지, 아니면 정민이 무시를 하는 것인지 도통 연락이 없었다. 참다못해 정민에게 직접 연락을 했지만, 그의 핸드폰은 꺼져 있었다.

하루 종일 연락이 없는 수인과 그를 피해 다니는 정민 때문에 심란하던 강준은 하나라도 해결하자는 생각에 결국 자리에서 박차고 일어나 14층으로 향했다.

"박정민 상무이사님 계십니까."

"네. 계시기는 한데……."

정민의 비서는 이쯤이면 강준이 쫓아 올라올 거라는 걸 예상했다. 왜 변호사를 피해 다니는지 모르겠다는 듯 비서가 어깨를 으쓱였다. 인터폰을 들고 비서는 정민에게 강준의 방문을 알렸다.

"들어오시라고 합니다."

너무 쉽게 집무실 출입을 허락하자 강준은 진작 올라올 걸 하며 낮은 탄식을 내뱉었다. 두 번의 노크 뒤에 문을 열고 들어간 그는 화사하게 웃으며 반기는 정민과 마주쳤다.

"이런. 나 많이 찾았나 봐요? 남자가 이렇게 애타게 날 찾아다니는 것도 나쁘지는 않군."

옷을 풀어 헤치는 것이 버릇인지 오늘도 정민의 옷차림은 형편없었다. 맨 위의 단추까지 잠그고 넥타이를 맨 강준과 넥타이는 온데간데없고 가슴까지 셔츠를 풀어 헤친 정민은 상반된 매력을 뿜었다.

"곧 퇴근 시간인데 저녁 먹으면서 이야기하죠."

"죄송합니다만, 아직 퇴근 시간이 아닙니다."

퇴근까지 시간이 남아 있다. 거기에 강준은 정민의 이혼소송 외에도 다른 소송을 맡게 되어 야근이 불가피했다. 정민이 연락만 제때 받았어도 일정이 틀어지지는 않았을 것이다. 아니, 그의 마음이 심란하고 복잡해서 일이 손에 잘 잡히지 않았다.

"그럼 일 끝나고 집으로 와요."

왠지 오늘 놓치면 또 정민과 술래잡기 놀이를 해야 할 것 같은 기분이 들어 강준은 마지못해 고개를 끄덕였다.

"참. 혹시 주말에 왔어요? 1층 경비실에서 왔었다고 하던데."

강준이 멈칫했다.

"착각했나. 이 변호사님의 얼굴이야 흔하니."

절대 어디 가서 흔한 얼굴이라는 소리는 못 들어봤다. 늘 여자들의 선망의 대상이었던 강준이 정민의 말 한마디에 흔남으로 전락했다.

살짝 놀려볼까 하는 생각으로 말을 한 정민은 표정 변화도 없이 자신의 얼굴이야 어떠하든 상관없다는 무뚝뚝함에 고개를 저었다.

"그럼 이따가 보죠. 나는 먼저 퇴근합니다."

단추를 잠그고 재킷을 걸친 정민이 먼저 사무실을 나갔다. 주인 없는 사무실에 남겨진 강준은 지금 정민을 따라 나서야 하는 건 아닌가, 집으로 오라 해놓고 다른 곳으로 가버리는 건 아닌지 잠깐 고민을 했다.

강준은 정민의 재산에 대한 자료를 다 정리한 뒤, 그의 아내인 황혜진의 재산에 관련된 자료를 모았다. 적금과 입출금 통장, 부동산과 그림 등의 수집품까지 하나도 빠짐없이 다 긁어모았다. 그리고 두 사람 사이에 떠도는 소문을 조사했다.

소문을 조사하는 건 어렵지 않았다. 전에 주은이 말해준 소문을 토대로 진상 여부를 조사했다. 아직 조사 초반이기에 깊게 파고들지는 못했다. 무엇보다 당사자에게 듣는 게 가장 좋은 방법이었다.

8시가 넘었다. 가볍게 지휴와 김밥으로 저녁을 때웠던 강준은 약한 공복감을 느꼈지만, 시간을 지체하지 않고 정민에게 지금 출발한다는 문자를 넣었다.

이번에도 경비는 바로 강준을 통과시켰다. 엘리베이터에 올라 정민의 집에 호출을 넣었다. 다행히 바로 9층에 불이 켜지고 엘리베이터가 움직였다.

정민의 집은 여전히 휑했다. 소파에 앉는 강준의 앞으로 정민이 맥주 캔을 내려놓았다.

"마실 게 맥주밖에 없어서."

"차를 가지고 왔습니다."

"아, 내가 자주 애용하는 대리운전 불러 줄게요."

"괜찮습니다."

정중히 사양한 강준은 반팔 티셔츠에 면바지를 입은 정민과 마주 앉았다. 가을 날씨에 반팔을, 특히나 깊게 브이넥으로 파진 반팔을 입은 정민을 새삼 훑어봤다. 강준은 정민이 옷에 있어서는 답답한 걸 싫어한다는 사실 하나를 깨달았다.

"답답하지 않아요?"

강준은 정민의 옷차림이 못마땅했는데, 반대로 정민은 강준의 옷차림이 못마땅했다. 보고 있기 답답하다는 말에 강준이 넥타이를 풀었다.

"먼저, 이 자료는 상무이사님의 재산 현황입니다. 확인 부탁드립니다. 상무이사님의 개인자산관리매니저에게 받은 자료를 토대로 정리했습니다."

"뭐, 그럼 맞겠죠. 솔직히 내 재산이 얼마인지 정확히 몰라요. 그러니 자산관리매니저를 따로 두었지."

얼추 맞겠지 하는 태도로 고개를 끄덕이던 정민은 캔맥주 하나를 따서 쭉 들이켰다. 목을 따갑게 넘어가는 알코올이 만족스러운지 정민의 눈에 웃음이 서렸다.

"이것은 사모님의 재산 현황입니다. 정확하게 파악하기가 힘든 부분이 있습니다. 현재, 사모님 집안의 비즈니스적인 문제로 돈의 출처가 불투명한 부분도 있습니다."

"뭐, 듣자 하니 여기저기에서 돈을 빌린 것 같은데."

정민도 어느 정도는 알고 있었다. 그의 장인어른이 사위의 집안을 팔아서 소위 더러운 돈까지 빌린 걸. 그런 마당에 딸은 이혼을 하겠다고 하니 장인어른의 속이 말이 아닐 것이다.

자신의 재산에는 관심이 없더니 정민은 아내의 재산 서류를 꼼꼼하게 살폈다. 신혼집에 있는 그림까지 어떻게 알았는지 다 적혀 있었다. 새삼 감탄을 한 정민이 강준을 다른 시선으로 봤다.

"이걸 다 알아봤어요? 이 그림은 내가 선물한 건데."

"그림 매입에 관한 기록을 찾으면 다 나옵니다."

"흐음. 기분이 좋지는 않군요. 이렇게 쉽게 알 수가 있다니."

쉽게 알아낸 건 아니다. 강준이 변호를 맡았기에 가능했던 것이다. 강준은 굳이 그 점을 설명해서 정민의 기분을 풀어주지는 않았다.

"그보다 우리 민주 양육권은 가져올 수 있습니까?"

"누차 말씀드렸던 대로 이혼 사유에 따라 달라집니다."

다시 빙 돌아서 원점으로 돌아왔다. 정민은 입을 꾹 다물었다. 왜 이혼 사유에 관해서는 입을 열지 않는 것인지, 강준은 정말 이혼 사유가 정민에게 있는 건 아닌가 생각했다. 소문 중에는 정민의 여성 편력도 있었다.

"그 뭐더라. 연예인들이 흔히 이야기하는 사유."

"성격 차이 말씀하는 겁니까."

"아! 그거. 성격 차이. 내 와이프랑 나는 상극이었거든. 이 정도면 민주 양육권 가져올 수 있습니까?"

성격 차이 말고 일절 다른 사유가 없다면 정민이 양육권을 가져올 가능성이 크다. 현재 황혜진은 파산 선상에 놓여 있다. 까딱 잘못하다가는 모든 재산이 차압될지도 모른다.

가능할 것으로 보인다는 강준의 말에 정민이 흐음 낮게 신음을 내뱉었다. 정민의 표정을 살핀 강준은 다음 자료를 꺼냈다.

"이혼 사유에 대해 직접적으로 말씀해 주시지 않아 따로 알아봤습니다."

솔직히 강준은 이 자료를 꺼내고 싶지 않았다. 역시나 싫었던 대로 정민의 얼굴이 일그러졌다.

"변호사가 저급한 흥신소와 동급인가 봅니다."

딱딱한 말투에는 비웃음도 실려 있었다. 강준은 대꾸를 하지 않았다. 어차피 피변호인이 변호사를 믿지 못하니, 정민의 저런 태도에 반응을 보이기에는 이쪽에서 손해 보는 게 많다. 하나하나 읽어 내려가던 정민이 어느 부분에서는 눈썹을 추켜세우며 반응을 보였다.

"이런 소문이 나돌고 있군요. 내가 아는 것보다는 심하네."

실실 웃던 정민의 웃음이 싹 사라졌다. 그의 턱에 힘이 실렸다. 탁. 탁자에 던지다시피 자료를 내려놓은 정민이 맥주 캔을 집어 들었다. 탈탈 털었지만, 속에서 확 치고 올라온 열기를 가라앉히기에는 부족했다. 강준을 주려고 꺼내놓았던 맥주 캔을 따서 정민이 들이켰다. 부글부글 목을 타고 내려가는 탄산에 섞여 그의 화도 수그러들었다.

"집안의 의견과 달리 저는 어느 정도의 위자료는 생각하고 있습니다."

정민의 집안에서는 일절 위자료를 내어주지 않겠다고 강한 의지를 보이고 있고, 혜진의 집안에서는 탈탈 털어먹을 의지를 보이고 있다. 정민은 두 집안의 의견 따위 상관없었다. 그까짓 돈, 얼마든지 줄 수 있다. 정민은 딸의 양육권 외에는 큰 관심이 없었다.

"잘 알겠습니다."

"아마 집사람도 민주의 양육권을 원할 거예요. 유일하게 이것에 있어서는 우리 두 사람 의견이 일치하니까."

딸의 양육권에 집착을 보이는 정민을 보고 황혜진이 딸의 양육권을 원할 거라 강준은 어느 정도 예상했다.

"오늘은 이만 하죠."

축객령에 강준은 자료를 모아 서류가방에 넣었다. 고개를 숙여 인사를 한 뒤 그는 정민의 집을 나섰다.

열린 엘리베이터에 오르던 강준은 발걸음을 뒤로 물렀다. 지금 탄다면 바로 1층으로 향할 것이다. 핸드폰을 꺼내 들어온 문자가 없는지 확인한 강준은 바로 옆의 비상계단을 응시했다. 그가 알기로는 거주자만 이용할 수 있도록 비상계단이 따로 설계가 되어 있었다. 비상시 사용하는 계단이니 말 그대로 잠겨 있지 않을 가능성이 컸다. 혹시나 싶어서 손잡이를 잡고 아래로 누르자 철컥 문이 열렸다. 강준은 어두운 계단에 불이 켜지는 걸 확인한 뒤 걸음을 옮겼다.

13층에서 강준은 비상문을 열고 들어섰다. 가운데 집으로 향한 강준은 초인종을 눌렀다. 수인을 만나러 오는 건 계획에 없었다.

그럼에도 근처에 온 걸 핑계 삼아 이곳에 왔다.

갑자기 연락이 끊긴 수인이 걱정됐다. 지휘의 말대로 수인의 변심으로 그랬을 수도 있다. 후자라면 이곳에 온 자신이 비참해질 수도 있었다. 그럼에도 확인을 해야 했다.

초인종을 누르는 손가락에 힘이 들어갔다. 누른 뒤에도 조용하자 강준은 다시 초인종을 눌렀다. 묵묵부답인 인터폰을 보는 강준의 눈이 서늘해졌다.

다시 누를까 하는 사이 문이 열렸다. 강준의 시선이 열린 문으로 향했다. 옆집에서 나오던 연우가 수인의 집 앞에 서 있는 강준을 보고 멈칫했다.

"뭡니까."

"옆집에 사시나 봅니다. 수인이 집에 있습니까."

"연락도 없이 온 겁니까?"

"매니저님이 이곳에 있는 걸 보니 수인이는 집 안에 있는 것 같군요."

서로 대답 없이 질문을 하다가 대화가 뚝 끊겼다. 강준이 이번에는 현관문을 두드렸다. 수인이 집에 있으면서도, 그가 온 걸 알면서도 문을 열지 않는다는 생각에 울컥 화가 치민 강준은 크게 수인의 이름을 불렀다.

"뭐 하시는 겁니까."

"상관 말고 가던 길 가시죠."

연우가 조용히 다가와 초인종을 눌렀다. 몇 차례 더 눌렀으나 잠잠했다. 연우의 얼굴이 조금씩 굳어지기 시작했다. 덩달아 강준의 얼굴에도 핏기가 가셨다.

"수인이 안에 있는 거 맞습니까?"

"오전에 있는 걸 확인했습니다. 그 뒤로는……. 밖에는 나가지 않았을 텐데."

며칠 전 쓰러졌던 수인을 떠올린 강준은 수인에게 전화를 걸었다. 진즉에 전화 한 번 해봤어야 했다고 자책했다. 신호음이 뚝 끊기자 그는 연우가 도어록을 해제할 수 있도록 옆으로 물러섰다.

"빨리 문 열어요."

연우는 도어록에 손을 가져가지 못했다.

"문 안 열고 뭐 합니까!"

"모릅니다. 현관 비밀번호는 수인이만 알아요."

"매니저라면서 모른다는 게 말이 됩니까! 이럴 때를 대비해서 알고 있어야죠!"

강준은 연우의 멱살을 쥐고 흔들고 싶은 심정이었다. 답답함이 확 몰려와 그는 넥타이를 잡아당겨 풀고 단추를 풀었다. 성급한 손놀림에 셔츠에서 단추 하나가 떨어져 바닥을 굴렀다.

"일단 경비실에 연락해서 집 안으로 들어갈 수 있는 방법이 없는지 알아봐요. 보조키. 그런 거 없습니까?"

말을 하면서도 강준은 현관문을 주먹으로 두드렸다. 혹여나 정신을 잃고 쓰러졌다면 수인이 이 소리를 듣고 일어나기를 바랐다. 연우는 경비실에 연락하기 위해 자신의 집으로 들어가려 했다.

띠리릭.

작은 소리에 연우와 강준의 행동이 멈췄다. 강준이 두드리던 현관문이 열렸다.

"수인아."

연우의 행동이 더 빨랐다. 현관문을 활짝 열고 수인의 안색을 살폈다. 하지만 수인의 시선은 그의 어깨 너머 강준에게 박혀들었다.

"강준아."

강준을 부르는 수인의 목소리에 옅게 물기가 어렸다. 천천히 걸음을 옮긴 그녀가 강준의 허리를 감싸 안고 그의 가슴에 얼굴을 묻었다.

"왜 이제 왔어. 무서웠어, 강준아."

"하아. 수인아."

강준이 품에 수인을 안고 잘게 떨고 있는 그녀의 등을 쓸어내렸다. 반복적인 행동에 차츰 수인의 떨림이 가라앉았다.

"들어가자."

수인을 안아 든 강준이 집 안으로 들어갔다. 한자리에 굳은 듯 서서 두 사람을 바라보던 연우가 쓴웃음을 지은 채 두 사람이 사라진 반대 방향으로 몸을 돌렸다. 그리고 손을 뻗어 현관문을 닫았다.

침대에 눕히려 했으나 수인이 자꾸 품 안으로 파고드는 탓에 강준은 그 옆으로 누워 그녀를 품에 안았다.

"수인아, 어디 아파?"

"자꾸 들려."

"뭐가?"

"사람들의 웃음소리가."

살짝 눈이 풀린 수인이 강준의 셔츠를 꽉 쥐었다. 마치 생명줄을 잡고 있는 듯 수인의 손에 강한 힘이 실렸다.

"어떤 사람들?"

"……."

초점이 없는 시선으로 강준을 응시하던 수인이 툭툭 그의 셔츠를 풀어 헤쳤다. 수인이 뭐 하는가 싶어 멍하니 보던 그는 그녀의 손이 어깨에 올라와 셔츠를 뒤로 젖혀 벗기려 하자 눈을 크게 떴다. 재킷을 아직 걸치고 있던 탓에 셔츠와 엉켜 옷이 몸에서 잘 떨어지지 않았다.

"한수인."

"안아줘. 응? 강준아."

또렷한 시선이 강준과 마주쳤다. 흐릿했던 눈이 아닌 깨어난 듯 꽤 강렬한 눈빛이었다. 수인의 시선에는 작은 욕정도 서렸다.

"수인아."

"안아줘. 안기고 싶어. 뜨겁게 안아줘."

2년 만에 닿는 여자의 손길에 강준의 몸이 바짝 조이며 반응을 보였다. 단단해지는 가슴 근육을 수인이 부드럽게 손으로 쓸었다. 천천히 그녀가 강준의 가슴에 입술을 가져다 댔다. 자신의 입술보다 뜨거운 피부를 훑으며 만족스러운 신음을 흘렸다.

이런 단단함을 얼마나 갈구했는지 모른다.

수인이 부드러운 입술을 뭉개는 탄탄한 가슴에 이를 박아 넣었다. 깨물고 빨아들이자 울긋불긋한 상흔이 새겨졌다. 그 아래로 또 상흔이 새겨졌다. 상흔의 개수가 늘어날수록 강준의 숨이 탁해졌다. 수인이 이로 그의 유두를 깨물고는 살살 혀로 굴렸다.

"으윽. 수인아."

짙게 가라앉은 강준의 목소리에 수인은 자신의 몸이 더욱 뜨거워지는 걸 느꼈다. 다리 사이가 벌써 축축하게 젖어들었다. 수인이 조금씩 위로 고개를 들어 그의 목을 탐했다.

자신의 몸에 닿는 여인의 입술을 만끽하던 강준은 수인의 얼굴이 위로 올라오자 기꺼이 맞이했다. 부드럽게 맞물린 입술을 비벼대며 서로를 음미했다.

부족한 듯 수인이 입술을 벌리자 강준의 혀가 거칠게 밀고 들어갔다. 수인의 타액을 혀로 맛보고 삼키며 그가 그녀의 입안을 누비고 다녔다. 고른 치열을 훑고 부드러운 속살을 건드려 보기도 하고 수인의 혀를 그의 혀로 희롱했다.

"으음……."

낮게 울리는 수인의 신음 소리에 강준이 고개를 들었다. 떨어지는 입술 사이로 타액이 길게 늘어지다 끊겼다. 다시 부드럽게 맞닿은 입술이 서로를 강하게 갈구했다.

커다란 강준의 손이 수인의 허벅지에 닿았다. 원을 그리듯 허벅지 위를 맴돌던 손이 위로 올라가면서 수인이 입은 원피스 속으로 파고들었다. 그의 팔에 걸려 위로 올라간 원피스가 수인의 한쪽 다리를 드러내고 허리까지 말려 올라갔다.

"아웃……."

강준의 손이 단번에 브래지어 안으로 들어가 강하게 수인의 가슴을 쥐었다. 말캉하게 잡히는 가슴을 그가 빙글 돌려가며 만지작거렸다. 딱딱해진 유두를 손가락 사이에 끼워 꼬집듯이 잡고 튕기자 수인이 허리를 비틀며 반응을 보였다. 손바닥 전체로 가슴을 쓸어 만지고 쥐는 손길이 빠르고 거칠어졌다. 수인의 반응 또한 커졌다. 그의 손길을 더 갈구하며 허리를 휘어 제 가슴을 앞으로 더 내밀어 그에게 바쳤다.

무력하게 강준의 손에 놀아나던 수인이 그의 벨트에 손을 올렸다. 이미 그의 분신이 옷을 뚫고 나올 듯 존재감을 과시했다. 벨트와 바지 버클을 풀어 그녀가 강준의 드로어즈 안으로 손을 넣었다. 뜨겁게 달아 오른 그의 페니스가 그녀의 손을 반기며 기꺼이 손안으로 들어찼다. 페니스 전체를 꽉 쥐었다가 놓으며 그녀가 매혹적인 미소를 지었다.

"아윽…… 수인아."

손이 더 아래로 내려가더니 단단함 밑에 숨겨진 야들한 속살을 손가락으로 훑었다. 손등으로 쓱 페니스를 훑고 다시 손에 꽉 쥐고 흔들었다.

허리를 타고 강한 전율이 올라왔다. 강준이 양손을 수인의 옷속으로 집어넣어 양쪽 가슴을 희롱했다. 가슴을 모아 쥐고 유륜을 엄지로 눌렀다. 노골적인 희롱에 수인의 손에 힘이 가해지면서 강준에게로 더 큰 쾌감이 돌아왔다.

원피스를 위로 올려 벗기자 브래지어가 제 본분을 잃은 채 가슴 위로 말려 올라가 있었다. 강준은 수인의 등 뒤로 손을 넣어 브래지어 후크를 풀어 바닥으로 던졌다. 자신의 옷이 벗겨지든 상관 않고 그의 몸에 자잘한 키스를 하는 수인의 양어깨를 강준이 잡아 내리눌렀다. 욕정에 가득 찬 두 눈동자가 마주쳤다.

수인의 눈에는 열기가 가득했다. 아마 자신도 마찬가지일 것이다. 이렇게 자신을 원한다고 노골적으로 드러내는 수인이 그 누구보다 아름다웠고, 자신을 홀렸다.

수인과 맞춘 눈을 떼지 않은 채 강준이 천천히 재킷을 벗었다. 그리고 셔츠를 벗어 침대 밖으로 던졌다. 바지와 드로어즈까지 벗은 그가 똑같이 침대 밖으로 던졌다. 그리고 거친 손놀림으로 수인의 남은 속옷을 벗겼다.

늘 벗은 옷을 반듯하게 개켜놓는 버릇이 있는 강준이 유일하게 그녀와 사랑을 나눌 때 달리 행동하는 걸 알기에 수인이 묘한 만족감을 느꼈다. 그 누구보다 이성적인 남자를 감정적으로, 본능적으로 성급하게 만드는 유일한 여자라는, 최고의 만족감에 수인의 얼굴에 고혹적인 미소가 떠올랐다.

"빨리 채워줘."

키스만으로 몸이 달아올랐다. 이미 촉촉하게 젖은 그녀의 내부가 강준을 열렬히 원했다. 다리를 벌리고 그의 허벅지를 감싼 수인이 몸을 들썩이며 그를 재촉했다. 성난 분신이 꿈틀거리며 그녀와 별반 다르지 않다는 걸 보이고 있었지만 강준은 서두르지 않았다.

"아웃……."

새하얀 가슴에 강준이 얼굴을 묻었다. 늘 자국이 남지 않도록 조심했던 것과 달리 그는 크게 베어 물고 강하게 빨아들였다. 붉은 유실을 입에 머금고 혀로 살살 굴리고 반대쪽 가슴은 손으로 희롱했다.

몸을 비틀며 수인이 강준의 머리카락을 헤집었다. 단단한 어깨를 쓸기도 했고, 그가 한 것처럼 그의 유두를 손가락으로 굴렸다. 단단한 가슴 근육을 쓰다듬고 뒤로 넘어가 척추를 따라 손을 흘렸다. 다리 사이로 파고든 강준의 탄탄한 허벅지에 그녀가 은밀한 곳을 비볐다. 촉촉이 젖은 속살이 그의 허벅지에 닿아 마찰이 일어나자 더 애액이 쏟아진다. 그의 허벅지가 그녀로 인해 젖어들었다.

가슴에 있던 강준의 얼굴이 천천히 아래로 내려갔다. 크게 숨을 몰아쉬어서인지 갈비뼈가 도드라졌다. 편편한 배에 얼굴을 비비고 더 내려간 그는 자신의 허벅지를 감싼 수인의 한쪽 다리를 잡아 어깨 위에 걸쳤다. 적나라하게 드러난 여성에 수인이 그를 제지하듯 몸을 일으켰지만 일어나지 못하게 엉덩이를 잡아 올리는 강준 때문에 그녀가 중심을 잃고 다시 침대 위로 누웠다.

뜨거운 호흡이 음모에 닿아 흩뜨렸다. 아랫배가 뭉치는 느낌에 수인이 몸을 들썩였다. 강준이 더 고개를 숙이자 움찔거리는 여성이 눈앞에 펼쳐졌다. 말간 애액이 흥건했다. 그는 손가락 하나로 갈라진 틈을 따라 움직였다.

"아아앙…… 강주…… 운."

그의 손가락이 젖어 들어갔다. 툭 튀어나온 진주알을 찾아 그가 손가락으로 자극했다. 꾹 누르고 잡아 비틀자 수인의 허리가 활처럼 휘더니 털썩 침대 위로 떨어졌다. 부드럽게 살살 만지다가 힘을 줘서 누르자 노골적이고도 강한 자극에 수인의 입이 벌어졌다. 탁한 숨이 공중에 뿌려졌다.

갈라진 틈으로 강준의 손가락 하나가 들어갔다. 야들야들한 속살이 그의 손가락에 착 감겨든다. 더 깊이 천천히 넣었다가 빠르게 빼면서 내벽을 자극했다.

"아앗…… 그만!"

"수인아……."

강준이 손가락 하나를 늘려 여성 안으로 집어넣었다. 손목을 돌려 내벽을 훑자 수인에게서 격한 숨이 터져 나왔다. 손가락을 빼자 빠져나가는 걸 허락 못 하겠다는 듯 강하게 수축했다.

불규칙한 호흡을 내뱉던 수인의 숨이 일순 멎었다. 여성을 강하게 빨아들이는 힘에 수인은 아찔해지는 정신을 바로잡는 데 급급했다. 이대로 쾌락에 빠져 헤어 나오지 않았으면, 영원히 이 쾌락 속에서 살았으면 하는 바람이 생겨날 정도로 짙은 쾌감에 몸을 떨었다.

그가 진주알을 머금고 혀로 핥았다. 그리고는 손가락으로 만졌던 것처럼 혀를 뾰족하게 세워 갈라진 틈으로 밀어 넣었다.

"아웃…… 싫어."

벌어진 다리를 오므리려 하는 수인의 허벅지를 다섯 손가락으로 강하게 잡아 저지한 강준은 눈을 치켜 올려 수인의 반응을 주시했다. 하체가 잡힌 그녀가 상체를 들썩이며 몸을 비튼다. 아마 자유로웠다면 허리를 들썩이며 제 쾌락을 쫓았으리라.

수없이 안았던 몸이기에 어디가 가장 민감한지를 잘 알고 있다. 수축 횟수가 많아질수록, 수축 시간이 길어질수록 수인의 얼굴이 쾌락으로 물들었다.

축 늘어지는 수인의 다리를 내려놓고 강준이 고개를 들었다. 그의 입가에는 수인의 애액으로 범벅이었다. 쓱 하니 손등으로 닦은 그는 수인의 다리를 방만하게 벌리고 자신의 페니스를 쥐었다.

갈라진 틈으로 페니스를 가져다 대자 여성이 움찔거렸다. 수인이 손을 뻗어 그의 어깨를 잡았다. 절정을 한 번 맛본 몸이지만, 이것보다 더 한 절정이 남아 있음을 알기에 수인의 몸이 본능적으로 강준에 닿기 위해 들썩였다. 그것은 강준도 마찬가지였다.

강준의 성난 분신이 천천히 진입을 시도했다. 그의 애무로 노곤 노곤하게 풀린 몸이지만, 2년 만에 남성을 받아들이는 몸은 좁았다. 그걸 느낀 강준이 수인의 몸이 적응하기를 기다리며 천천히 조금씩 자신의 페니스를 삽입했다.

"으응…… 하아."

"으윽……."

야릇한 신음이 동시에 터졌다. 붉은 입술이 벌어지며 뱉어내는 색스러운 소리에 강준의 허리에 힘이 들어갔다. 더 깊게 파고들자 수인이 그의 어깨에 손톱을 박았다.

끝까지 들어간 그가 허리를 돌려가며 뒤로 물러났다. 내벽을 긁고 나가는 그의 페니스에 수인이 자지러졌다. 강준이 허리를 움직일 때마다 젖은 소리가 두 사람 사이에서 흘러나왔다. 천천히 앞 뒤로 움직이던 허리 짓이 커지자 수인의 입에서 높은 교성이 터져나왔다. 그의 두터운 어깨를 잡아 움직이던 수인이 강하게 밀고 들어오는 힘에 고개를 뒤로 젖히고 그를 받아들였다.

"아앙…… 조금…… 더."

본능적인 재촉임에 강준이 수인의 허벅지를 더욱 넓게 벌리고 빠르고 강하게 움직였다.

"으읏…… 수인아."

강준은 입술을 깨물고 온몸으로 자신을 느끼고 있는 수인의 목덜미를 입술로 지분거렸다. 그녀의 성감대를 부드럽게 입술로 누르고 혀로 애무를 하자 수인이 그의 페니스를 바짝 감쌌다. 그때를 맞춰 강준이 더욱 거세게 박아 넣었다. 빠르게 움직이던 허리가 빠듯해지고 전율이 척추를 따라 흘렀다.

"하아…… 하아."

"하아……."

거친 두 사람의 호흡이 섞여 들어갔다. 서로가 내뱉는 숨을 내쉬며 둘은 짙은 쾌락의 여운을 즐겼다.

땀에 젖은 수인의 몸 위로 겹쳐 누워 있던 강준이 반 바퀴 굴러 그녀를 자신의 몸 위로 올렸다. 어깨에 기대어 축 늘어지는 수인의 젖은 몸 위로 그의 손이 유영했다. 땀에 젖은 매끈한 살결에 그의 분신이 반쯤 다시 섰다.

"쿡쿡."

수인이 웃더니 왼쪽으로 허리를 굴렸다. 맞닿은 하체가 다시 열기로 뜨거워졌다.

"그만. 안 돼."

"왜?"

그의 가슴을 짚고 허리를 세운 수인이 강준을 내려다봤다. 색에 젖은 남자의 시선이 풍만한 가슴에 닿았다. 목덜미부터 가슴을 지나 복근 아래까지 그가 만들어놓은 울긋불긋한 자국이 가득했다. 그 아래로 검은 체모가 두 사람의 체액에 젖어 있다.

그것에 시선을 두던 강준이 팔을 뻗어 수인을 당겼다. 부드럽게 품에 안기는 수인을 토닥이며 그가 걱정 어린 목소리로 물었다.

"오늘 왜 연락이 없었어. 초인종 눌러도 조용하고."

아픈 수인을 유혹에 못 이겨 거칠게 안아버린 게 마음에 걸려 강준이 몸을 돌려 수인을 곱게 눕혔다. 한쪽 팔을 접어 얼굴을 괴고 모로 누운 그가 이불을 찾아 수인의 몸을 덮었다.

"걱정했어?"

"응."

수인의 눈가에 물기가 어렸다. 일순 강준은 당황했다. 혹시 자신이 무엇을 잘못했는지, 아니면 어디가 아픈 것인지.

"무슨 일 있었어?"

수인이 돌연 주먹을 말아 쥐고 그의 가슴을 때렸다. 맨살에 닿는 작은 주먹이 아플 법도 하건만, 그는 그녀가 더 걱정되었다.

"수인아, 수인아?"

"힘들었어. 무서웠다고! 알아? 너 그렇게 날 버리고 가버리고. 내가 미국에서 무슨 일을 당했는데! 얼마나 무섭고 힘들었는데. 너 없어서 내가 얼마나……."

수인이 할리우드 진출을 실패한 건 강준도 알고 있었다. 수인의 할리우드 진출 영화 계약이 무산이 되고 1년 동안 성과가 없어서 한국에서는 기사가 여러 번 났다. 그럼에도 그녀의 소속사에서는 조만간 작품 촬영이 있을 거라고 반박 기사를 냈기에 그는 수인이 잘 지내고 있으리라 생각했다.

자신 없이도 잘 지내고 있을 거래 생각했는데, 수인이 무섭고 힘들었다고 울고 있었다. 그때의 서러운 날들이 생각난 것인지 울음소리가 커졌다.

"수인아, 내가 잘못했어. 내가 잘못했어."

수인은 잘못했다고 용서를 비는 강준에게 누구에게도 꺼내지 못했던 이야기까지 했다. 보이지 않는 손가락질, 들리지 않는 비웃음.

"흐윽. 사람들이 비웃어. 무서워, 강준아."

"누가. 누가 널 비웃어."

"들려. 흐으윽. 혼자 있으면 들려. 다들, 흐윽. 날…… 손가락질…… 흑…… 하고 비웃고 있어."

울면서도 띄엄띄엄 말을 이어가던 수인이 강준의 품에 안겨 엉엉 울었다. 그는 수인의 말을 다 알아듣지 못했지만, 우선 그녀를 달랬다. 시간이 지나자, 수인의 울음이 잦아들었다. 작게 훌쩍거리며 갑자기 울음을 터뜨린 게 민망했는지 수인이 얼굴을 붉히며 작은 목소리로 사과했다.

"미국에서 많이 힘들었어? 무슨 일이 있었던 거야."

수인은 말하기 싫다는 듯 고개를 흔들었다. 또 눈물이 차오르고 입술을 꾹 말아 문다. 또 울음을 터뜨릴까 싶어 강준은 더는 묻지 않았다.

"아직도 내가 많이 미워? 아니지?"

아직은 울음기가 남은 목소리로 수인이 물었다. 툭 건드리면 울 것 같은 얼굴로 자신이 밉냐고 묻는 그녀의 얼굴에 강준이 고개를 흔들었다.

"저기, 강준아."

흘끗 눈치를 보던 수인이 그를 부르더니 머뭇거렸다. 강준이 말하라는 듯 부드럽게 등을 쓸어내리자 입을 열었다.

"너. 그, 선…… 안 볼 거지? 꼭 결혼이 하고 싶은 거야?"

수인이 시간을 거슬러 두 사람이 싸웠던 날의 기억을 꺼냈다. 결혼하자고 했던 강준의 모습을 떠올린 그녀는 복잡한 얼굴로 그에게 조심스럽게 물었다.

강준도 알고 있었다. 수인이 결혼을 얼마나 두려워하는지를.

수인의 부모님은 둘 다 고아였다. 힘들고 고된 삶 속에서 서로를 의지하며 사랑을 키워 나갔고 수인을 세상에 태어나게 했다. 하지만 그 사랑은 오래가지 않았다. 서로가 돈이 많은 남자와 여자에게 눈을 돌렸고, 수인은 홀로 방치됐다. 그리고 수인이 고등학생 때, 부모님 모두 사고로 세 달 간격으로 세상을 떴다.

그런 부모를 본 수인은 결혼에 대해 부정적으로 생각할 수밖에 없었다. 아니, 사랑 자체를 믿지 않는 수인이었다. 연애에도 늘 시큰둥했고, 남자를 만난 적도 없었다. 그것은 강준이 잘 알고 있었다.

처음에는 직업도 그렇고, 유혹하는 게 보통이 아니었기에 연애 한두 번은 해본 줄 알았다. 그런데 수인은 처음이었다. 모든 게 강준이 처음이었다. 수인이 처음으로 믿은 남자가 강준이었고, 그가 유일했다.

수인이 자신을 많이 좋아하고 의지했다는 걸 안다. 힘들 때마다 자신을 찾았고, 자신에게서 위안을 얻었다. 기쁜 일도 무조건 자신과 함께하려 했다.

하지만 시간이 흐를수록 수인은 점점 더 높은 곳으로 날아갔고, 그녀를 기다리는 시간이 많아졌다. 초조해졌다. 수인에게서 확신이 없었다. 그래서 그녀를 가뒀다. 그리고 요구했다. 사랑이라는 말을 내뱉지 않는 수인을 다그쳐서 싸움도 했다. 왜 내가 널 사랑하는 만큼 날 사랑하지 않냐고 윽박지를 때마다 수인은 입을 다물어 더욱 화가 나게 했다.

언제나 싸움의 끝은 자신이 먼저 사과를 했다. 울 듯한 얼굴에 마음이 약해졌고, 조금만 더 기다리면 사랑한다는 말을 해주겠지 생각했다. 어찌 됐든 수인이 자신을 굉장히 좋아하고 있다는 걸 알기에. 수인에게는 자신밖에 없다는 걸 알기에.

머릿속으로는 수인을 이해한다고 생각하면서도 결국 끝내 기다리지 못하고 수인을 떠났다.

왜 그토록 너만을 원망했는지. 돌이켜보면 그의 집착에 수인도 힘들었을지 모른다. 그런데 자신은 그녀만을 원망했다. 수인이 입버릇처럼 싸울 때마다 다 자신 탓이라 하면 고개를 끄덕이며 수긍을 했지만, 마음속 깊은 곳에서 너 때문이라고 원망을 했었다.

생각에 잠겨 대답이 없는 강준의 모습에 불안한지 수인이 그의 품에 안겨들었다.

"아니, 너와 같이 있는 걸로 충분해. 그거면 돼."

수인이 안도의 한숨을 내쉬며 눈을 감았다.

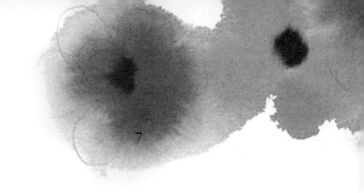

7

낯선 곳을 거닐고 있다. 아니, 이제는 낯설지가 않다. LA 거리
는 언제나 활기찼다. 길거리에 쭉 늘어선 노점상과 오가는 사람
들. 그들과 부딪치지 않도록 수인은 늘 몸을 움츠렸다. 길거리를
자유롭게 활보하는 것은 한국에서는 절대 가질 수 없는 기회였다.

수인은 처음에는 사람들의 시선을 의식하지 않아도 된다는 사
실에 무척이나 기쁘고 신이 났다. 늘씬한 동양 미인이 지나가자
남자들의 휘파람과 시선이 따랐지만, 그녀를 알아보는 사람은 드
물었다. 그래서 수인은 산책하는 걸 즐겼다.

하지만 언제부터인지, 수인은 밖에 나가기가 싫어졌다. 그 속에
서도 그녀는 철저하게 혼자라는 걸 느꼈다.

일이 틀어지면서 혼자 있는 시간이 점점 늘어났다. 레지던스 안
에만 있기에는 작은 집이 너무 답답했다. 그러나 그 답답함을 이

기고자 밖으로 나가 혼자 길을 거닐 때면 더 큰 외로움이 찾아왔다. 말도 잘 통하지 않았고 먼저 다가가서 친구를 만들 자신은 더더욱 없었다.

한국에서는 혼자 있는 일이 거의 드물었다. 촬영장에서는 스태프들, 동료 배우들과 함께했고 밖에서는 팬들이 함께했으며 집에서는 강준이 함께했다. 그러나 이곳에서는 거의 대부분이 혼자였다.

영화 출연이 불투명해지면서 연우를 제외하고 소속사 스태프들은 한국으로 돌아갔다. 바쁘게 연습하고 오디션을 봐야 했지만, 그 외에는 철저하게 혼자였다. 매니저인 연우는 어떻게든 제작자와 연줄을 만들기 위해 바빴다.

한국이 너무 그리웠다. 아니, 강준이 그리웠다. 유일한 세상과의 소통이었고, 유일하게 소중한 존재였다. 강준을 많이 좋아했다. 그리고 지금도 많이 좋아한다. 사랑한다는 그의 고백이 당시에는 부담스러웠는데, 지금은 너무 그립다. 하지만 그를 찾아가 사랑한다는 말을 할 수는 없었다. 나에겐 사랑이란 없으니까. 그래서 미안하다. 그가 원하는 사랑이 없어서.

온전한 사랑을 잃는다는 것이 어떤 것인지 잃어보지 못한 사람은 모른다. 그 누구보다 날 사랑하고 소중하다고 했던 사람들이 고작 돈 때문에 돌아섰다.

아빠와 엄마는 둘 다 고아원 출신이었기에 사는 게 녹록치 않았다. 아빠는 어려운 살림 때문에 먼 객지로 가서 힘든 일을 했다. 그래서 어렸을 때 엄마와 단둘이 집에 있는 시간이 길었다.

엄마의 미모는 수수한 옷차림에서도 빛이 났다. 그런 엄마가 아빠 혼자 아등바등하는 게 안쓰러워 일을 하겠다고 나서면서 불행은 시작되었다.

작은 중소기업에 취직을 한 엄마는 대표의 눈에 띄었다. 결혼을 하고 아이가 있다는 게 남자에게는 아무런 상관이 없었다. 남자는 엄마를 꼬여내려 돈을 쏟아붓는 걸 주저하지 않았다. 엄마와 마찬가지로 이미 결혼을 하고 자식을 둔 유부남이었던 남자는 부인과 이혼을 하겠다고 계속 엄마를 꼬여냈고, 엄마는 돈에 넘어갔다.

갈수록 화려해져 가는 엄마는 자신이 봐도 아주 예뻤다. 하지만 밤에도 혼자 있게 되는 시간이 길어지자 불안해졌고, 엄마가 꾸미고 나갈 때마다 엄마의 다리를 잡고 나가지 말라며 울었다. 그런 자신을 엄마는 귀찮아했고, 기어코 떼놓고 나갔다.

긴 시간 객지에서 일을 하다가 온 아빠는 변한 엄마에게 짙은 배신감을 받았다. 그 뒤로 아빠는 일을 나가지 않고 집에만 처박혀 있으면서 엄마와 죽어라 싸웠다. 결국 엄마는 가방을 싸들고 집을 나갔다.

술로 지내던 아빠는 두 달 만에 정신을 차리고는 돈을 많이 벌면 엄마를 데려올 수 있다며 일을 하기 시작했다. 그전과는 달리 객지로 나가는 게 아닌, 서울에서 정식으로 취직을 준비했고, 마침내 제조 업체에 취직했다. 그리고 그곳에서 젊은 여자를 만났는데, 그날부터 아빠도 변했다.

여자는 엄마가 만난 남자와 달리 미혼이었고, 그 회사 오너의 딸이었다. 젊은 여자가 주는 위로와 돈에 빠진 아빠는 엄마와 마찬가지로 집을 나갔다.

혼자 텅 빈 작은집에서 어떻게든 살아보겠다고 유통기한이 지난 음식도 가리지 않고 먹었다. 돈이 없어서 급식비도 제때 못 내고, 굶기도 했다.

그래도 부모라는 양심은 있었는지, 2~3개월에 한 번씩은 들러서 돈을 놓고 갔다. 그래 봤자 고작 한 달을 버틸 수 있는 적은 돈이었다.

어쩌다가 마주친 엄마와 아빠는 싸우기 바빴다. 이전에는 엄마가 이혼을 요구했을 때 아빠가 버텼는데, 이제는 아빠가 이혼을 요구하고 엄마는 버텼다. 아빠는 젊은 여자와 결혼하겠다고 했지만, 엄마가 그 꼴은 못 본다고 버텼다. 이혼을 하겠다던 남자가 이혼하지 않고 자신을 정부로 두자 엄마는 화가 났지만, 남자가 주는 돈과 보석 때문에 헤어지지도 못했다. 자신과 달리 젊은 여자에 돈 많고 미혼인 사람을 만나는 아빠에게 자격지심이 생긴 엄마는 이혼을 해주지 않았다.

결국 두 사람은 허무하게도 모두 교통사고로 세상을 떴다. 처음에 아빠가 돌아가셨을 때 장례식장에 갔다가 아빠의 여자 손에 의해 쫓겨났다. 엄마는 오지도 않았다. 그리고 엄마가 돌아가셨을 때는 아예 장례식장도 가지 않았다.

사랑을 속삭이던 엄마, 아빠의 마지막은 정말 더러웠다. 아빠의 사망보험금을 챙기려던 젊은 여자, 엄마의 사망보험금과 그동안 자신이 선물했던 보석을 모두 내놓으라던 늙은 남자.

아빠와 엄마 모두 젊은 여자와 늙은 남자와 법적으로 전혀 관계가 없었기에 그들은 그렇게 탐내던 사망보험금을 포기해야 했다.

하지만 포기하는 순간까지도 두 사람은 악다구니를 썼다. 자신들의 사랑을 어디서 보상받느냐고. 그들은 돈 앞에서 사랑을 운운

했다. 그들이 사랑한다고 했던 사람들이 이러는 걸 하늘에서 보면서 무슨 생각을 했을까.

어차피 사랑이라는 건 필요에 의해 변질되게 마련이다. 서로를 사랑한다고 했으면서 쉽게 돌아서는 부모가 그걸 보여주었다. 사랑이라는 건 찰나의 환상에 불과하다.

강준을 그 누구보다 좋아한다. 그도 그걸 알고 있다고 생각했다. 나에겐 너밖에 없다는 걸 알고 있을 텐데도 왜 사랑을 요구하는 걸까. 왜 결혼을 요구했던 걸까. 내가 너에게 줄 수 있는 건 내 전부인데. 왜 사랑이라는 부질없는 걸 원했을까.

오늘도 수인은 강준을 그리워하며 주황색으로 물든 거리를 걸었다. 마주 오는 사람들도, 같은 방향으로 길을 걷는 사람들도 모두 서양인이었다. 흐르는 강 위로 만들어진 굽은 다리를 천천히 건너고 있었다. 절반쯤 건넜을 때 따르릉따르릉, 하는 맑은 종소리와 함께 열 대가 넘는 자전거가 지나갔다. 모두 헬멧과 보호 장비를 착용하고 자전거를 타고 있었다.

몸을 반쯤 뒤로 틀어 지나가는 자전거의 수를 세던 수인은 자전거를 따라 시선을 앞으로 돌렸다. 저 앞에, 다리가 끝나는 지점에 검은 머리의 남자가 보였다. 걸어가던 중이었기에 남자의 옆모습만이 보였다.

멍하니 보다가 땅으로 발을 빠르게 차기 시작했다. 달리고 달려도 다리 위에 있을 뿐, 다리 끝까지 도달하지 못했다. 자신의 발은 굉장히 빠른 속도로 움직이고 있는데, 주위의 모든 것은 느릿하게 흘러갔다.

분명 강준이다. 너무 그리워서 꿈에서 보는 것조차 싫었던 강준이 걸어가고 있었다. 그의 다리가 천천히, 아주 천천히 앞으로 향하고 있었다. 그러니 빨리 달리면 그를 잡을 수 있을 것이다.

하지만 수십 번 다리를 움직였는데도 제자리다. 빠르게 달리고 달리는데 여태 다리 위다.

'이강준! 강준아!'

입을 벌리고 크게 외치는데 소리가 나지 않는다. 아무런 소리가 나지 않았다. 그리고 아무런 소리도 들리지 않았다. 분명 방금 자전거가 내는 소리를 들었는데, 지금은 그 어떠한 소리도 들리지 않는다. 소리를 퍼뜨리는 공기라는 매개체가 갑자기 사라진 것처럼 어떠한 소리도 존재하지 않았다. 덩달아 숨이 막혀온다.

천천히 걸음을 멈췄다. 저 앞에 어둠이 스며들었다. 벌써 밤인가. 아니, 밤은 아니다. 어디선가 흘러나온 어둠이 서서히 주위를 잠식해 갔다. 강준이 그 어둠에 휩싸였다. 성큼성큼 어둠이 다가온다. 바로 앞까지 어둠이 물들었다. 눈 깜짝할 새에 어둠이 모든 걸 집어삼켰다.

"큭큭큭."

"푸하하하."

"키득키득."

갖가지 웃음소리가 파고든다. 왜 웃는 거지? 그만! 웃지 마! 듣기 싫어!

귀를 막고 고개를 흔들어도 그 웃음소리들은 귀를 막은 손을 파고들었다.

"수인아!"

"헉!"

거칠게 숨을 몰아쉬며 수인이 눈을 떴다. 달칵. 눈앞이 환해졌다. 스탠드를 켠 강준이 그녀를 내려다보고 있었다. 식은땀에 젖은 이마에는 머리카락이 엉켜 있었고, 그 아래로 드러난 눈은 정처 없이 흔들렸다. 강준이 조심스러운 손길로 머리카락을 뒤로 쓸어 넘기고 둥근 이마에 맺힌 땀을 닦아주었다.

"무슨 꿈을 꾼 거야."

수인의 손은 꿈에서와 같이 귀를 막고 있었다. 강준이 그 손을 끌어 내리고 다시 물었다.

"또 악몽 꿨어?"

"웃음소리."

"응?"

"웃음소리가 들렸어."

강준은 무의식중에 주위를 둘러보았다. 방 안에는 침대 위에 누워 있는 두 사람 말고는 아무도 없었다. 사람이 있을 리가 없다. 요 며칠을 강준은 수인의 집에서 살다시피 하고 있었다. 수인과 밤을 보낸 뒤 그는 집에서 옷 몇 가지를 가지고 와 이곳에서 생활했다.

몸이 좋지 않은 수인을 홀로 둘 수가 없기도 했고, 그녀와 떨어져 있고 싶지 않아서이기도 했다. 필요에 의해 강준은 자신의 집에 가야 할 때도 있지만, 일을 보고 난 뒤에는 수인의 집으로 와 잠을 자고 출근했다.

불면증에 시달리던 수인은 강준의 도움으로 그전보다는 수면시간이 길어졌다. 하지만 잘 때마다 간혹 이렇게 악몽을 꿨다. 그때마다 웃음소리 이야기를 했는데, 스트레스 때문이라고 하기에는 도가 지나쳐 강준의 걱정이 늘어났다.

"내일 일요일인데 잠깐 밖에 나갔다 올까?"

"밖에? 연우 씨 말로는 요즘 기자들이 앞에 있대."

한국에 온 뒤로 수인이 바로 활동할 거라는 예상과 달리 조용히 지내자 기자들이 그녀의 근황을 알리기 위해 수단과 방법을 가리지 않고 있다고, 조심하라는 연우의 말이 있었다. 수인에게 강준의 존재가 가장 위험하니 만나지 말라고 했지만, 2년 전까지 단한 번의 스캔들 없이 만났기에 들키지 않을 자신이 있는 수인은 연우의 말은 들은 체도 하지 않았다.

"내 차로 움직일 건데. 괜찮지 않을까."

지금 수인이 지내고 있는 고급 아파트는 사생활 보호가 철저하다. 경비원을 포함해 모든 관리인들은 비밀 유지 서약서를 작성했다고 했다. 그러니 아파트 내에서는 강준의 존재가 새어 나갈 리가 없다. 그래서 큰 걱정 않고 강준의 차를 건물 지하주차장으로 출입이 가능하도록 등록해 두었다. 수인은 강준에게 엘리베이터를 작동시킬 때와 현관문을 열 수 있는 카드키도 주었다.

"그래도……."

사람들이 알아볼까 봐 걱정하기는 했지만, 수인은 외출을 좋아하는 편이었다. 그런 수인이 마냥 폐쇄적으로 지내는 게 강준은 걱정되었다. 집에만 있는 걸 답답해하면서도 나가는 건 또 꺼려했다. 처음에 우연히 만났을 때에도 거의 한 달 만에 마음먹은 외출이었다고 했다.

"괜찮을 거야. 나가서 바람도 쐬고 맛있는 것도 먹자."

"응."

결심한 듯 수인이 강하게 고개를 끄덕였다.

새벽에 깨고 나서 수인은 쉽사리 잠들지 못했다. 잠든 강준의 얼굴을 보며 지새우다가 그가 깨어날 때쯤 설핏 잠이 들었다.

"수인아, 아침 먹어."

이미 다 씻고 아침으로 먹을 토스트와 생과일주스를 준비한 강준이 수인을 깨워 욕실로 집어넣었다. 수인이 씻고 나왔을 때 강준은 이미 외출 준비를 다 마친 상태였다. 블랙셔츠에 청바지를 걸친 그는 제 나이보다 훨씬 어려 보였다.

단정하게 셔츠를 청바지 안으로 집어넣어 벨트를 한 옷차림에서 강준의 완벽한 역삼각형 몸매가 드러났다. 단추를 맨 위에 하나만 풀고 소매를 두 번 접어 평소와 달리 루즈했지만, 꽤 단정한 옷차림이었다.

예전에 강준에게 깊게 파인 니트티를 선물한 적이 있었다. 선물을 받고 난감해하던 그는 그 옷을 입은 모습을 보여주지 않았다. 왜 사준 옷을 입지 않느냐고, 마음에 들지 않았냐고 투덜거릴 때 마음에 무척 든다고, 나중에 입겠다고 약속하더니 가을에 선물한 그 니트티를 그는 한겨울이 되어서야 입었다.

두툼한 코트를 입고 온 강준은 민망해하며 코트 단추를 풀어 니트티를 보여주었다. 꽤 잘 어울려 수인은 선물한 보람을 느끼며 좋아했는데, 그는 남자가 입기에는 노출이 심하다고 다시 단추를 잠갔다. 집 안인데도 강준은 다 벗고 있을 때보다 더 부끄러워하며 코트를 벗지 않으려 했다. 난방이 꽤 잘되는 집이었기에 결국에는 더워서 벗었지만, 그 뒤로는 그의 의상 취향을 존중해 앞이 깊게 파이지 않고 단정한 옷을 선물했다.

수인의 입에 토스트를 물려준 강준은 그녀의 뒤에 서서 머리에 감은 수건을 풀어 탈탈 머리를 털어주었다. 헤어드라이어를 가져와 머리를 말려주고는 바닥에 떨어진 머리카락까지 치웠다.

"바로 나가?"

"너 준비 다 되면. 천천히 준비하고 있어. 나 잠깐 소송 자료 정리 좀 할게."

드레스룸으로 향하는 수인을 확인하고는 강준은 거실로 나와 소파가 아닌 러그 위에 앉았다. 중앙에 놓인 커다란 테이블 위에는 연우가 가져다 놓았던 시나리오가 놓여 있었다. 수인이 보지 않았기에 몇 날 며칠이고 시나리오는 그 자리에 그대로 놓여 있었다. 시나리오를 한쪽으로 치운 그는 그 위에 소송에 관련된 자료들을 늘어놓고 꼼꼼하게 살폈다.

다른 무엇보다 강준은 정민의 이혼소송에 더 심혈을 기울이고 있었다. 피변호인의 협조가 없어서 그는 평소보다 배로 힘들었다. 정민이 유일하게 요구했던 양육권을 가져오기 위해 몇 번이고 정민과 황혜진의 허점을 파고들었다. 정민의 허점을 알아야 방어가 가능했고, 황혜진의 허점을 알아야 공격이 가능했다. 하지만 더 중요한 것은 그들의 딸인 민주의 의견이었다. 최근의 판례들을 보면, 판사는 이걸 가장 중요하게 여기고 있었다.

마지막으로 강준은 정민에게 보여주었던 파일을 꺼냈다. 그들의 이혼을 둘러싸고 퍼져 있는 소문의 진상을 파악하기 위해 만들었던 자료로, 정민이 흥미를 갖고 읽어보다가 어느 한 부분에서

노기를 보였다.

얼추 정민의 시선이 향했던 부분을 떠올리며 강준이 훑어 내려 갔다. 하단 부분에는 그들의 딸인 민주에 관련된 이야기였다. 정 민이 딸에 대한 애착이 크다는 걸 새삼 느끼며 강준이 눈으로 읽 어 내렸다. 그리고는 생각에 잠기는 듯 눈동자가 짙게 잠겼다.

"어때?"

수인이 얼굴을 가린 선글라스를 코끝에 걸고 눈을 위로 치켜뜨 고 강준에게 물었다. 허벅지 절반이 드러나는 걸 먼저 확인한 강 준이 고개를 절레절레 저었다. 더 위로 올라가서는 그가 미간을 접었다. 수인의 개방적인 옷차림을 익히 잘 알지만, 딱 달라붙은 니트 원피스는 여리여리한 몸매를 드러내고 유독 큰 가슴을 더 부 각시켰다. 팔이 드러난 민소매인 걸 보고는 강준이 지적했다.

"날이 쌀쌀한데 소매 있는 걸로 입는 게 어때?"

"카디건 걸칠 거야."

곧 죽어도 저 원피스는 입겠다는 소리다. 상아색의 원피스라 더 거슬렸지만 서로의 패션에 관해서는 존중해 주기로 했던 기억이 있어서 강준은 조용히 보던 서류를 정리했다.

카디건까지 걸친 수인이 모자를 푹 눌러쓰고 선글라스를 가슴 부근에 꽂았다. 볼록하게 솟은 가슴 사이에 자리 잡은 선글라스를 보는 강준의 시선을 느낀 수인이 흘기며 그의 팔짱을 꼈다. 강준 의 팔에 팔짱을 끼며 밀착하자 그의 팔에 닿은 가슴이 뭉그러지며 선글라스가 삐뚤어졌다. 그가 가슴 쪽으로 손을 가져가 선글라스 를 반듯하게 걸었다.

"어딜 만져."

억울하다는 듯 강준이 눈을 일그러뜨렸지만, 수인은 엉큼한 남자를 보듯 눈을 흘기더니 한쪽 손으로 가슴을 가렸다.

"우리 어디로 갈 거야?"

나가는 걸 주저하더니, 막상 외출이 신난 수인이 제자리에서 발돋움을 하고 그의 얼굴 밑에서 눈을 접어 웃었다. 자연스레 내려오는 강준의 입술이 쪽 그녀의 입술에 닿았다가 떨어졌다.

"교외로 나가자."

"교외 좋지요."

수인이 다다다 현관으로 달려갔다.

주말이라 그런지 도로가 꽉 막혔다. 그래도 도심을 벗어나자 도로 위의 달리는 차의 수가 줄어 드라이브 기분이 났다. 외곽으로 빠져 한적한 곳으로 강준이 핸들을 돌렸다. 한 시간을 달리자 지나가는 차가 적어 도로는 한산한 편이었다.

어느새 모자를 벗고 선글라스를 낀 수인이 창문을 열고 바람을 맞았다. 하지만 얼마 가지 않아 헝클어진 머리를 잡으며 창문을 올렸다. 그럼에도 미련이 남는지 창문에 얼굴을 바짝 붙였다.

"좋다. 날씨도 나쁘지 않고."

실상 좋은 날씨는 아니었다. 화창하다고 하기에는 하늘에 구름이 많았고, 조금 흐린 편이었다. 나오기 전에 날씨를 확인했을 때에는 비가 온다는 예보는 없었기에 그나마 다행이었다.

"다음에는 우리 산에 올라가자. 나 등산도 못 해본 것 같아."

"그래. 또 해보고 싶은 건 없어?"

"음……."

골똘히 생각을 하더니 요목조목 손가락을 접어가며 희망 사항을 이야기했다. 영화 보기, 쇼핑하기 등등을 꼽더니 마지막에는 눈을 가늘게 접어 강준을 쳐다봤다. 시선을 느낀 강준이 슬쩍 고개를 돌렸다.

"됐어. 이야기하지 마."

"밀월여행? 야외인데 사람이 아무도 없는 거야. 거기서 홀딱 벗고……."

"수인아, 제발."

수인의 입을 막으려 뻗은 손을 그녀가 피해가며 기어코 이야기를 마쳤다. 이 대담한 여인의 희망 사항에 그가 낮은 신음을 내뱉었다.

"전화 왔어."

강준의 핸드폰이 드르륵 진동을 울렸다. 끊기지 않는 진동에 옆에 놓아둔 핸드폰을 수인이 들고 확인했다.

"어머님이신데?"

강준의 한쪽 눈썹이 올라갔다. 갓길에 차를 세우고 비상등을 켠 그가 전화를 받았다.

"네, 어머니."

[혹시 강훈이한테 연락 없었니?]

"또 형이 사라졌어요?"

[요즘 자꾸 김 비서를 따돌리는 것 같아. 도대체 왜 그러는지.]

"너무 걱정 마세요. 지금껏 집에 잘 돌아왔잖아요. 제가 형이랑 통화해 볼게요."

[그래. 뒤늦게 사춘기가 온 것도 아니고, 요즘 툭하면 어디로 사

라지는지.]

"들어가세요."

전화가 끊기자마자 강준은 수인에게 통화를 한다는 눈짓을 보낸 뒤 단축번호를 길게 눌렀다. 통화음이 한참이 가도 강훈은 전화를 받지 않았다.

"왜? 오빠 또 어디로 사라졌대? 전화 안 받아? 전에는 네 번호 뜨니까 바로 받으려 하던데."

"전에?"

카페에서 강훈을 우연히 만났을 때, 강준의 전화를 받아야겠다고 핸드폰을 흔들었다.

"내 전화 잘 안 받아."

강훈은 한 번 자유를 만끽하면 전화를 일체 받지 않았다. 강준의 전화도 받지 않았다가 나중에 부재중을 보고 집에 가는 길에 연락을 하곤 했다. 그러니 수인의 앞에서 일부러 그랬음이 틀림없다.

"그래? 오빠 어디 갔지?"

"어린애도 아닌 30대 중반인데 뭐. 때 되면 귀가하겠지."

비상등을 끄고 깜빡이를 켜고 도로로 들어가던 강준은 잠시 요즘 들어 강훈의 일탈이 잦다는 생각을 했지만, 이내 지워 버렸다.

쭉 뻗은 도로를 달리다가 강준은 오른쪽으로 부드럽게 핸들을 꺾었다. 외딴길로 빠진 차는 서서히 속도가 줄었다. 전방을 주시하던 수인이 탄성을 질렀다. 앞으로 바다가 모습을 드러냈다. 햇빛이 구름에 가려져 눈을 찌르는 찬란한 모습은 아니었지만, 오랜만에 바다를 본 수인은 신이 나 몸을 앞으로 쭉 뺐다.

"옆으로 봐."

수인의 어깨를 뒤로 당겨 바로 앉힌 강준이 오른쪽을 가리켰다. 드라이브를 즐길 수 있게 해안가로 도로가 잘 조성되어 있었다. 차의 속도는 빨랐지만, 바다는 드넓어 시야를 멀리 두자 차가 제 자리에 멈춰 있는 것 같았다.

한참 지속되던 해안도로가 끝이 났다. 아쉬움에 탄식이 쏟아지는데 다시 바다가 모습을 드러냈다. 한층 더 가까운 바다는 보기만 해도 속이 확 트여 기분은 더욱 업됐다.

해안가로 몇몇 사람이 거닐고 있었다. 강준은 주차장과는 조금 떨어진 곳에 주차를 했다. 주위에 주차된 차가 없었지만, 사방을 살핀 뒤에 차에서 내렸다.

"진짜 좋다."

주차를 하는 사이 가슴께에 걸어놓은 선글라스를 쓴 수인이 차에서 내렸다. 팔을 활짝 펴고 손가락까지 펴서 바람을 만끽하는 그녀의 머리 위로 강준이 모자를 씌워주었다. 몸을 휘감았다가 지나가는 바람을 잡으려는지 수인의 손가락이 오므려졌다. 아무것도 잡히지 않고 텅 빈손이 아쉬워 쥐었다 폈다 반복하는 그녀의 손을 강준이 잡아주었다.

따뜻한 손을 마주 잡고 수인이 남은 손은 그의 팔을 잡아 옆에 딱 붙어 걸었다. 그 누가 봐도 다정한 연인이 나들이를 나온 것으로 보였다.

바닷가이기에 제법 바람이 매서웠다. 강준의 단정한 머리가 잔뜩 헝클어졌다. 그나마 모자를 쓴 수인은 나았다. 서로 엉망이 된 모습을 보며 낄낄 웃었다.

파도 근처까지 달려갔다가 생각보다 가까이 물이 밀려오는 탓에 놀라 수인이 뒷걸음질을 쳤다. 천천히 걸어오는 강준에게 수인이 빨리 오라고 손을 흔들었다.

휙 부는 바람에 수인의 카디건이 뒤로 휘날렸다. 파르륵, 카디건이 날리는 모습에 강준의 걸음이 빨라졌다. 마치 이대로 바람에 실려 수인이 날아갈 것 같았다. 뒤로 날리는 카디건 자락이 날개처럼 보여 그의 가슴을 철렁 떨어뜨렸다.

달리다시피 가서 그가 수인의 허리를 낚아채 위로 들어 올렸다.

"꺄악!"

짧은 비명이 터지고 이내 커다란 웃음소리가 터졌다. 지나가던 가족이 두 사람의 모습을 보고 빙그레 미소를 지었다.

무릎 뒤를 감싸고 엉덩이를 받쳐 앉자 수인이 그의 어깨를 잡고 균형을 잡았다. 수인의 얼굴이 강준보다 한참 위에 있었다.

"내려줘, 빨리."

바람에 강준의 머리가 한쪽으로 쏠리면서 그의 눈을 가렸다. 수인이 웃으며 손으로 그의 머리를 정돈했다. 드러나는 시선이 따사롭다. 그 눈 위에 그녀가 살짝 입을 맞췄다.

수인을 바닥으로 내려놓으며 강준이 품에 가득 안고 걸음을 걸었다. 덩달아 뒤로 밀려 걸으면서 수인이 그의 어깨에 웃음을 쏟아냈다.

"강준아, 네가 정말 좋아."

말을 내뱉고도 수인이 움찔거렸다. 이 뒤에 이어질 말을 생각했는지 몸이 경직되었다.

"나도. 좋다."

강준의 말에 안도의 숨을 내쉬고 수인이 그의 허리를 껴안았다. 그녀는 2년 전처럼 그 싸움이 반복되면 어쩌나 걱정했다.

수인에게서 좋아한다는 말이 나올 때 왜 그리도 불만족스러워했는지. 2년 만에 듣는 이 한마디가 그를 천국에 발을 딛게 했다. 강준은 문득 한 번 헤어진 연인은 같은 이유로 헤어진다는 지휴의 충고가 떠올랐다.

"걷자."

팔을 풀어낸 강준이 수인의 카디건 단추를 모조리 잠갔다. 몇 개 안 달린 단추라 가슴이 가려지지는 않았지만, 바람에 펄럭여 옷의 기능을 잃는 것보다는 나았다. 서로의 손을 잡고 두 사람은 천천히 거닐었다.

"여름이었으면 더 좋았을 걸. 물에 들어가고."

아쉬움이 담겼지만, 불가능하다는 걸 안다. 여름이라면 해수욕을 즐기기 위한 사람들로 득실거릴 것이고, 그런 곳을 수인이 돌아다닐 수 있을 리가 없었다. 오늘만 해도 날씨가 흐린 데다 쌀쌀해져서 나들이를 나온 사람들이 적어 거닐 수 있었다.

낮인데도 날이 흐려서 회색빛이었다. 이곳으로 올 때 구름이 많기는 해도 색이 저렇게 회색으로 물들지는 않았었다. 가끔씩 하늘을 보던 강준은 예보에서는 비가 안 온다고 했으니 그 믿음으로 차에서 점점 멀어졌다.

해안선 끝까지 걷다가 벤치에 앉아 오랜만에 제대로 느끼는 여유를 만끽했다. 근처에 사람이 보이지 않자 수인은 답답한 모자를 벗었다.

"다음에는 우리 해외로 나갈까? 관광지는 말고."

7년을 만나면서 제대로 된 여행을 간 적이 없었다. 초창기에는 강준도 시험 준비로 바빠 여행 갈 틈이 없었고, 그가 취업하고 나서는 수인이 연이은 드라마와 영화 촬영이 있었다. 그나마 지방 촬영장까지 강준이 수시로 와줘서 만날 수 있었다. 촬영이 없는 그 외의 나머지는 거의 집에서 만남을 가졌다.

"그러고 보니 우리 제대로 된 데이트가 없었구나."

새삼스럽다는 듯 말했지만, 아쉬움이 가득했다. 7년을 만난 게 용하게 느껴졌다. 강준의 배려가 아니었다면 힘들었을 텐데. 그런데도 투정만 부린 것 같아 멋쩍었다.

"강준아, 나 좋은 연인은 아니었지?"

"글쎄. 나도 좋은 연인은 아니었지."

수인을 보고 있던 강준의 시선이 바다 위 허공 어딘가쯤을 응시했다. 회환에 젖은 눈동자에 수인이 담담히 고개를 돌렸다.

"좋은 연인이란 뭘까."

좋은 연인. 강준은 과거의 그들을 떠올렸다. 서로에게 순식간에 빠져들었다. 그는 수인을 지독히도 사랑했다. 지나친 사랑으로 그녀를 옭아맸다. 그 사랑을 견디고 받아주는 수인을 알면서도, 그녀의 노력을 알면서도 조급해했다. 시간이 갈수록 그는 미쳐 갔다. 그는 스스로 미쳐 갔다. 그의 사랑은 수인이 아닌, 그 자신을 집어삼켰다.

"솔직히 네가 나를 찾지 않을 거라는 걸 예상했어."

"……무슨 소리야?"

"알고 있었어, 네가 나 때문에 괴로워했다는 걸. 알아. 내가 너한테 지독하게 굴었다는 거."

"강준아, 아니야. 난 널⋯⋯."

강준이 희미한 미소를 지으며 수인에게로 고개를 돌렸다. 그 미소가 위태로워 수인은 불안감에 휩싸였다.

"우린 언제나 그랬어. 비정상적이었어. 서로가 서로를 망치는 위태로운 만남이었으니까."

선뜻 아니라는 대답을 하지 못하는 수인의 머리를 강준이 다정스레 쓰다듬었다.

"지금도 그래. 2년 만에 만나서 제대로 싸우지도, 과거의 일을 해결하지도 못한 채 또 이렇게 만나고 있어."

어영부영 만남을 갖고 있다. 과거를 마주해야 한다는 걸 강준은 깨달았다. 한 번 헤어졌던 연인은 같은 일로 헤어진다는 지휴의 말이 계속해서 머릿속에 맴돌아 손가락 끝에 박힌 가시처럼 불편했다.

"나는 이대로도 좋아."

다정한 손이 금방이라도 머리에서 떨어질 것 같아 수인이 재빠르게 말했다.

"넌 좋은 것만 기억하려 해. 한수인, 내가 너에게 어땠는지 잘 떠올려 봐."

선글라스에 가려진 눈에서 눈물 한줄기가 흘러내렸다. 손가락으로 수인의 턱 밑에 매달린 눈물방울을 훔친 강준이 자신의 건조한 입술에 가져다 댔다. 짭짜름한 맛이 감돌았다.

"난 너를 이해하는 척만 했을 뿐, 진심으로 이해한 적이 없어."

"괜한 이야기를 꺼냈네. 가자. 계속 바람 맞으니까 쌀쌀해."

벤치에서 일어나는 수인의 손목을 잡은 강준이 낮은 한숨을 쉬었다. 그녀가 벗어놓은 모자를 다시 씌워주고는 부드럽게 손을 잡아 앞서 걸었다.

"우리 또 헤어지는 거야?"

불안정한 공기에 갇혀 강준에게 이끌려 가면서 수인이 그의 등에 대고 물었다.

"아니, 헤어지자는 게 아니야."

걸음을 멈춘 그가 손을 잡아당겨 뒤에 걸어오던 수인을 옆에 세웠다. 잡은 손에 악력이 약해지자 수인이 힘을 줘 손을 빼지 못하게 했다. 그런 게 아니라고 고개를 흔든 강준이 손을 풀고 수인의 허리를 감싸 안아 다시 걸음을 옮겼다.

"우연히 다시 만나고도 널 원망했어. 수인아, 난 너 없이는 못 살아. 네가 이렇게 만들었잖아. 이렇게 속으로 늘 널 원망했던 지난날이 떠오르더라. 뭐, 이러니저러니 해도 널 놓지 못하는 건 난데. 그렇게 되어버렸던 건 너 때문이 아닌 내 삐뚤어진 이기심과 사랑 때문이었는데."

"……."

"다시 만났을 때 넌 미안하다는 말을 해서는 안 됐어. 진짜 미안해할 사람은 나잖아."

"불안해. 지금 네 모습이 불안해."

"예전에 이미 이랬어야 했어. 수인아, 다시 그때로 돌아가는 건 의미 없어. 난 그렇게 널 사랑하기 싫어. 그러니 너무 받아주지만 말고 선을 그어줘."

"모르는 척하지 왜 꺼낸 거야. 내가 괜찮다는데."

"아니, 괜찮지 않았어. 너도 알고 있었잖아. 내가 어떻게 변했는지. 난 그런 내 모습을 참을 수 없었어. 그러니 내가 나일 수 있게 도와줘."

"강준아, 난 네가 어떤 모습이든 좋아."

단정하고 반듯한 강준이 수인을 만나면서 변해갔다. 수인은 오히려 그런 모습이 더 좋았다. 저로 인해 변해가는 그를, 오로지 그녀만을 원하는 그를 즐겼다. 하지만 그는 아니었다. 변하는 자신을 못 견디게 싫어했고, 혐오했다. 점점 더 수인에게 독이 되어가는 자신의 모습에 그는 수인이 자신을 사랑하지 않는다는 핑계로 그녀를 버리고 도망갔다.

수인도 어렴풋이 그걸 알기에, 변해 버린 자신의 모습이 싫어 도망친 강준의 마음을 알았기에 그를 찾지 않았을지도 모른다. 그리고 강준은 그걸 예상했다.

서로가 늘 감춰왔던 진실. 그들에게 있어서 본질적인 문제를 강준이 먼저 꺼냈다. 그의 치부를 꺼내며 수인에게 도움을 청했다.

"편해, 마음이."

불안에 휩싸여 입술을 잘근잘근 깨무는 수인에게 고개를 숙여 강준이 그녀의 볼에 가볍게 키스했다. 보지 않아도 선글라스에 가려진 커다란 눈이 더 크게 뜨였음을 안 그가 쿡쿡 웃었다. 정말 속이 후련한 듯 가벼운 웃음이다.

"이래서 사람들이 바다를 찾는구나. 속이 시원하네."

"나는 아닌데."

혼자만 시원하게 훌훌 털어버리는 그의 옆구리를 팔꿈치로 찌르며 수인이 툴툴댔다. 미안한 듯 입매를 일그러뜨린 강준이 툭툭 떨어지는 물방울에 고개를 들었다. 일기예보에서는 비가 올 확률이 낮다고 했었다. 두 사람은 갑작스럽게 비가 떨어지는 하늘을 올려다봤다.

"비 온다."

투욱. 빗방울이 강준의 이마를 때렸다. 몇 안 되던 사람들이 작은 비명을 지르며 뛰기 시작했다. 빗방울이 굵어질 것을 예상한 듯 순식간에 사람들이 해안가에서 멀어지는 방향으로 달렸다.

"수인아, 뛰어."

느릿한 속도로 되돌아가고 있었기에 차까지의 거리가 제법 되었다. 촉촉하게 몸을 적셔오는 비를 맞으며 모래사장을 달리는 건 쉽지 않았다. 몸무게가 고스란히 실리는 달리기에 푹푹 모래 속으로 발이 빨려 들어갔다. 모래가 젖어가자 질척거림이 달리기를 방해했다.

수인을 먼저 태우려면 보조석으로 갔어야 했지만, 급히 달리느라 운전석 쪽으로 달렸다. 운전석에 두 사람이 같이 올라탈 수는 없어 강준은 뒷좌석 문을 열고 수인은 먼저 들이고 뒤따라 올라탔다.

"하아. 하아."

뛰느라 힘들었는지 거친 숨이 뱉어져 나왔다. 쌀쌀한 날씨에 반해 입에서 터져 나오는 숨은 뜨거웠다.

강준은 뒤에 놓인 각티슈에서 티슈를 꺼내 모자와 선글라스를 벗는 수인의 얼굴을 닦아주었다.

"나보다는 네가 먼저 닦아."

모자를 쓰고 있었기에 수인의 상태는 그나마 나았다. 바람에 헝클어진 채로 비에 젖은 강준의 머리를 쓸어 넘기는 그녀의 손에 물기가 잔뜩 잡혔다.

"비가 많이 오네."

시야가 확보되지 않을 정도로 거세게 비가 내렸다. 잠시 지나가는 비일지 가늠하는 강준의 옆구리로 수인이 파고들었다.

"추워? 히터 틀어야겠다."

옅게 떠는 수인을 보고 그가 운전석으로 옮겨 타기 위해 차 문으로 손을 가져갔지만, 수인이 움직이지 못하도록 허리를 감싸고 품으로 안겨 문을 열 수가 없었다.

"수인아, 잠깐만."

"싫어. 네가 따뜻하게 해줘."

무슨 뜻으로 하는 말인지 알아들은 강준이 당황한 듯 수인의 어깨를 잡아 떨어뜨리려 했지만, 옴짝달싹도 하지 않고 더 파고드는 그녀의 몸에 확 열기가 끼쳐 오자 저도 모르게 탁한 숨을 내쉬었다.

"여기서?"

세차게 내리는 비와 회색으로 물든 하늘과 땅, 차창은 짙은 선팅이 되어 있어 바깥에서 안을 들여다보기 힘들다. 하물며 이렇게 비가 내리는데 굳이 주차장과 멀리 떨어진 곳까지 누군가가 올 가능성이 희박했다. 그럼에도 강준은 야외라는 점 때문에 고개를 흔들었다.

"추워. 안아줘."

툭. 수인이 몇 개 없는 카디건의 단추를 풀고는 벗었다. 기다란 카디건을 운전자석과 조수석의 헤드에 걸쳐 놓자 앞이 조금은 차단이 되었다.

"밖이야, 수인아……."

강준이 제지하자 그의 손목을 잡아 등받이에 밀착하며 수인이 그의 다리 위로 올라탔다. 그가 마음만 먹으면 얼마든지 뿌리칠 수 있다는 걸 알지만, 급격히 형성된 성적 긴장감에 두 사람 모두 섣불리 움직이지 않았다. 들뜨게 하는 긴장감 속에 수인이 살짝 엉덩이를 들었다.

위에서 강준을 내려다보던 수인이 고개를 숙였다. 그녀의 머리카락 끝에 매달렸던 물방울이 툭 떨어졌다. 눈 부근으로 떨어지는 물방울에 눈을 감았던 그가 뒤이은 그녀의 말에 번쩍 눈을 떴다.

"키스, 해줄게."

수인이 혀를 내밀어 그녀의 입술을 핥자 강준의 시선이 그곳으로 박혔다. 붉고 작은 혀가 쏙 하니 그녀의 입속으로 사라졌다. 천천히 다가오는 숨결과 온기에 그의 눈이 서서히 감겼다.

부드럽고 뭉클한 입술이 닿자 강준이 입술을 벌여 그 입술을 머금었다. 윗입술을 핥고 그보다는 도톰한 아랫입술을 깨물고 혀를 집어넣어 깊게 파고들어 안쪽 부드러운 살을 맛봤다. 그녀의 입안으로 사라진 작은 혀를 찾기 위해 그가 더 깊이 혀를 밀어 넣었다. 어느새 풀린 손으로 수인의 등허리를 감싸고 목덜미를 잡아 더욱 깊이 파고들어 그녀의 혀를 옭아매 강하게 빨아들였다. 달콤한 타액을 목으로 넘기는데도 갈증이 식을 줄 모른다.

"흐음……."

수인의 신음 소리를 삼키며 강준이 반대로 고개를 꺾었다.

"하아……."

누구의 신음 소리인지 분간이 되지 않았다. 순식간에 타오른 열기로 두 사람 모두 추위를 잊었다. 맞닿은 몸은 뜨겁기까지 했다.

툭. 툭. 툭.

수인이 강준의 셔츠를 단추를 풀고 옆으로 젖히고 드러난 상체를 손바닥으로 훑었다. 차갑게 식었던 그의 몸이 그녀의 손아래에서 열기를 피워낸다.

"으읏. 한수인."

아직은 약간의 망설임이 담긴 목소리에 수인이 과감하게 허벅지부터 원피스를 올렸다. 허리까지 올리자 얇은 레이스가 달린 반투명의 붉은색 속옷과 하얀 살결이 드러났다. 강준의 눈빛이 욕망에 짙어지는 걸 본 그녀는 과감하게 머리 위까지 끌어 올려 원피스를 벗었다.

팔을 뒤로 돌려 브래지어 후크까지 풀자, 꽉 조여 있던 가슴이 부드럽게 흔들렸다. 브래지어를 벗고 제 손으로 자신의 가슴을 쥔 수인이 강준의 얼굴 앞으로 가져갔다.

"하아…… 훗."

강준의 혀가 부드럽게 유륜을 감싸고 돌돌 돌리자 수인이 허리를 휘며 신음을 내뱉었다. 차가운 바닷바람과 비로 젖었던 몸이 뜨거운 그의 온기에 발갛게 열이 올랐다.

부드러운 여체를 만끽하며 강준이 가슴을 세게 빨아들였다. 한 손은 수인이 뒤로 넘어가지 않게 등허리를 감쌌고, 남은 손은 연신 그녀의 몸 위를 더듬었다. 제 가슴을 쥐고 있는 수인의 손을 잡은 그가 힘을 줬다. 그의 손아귀에서, 그녀의 손아귀에서 풍만한 가슴이 뭉개졌다. 손가락 사이로 툭 튀어나온 살을 혀로 핥은 그가 꽉 깨물었다.

가슴에서 손을 떼려는 걸 억지로 붙들어놓았다. 모아진 가슴 사이 갈라진 틈에 그가 혀를 집어넣었다. 이 사이에 다른 걸 끼워 넣는 상상을 하며 그가 혀를 움직였다. 그의 행동을 보던 수인이 얼굴을 붉히며 손에서 힘을 뺐다. 잔뜩 모아졌던 가슴의 틈이 벌어지자 그가 그 안으로 얼굴을 들이밀었다.

더 얼굴을 내려 그녀의 온몸 구석구석 입을 맞추고 싶었지만 자세가 여의치 않았다. 그는 대신 손을 내려 아래부터 그녀의 몸을 매만졌다. 작은 발을 손에 꽉 쥐고, 조금씩 위로 올라오는 손이 종아리를 지나 무릎까지 올라왔다. 허벅지에 다다라서는 그의 손이 위치를 바꿔 다리 사이로 파고들었다.

허벅지의 연한 살결을 쓰다듬는 손이 속옷 바로 앞까지 올라갔다. 수인의 여성을 손으로 덮은 그가 뭉근하게 문질렀다. 그의 손바닥의 열기가 여성 전체를 달궜다. 두 개의 손가락이 속옷의 경계선에서 움직였다. 한 손가락이 속옷을 들어 올리더니 다른 손가락이 얇은 천을 가르고 들어갔다. 뜨거운 열기가 손가락에 감돌자 강준이 고개를 들어 수인을 봤다.

"벌써 젖었어."

대범하게 옷을 벗어 던졌던 수인이 고작 말 한마디에 부끄러움으로 얼굴을 붉게 물들였다. 손가락으로 갈라진 틈을 파고들자 수인이 그의 어깨를 붙잡고 경련하듯 몸을 떨었다.

"웃, 하앙······."

민감하게 반응하는 수인을 보자 강준이 더욱 짓궂게 손가락을 놀렸다. 겉에만 맴돌다가 슬쩍 안으로 밀어 넣자 내밀한 속살이 쫙 물고 늘어졌다. 야들한 속살 곳곳을 손가락으로 만지고 뭉근하게 비벼 마찰을 일으켰다. 몸 안에 깃든 이물감이 익숙해질 쯤 손가락 하나가 더 늘었다.

수인의 목덜미를 잡아 내리며 강준이 거칠게 입을 맞췄다. 그의 어깨를 잡던 수인의 손이 그의 머리를 감싸고 허리를 본능을 따라 흔들었다. 닿을 듯 말 듯 아찔한 감각이 수인을 휘몰아칠 때 강준이 손가락을 빼내자 애액이 손가락을 타고 흘러내렸다. 축축하게 젖은 속옷을 강준이 손가락에 걸어 끌어 내렸다.

무릎까지 내려가는 속옷이 푹 젖어 있자 강준의 눈이 흥분으로 물들었다. 자신이 만든 작품이 마음에 드는지 그의 입가가 슬쩍 올라갔다. 그 모습을 본 수인이 질 수 없다는 듯 그의 벨트와 바지 버클을 풀어 부풀어 오른 그의 앞섶을 과감하게 손에 넣었다.

"윽……."

강준의 입에서 억눌린 신음이 터졌다. 드로어즈 안으로 수인의 손이 들어가더니 그의 페니스를 꺼내 손에 쥐고 그를 느른하게 바라봤다. 두툼한 귀두를 엄지로 간질간질 돌려 만지고 기둥 전체를 손으로 감쌌다. 더욱 몸을 부풀리는 페니스는 그녀의 손에서 활개를 쳤다. 강준의 허리가 들썩이자 페니스가 그녀의 손안에 갇힌 채로 위아래로 움직였다. 움직임에 맞춰 손의 힘을 조절하는 그녀의 애무에 그가 목을 뒤로 젖혔다. 툭 튀어나온 울대에 키스를 한 수인이 그의 귓가에 대고 속삭였다.

"지금…… 해줘."

강준이 수인을 눕히고 그녀의 다리를 한데 모아 무릎에 걸려 있던 속옷을 빼내고는 활짝 다리를 벌리고 자리를 잡았다. 바지와 드로어즈를 무릎까지 내리고 단숨에 수인의 몸 안을 파고들었다.

손가락과는 확연히 다른 크기의 이물감이 들어오자 수인의 몸이 쾌락으로 물들어 바르르 떨었다. 강준의 어깨에 매달린 다리가 그의 허리가 앞뒤로 움직일 때마다 들썩이며 차 천장에 닿았다가 떨어졌다.

"흐읏, 응. 아, 으으응……."

강한 쾌감에 수인이 허리를 비틀자 강준이 그녀의 몸을 집요하게 움켜쥐어 빠져나가지 못하게 했다. 비틀리면 비틀린 채로 그녀의 안을 헤집었다. 여성 전체를 자극하는 그의 분신에 수인이 더 허리를 비틀었다.

거칠어진 숨소리가 차 안을 가득 채웠다. 수인의 뺨과 목덜미, 가슴에 뿌려지는 강준의 입맞춤에서 나는 소리와 맞닿은 하체에서 나는 질척거리는 소리가 끊임없이 흘러나오는 수인의 신음 소리와 어우러졌다.

차창을 강하게 내리 때리는 빗소리에 그들이 내는 소리가 묻혀 밖으로 새어 나가지 않았다. 그걸 안 것인지 누가 볼지도 모른다는 걱정을 하던 강준이 도리어 더욱 거칠게 움직이며 수인의 신음 소리를 이끌어냈다.

차 천장에 부딪히는 수인의 다리를 어깨에서 내리면서 잠시 움직임이 멈췄다. 수인이 미약한 불만이 섞인 신음을 내뱉으며 허리를 위로 들어 올렸다. 반쯤 빠진 페니스를 집어삼키는 열기에 미간에 힘이 들어간 강준이 더운 숨을 내뱉었다.

한쪽 다리를 등받이 위로 올리고 차 천장에 부딪혀 붉게 물든 부분을 강준이 혀로 뭉근하게 비볐다. 반대쪽에도 혀로 붉어진 부분을 핥아 맛보고는 시트 아래로 내려 더욱 크게 벌린 뒤 거칠게 허리를 뒤로 뺐다가 앞으로 밀었다.

거친 움직임에 뒤따른 마찰에 이전과는 확연히 다르게 내벽이 부풀어 올랐다. 내밀하게 조여오는 속살에 강준이 눈을 질끈 감고 한곳으로 감각을 모았다. 부풀어 오른 가슴을 손에 쥐고 낭창한 허리를 잡아 끌어당기며 온 힘을 다해 움직였다.

"크윽……."

절정에 도달하는 수인이 바짝 몸을 조여오자 그의 입에서 신음이 툭 흘렀다. 마찬가지로 거의 넘어갈 듯 신음을 흘리던 수인이 그의 상체를 바짝 끌어안으며 짧게 경련했다. 그녀의 목덜미에 입술을 묻고 강준이 멈췄던 움직임을 다시 행했다.

한 번 절정에 도달한 몸이지만, 빠르게 다시 반응을 보였다. 가쁜 숨이 흘러나오는 입술을 머금고 강준이 하얗게 비워지는 정신을 놓으며 힘을 쏟아냈다.

"으윽……."

몸에 힘을 빼고 자신의 위로 떨어지는 강준의 어깨를 감싸고 수인이 눈을 감았다. 서로의 체온을 느끼며 둘은 잠시의 여운을 즐겼다. 그는 아직 수그러들지 않은 페니스에 허리를 움직여 후희도 만끽했다.

천천히 자신의 안을 빠져나가는 느낌에 나가지 못하게 막듯 바짝 힘이 들어가고 강준의 페니스를 조였다. 수그러들었던 그의 분신이 자극을 받았는지 다시 부풀어 올랐지만, 그는 끝까지 빼냈다.

빠져나온 곳에서 애액과 정액이 섞여 같이 흘러나왔다. 강준은 티슈로 깨끗이 닦아내고 수인을 일으켜 앉혔다.

아직 빗줄기는 거셌다. 그들이 내뱉은 더운 숨으로 차창은 습기로 희뿌옇게 물들어 있었다.

"집에 가야겠다."

비가 거세게 온다고는 하지만, 사방이 드러난 곳에 주차를 하고 사랑을 나눴다는 사실에 강준이 뒤늦게 민망해하며 집으로 갈 준비를 했다. 발치까지 벗겨진 드로어즈와 바지를 올려 입은 그가 수인의 속옷을 찾아 입혀주었다. 젖은 팬티가 불쾌한지 수인의 미간이 좁혀 들어갔다.

"빨리 옷 갈아입고 싶어."

땀에 젖은 몸 때문에 얇은 니트 원피스가 달라붙어 잘 내려가지 않자 수인이 짜증을 내며 쭉 잡아당겼다. 올이 나갈 듯 늘어나는 옷을 강준이 잡아 조심스럽게 조금씩 내려주었다.

옷을 다 챙겨 입은 강준이 차 문을 열고 내려 재빨리 운전석에 올랐다. 그사이 수인은 운전석과 조수석 사이의 틈으로 조수석으로 옮겨 앉았다.

더워하는 수인 때문에 약하게 에어컨을 켠 강준이 굵은 빗줄기를 뚫고 서서히 차를 출발시켰다.

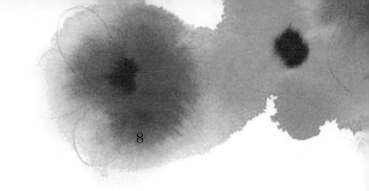

8

2009년, 영화 촬영장.

떨어지는 빗속에서 미약하게 떨리는 입술이 애처로워 보는 이들 모두 숨을 죽였다. 대한민국 최고의 미녀 배우로 손꼽히고, 최고의 주가를 달리고 있는 수인은 가만히 서 있는 것만으로도 예술 작품이었다.

늘 얼굴을 숨기기 바쁜 스타 배우들과는 달리 자주 안방 브라운관과 스크린에 얼굴을 보이는 그녀에 대한 인기는 수그러들 줄 몰랐다. 그런 그녀가 또 한 번의 영화 촬영으로 대중들의 기대를 모으고 있다.

"컷! 오케이."

"수고하셨습니다!"

감독의 사인이 떨어지자 여기저기에서 인사가 쏟아져 나왔다.

살수차가 작동을 멈추자 배우들의 스타일리스트들이 수건과 담요를 들고 배우 앞으로 쏜살같이 달려 나갔다.

"언니, 춥죠?"

계속해서 물을 맞았던 수인의 몸이 얼음장처럼 차가웠다. 그럼에도 그녀는 희미하게 웃으며 고개를 젓고 스타일리스트인 지은에게 수건을 받아 툭툭 두드려 가며 물기를 닦았다.

"언니, 제가 봐드릴게요."

번진 화장을 스펀지와 면봉으로 세심하게 닦아내는 지은에게 얼굴을 맡긴 수인은 다음에 이어질 씬을 위해 대본을 찾았다.

"대본은?"

"아, 오늘 촬영은 끝이래요. 아무래도 배우들이 비를 많이 맞아서."

"그래? 다행이다. 오늘따라 힘드네."

피곤이 몰려오는 데다 흘러내린 메이크업이 눈으로 들어가 수인은 여러 차례 지그시 눈을 감았다가 떴다.

"수인 씨, 고생 많았어요."

상대 배우인 정수가 다가와 미안한 기색을 보였다. 그의 대사가 자꾸 꼬이는 탓에 빗속에서 장시간 촬영을 해서 다른 배우들과 촬영 스태프들의 눈초리가 곱지 않았다. 차마 주연 배우에게 대놓고 쓴소리를 할 수 없어 다들 참는 눈치였다.

출연한 드라마 하나가 떠서 일약 스타덤에 오른 정수의 태도는 매우 거만해서 뒤에서 수군거리는 말들이 많았다. 게다가 오늘은 스케줄 때문에 서울에 올라갔던 정수가 늦게 내려와 촬영이 지연되었다. 늦게 와서도 죄송하다는 사과도 없이 피곤하니 빨리 촬영

을 하자고 하더니, NG까지 많이 내서 모든 이들의 스트레스 지수
가 올라갔다.

이번만큼은 그냥 넘어가면 큰일이 날 거라는 생각에 그의 매니
저가 정수에게 빨리 모든 배우들과 스태프들에게 사과를 하라고
시켰다.

"네. 그보다 대사 좀 확실하게 외워요."

웃으며 사과를 하던 정수의 얼굴이 굳었다. 수인의 타박에 단번
에 붉으락푸르락한 그의 얼굴에 지나가던 스태프들이 웃음을 죽
였다.

살수차 물 때문에 메이크업이 지워지기는 했지만 말간 얼굴에
감탄을 하고 다가갔던 정수는 차가운 수인의 태도에 속이 비틀렸
다. 나이는 그보다 어리지만 선배인 데다 주위에 보는 눈이 많아
간신히 성질을 죽였다.

"내일 아침 9시에 촬영 들어갑니다. 늦지 말고 나오세요."

모니터를 하는 감독과 이야기하던 스태프 하나가 그들에게 다
가와 내일 늦지 말라고 재차 말했다. 특히, 정수의 매니저에게는
꼭 늦지 말 것을 당부했다.

"그럼 내일 뵙겠습니다."

정수가 감독에게만 대충 인사를 하고 돌아섰다. 선배 배우들도
자리를 뜨지 않은 상태이고, 그들에게 인사도 안 하는 정수에게
다들 얼굴을 찌푸렸다. 그의 매니저가 대신 인사를 하고서는 허둥
지둥 따라갔다.

"얌마, 너 왜 그래? 인사드리고 가야지! 선배 배우들이 다들 불
쾌해……."

"방금 감독님한테 인사한 거 못 봤어? 짜증 나니까 성가시게 굴지 마."

멀리서 두 사람이 나누는 이야기를 듣고 어떤 스태프는 애써 못들은 척했고, 또 몇몇은 땅으로 들고 있던 물건을 던져 성을 냈다. 그리고 나머지는 정수에게 달려들려는 스태프의 허리를 잡아 붙들었다.

촬영 초반부터 배우와 삐거덕거리지 말자는 생각으로 좋게좋게 가려던 감독은 머리를 싸잡으며 고함을 질렀다.

"악! 젠장! 니미럴! 내가 그러니까 인성 보고 뽑자고 했지?"

"진정하세요, 감독님."

수인까지 다가가 달래자 감독이 그나마 수인 씨라도 이렇게 촬영에 임해줘서 고맙다고 인사를 했다.

"언니, 우리도 가요. 매니저 오빠가 차 대기시켜 놨대요."

수인은 먼저 선배 배우들에게 다가가 인사를 했다. 연기의 연자도 모르는 애랑 대사 주고받느라 고생했다는 인사를 받은 그녀는 그제야 지은과 자리를 떴다.

"피곤하다."

차에 올라 근처에 있는 숙소로 향하면서 수인이 진이 빠진 목소리로 말했다. 일이 있어 잠깐 자리를 비웠던 연우는 촬영이 돌아가는 전반적인 상황을 지은에게 문자로 보고 받았다.

"고생했어. 가서 씻고 바로 쉬어."

"응."

"언니, 여기 핸드폰이요."

지은에게서 핸드폰을 받아 든 수인은 메시지함을 먼저 확인했다. 역시나, 강준에게서 열 개가 넘는 메시지가 들어와 있었다. 촬영이 지연되어서 연락이 늦어졌다는 문자에 바로 그에게서 고생했다는 답장이 왔다. 전화를 할까 망설이던 수인은 일단 씻고 보자는 생각으로 눈을 감았다.

숙소로 돌아온 수인은 따로 쓰는 룸으로 들어가 젖은 옷을 벗고 욕실 안으로 들어갔다. 따뜻한 물에 몸을 녹이자 노곤노곤 졸음이 덮쳐 왔다. 느릿하게 손을 움직여 씻은 수인은 욕실에서 나와 대충 머리를 말리고는 침대에 누워 그대로 잠에 빠져들었다.

윙윙. 어디선가 낮은 진동 소리가 지속적으로 들렸다. 전화라는 걸 인지했지만, 눈꺼풀이 너무 무겁다. 손가락 하나 까딱하기 귀찮음에 수인은 다시 까무룩 잠이 들었다.

"여기까지 찾아오시면 어떡합니까."

"어차피 다른 배우들과 촬영 스태프는 숙소가 다르지 않습니까."

두런두런 말소리가 들렸다. 아니, 애써 소리를 죽이려는 듯 목소리는 낮았지만 화가 담겨 있는 것이 꼭 싸우는 소리다.

"아무리 숙소가 달라도! 됐습니다. 지금은 만날 수 없으니 빨리 돌아가세요."

"제 매니저님, 저는 제 연인을 보러 온 것입니다. 왜 제가 굳이 제 매니저님의 허락을 받고 지시에 따라야 하는지 모르겠군요."

"제 배우입니다. 스캔들이라도 날 경우에는……."

커지던 목소리가 다시 잦아들었다. 이미 소리에 잠에서 깬 수인은 침대에서 일어나 끝에 걸터앉았다. 양손으로 눈을 비벼 뜬 그녀는 문 너머로 들리는 목소리에 걸음을 옮겼다.

"누구세요?"

스르륵 방문을 열자 방의 어둠과 달리 환한 빛에 눈이 부셔 자동적으로 손으로 얼굴을 가렸다. 발걸음 소리가 들리는가 싶더니 곧 누군가의 품에 안겼다.

"걱정했잖아."

"누구…… 강준?"

뜨다가 빛에 익숙지 않아 다시 반쯤 감은 수인의 눈에 옅은 물기가 어렸다. 빛이 따가운지 그녀가 강준의 어깨에 얼굴을 묻었다. 아직 상황 판단이 되지 않은 그녀는 왜 강준이 이곳에 있는지 생각지 않고 그저 잠이 필요해 그의 어깨에 얼굴을 비볐다.

"제 매니저님은 가십시오."

"이강준 씨!"

"연우 씨? 연우 씨도 있어?"

연우의 목소리까지 확실하게 들은 수인이 어찌 된 상황인지 머리를 굴렸지만, 이미 그녀는 방 안으로 돌아와 침대에 눕혀졌다.

"더 자. 내일 이야기하자."

"으응……."

머리카락과 얼굴을 부드럽게 쓸어내리는 손길에 얌전히 몸을 맡긴 수인의 눈이 다시 감겼다. 얼마 가지 않아 그녀의 숨소리가 일정하게 들리자 강준은 자리에서 일어나 피곤한 눈을 손가락으로 누르고는 걸친 옷가지를 벗어 단정하게 개어 정리한 뒤 수인의 옆에 누웠다.

어느 순간 가슴께가 서늘한가 싶더니 이내 뜨거운 기운이 서늘함을 잠재웠다. 가슴이 뭉그러지는 느낌과 유두에 가해지는 통증에 번쩍 눈이 뜨였다.

"응, 읏……."

피부를 쓰는 까슬한 혀의 감촉에 수인의 허리가 뒤로 휘며 양손은 그녀의 몸 위에 올라탄 남자의 머리카락을 헤집었다. 가슴에서 더 내려가 복근에도 혀가 닿고, 허리를 따라 긴 손가락이 내려가더니 골반을 강하게 쥐었다.

"강준아……."

단단한 어깨를 잡자 수인의 다리가 양쪽으로 벌어졌다. 벌어진 허벅지에 입술을 묻으며 손가락이 다리 사이로 파고들자 흥분이 고양되어 허리가 더 뒤로 휘며 상체가 들렸다.

"수인아, 사랑해."

정성껏 수인의 온몸을 애무하며 강준이 애틋한 목소리를 담아 그녀를 불렀다.

"아웅……!"

젖은 속살로 강준의 손가락이 들어갔다. 틈새를 벌리고 손가락 하나를 더 넣어 내벽을 마찰하자 수인의 입에서 신음 소리가 쏟아졌다.

들썩이는 허리를 잡아 누르고 강준이 고약스럽게 손가락을 빠르게 움직였다. 고개를 옆으로 틀고 쾌감에서 헤어 나오지 못하는 수인을 내려다보는 그의 입가에 미소가 걸렸다.

"빨리……!"

"원해? 한수인, 날 원하냐고."

수인의 고개가 위아래로 끄덕였다. 그의 가슴과 등을 연신 만지며 빨리 채워주기를 바랐지만, 강준은 수인이 입으로 대답을 할 때까지 기다렸다.

"원해. 강준아…… 널 원해."

대답을 하자마자 손가락이 빠져나갔다. 허전함에 오므려지는 다리를 큼직한 손이 잡아 크게 벌리고 그 가운데 그의 몸이 들어섰다.

페니스가 들어서면서 열기를 과시했다. 중심을 따라 퍼지는 아찔한 감각에 강준이 억눌린 신음을 내뱉었다.

"아, 윽……."

허리를 내려 더욱 깊게 파고든 그가 수인의 입술을 머금고 천천히 물 흐르듯 움직였다. 숨을 길게 내뱉자 그 숨을 들이마신 수인이 숨을 되돌리며 그의 혀를 찾아 움직였다. 맞닿은 혀와 맞닿은 하체에서 젖은 소리가 흘러나왔다.

빈틈없이 수인을 채우고 허리를 움직이던 강준이 움직임을 멈추고 동시에 입술을 뗐다.

"움직여 봐."

탁하게 갈라지는 목소리에 수인이 고개를 저었다. 서로가 가만히 있기 힘든 상황이다. 수 분 동안 움직이지 않고 이를 악물고 버티는 강준의 목을 팔로 감싸고 끌어안으려 했지만, 그마저도 허용해 주지 않자 수인의 입에서 불만이 흘러나왔다.

인내심은 그녀보다는 그가 더 강하다. 그걸 알기에 수인이 그의 허리를 감싼 다리에 힘을 줘 꼭 껴안고 자신의 허리를 흔들었다. 저 홀로 움직이려니 힘에 부쳐 몇 번 움직이지도 못하고 침대로 늘어졌다. 강준이 그녀의 골반을 붙잡아 들어 올려 더 움직일 것을 종용했다.

"위로 올려줘."

이렇게는 힘들다는 표현을 하자 그가 몸을 굴려 수인의 밑으로 누웠다. 자꾸만 엎어지려는 그녀의 어깨를 잡아 강제로 일으켜 허리를 돌리게끔 했다.

강준이 바라는 대로 움직이면서 수인은 잠시 왜 그가 화가 났는지 생각했지만, 가슴을 감싸고 유두를 비트는 손길에 머릿속이 하얗게 비워졌다.

"좋아. 그렇게 움직여."

허리를 돌리면서 앞뒤로 움직이자 강준이 눈을 감고 감각을 즐겼다. 하나 체력이 달린 수인이 더는 움직이지 못하겠는지 그의 어깨를 잡아 버렸다.

"아응, 아! 흐읏."

상체를 일으켜 마주 보고 앉은 강준이 움직이자 위에 앉은 수인이 흔들리며 박자를 맞췄다. 파고든 채 속살을 희롱하는 그의 분신을 조였다가 풀며 수인이 그에게 짙은 키스를 선사했다.

다시 수인을 침대에 눕힌 강준이 빠르고 강하게 피스톤 운동을 했다.

"아, 조금만 더⋯⋯."

절정으로 치닫는 수인이 애원하듯 말하고 그를 재촉했다. 얼마든지 그 애원을 들어주겠다는 듯 희미하게 웃은 강준이 더 빠르게 파고들었다.

"아읏!"

"크윽!"

절정에 오르며 강하게 조여오는 내밀한 속살에 그녀의 위로 엎어지는 강준의 얼굴이 일그러졌다. 곧 넘어갈 듯 숨을 내뱉은 수인이 귓가에 들려오는 그의 신음에 등을 감싸고 꽉 끌어안았다.

더 긴 신음이 강준에게서 흘러나오고 그녀의 허리를 잡은 손에서 힘이 빠져나갔다. 그의 등을 손으로 쓰다듬으며 수인이 정신을 차리려는 듯 천장 한곳을 보고 집중했다.

땀투성이인 몸인데도 커다란 손은 그녀의 몸에서 떼어지지 않았다. 허리를 타고 올라온 손이 가슴을 만지작거렸다. 손에 가득 차는 탐스러운 가슴이 마음에 드는지 한참을 머물다가 등 뒤로 넘어갔다. 가녀린 어깨를 꽉 끌어안은 그가 서로의 숨결을 탐하는 키스를 마지막으로 수인에게서 빠져나갔다.

"어떻게 된 거야?"

멍하니 묻는 그녀를 안아 들고 강준은 욕실로 향했다. 유리문을 열고 들어가 물을 틀어 온도를 맞춘 그는 정성스레 수인을 씻기고 빠른 손놀림으로 자신의 몸도 씻어 나갔다.

"언제 왔어?"

잠결에 강준이 왔었던 것 같기도 하다. 연우 씨도 왔었나?

"많이 피곤했어? 전화 안 받기에 걱정돼서 왔어."

"여기를?"

서울에서 이곳까지 오려면 두 시간을 넘게 운전해서 와야 한다.

"출근은?"

"주말이야."

강준의 말투가 묘하게 다정하지 않다는 걸 느껴 수인이 그를 올려다봤지만, 그의 눈에는 걱정이 담겨 있었다.

"촬영이 많이 힘들어?"

"응. 어제는 NG가 많이 나서 더 힘들었어."

상대 배우의 준비성 없는 연기와 예의 없는 태도에 불만을 쏟아 내는 수인의 이야기를 경청하며 강준은 틈틈이 반응을 보였다.

"오늘 촬영 늦게 끝나?"

"아마도? 어제 촬영 많이 못 했거든."

수인이 보지 못하는 사이 강준의 얼굴에 짜증이 스쳐 지나갔다. 하지만 늘 그랬듯 강준은 수인을 걱정했다.

"우리 수인이 힘들겠네."

"응. 많이 힘들어. 하아. 정수 씨랑 계속 촬영을 해야 하는데 싫 다. 연기가 안 돼."

토닥이던 손에 열기가 감돌았다. 수인이 설마 하며 그를 올려다 봤다. 촬영이 있으니 힘들다고 해야 하지만, 벽에 밀치고 다리를 들어 올려 단숨에 파고드는 탓에 그를 막을 틈이 없었다.

수인은 아침이 되자 온몸이 두들겨 맞은 듯 아팠다. 촬영이 끝 날 때까지 이곳에서 기다리겠다며 강준이 배웅을 했다. 룸 앞에 있던 연우는 그런 강준이 못마땅한지 혀를 찼지만, 수인이 좋아라 하는 탓에 쫓아낼 수가 없었다.

"언니, 핸드폰 주세요. 제가 가지고 있을게요."

촬영 전 핸드폰을 챙기는 지은에게 자신의 핸드폰을 내어주기 전 수인은 부재중 통화를 확인했다. 어제 날짜로 강준에게서 스무 통이 넘는 전화가 와 있었다.

"아, 전화한다는 걸 깜빡했었네."

씻고 나와 통화를 한다는 걸 피곤해서 그대로 잠이 들었다. 아마 이것 때문에 강준이 잠자리에서 거칠었을 거다. 티를 내지 않으려 하지만, 간혹 잠자리에서 무리한 요구를 하며 화를 푼다는 걸 알고 있었다.

강준은 어제 이곳까지 오는 내내 수인과 통화가 되지 않아 미칠 듯이 분노가 일었다. 늘 감정에 있어서는 절제가 가능했지만, 그녀에 한해서는 그 조절이 되지 않았다. 날이 갈수록 심해졌다.

죽어도 싫었지만, 수인이 전화를 받지 않은 탓에 강준은 연우에게 전화를 걸었다. 숙소 앞이니 수인의 룸을 알려달라는 그의 요구에 화들짝 놀란 연우가 자다가 일어나 나왔다. 밖에서 실랑이를 벌이다가, 혹여나 누가 보면 이상하게 여길 것이기에 어쩔 수 없이 연우는 강준을 수인의 룸에 데려다주었다.

수인의 룸 문을 지은이 가지고 있던 여분의 키로 열어주고 강준을 들인 연우는 잠이 든 것만 확인시켜 주고 내쫓을 생각이었다. 하지만 강준은 나갈 생각이 전혀 없었다.

그렇게 촬영장 숙소까지 쫓아 내려온 강준은 내내 잠든 수인을 봤다.

새근새근 잠든 모습이 천사와 같았다. 전화를 받지 못할 정도로 피곤하다는 걸 알지만, 못된 이기심이 또 샘솟았다.

"한수인, 일어나."

냉정한 말투가 자못 명령 같다. 미동도 없이 잠이 든 수인의 몸에 걸쳐진 잠옷 대용 원피스를 벗긴 그는 그녀가 잠에서 깨든 말든 가질 생각이었다. 그렇게라도 하지 않으면 혈관을 타고 흐르는 화가 다스려지지 않을 것 같았다. 마음 같아서는 수인을 이대로 데려가 아무도 모르는 곳에 가둬두고 싶었다.

힘들어하는 수인이 스스로 움직이게 하고 거칠게 가졌다. 욕실에서 씻기면서 조금 미안한 마음이 들었지만, 상대 배역의 남자 이름이 나오자 수그러들었던 화가 더 맹렬하게 치솟았다. 그래서 전희도 없이 바로 파고들었다.

수인은 자신으로 인해 오늘 하루 종일 힘이 들 것이다. 촬영보다는 자신에게 안긴 것으로 온몸이 저릿해서. 촬영 내내 자신의 손길을 떠올릴지도 모르겠다.

"힘들 거면 나 때문에 힘들어하란 말이다."

수인의 머릿속에, 몸에 자신이 아닌 다른 사람이 파고들지 못하게 해야 한다. 이 생각만이 계속해서 머릿속을 맴돌았다.

수인이 촬영을 마치고 숙소로 돌아오자 강준은 더 거칠게 그녀를 탐했다. 두 번을 연달아 안고 세 번째에는 수인이 미약하게 거부를 했다. 내일도 촬영이 있다고, 촬영 내내 그를 생각하게 만들지 말라는 목소리에도 강준은 수인을 안았다. 까무룩 쓰러져 잠이 든 수인을 품에 안고 나서야 그는 만족스러움에 다음 날 숙소를 떠나 서울로 향했다.

비가 서서히 그쳐 갔다. 화창할 거라던 일기예보가 무색하게 비는 집에 올 때까지 쭉 이어졌다. 에어컨에서 히터로 바뀐 차 안의 온도가 수인을 나른하게 만들었다.

"졸려?"

"조금. 거의 다 도착했네?"

졸리면 자도 된다고 했지만 수인은 기어코 버텨냈다. 스르륵 감기는 눈을 부릅뜨고 전방을 주시하는 모습에 강준이 웃음을 삼켰다.

"보니까 시나리오 몇 개 들어왔던데."

수인은 한국에 있는 동안 거의 쉬지 않고 꾸준하게 연기 활동을 했다. 신인일 때에는 유명해지기 위해, 유명해지고 나서는 연기하는 게 좋다며 시나리오도 많이 받아서 검토를 했었다. 늘 손에 새로 받은 시나리오와 촬영 중인 대본을 들고 살았다.

"생각 없어. 좀 더 쉬고 싶기도 하고."

"그래? 왜, 힘들어?"

강준이 조심스럽게 물었다. 강준의 물음에는 그저 약간의 걱정이 섞인 궁금함이 담겨 있었다. 수인은 운전하는 그의 옆모습을 보며 눈동자를 굴렸다.

"나 쉬는 거 좋지 않아?"

강준이 묻는 것보다 더 조심스럽게 수인이 물었다. 강준은 흘끗 수인을 보고는 건물 지하주차장으로 빨려 들어가듯 운전을 했다.

2008년, 드라마 촬영장.

수인이 유일하게 사람들과 소통을 할 수 있는 게 촬영뿐이었다. 친구들은 떨어져 나간 지 오래였고, 소속사 사람들은 어떻게 하면 그녀를 이용할까 하는 생각뿐이었다. 그나마 비슷한 처지의 배우들과 말이 통했다.

그렇다고 해서 그녀가 배우들과 많은 친분을 다진 건 아니었다. 강준이 싫은 기색을 표했기 때문에. 그는 일을 하는 것에는 터치를 안 했다. 다만, 다른 배우들과의 사적인 만남을 싫어했다. 그게 여배우일지라도.

처음에는 호기심에 몇 개월에 한두 번 촬영장을 오던 강준은 조금씩 더 자주 오더니, 주말인 경우에는 촬영이 끝날 때까지 기다리는 경우가 많아졌다. 그 때문에 어떻게든 강준의 존재를 감춰야 하는 매니저인 연우가 고생을 많이 했다.

연우는 강준이 촬영장까지 몰래 쫓아와 감시를 하듯 보는 걸 질색했다. 강준의 도가 지나친 거 아니냐는 말을 수인에게 하기도 했지만, 그녀는 오히려 연우에게 왜 그러냐고 반문했다. 조용히 와서 보고만 가는데 무슨 걱정이냐고. 심지어 강준은 스태프들의 눈에 띄지 않도록 잘 행동했고, 대부분 차나 숙소에서 기다렸다.

"저 배우랑 친해?"

"응? 누구?"

짙은 선팅에 가려진 차에 올라 자신의 품으로 뛰어드는 수인에게 그가 물었다. 차 전방으로 방금 전까지 이야기를 나눴던 상대 배우인 민혁이 지나갔다.

"아, 대본 맞춰봤어. 많이 친하지는 않아."

"친하기는 한가 보네."

강준의 미간이 움찔거렸다. 차창에 걸친 팔에 무료한 얼굴로 기대고 있던 그가 자신의 한쪽 팔에 감긴 수인의 팔을 풀어냈다.

"질투하는 거야?"

질투라는 단어에 강준이 한쪽 눈썹을 추켜세웠다가 내렸다. 단정하게 맞물린 입에서는 아니라는 말도, 맞다는 말도 흘러나오지 않았다. 그저 고요한 눈으로 수인을 바라볼 뿐이었다.

잠잠하게 가라앉은 눈이 순간 형형하게 빛이 났다. 활활 무언가가 타오르는 것 같아 수인이 눈을 질끈 감았다가 떴다. 하지만 잘못 본 것인지 다시 눈을 떴을 때 본 강준의 눈은 고요했다.

"화났어?"

"아니. 화난 것처럼 보여?"

보란 듯이 입꼬리가 양쪽으로 올라갔다. 부드럽게 수인의 얼굴을 감싸며 웃는 강준의 모습이 오싹했다. 분명 웃고 있는데 그게 아닌 것처럼 느껴졌다.

"이리 와."

자신의 다리 위로 수인을 앉히기 위해 강준이 그녀의 팔을 잡고 끌어당겼다. 부드러운 미소와 감미로운 목소리임에도 수인이 위험을 감지한 듯 몸을 뒤로 뺐다. 강한 힘에 그의 다리 위에 앉은 그녀의 입술이 달달 떨렸다.

"왜 그래. 추워?"

달달 떨리는 수인의 입술을 엄지로 쓰다듬은 그가 꾹 눌렀다. 눌린 부분이 핏기가 가셨다가 힘을 빼자 다시 빨갛게 물들었다. 엄지가 입술을 가르고 들어가 고른 치아를 더듬었다.

"가앙주나?"

수인이 강준의 손가락을 입에 문 채 불명확한 발음으로 그를 불렀다. 엄지 끝에 닿는 혀와 엄지를 깨물었다가 놓는 치아, 엄지를 감싸는 입술에 그가 더 엄지를 입안에 밀어 넣었다.

"애무해 봐."

손가락을 애무하라는 거냐고 수인이 동그랗게 뜬 눈으로 묻는다. 늘 단정하고 반듯한 강준이 잠자리에 있어서만은 지극히 본능적으로 군다는 걸 알지만, 이런 걸 요구한 적은 없었다. 어서 해보라는 그의 요구에 수인이 그의 손을 잡고 혀를 움직였다.

작은 혀가 엄지를 핥고 붉은 입술이 빨아들이는 모습이 가히 색정적이었다. 손가락에 감도는 야릇한 기운이 빠르게 퍼져 허리 아래로 향했다. 정성껏 손가락을 애무하던 수인이 슬쩍 눈을 들어 강준의 얼굴을 살폈다.

"그만."

손가락이 수인의 타액으로 촉촉하게 젖었다. 엄지를 자신의 입술에 가져간 그가 수인의 타액을 입술에 묻혀 혀를 내밀어 맛을 봤다. 그것으로는 부족하다는 듯 강준이 수인의 목덜미를 감싸고 입을 맞췄다.

입안을 휘젓고 다니는 혀에 전혀 대항을 하지 못하고 수인은 이리저리 끌려다녔다. 그가 빨아들이면 빨렸고, 그가 빨아보라는 듯 내어주면 살짝 힘을 주어 빨았다. 호흡이 섞이고, 숨결이 입안 곳곳에 스며들었다.

"하아…… 하아."

바깥에서 차 문을 두드리며 그만 나오라는 신호를 보냈다. 그소리에 입술을 떼고 이마를 맞대고 호흡을 가다듬었다.

"가서 마저 촬영하고 와."

바깥에서 차를 두드리며 빨리 나오라는 신호에 수인은 고개를 끄덕이고 대본을 들고 차에서 내려 촬영장으로 향했다. 마침 다른 차에서 나오던 민혁이 같이 가자고 그녀를 불렀지만, 수인은 자신의 차를 한 번 쓱 보더니 먼저 가보겠다고 달려갔다. 거절을 당한 민혁은 얼떨떨한 얼굴로 걸어갔다.

수인은 강준이 의식되어 민혁과 말을 잘 섞지 않았다. 혹여나 그가 질투를 할까 봐.

그날 이후로 수인은 강준이 자신이 다른 배우들과 친하게 지내는 걸 싫어한다는 걸 알았다. 처음에는 남자 배우만 경계하는 줄 알았으나, 여자 배우와 친한 모습을 보고도 그는 그때와 비슷한 방법으로 화를 표했다. 평소 하지 않던 노골적인 애무를 원하거나 거칠게 안았다.

그가 싫은 기색이나 말을 대놓고 하지 않아서 묻지는 못했지만, 점점 더 확신은 쌓여갔다. 종종 강준이 유별나다는 생각이 들 때도 있었지만, 애써 그 생각을 지웠다. 수인은 강준과 싸우기 싫었기에 배우들과 조금씩 거리를 두었다.

연우는 변해가는 수인을 이상하게 여겨 강준에게 수차례 촬영장에는 오지 말아달라고 요구했지만, 그 요구가 받아들여지지는 않았다.

집으로 들어오자마자 강준은 씻으라고 욕실로 수인을 밀어 넣었다. 수인이 안방 욕실에서 씻는 동안 그는 거실 욕실에서 빠른 속도로 씻고 나와 따뜻한 커피를 내렸다. 저녁을 뭐로 먹을까 고민을 하던 강준은 달칵 문이 열리고 가운 차림으로 나오는 수인에게 따뜻한 머그잔을 쥐여주었다.

"커피? 좋다."

묘하게 가라앉은 수인을 데리고 소파에 앉은 그는 홍조 핀 얼굴을 유심히 보고 입을 달싹였다.

"네가 무슨 생각을 하는지 알아."

"응? 내가 무슨 생각을 했는데?"

"수인아, 나 변할 거라고 했잖아. 예전처럼 굴지 않을 거야. 너 일하는 거 방해 안 해."

"네가 방해한 적 없어."

강준이 낮게 아닐걸, 읊조리며 고개를 갸웃거렸다. 자신의 행동을 익히 잘 아는지 피식 웃으며 그가 젖은 수인의 머리카락을 만지작거렸다.

"병이었지. 널 믿지 못하고 그랬지. 이젠 안 그럴게, 수인아. 내가 더 잘할게."

수인에게 미안함이 많았다. 이제는 감춰둔, 숨겼던 잘못을 꺼내어 빌어야 할 때다. 그래야만 앞으로 나갈 수 있으니.

"나도 더 잘할게. 더 많이 좋아…… 할게."

말 사이에 약간의 머뭇거림이 느껴졌다. 강준은 이제 사랑한다는 말을 요구하지 않았다. 수인은 끝까지 사랑이란 존재하지 않는다고 발뺌했지만, 충분히 사랑받았음을 잘 안다. 그는 그동안의 삐뚤어진 자신의 사랑을 인지하고 받아들이자 수인의 좋아한다는 말이 사랑한다는 말과 동일하게 들렸다.

"2년 전에는 내가 잘못했어."

"나도. 너를 바로 찾지 않았잖아. 잘못했어."

삐뚤어진 사랑과 변해가는 자신을 견디다 못해 수인을 버린 강준. 그런 강준을 이해했기에 그를 그리워하면서도 찾지 못했던 수인.

이제는 두 사람 모두 진실을 회피하지 않고 마주 보기로 결심했다. 더 나은 사랑을 위해.

2년의 공백기를 빼더라도 오랜 만남을 이어왔던 두 사람이기에 이런 상황이 멋쩍기도 했다. 헛기침을 하고 서로를 안고 있던 팔을 풀어내던 둘은 동시에 웃음을 터뜨렸다.

"왜 웃어?"

"네가 먼저 웃었어."

서로 먼저 웃었다고 토닥거리던 둘은 딩동 울리는 벨소리에 인터폰으로 시선을 던졌다. 수인의 매니저인 연우가 모니터를 주시하고 있었다.

"가서 옷 입고 와."

"응."

강준이 터벅터벅 현관으로 걸어가 문을 열었다. 연우가 그를 보고는 얼굴을 찌푸렸으나, 재빨리 얼굴을 펴고 안으로 들어섰다.

"무슨 일이십니까."

"아예 이곳에서 생활하시는 겁니까. 수인이 입장도 생각을 좀……."

"수인이 아직 불면증이 심합니다. 괜찮아지면 돌아갈 테니 걱정 마세요."

예전이라면 싫다고 단호하게 나오거나 못 들은 척할 강준이 수

그랬다. 강준이 버티면 억지로라도 내보내려던 연우가 도리어 당황했다. 며칠 전만 해도 물러서지 않았던 강준이 순순히 수인이 좋아지면 돌아가겠다고 하자 연우는 무슨 속셈인지 파악하려는 듯 그를 뚫어지게 응시했다.

"그보다 저는 수인이가 병원 진찰을 받아봤으면 합니다."

수인과 마찬가지로 병원을 꺼렸던 강준이 먼저 연우에게 병원 이야기까지 꺼냈다.

예전에도 종종 스트레스를 많이 받았던 수인이 걱정되어 연우가 상담을 제안했지만 늘 칼같이 거절을 당했다. 지금도 마찬가지였고.

"저도 여러 차례 권유했으나 수인이가 한사코 버티는 바람에 어쩔 수 없었습니다."

병원이라면 질색하는 수인임을 알기에 연우의 말에 고개를 끄덕이던 강준이 퍼뜩 떠오른 생각을 말했다.

"제 매니저님이라면, 조용히 의사를 구할 수 있지 않나요?"

굳이 병원에 가지 않더라도 진료를 받을 수 있지 않느냐는 말이었다. 의사를 집으로 부르면 되지 않겠냐는 의견에 연우가 고개를 저었다.

"수인이가 상담 자체를 거부해요."

"제가 설득해 보겠습니다. 그동안 제 매니저님께서는 의사를 알아봐 주세요."

처음으로 의견 일치를 본 두 남자는 그 뒤로는 다시 서로를 경계했다.

"연우 씨 왔어?"

거실 중앙에 마주 보고 서 있는 남자들 틈으로 수인이 끼어들었다. 강준은 수인이 나오자 그럼 둘이서 이야기하라며 자리를 비켜주었다. 강준은 수인이 다른 남자와 단둘이 있는 걸 질색하며 싫어했었다. 변하겠다고 그가 이야기를 했지만, 바로 실천에 옮기자 오히려 수인이 당황해 그를 붙잡으려 손을 뻗었다가 스르륵 접어 내렸다.

"이상한데."

연우 또한 강준의 모습에 미심쩍은 얼굴로 굳게 닫힌 방문을 쳐다봤다.

"그보다 무슨 일이야?"

"소속사에서 계속 전화했다던데."

"아, 외출하면서 핸드폰을 놓고 나갔어."

새로 갈아입은 옷에 핸드폰이 들어있을 리가 없는 데다 주머니도 없는 원피스였지만 몸을 더듬으며 핸드폰을 찾는 시늉을 했다. 소파 앞 테이블 위에 놓인 핸드폰을 발견한 연우가 집어 들어 건네주었다.

"아직 시나리오는 안 읽어본 거야?"

"나 정말 당분간은 쉬고 싶어서 그래."

소속사에서 얼마나 발을 동동 구르고 있는지 잘 안다. 할리우드로 가고 거의 확정이라 여겼던 첫 계약에서 촬영 직전에 까였지, 매체에서는 그 실패에 대한 기사를 줄줄이 보도했지, 겨우 찍은 드라마에서는 초반에 하차했지. 빨리 작품 하나라도 찍어서 보란 듯이 건재함을 보여주어야 하는데 움직임이 전혀 없는 수인 때문에 소속사가 애를 태우고 있었다.

"수인아, 일단 읽어는 봐. 마음이 바뀔 수도 있잖아."

연우는 소속사 대표이자 아버지인 제 대표의 귀에 이미 강준이 이곳에서 지낸다는 이야기가 들어가 한 소리 듣고 온 길이었다. 이제껏 그랬듯 강준을 떼어놓으라는 말은 없었지만, 수인이 일에는 관심이 없고 연애놀음에 빠졌냐고 화를 내는 부친을 달래느라 진땀을 뺐다.

지금은 제 대표가 아들인 연우 때문에 참고 있지만, 언제까지고 참아줄 위인이 아니기에 연우는 조마조마했다. 아직 더 위로 올라가기에는 부친의 벽이 높다. 부친이 가진 인맥이 어디까지 뻗쳐 있는지 알기에, 여차하면 수인의 앞길이 막히고 그녀가 다칠 수 있어 연우는 시나리오 검토만이라도 해주길 부탁했다.

"알았어. 읽어볼게. 하지만 기대는 하지 마."

"응. 읽어만 봐. 그리고 핸드폰 챙기고. 외출할 때 꼭 말해줘."

오랜만에 제대로 된 외출을 해서인지, 아니면 불면증이 조금은 나아져서인지 수인의 얼굴에는 옅게 혈색이 돌았다. 아니, 그 모든 게 강준이 옆에 있기 때문이라는 걸 알기에 창백한 뺨에 오른 핑크빛이 연우의 마음을 쓰라리게 했다.

"갈게. 당분간 바빠서 잘 못 올 거야. 일 있으면 전화하고. 기자들 조심하고."

"바빠?"

차근차근 매니지먼트 경영 수업을 받느라 눈코 뜰 새 없이 바쁜 연우의 얼굴이 살이 빠져 조금은 해쓱했다. 이제야 그게 눈에 들어온 수인이 걱정스레 바라봤다.

연우에게는 늘 감사한 마음을 가지고 있다. 그의 마음이 어떠한

지, 어떤 마음으로 자신의 매니저를 하고 도와주는지 모르지는 않다. 하지만 일에 있어서는 믿을 사람이라고는 연우밖에 없어서 늘 그를 의지했다. 지금도 마찬가지이고.

"조금 바쁘네. 잘 챙겨 먹고."

지친 얼굴로 지어 보이는 미소에 수인의 미간이 접혀 들어갔다. 현관문이 닫히고 얼마 뒤 강준이 방에서 나왔다.

"제 매니저님 갔어?"

"응. 나 시나리오 좀 검토할게."

당장은 일할 생각이 없지만, 연우의 부탁에 읽어는 보자는 생각으로 수인이 시나리오를 찾았다.

강준이 먼저 세 개의 시나리오 중 맨 위의 하나를 집어 수인에게 주었다. 수인이 소파에 앉아 뚫어지게 제목을 눈으로 읽더니 한 장을 넘기고 또 한 장을 넘겨 감독과 작가의 이름을 읽어 나갔다.

한 장, 한 장을 넘기는 손이 느릿했다. 강준은 저녁을 주문한 뒤, 그녀의 발치 아래에 앉아 정민의 소송 자료를 다시 검토했다.

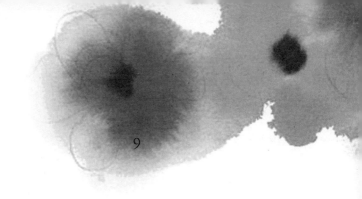

9

느른하게 감았다가 뜨는 수인의 시야에 강준이 한 번, 암흑이 한 번. 다시 강준이, 암흑이 번갈아가며 잡혔다. 암흑의 모습은 그대로였지만, 시야에 잡히는 강준은 매번 모습이 달랐다.

느릿하게 깜빡.

강준이 정장 바지를 한쪽 발에 꿴다.

깜빡.

잘 다려진 셔츠에 팔을 넣고 있다.

깜빡.

그가 셔츠 단추를 다 채우고 바지춤에 반듯하게 넣고는 바지 버클을 채운다.

깜빡.

넥타이를 다 매고는 화장대 거울로 확인한다.

느릿했던 깜빡임이 조금씩 속도가 빨라졌다. 이내 멀뚱멀뚱한 눈으로 수인이 강준을 봤다. 재킷을 챙긴 그가 침대에 걸터앉아 수인의 머리를 부드럽게 매만졌다.

"일어났어? 계란이랑 햄으로 토스트 만들어놨어. 샐러드도 있으니 먹고. 커피는 마시지 마."

불면증이 있는 수인에게 커피가 좋지 않을 거라는 걸 강준은 오늘 아침에 혼자 커피를 내리면서 생각했다. 미처 이 점을 빨리 세심하게 챙겨주지 못한 저를 자책한 그가 수인의 이마에 살짝 입을 맞췄다.

"출근이구나. 오늘 늦어?"

"늦지 않도록 노력해 볼게. 이제 본격적으로 박정민 상무이사 이혼소송에 들어갈 거거든."

변호사의 의무로 자세한 내막을 알려주지 않는 강준에게 알겠다고 가볍게 끄덕인 수인은 곰곰이 생각을 하다가 자신이 오늘 보낼 하루를 읊었다.

"나는 아침 먹고 시나리오 더 검토해 볼래. 아, 청소도 하고."

"점심도 챙겨 먹어."

자리에서 일어난 강준은 마지막으로 재킷을 걸쳤다. 몸을 일으킨 수인은 스르륵 내려가는 이불로 감싸고 침대 헤드에 기대앉았다.

"다녀올게."

"응. 이따 봐."

인사를 해놓고도 그녀는 긴 이불을 몸에 칭칭 감고 거실까지 따라 나왔다. 이불에 발이 걸려 한자리에서 어기적대는 수인의 앞에 선 강준이 엉킨 부분을 풀어 정돈한 뒤 걸리지 않게 이불을 위로 올려주었다. 그녀가 그의 손에서 이불 모서리를 받아 꽉 쥐었다.

"저녁에 버섯볶음 해놓을게."

"어떻게 해서든 일찍 들어오라는 소리군. 다녀올게."

강준이 제일 좋아하는 음식이 버섯이 들어가는 음식이다. 고기를 구워 먹을 때도 고기보다는 버섯을 더 많이 먹는다. 특히 소고기와 같이 구워 먹는 양송이를 제일 좋아한다. 뒤집어 구울 때 버섯에 고이는 물에 깃든 향을 좋아한다.

강준이 현관문을 나서자 수인은 하품을 하고서는 다시 방으로 들어갔다.

엘리베이터에 오른 강준은 지하주차장으로 향하는 버튼을 눌렀다. 띵. 작은 소리와 함께 도중에 엘리베이터가 멈췄다. 층수를 확인한 강준의 얼굴이 미미하게 굳어졌다. 문이 열리자 그는 당혹스러운 얼굴을 감추기 위해 안면 근육에 힘을 실었다.

"이 변호사님, 출근합니까."

목에 맨 넥타이가 답답한지 잡아당겨 풀던 정민이 엘리베이터 안에 있는 강준을 보고 씩 웃었다. 그가 올라타자 한가운데에 서 있던 강준이 옆으로 살짝 비켜섰다.

"그런데 여기는 어쩐 일로. 우리 집에 오는 것으로는 안 보이는데."

"사정이 생겨 이곳에서 지내는 중입니다."

"사정? 미혼이니 나처럼 별거 중은 아닐 테고. 애인이 이곳에 살아요?"

대답 없는 그의 모습에서 긍정을 읽은 정민이 너털웃음을 내뱉었다. 회사 내에 단정하고 반듯하기로 소문난 남자가 여자와 동거라니. 정민의 눈이 흥미로 물들었다.

"오늘 같이 점심이나 하죠."

정민이 먼저 식사를 제안했다. 그동안 요리조리 빠져나가던 사람이 먼저 손을 내밀자 선뜻 받아들이기 거북했지만, 강준은 고개를 끄덕였다. 정민과 황혜진의 의견 차이와 둘 모두 아이 양육권을 원하고 있어 재판으로 끝을 맺어야 한다. 곧 재판이 있을 테니 이야기를 많이 해두는 게 좋다.

생각지도 못하게 출근길에 정민을 만난 강준은 오는 내내 그의 차를 뒤따라가다시피 했다. 가는 길이 같으니 어쩔 수 없는 일이었다. 회사 주차장에서도, 또 같은 엘리베이터에 오르자 묘한 불편함이 생겼다.

먼저 엘리베이터에서 내린 강준은 고개만 숙여 정민에게 인사를 한 뒤 사무실로 향했다.

"여어. 왔어? 바로 회의하자고 하시던데."

지휘에게 가볍게 인사를 한 뒤 다른 동료들과도 인사를 나눈 강준은 자료를 챙겨 들고 회의실로 향했다.

길고도 긴 회의가 마무리되자 다들 뻐근한 몸을 꺾어 근육을 풀며 우르르 휴게실로 향했다. 막내인 소서연 변호사는 가봤자 자신이 커피를 탈 게 분명하기에 쏙 빠져 사무실로 들어갔다.

"진짜 얄밉다. 자기 불리한 거는 귀신같이 알아채고서 내빼네."

지휴가 구시렁거리며 커피를 내려 돌리자 흡연자들은 받아 들고 흡연실을 향해 휴게실을 나섰다. 남은 지휴와 주은, 강준은 소파에 앉아 곧 있을 점심시간을 기다리기로 했다.

"나 점심에 박정민 상무이사님이랑 약속 있어. 너희끼리 먹어라."

"아아. 재판이 곧이지? 주은아, 최근 소문은 없냐? 화장실에서 들은 거."

주은을 약 올리듯 실실 웃던 지휴는 그녀의 날카로운 시선에 흠칫 놀라 재빨리 시선을 돌렸다.

"참. 나 토요일에 강훈 오빠 봤어. 혼자인 것 같더라."

그날이라면 강훈이 또 비서를 따돌리고 자취를 감췄을 때다. 아직 강훈과 통화를 하지 않은 강준이 어디서 봤는지를 물었다. 주은이 강훈을 본 곳은 황당하게도 회사 앞이었다. 다음 주에 있을 재판 준비 때문에 주말에도 회사에 나왔다가 강훈을 만났다고 했다.

"난 그래서 너도 회사에 나왔나 싶었지. 오빠가 너 만나러 온 줄 알았거든."

빠른 시일 내에 시간을 내서 강훈을 만나봐야겠다는 생각을 한 강준은 두 사람을 향해 조심스럽게 말을 꺼냈다.

"전에 이야기했지, 수인이 만났다고."

"계속 연락하는 거니?"

주은의 얼굴을 살핀 지휴는 묵묵히 커피를 마셨다. 친구였던 두 여자가 한 남자로 인해 돌아서는 건 어렵지 않았다. 주위에서도 쉽게 들을 수 있는 이야기고, 바로 앞에서도 목격했으니 아주 흔하다는 걸 안다.

지휴는 주은의 인내심을 높이 샀다. 무려 7년을 수인을 사랑하는 강준을 바라봤고, 2년을 선을 보는 그를 기다렸다. 도무지 틈이 없는 강준이었기에 주은이 나서지 못했지, 그녀가 마음을 접었던 건 아니었다.

"다시 만나기로 했어."

"뭐? 강준아, 너희 두 사람……."

뒷말은 듣지 않겠다고 강준이 신호를 보냈다. 어울리지 않는다는 말은 여태껏 충분히 들었다. 만나는 건 두 사람의 일이니 7년을 그랬던 것처럼 주위의 시선을 이제 와서 신경 쓸 이유가 없었다.

"자신 있는 거냐? 너네 그러다가 다시 헤어지면?"

흥분해서 몸을 들썩이는 주은의 어깨를 꾹 잡아 누르며 지휴가 물었다. 강준이 그럴 일은 없다고 단호하게 고개를 저었다. 예전과 같은 사랑은 하지 않기로 결심했다.

"이번에는 더 잘할 자신이 있어. 아무래도 난 수인이 말고는 안될 것 같아."

지휴가 헛웃음을 삼키며 그를 바라봤다. 예전과 달리 개운한 얼굴로 수인에 대한 자신의 생각을 확고하게 말하는 강준을 보며 그가 많이 변했다는 걸 느꼈다.

"미친놈. 털었나 보네. 난 네가 진짜 미친놈인 줄 알고 걱정했다. 완전 사이코패스 저리 가라였으니까."

수인에 대한 강준의 사랑은 도가 지나쳤다. 주은은 잘 모르지만, 자신은 몇 번 본 적이 있었다. 강준은 친구인 자신조차도 수인과 같이 있는 꼴을 못 봤다. 처음엔 그저 수인을 꽤나 좋아하는구나 싶었는데, 그의 집에 우연히 간 뒤로 강준의 사랑이 지나치다는 걸 알았다. 그의 그런 사랑이 두 사람에게 독이 될 거라는 걸 알았고, 두 사람의 끝은 자멸일지도 모른다는 생각이 들었다. 수인과 강준이 아슬아슬 줄타기를 하는 것처럼 보여 걱정스러웠다. 다행인지 불행인지 강준이 먼저 수인의 손을 놓았다. 그런데 지금, 그가 다시 수인의 손을 잡았다.

지휴는 다시 날카로운 눈으로 강준을 살폈다. 수인에 관한 것이라면 언제나 집요함과 초조함을 보였던 그의 얼굴에는 이제 평온함이 감돌고 있었다.

신랄한 말에 주은이 지휴를 향해 눈을 키웠으나, 그는 아무것도 모르는 그녀에게 해줄 말이 없어 그 시선을 외면했다. 워낙 실없는 소리를 많이 하는 지휴임을 알기에 주은이 그의 말을 무시하고 강준에게로 시선을 돌렸다.

"난 반대야. 인정할 수 없어, 너희 두 사람!"

"주은아, 수인과 네가 무엇 때문에 연락을 끊었는지 모르겠지만 난 풀었으면 좋겠다."

수인에게 유일한 친구였던 주은이 다시 그녀의 친구로 돌아와 주기를 바랐다. 하지만 강준의 바람과 달리 주은은 화가 났는지 말없이 일어나 휴게실을 나갔다.

"야. 주은이는 포기해라. 절대 수인이 안 볼걸."

"두 사람 친했잖아."

지휴는 강준에게 정녕 모르냐는 듯 눈짓했다. 강준이 슬쩍 고개를 돌렸다. 그 모습에 지휴는 눈을 크게 떴다.

"뭐야. 너 설마 알고 있었어? 주은이 너 좋아하는 거?"

지휴는 강준이 알고 있을 거라는 생각은 전혀 하지 못했다. 주은이 티를 내지 않으려 부단히 노력했고, 강준은 수인만 바라보느라 주변 사람을 신경 쓸 겨를이 없었다. 그의 모든 신경과 감각은 늘 수인을 향해 있었으니.

"처음에는 몰랐는데 나중에 가서 혹시나 하는 건 있었어. 티 내지 마라. 난 끝까지 몰라. 난 그저 두 사람이 내가 모르는 일로 틀어져서 연락을 끊은 거야."

지휴는 자신의 팔을 문질렀다. 오소소 돋아난 소름에 강준을 께름칙한 눈으로 바라봤다. 식스센스를 능가하는 반전이랄까. 강준, 저 녀석의 속을 도통 모르겠다.

"나 같으면 주은이하고 거리를 뒀을 거다. 보란 듯이 친구로 지낸 이유가 뭐냐?"

지휴는 강준이 대답을 해주지 않았지만 바로 알아차렸다. 일부러 그랬다는 것을. 그는 처음부터 수인과 주은이 그를 사이에 두고 신경전을 벌인 것도 알고 있을 터이다. 강준은 그것으로 수인이 경계심을 갖고 그를 구속해 주기를 바랐을 것이다. 그의 바람대로 수인은 행동했을 테고.

강준은 주은을 이용했다. 지금 또 이용하려는 건가 싶어 지휴가 날카롭게 말했다.

"야. 주은이 내 하나뿐인 사촌이거든? 그리고 변했다며? 다시 보니까 너 그대로인 것 같다."

"그런 거 아니야. 진짜로 수인이에게 친구가 있었으면 해서. 그리고 주은이의 마음도 단념시켜야지."

강준의 눈빛은 정직했다. 한 치의 거짓도 섞여 있지 않은 올곧은 시선에 지휴가 꺼림칙한 마음을 지웠다.

"수인이한테는 친구가 필요해. 나 말고 마음을 터놓을 수 있는 사람이. 나에게도 말하고 싶지 않은 부분이 있을 거야."

"그렇…… 겠지."

수인의 모든 것을 알아야 직성이 풀렸던 강준이다. 남들이 그녀와 따로 이야기하는 걸 극도로 싫어했고, 모든 대화는 그가 같이 있을 때 이루어져야 했다. 혹여 누군가가 수인과 단둘이 이야기를 나누면 그에게 집요하게 추궁을 당했다. 그에게 수인의 비밀이란 없어야 했다. 그러니 마음을 터놓고 이야기하고 비밀을 공유하는 친구가 가능할 리가 없었다. 그런 강준의 입에서 흘러나온 말에 지휴가 멍하니 동조를 했다. 정말 그가 변한 게 맞구나라는 생각이 들어 새삼 대견스러운 눈으로 그를 바라봤다.

"왜 그렇게 보는데?"

"짜식. 아니다. 그냥."

픽 웃은 강준이 머뭇거리다가 지휴에게 부탁했다. 수인을 만나줄 수 있겠냐고.

"지금 나보고 그 친구가 되어달라는 거냐? 고민을 들어주는? 남자인 내가?"

과거에는 여자든 남자든 수인이 옆에 있는 걸 싫어했던 강준이, 특히나 남자를 경계했던 그가 남자인 자신에게 수인과 친구가 되어줄 수 있겠냐 물은 것은 가히 충격적이었다. 이미 친구이기에 친구가 되어달라는 말에 어폐가 있기는 하지만, 강준이 말하는 의미의 친구는 더 유대감이 깊고 속말을 털어놓을 수 있는 친구를 말하기에 지휴가 난색을 표했다.

"싫다. 그냥 주은이를 설득하자. 그게 낫겠다."

"주은이는 천천히. 네가 더 좋을 것 같아. 네가 가장 객관적이니까."

그 누구보다 강준을 잘 알고, 그의 삐뚤어진 사랑도 엿봤던 지휴이기에 수인을 이해하고 가까이 다가가 줄 수 있을 것이다. 강준은 수인이 마음을 터놓고 속말을 주고받는 친구가 지휴라면 정말로 좋을 것 같다고 생각했다. 만약 두 사람 사이에 문제가 생기면 현명하게 조언과 충고를 해줄 사람은 그다.

"왜 나인데."

싫다고 머리를 쥐어짜는 지휴에게 조만간 약속을 잡는다고 통보를 하고 손목시계로 시각을 확인한 강준은 박정민 상무이사의 사무실로 향한다며 먼저 자리에서 일어났다.

정민이 예약한 곳은 회사와는 거리가 조금 있는 레스토랑이었다. 같이 움직이자는 말에 별생각 않고 정민의 차에 오른 강준은 그와 30분간 드라이브를 해야 했다.

직접 운전을 하면서 한 손으로는 셔츠 단추를 풀고, 정차했을 때에는 손목 단추를 풀어 느슨하게 옷을 풀어 헤치는 그의 옆에 앉아 있던 강준은 내내 창밖을 응시했다. 강준의 입장에서는 심히 노출증이 있는 상사의 옆에 앉아 드라이브를 하기에는 그의 성정에 맞지 않아 곤혹스러웠다.

다행히 차에서 내리기 전 정민은 최소한의 단추를 잠갔다. 더 오랫동안 차를 탔다가는 아예 바지 벨트를 푸는 것까지 봤을지도 모른다는 몹쓸 생각에 강준의 얼굴이 펴질 줄 몰랐다.

고층에 자리한 레스토랑은 예약 손님만 받는다는 까다로운 방침을 가지고 있어 보통 일주일에서 많게는 한 달 전에 예약을 해야만 이곳의 음식을 맛볼 수 있었지만, 어디나 늘 그랬듯 돈 많은 자들은 당일 예약으로도 출입이 가능했다.

"어디 보자. 뭐 좋아해요?"

여자에게 묻듯 상냥하게 무엇을 먹을지 묻는 정민을 외면한 강준은 웨이터에게 가장 조리가 빨리 되는 요리를 부탁했다. 그걸 본 정민이 씩 웃으며 같은 걸로 주문을 마쳤다.

"재판 일정은 알고 계시죠?"

"와, 아직 물밖에 가져다주지 않았는데 바로 본론으로 들어가네요."

정민이 매력적인 눈웃음을 지었다. 전혀 그 눈웃음에 영향을 받지 않는 무뚝뚝한 사내를 보던 그가 돌연 얼굴을 굳혔다.

자신에게서 시선이 비켜가 어느 한곳을 보는 정민의 시선을 따라 강준이 몸을 돌렸다. 매체나 사진으로만 보았던 인물이 아찔한 높이의 구두를 신고 안으로 걸어 들어오고 있었다.

여자는 두 남자를 뒤늦게 알아보고는 옆에 있는 남자의 팔에서 스르륵 팔을 빼내고 웃음기가 싹 가신 얼굴로 남자의 귀에 대고 말을 했다. 남자는 고개를 끄덕이고는 웨이터의 안내를 받으며 사라졌다.

"당신이 이곳까지 웬일이야?"

"좀 자제하는 게 좋지 않겠어? 앞에 앉은 사람이 내 변호사거든."

황혜진의 미간에 살짝 주름이 갔다. 정민의 앞에 앉은 강준을 쓱 보고는 애써 입꼬리를 올려 웃음을 지었다.

"당황해하지 마. 설마 이 변호사님이 방금 전 당신 옆에 있던 남자가 숨겨진 현재 정부라는 걸 알겠어?"

"당신!"

정민의 말에 강준과 혜진 모두 당황했다. 강준은 떠돌던 소문이 사실일지도 모른다는 생각에 재판 준비를 다시 해야겠다는 생각을 했고, 혜진은 정민을 향해 표독스러운 눈을 치켜떴다.

"정부…… 라니?"

"지금 당신네 집에서 우리 이혼 때문에 꽤 스트레스를 준다는 건 알지만, 남자를 만나서 푸는 건 자제해. 몸을 사리는 게 좋을 듯싶은데. 너무 쉽게 걸리면 재미없잖아? 남자관계는 꽁꽁 숨겨두라고."

혜진의 길게 연장한 눈썹이 파르르 떨렸다. 실제로 접한 혜진은 꽤나 성깔이 있어 보였다. 그래서 현재 암암리에 떠도는 소문에 무게감이 실렸다. 매체에서 떠드는 조신한 양갓집 규수는 찾아볼 수가 없었다.

"이러면 나도 가만히 못 있지. 다시는 우리 민주 보고 싶지 않나 보지?"

"황혜진, 민주 생각한다면 절대 그 이야기 못 꺼낼 텐데."

이를 갈 듯 정민이 경고를 했다. 잔뜩 구겨진 그의 얼굴에 자신의 말이 먹혀들어 갔다는 것에 만족한 혜진이 표정을 갈무리하고는 돌아섰다.

혜진의 구두 소리가 멀어지자 정민이 난처한 듯 이마를 쓱 만지며 강준에게 부탁했다. 방금 전 혜진과 남자의 일은 못 본 척해달라고. 이혼을 하지 않은 상태에서 아내가 다른 남자를 버젓이 만나고 다니는 것은 불륜이다. 이걸로 쉽게 재판을 끝낼 수도, 양육권을 가져올 수도 있다.

"이유가 뭡니까."

"부부 사이는 복잡한 거죠. 난 내 아내가 남자 없이는 못 사는 여자라는 걸 알면서도 결혼 생활을 유지한 죄가 있다고나 할까."

산뜻하게 말하는 목소리와는 달리 정민의 미소는 지독히도 씁쓸했다.

"이혼할 마음이 있기는 하십니까? 재판에서 유리하게 작용할 수 있는데 못 본 척하자니요. 게다가 불륜은······."

오물이 묻은 듯한 불쾌한 어투에 정민이 피식 웃었다.

"이 변호사님은 이런 거 눈 뜨고는 못 보죠? 딱 봐도 정직하게 살아온 모범생 스타일. 이해 안 가겠죠. 아내가 저런 여자라는 걸 알면서도 이제껏 이혼하지 나도 정상적으로 보이지는 않을 테고."

전혀 다른 세계의 사람을 보듯 정민이 강준을 보더니 또 너털웃음을 지었다.

"사랑이라면, 상무이사님께서 사랑을 하시는 거라면 이해가 됩니다."

"······뭐라 했습니까?"

정민의 눈망울이 흔들렸다. 무덤덤한 얼굴로 그가 굉장한 말을 쏟아냈다는 게 믿기지 않는지 정민이 재차 물었다.

"사랑이라 했나요? 이 변호사님 방금······."

"식사하시죠."

웨이터가 음식을 가지고 오던 중, 두 남자의 분위기가 심상치 않음을 알아차렸는지 머뭇거렸다. 강준이 눈짓을 하자 웨이터가 음식을 차분하게 테이블 위에 올려놓았다. 즐거운 식사 되십시오, 짧은 말을 건네고 웨이터가 사라졌다.

"의외군요. 이강준 변호사가 사랑 타령을 할 줄이야."

"저도 사람이니까요."

아. 짧은 탄식을 내뱉은 정민이 고개를 절레절레 흔들었다. 감정과 인정이 없는 변호사로 보였던 강준이 다르게 보였다. 처음에 만났을 때 무뚝뚝한 얼굴로 이혼 사유를 묻던 사람과 같은 인물이라 생각되지 않았다.

"이 변호사님은 지금 그 사랑이 잘되어가고 있는 중인가 봅니다."

자신은 가지지 못한, 제대로 손에 쥐어보지 못한 사랑을 이제는 놓아야 하는데, 강준은 그걸 쥐고 있다는 생각에 정민은 시기와 질투를 느꼈다. 한편으로는 부럽기도 했다.

"차차 풀어 나가는 중입니다."

"이 변호사님은 잘 되길 바랍니다."

못된 시기와 질투는 접고 정민은 진심을 다해 말했다. 저 감정 없는 기계 같아 보이던 남자가 사랑을 끝까지 손에 쥘지 궁금하기도 했다.

강준은 내일 정민의 이혼소송 때문에 법정으로 가야 한다. 마지막 검토를 하는 그의 눈은 하나도 빠짐없이 소송에 관련된 자료를 모두 담았다.

전화가 울리자 강준은 서류를 보면서 수화기에 손을 가져갔다.

"네, 이강준입니다."

전화는 정민의 비서실에서 걸려왔다. 급히 올라와 보라는 말에 강준은 자료를 정리한 뒤 정민의 집무실로 향했다.

"바로 안으로 들어가시면 됩니다."

노크를 하고 문을 들어가자 전화기에 대고 고래고래 소리를 지르는 정민과 마주했다.

"젠장! 그 기사를 왜 아버지가 내시냐고요! 제가 알아서 한다고 말씀드렸잖아요! 아주 진짜 아들이 진흙에 빠져 죽기를 원하세요? 아무것도 모르면 가만히 좀 있으시란 말입니다!"

전화기를 부수다시피 내려놓고도 정민은 분이 풀리지 않는지 책상 위에 있는 물건들을 바닥으로 싹 쓸어냈다. 우당탕 소리와 함께 의자도 발에 차여 뒤로 나뒹굴었다.

"상무이사님."

"젠장! 이 변호사님, 소송 취하해 주십시오. 지금은 이혼 못 합니다."

"무슨 일 있습니까."

"혜진이에 대한 기사가 났어요. 이렇게 이혼할 생각은 없었단 말입니다!"

이를 악물고 이야기하는 정민의 눈에는 붉은 핏줄이 섰다. 핸드폰으로 계속해서 통화를 시도하던 정민은 욕설을 내뱉고는 소리를 질렀다.

"받아라, 좀! 황혜진, 전화 받아! 젠장. 어디에 있는 거야."

별거 중인 처에게 지속적으로 전화를 걸던 정민은 미칠 듯한 얼굴을 감싸 쥐고 소파에 털썩 앉았다.

"상무이사님."

"이 변호사님, 혜진이의 불륜 기사 났습니다. 지금쯤이면 회사 앞에도 기자들로 난리가 나 있겠네."

이혼을 앞두고 불륜 기사는 치명적이다. 정민은 그걸 이용할 생각은 전혀 없었다. 적당히 져주고, 적당히 퍼주고 민주의 양육권만 가져올 생각이었다. 그랬기에 아버지의 독단적인 행동에 정민은 힘이 쭉 빠졌다. 지켜주고 싶었지만, 지켜주지 못했다.

"아버지가 알아버렸어요. 왜 이혼 전문 변호사가 아니라 굳이 이강준 변호사를 선임했는지까지도. 뭐, 다는 아니지만. 다 알았다면 이러지는 못하셨겠지."

강준을 변호사로 선임한 건, 이혼 전문 변호사를 선임할 경우 혜진의 불륜을 끝까지 물고 늘어질 것이었기 때문이다. 그게 소송에서 이기는 데 가장 쉬운 길이니까. 집안에서는 이혼 전문 변호사를 선임하라 했지만, 정민은 그걸 원치 않았기에 강준을 선임했다. 회사에서 잘나가는 변호사이니 어느 정도 집안에 눈속임은 할수 있을 것이리라 생각했다.

하나 정민이 쉽게 이길 수 있는 재판을 어렵게 가고 있고, 위자료까지 지급할 생각을 하고 있다는 걸 알게 된 그의 부친이 따로 혜진에 대해 조사해 뒤를 밟아 증거까지 찾아 재판 전날 터뜨렸다.

"빨리 이혼소송 취하부터 해주세요. 그래야 혜진이 연락을 취해올 것 같으니."

강준은 알겠다는 듯 고개를 끄덕였다. 이혼소송을 취하하는 것도 쉽지 않았다. 일을 마무리하고 강준은 며칠을 더 고생했다.

그사이에 정민은 혜진과 연락을 취하려 노력했고, 연락이 닿은 것인지 얼마 후 연차를 쓰고 회사를 나오지 않았다.

회사 앞에는 여전히 기자들로 보이는 사람들이 눈에 띄었다. 정민이 며칠째 회사에 나오고 있지 않지만, 기자들은 언젠가는 그가 모습을 드러내겠지 하는 심정으로 회사 앞에 진을 치고 있었다.

다른 일로 선배 변호사의 차를 얻어 타고 법원에 갔다가, 재판이 끝나고 택시를 타고 회사 앞에서 내린 강준은 그 앞을 서성이는 어린아이를 봤다. 유치원 가방을 등에 메고 회사 유리문을 기웃거리니 지나가던 사람들의 시선이 한 번쯤은 그 아이를 훑었다.

"아이야, 뭐 하니?"

회사로 들어가기 위해서는 아이가 비켜줘야 할 것 같아 강준이 물었다. 혹여 이렇게 큰 유리문을 열지 못해서 서성이고만 있나 싶어 문을 열고 아이가 들어오기를 기다려 주었다. 머뭇거리던 여자아이는 키가 큰 강준을 한참이나 올려다보더니 안으로 쏙 들어왔다.

"저기요, 삼촌."

붙임성이 좋은 건지 아이는 처음 본 강준을 삼촌이라 부르더니 손을 배배 꼬았다.

"누구 찾아왔어. 엄마? 아빠?"

"아빠요."

"너 혼자서 온 건 아니겠지?"

엄마와 같이 아빠를 만나러 온 건 아닌지, 주위에 보호자로 보이는 사람을 찾아봤지만 이 아이의 보호자로 보이는 사람은 없었다.

"혼자 왔어요, 유치원에서. 택시기사 아저씨가 데려다줬어요."

"너 혼자 택시 탔어?"

맹랑한 건지 겁이 없는 건지. 혹여 무서운 일을 당할지 모르는데 저 혼자 택시를 타고 왔다는 아이의 말에 강준은 기가 찼다. 그보다 이 어린아이가 택시를 잡아탄다고 태운 기사도 문제다.

"너 여기에 온 거 가족들 중 아는 사람은 있어?"

눈치를 보며 고개를 푹 숙이는 게 아는 사람이 아무도 없음을 증명했다. 혼이 날 짓인 걸 아는지 아이의 눈이 겁에 질려 물기가 올라왔다. 경비를 부르려 몸을 돌리는데, 아이가 강준의 옷자락을 쥐고 흔들었다.

"아빠 보고 싶은데, 못 만나게 해요. 그래서 몰래 왔어요. 죄송해요. 으아앙."

아이가 크게 울어버리자 부르지 않아도 경비가 다가왔다. 지나가는 모든 사람들의 이목이 집중되었다. 경비는 자신이 알아서 할 테니 가보라고 강준에게 말하고는 무릎을 꿇고 앉아 아이와 눈을 맞췄다.

"너 뭐 하냐. 이 아이는 누구? 너의 숨겨진……."

"하아. 서지휴. 이상한 소리 할 거면 가던 길 가라."

어딜 갔다 오는지 지휴가 회사 건물로 들어오면서 강준과 울고 있는 아이를 보고는 다가왔다. 아이는 울지 말라고 달래는 경비원 보다는 몇 마디 나눈 강준이 더 친근한지 그의 옷자락을 쥐고 놓지를 않았다.

처음 본 강준에게 삼촌이라고 부르던 그 붙임성은 어딜 간 것인지 경비원이 무슨 말만 하면 더 울어 젖혔다. 경비원이 더 가까이 다가가기라도 하면 슬금슬금 강준의 다리 뒤로 숨었다. 어쩔 수 없이 강준은 경비원에게 비키라고 손짓하곤 자세를 낮췄다.

"아이야, 이름이 뭐야."

"박…… 흑. 박민주…… 흑. 요."

다행히도 울면서 강준의 물음에는 답을 했다. 지휴도 덩달아 자세를 낮춰 아이의 눈물을 닦아주었다. 지휴가 다정스레 머리도 쓸어 넘겨주며 웃자 민주는 경계심을 깡그리 버렸다.

"아빠가 여기서 일해? 혹시 아빠 연락처 아니?"

지휴가 핸드폰을 꺼내며 물었다.

"아빠…… 이름은, 박정민…… 이에요."

울음을 참으며 뜨문뜨문 말을 하는 민주가 대견해 지휴가 씨익 웃었다.

"그래. 아빠 이름이 박정…… 민?"

지휴가 강준을 보며 눈을 키웠다. 강준의 미간이 접혀 들어갔다. 두 남자는 시선을 맞추고 눈으로 대화를 했다. 지휴가 맞냐고 눈으로 묻자 강준이 눈으로 그런 것 같다고 대답했다. 이름도 정

221

민의 딸 이름과 똑같다.

"박민주. 네 아빠 지금 회사에 없어."

강준의 말에 민주가 또 울음을 터뜨릴 듯 울먹거렸다. 커다란 눈망울에 차오르는 눈물을 본 지휴가 화들짝 놀라며 강준의 등짝을 내려쳤다.

"삼촌이 민주 아빠랑 통화해 본대. 그렇지? 민주 아빠랑 통화할까? 아빠가 일 때문에 잠깐 밖에 나갔어요."

재빨리 민주를 달래는 지휴를 보고 강준은 낮은 한숨을 내신 뒤 정민에게 전화를 걸었다.

[여보세요.]

"이강준입니다. 혹시 댁이십니까?"

[아……. 전화 잘못 받았다.]

늘어지는 말투에 강준은 난색을 표했다. 지휴가 무슨 일이냐고 눈짓을 보내자 괜찮다는 듯 강준이 고개를 끄덕였다.

[혹시 우리 집안에서 이혼소송 다시 진행하라고 연락 왔어요? 소송 때문이라면, 당분간은 이혼할 생각이 없으니…….]

"민주가 지금 회사에 와 있습니다."

[우리…… 민주가요? 내 딸이?]

강준은 대답하지 않고 핸드폰을 민주의 손에 들려주었다. 아이가 재빠르게 귀에 가져다 대더니 울먹이며 아빠를 불렀다.

"응. 응. 아빠, 나도. 응."

정민의 말에 꼬박꼬박 대답을 하던 민주가 다시 핸드폰을 강준의 손에 들려주었다. 당장 데리러 갈 테니 잠깐만 봐달라는, 아니, 운전을 할 수 없으니 데리고 와달라는 그의 부탁에 강준은 또 한

번 한숨을 토해냈다.

아빠와 통화를 한 민주는 차분해졌다. 강준의 차에 올라 안전벨트까지 스스로 하더니 초롱초롱한 눈으로 차 안을 훑었다.

"삼촌은 아빠랑 같이 일해요?"

"아니. 같이 일했었는데 지금은 아니야."

"삼촌, 결혼했어요? 그런데 지금 어디 가요? 아빠는 어디에 있어요? 아빠는 일이 너무 바빠서 집에 못 온대요. 민주가 보고 싶지 않나 봐."

쫑알쫑알 강준에 대한 질문이 아빠에게로 흐르더니 결론은 '아빠가 자신을 보고 싶어 하지 않는다.'로 끝났다. 아이의 이상한 이야기 흐름을 따라잡지 못한 강준은 시무룩해진 민주를 보며 난감함에 입술을 짓이겼다.

"아빠는 민주 많이 보고 싶어 해. 삼촌만 보면 민주 이야기만 해."

"정말요? 민주도 빨리 아빠 보고 싶어요."

정민이 아이에게 얼마나 좋은 아빠인지 눈으로 확인한 기분이랄까. 솔직히 이혼소송을 보면 아이에 대한 애정이 없음에도 부부 싸움에서 이기려는 오기 때문에 양육권 소송을 제기하는 사람들이 꽤 많다. 양육권이 이혼이라는 전쟁에서 승리의 트로피로 여겨지는 경우가 흔했다. 정민은 그게 아니라는 걸 눈으로 보자 묘한 안도감이 들었다. 적어도 자신이 변호했던 사람은 괜찮은 사람이구나라는 생각은 변호사에게 작은 위안이 된다.

엘리베이터가 열리자마자 민주는 총알같이 뛰어나가 아빠의 품에 안겼다. 부녀 상봉은 꽤 오랫동안 이어졌다. 얼굴 곳곳에 뽀뽀를 하고 잘 지냈냐고 묻고, 또 껴안고 뽀뽀하고를 반복했다.

"아빠, 술 냄새나."

몇 차례의 뽀뽀 끝에 딸에게서 나온 말에 민망했는지 정민이 낮게 미안하다고 내뱉었다. 술 냄새가 나더라도 아빠를 만난 게 좋은지 민주가 배시시 웃었다. 왜 정민이 데리러 올 수 없다고 했는지를 안 강준은 낮부터 술을 마신 그가 기가 차서 짧은 탄식이 나왔다.

"아빠, 언제 집에 와?"

민주의 질문에 정민이 웃으며 곧 간다고 대답했다. 엄마와 아빠가 사이가 좋지 않음을 눈치로 아는 민주는 아빠의 미소에도 불안한지 품에 폭 안겼다.

"고마워요, 민주 데려다줘서. 민주야, 엄마한테 전화하자."

정민이 민주를 안고 집으로 들어갔다. 강준은 다시 엘리베이터에 올라 시계를 확인했다. 아직 퇴근 시간이 멀었고, 일이 남았으니 회사로 돌아가야 했지만, 그는 13층의 버튼을 눌렀다.

도어록을 해제하자 눈을 동그랗게 뜬 수인이 앞에 서서 집으로 들어오는 강준을 봤다.

"퇴근이야?"

그녀는 이내 활짝 웃으며 그의 품에 안겨 방긋방긋 웃었다.

"아니, 일이 있어서 왔다가 잠깐 들렀어. 뭐 하고 있었어?"

"에이. 다시 가야 해? 무슨 일인데?"

수인이 책을 보고 있었다고, 대답 대신 손가락으로 소파를 가리켰다. 소파 위에는 수인이 읽다가 만 책이 뒤집혀져 놓여 있었다.

"상무이사님 딸이 회사에 아빠 보겠다고 온 거야. 데려다주느라 이곳에 왔어."

"아……. 이혼 안 한다며?"

아직은 아슬아슬한 박정민과 황혜진의 관계에 기자들의 시선이 쏠려 있다. 연일 기사가 터졌다. 혜진의 불륜남이라고 자처하는 사람이 인터뷰를 하기도 했고, 그녀의 집안에서는 아니라고 반박하며 기사를 막기 위해 여기저기 발 벗고 뛰고 있었다.

정민의 집안은 이때 이혼을 해야 한다고 왜 소송을 접었냐고 길길이 날뛰며 그를 달달 볶다가 통하지 않자 변호사였던 강준에게 전화를 걸었다. 강준은 더는 담당 변호사가 아니니 정민과 이야기를 하라고 정중히 통화를 끊었다.

"하긴. 아이 때문에 산다고 하던데."

혼자 결론을 지은 수인의 팔을 잡아당겨 강준이 자신의 무릎 위에 그녀를 앉혔다.

"다시 회사 가봐야 한다며."

"응."

천연덕스럽게 원피스 자락을 파고드는 손을 보고 수인이 눈을 흘겼다.

"시나리오는 다 봤어?"

"응. 그런데 다 거절하려고. 마음에 드는 것도 없고. 연우 씨가 다른 시나리오 가져다준대."

문득 강준은 정민의 딸을 떠올렸다. 조막만 한 작은 얼굴에 커다란 눈. 종알종알 움직이던 입술과 아빠에게 애교를 부리던 모습이 생각나자 입가에 미소가 지어졌다.

"무슨 좋은 일 있어? 왜 웃어?"

"별거 아니야. 그러고 보니 수인이 너 어릴 때 사진을 본 적이 없네."

어릴 때 이야기를 하는 걸 싫어하는 수인의 미간에 주름이 졌다.

"갑자기 어릴 때 사진은 왜."

"그냥. 궁금해서."

"있기는 할걸?"

어릴 적 물건을 다 버리지는 않았다. 엄마, 아빠 사진과 함께 어딘가에 처박혀 있을 거다. 굳이 찾아서 보고 싶지도, 보여주고 싶지도 않아 수인은 화제를 바꿨다.

"언제 가야 해?"

"이제 가야지. 아, 언제 한번 지휴랑 같이 볼까?"

간간이 지휴와 주은이랑 만나서 놀고는 했다. 하지만 주은과는 사이가 틀어졌고, 강준은 지휴만 만나는 걸 좋아하지 않았다. 마지막으로 남은 친구라고 할 수 있었던 지휴까지도 강준이 싫어해서 같이 만나는 횟수가 줄어들다가 나중에는 거의 만나지를 못 했다. 늘 강준의 울타리 안에서 살아왔다.

강준이 먼저 지휴와 같이 보자고 제안을 하자 머뭇거리던 수인은 그의 얼굴을 살폈다. 그의 얼굴에는 별다른 감정이 보이지 않았다. 수인은 작게 고개를 끄덕였다.

"응. 오랜만에 보네. 어색하면 어쩌지?"

"괜찮아. 지휴 녀석이 넉살은 좋으니."

지휴와 이야기해서 주말 저녁으로 약속을 잡겠다고 이야기한 강준이 수인의 허리를 잡아 소파 위에 앉히고 자리에서 일어났다. 허리를 숙여 가볍게 이마에 입을 맞춘 그는 나오지 말라고 수인의 손에 읽던 책을 들려준 뒤 다시 회사로 향했다.

10

2012년, 드라마 종방연.

사람들과 거리를 두어 인맥이 좁아지면서 수인이 촬영이 끝나면 자연스레 바로 강준을 만나러 가는 일이 비일비재하자, 연우가 참다못해 마지막 회식에는 꼭 참석을 하자고 강경하게 나왔다.

수인은 그러지 않아도 매번 회식을 빠졌던 게 불편하고 미안했기에 그날은 참석을 하겠다고 말한 뒤 강준에게 연락을 했다.

"나 회식 때문에 오늘은 늦어질 것 같아."

[그래. 어디서 회식해? 위치랑 가게 이름 문자로 남겨둬.]

"응. 회식 끝나고 전화할게."

[그래. 이따가 보자.]

배우들이나 스태프들과 어울리는 걸 싫어하기에 강준이 허락을 하지 않을 거라 생각했지만, 그의 목소리는 덤덤했다. 아니, 늘 그는 침착하고 덤덤했다. 왠지 불안했지만 수인은 연우의 손에 이끌려 회식 장소로 향했다.

오랜만에 회식에 참석하는 수인에게 수많은 잔들이 오갔다. 도저히 그 자리에 계속 버틸 수 없어서 몇 번이고 화장실을 핑계로 룸을 나갔다 들어오기를 반복했다.

"수인 씨, 많이 마신 것 같은데? 괜찮아?"

화장실에서 나오는데 막 남자화장실에서 나오던 상대 배우인 형주가 걱정스럽게 물었다. 이미 결혼한 유부남인 형주는 집에 가서 아기를 돌봐야 해서 술을 마시지 않으려고 나왔다며 수인에게 들어가지 말고 이야기를 하자고 제안했다. 두 사람은 지나다니는 사람들을 피해 한쪽 구석으로 가서 이야기를 했다. 대부분이 촬영에 관련된 이야기였지만 얼마 가지 않아 소재가 다 떨어졌다.

"아, 우리 아기 사진 보여줄까요?"

"아! 네. 곧 있으면 돌이죠?"

"네. 여기 봐요. 딸인데 아들같이 늠름하죠?"

형주의 눈에는 사랑이 가득했다. 어찌나 아이 사진을 보고 행복해하며 웃는지 보고 있는 사람에게 절로 그 행복이 전해졌다. 수인의 눈에는 그냥 여느 보통 아이와 다를 바가 없었다. 그런데 형주의 눈에는 세상 어디에도 없는 아기 천사로 보이는지 눈에서 하트가 튀어나온다.

"이제 촬영도 끝나고, 당분간은 쉴 테니 딸이랑 지내려고요. 수인 씨는?"

"음…… 저는 한 이틀 쉬고 광고 촬영이 있어요."

"역시. 수인 씨는 러브콜이 끊이지 않는구나. 여행도 다녀요.

젊을 때 여행 다녀야지 나이 들면 힘들어서 그것도 못 하겠더라."

"네. 이번에는 천천히 차기작 준비하려고요. 저도 이제는 지치네요."

수인이 한참이나 돌아오지 않아 걱정되었는지 연우가 찾으러 나왔다. 혹시나 속이 좋지 않으면 약을 사오겠다는 연우의 등을 밀어 수인은 술자리로 돌아갔다.

무르익은 회식은 취하는 사람들이 늘어갈수록 더 활기에 찼다. 진상도 이런 진상이 없을 정도로 취했지만 사람들은 깔깔거리며 잘도 놀았다.

"이제 그만 갈래. 피곤하다."

술을 즐기지 않는 배우 몇몇은 슬쩍 자리를 떠서 듬성듬성 빈자리도 생겨났다. 수인이 연우에게 우리도 그만 가자고 슬쩍 말을 하고는 자리에서 일어났다.

"감독님, 저 이만 가볼게요. 다음에 또 봬요."

"아이고. 우리 수인 씨. 벌써 가게? 같이 더 놀지는."

"감독님, 다음에 또 불러 주세요."

붙잡는 사람들은 연우의 몫이었다. 연우에게 맡기고 문 쪽으로 걸어간 수인은 핸드폰을 꺼내 강준에게 문자를 넣었다. 이제 집으로 갈 거라는 문자에 바로 답장이 왔다.

—네 차 옆에 주차했어. 천천히 나와.

강준에게서 온 답장에 수인이 바짝 핸드폰에 얼굴을 대고 다시 읽었다. 다시 읽어봐도 문자는 변함이 없었다. 꽤 받아 마셨던 술이 확 깨고 찬물을 뒤집어쓴 듯 오소소 소름이 돋아났다. 마치 큰 잘못을 저지른 것마냥 초조해진 그녀는 연우가 빨리 인사를 끝내기를 기다렸다.

"이제 가자. 다들 정신이 없네."

주차해 놓은 곳으로 가자 정말로 강준의 차가 있었다. 연우도 그 차를 본 것인지 걸음이 느려졌다. 수인은 연우에게 눈짓을 한 뒤 두리번거리다가 재빨리 강준의 차에 올라탔다.

"언제 왔어?"

"술 많이 마셨네."

"아, 냄새나?"

바짝 강준에게로 몸을 당겼던 수인이 손으로 입을 가리며 물러났다. 은은하게 미소를 띤 강준은 수인의 안전벨트를 손수 매어주고 시동을 걸었다. 부드럽고도 느릿하게 주차장을 빠져나간 차가 깜빡이를 켜고 도로 안으로 휩쓸려 들어갔다.

"언제부터 거기서 기다린 거야?"

"글쎄. 회식은 재미있었어?"

은은한 미소는 그대로였다. 그 미소에 마음이 놓인 수인은 편안하게 시트에 몸을 묻고 눈을 감았다.

"응, 재미있었어. 술을 너무 많이 주기에 도중에 화장실로 계속 피난 갔다니까."

"아, 그래서 화장실 앞 구석진 곳에서 그 남자랑 있었구나? 술자리에 가기 싫어서."

"응. 형주 선배님이 아기 사진을 보여주면서 막 자랑을……."

수인의 목소리가 잦아들었다. 감은 눈을 뜨자 경악에 찬 눈동자가 드러났고, 그 눈은 곧장 강준에게로 향했다.

"어떻게…… 그걸. 도대체 언제부터? 가게 안에 있었어?"

회식 중반에 있었던 일이다. 강준이 왜 그걸 알고 있는지, 그렇다면 언제부터 그 가게 안에 있었던 것인지 생각을 하자 목덜미의 솜털이 삐쭉 섰다.

"수인아, 술 마시기 싫으면 억지로 마시거나 그 자리를 피하는 것보다는 그냥 나와. 굳이 있을 이유 없잖아. 촬영도 다 끝났는데."

부드럽게 달래는 어투였지만, 수인은 몸이 달달 떨렸다. 은은한 미소는 변함이 없었다. 다만, 그녀는 강준의 시선을 놓쳤다. 슬쩍 마주쳤을 때 그의 눈은 입과는 달리 웃고 있지 않았다. 차가웠다. 수인을 얼려 버릴 듯한 냉기 섞인 시선에 그녀의 몸이 차게 식었다.

처음으로 강준이 진심으로 무서웠다.

지휴와의 약속 장소로 향하며 수인은 간간이 강준을 돌아봤다. 시선이 마주쳤을 때, 그의 눈에 담긴 부드러움에 수인의 손이 저도 모르게 그의 눈가를 더듬었다.

"왜? 뭐 묻었어?"

"아니, 그냥. 계속 그렇게 봐줘."

무슨 뜻인지 모르겠는지 강준의 눈썹 끝이 올라갔지만, 별말 아니라는 듯 수인이 어깨를 으쓱이자 더는 묻지 않았다.

 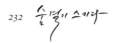

지휴가 굳이 밖에서 만날 필요가 뭐 있냐고, 주말에는 집 밖에
나가는 게 싫다고 하는 통에 그의 집에서 만나기로 했다. 지하에
주차를 하고 차창으로 바깥을 두리번거린 수인은 모자를 눌러쓰
고 강준을 따라 입구로 향했다.

"여기 자주 왔었어? 비밀번호 알아?"

호출이 아닌 입구 비밀번호를 누르곤 아파트 입구 문을 열어 먼
저 들어갈 수 있도록 비켜주는 그에게 수인이 얼굴 아래로 바짝
붙어 물었다. 모자에 가려졌다 드러난 눈에는 궁금증이 담겨 있었
다.

"아, 나도 여기 살아. 지휴가 6층. 난 11층."

"아……."

짧은 탄식이 나왔다. 7년을 만나면서 수인은 강준의 집에 간 적
이 없었다. 그가 독립하기 전에는 당연히 그의 집에 갈 수 없었고,
독립하고 난 뒤에도 가지는 않았다. 강준은 그녀가 자신의 집에
오는 걸 좋아하지 않았다.

놀러 가겠다는 말에 딱 잘라 거절하는 강준에게 서운한 기색을
보였지만, 그 점에 있어서는 그도 물러서지 않았다. 오죽했으면
수인이 집에 다른 여자를 숨겨놓은 게 아니냐고 싸움을 걸기도 했
다. 바르고 단정하게 자란 그에겐 그 말이 꽤 모욕적이고 충격이
었는지 그런 말을 한 수인에게 질색을 표했고, 둘은 크게 싸웠다.
물론 마지막에는 그가 먼저 사과를 해서 풀었다. 그와 싸우는 것
도 싫고, 그날 빈정이 크게 상해서 그 뒤로 수인은 그에게 집을 구
경시켜 달라는 말을 하지 않았다.

수인은 지휴와 같은 아파트에 산다는 말에 엘리베이터에 올라

거울에 적힌 아파트 이름을 유심히 봤다. 그리고 11층 버튼을 뚫어지게 봤다.

"내 집에 가보고 싶어?"

"응? 아니, 뭐. 내가 집에 가는 거 싫잖아."

"다음에. 집 안에 정리할 것들이 좀 있어. 그거 정리하고 초대할게."

"진짜? 집 구경시켜 줄 거야?"

단 한 번도 가보지 못했던 금지 구역에 발을 내딛게 될지도 모른다는 짜릿한 생각에 수인은 들떴다. 지금 당장 가보고 싶은 걸 억누르며 수인은 그가 말을 바꿀까 봐 손가락을 걸고 약속까지 했다. 약속한 이상 강준은 꼭 집에 초대를 해줄 것이다.

혼자 사는 강준이 어떻게 사는지, 집에서는 어떻게 행동을 하는지 수인은 혼자 상상했다. 물론 자신의 집에서 생활하는 것과 비슷하게 생활하겠지만, 남자의 집에 가는 것도, 특히 애인의 집에 가는 것이 처음인 그녀는 혼자 사는 남자의 집에 대한 호기심이 샘솟았다. 강준의 침대 아래에 야한 잡지가 숨겨져 있는 것까지 상상을 한 수인은 그의 손에 이끌려 엘리베이터에서 내렸다.

"지금 무슨 생각을 하기에 그렇게 웃어."

수인의 웃음에 무언가가 있음을 감지한 강준이 물었지만, 수인은 말할 수 없다는 듯 고개를 흔들며 그의 손에서 빠져나가려 했다.

"빨리 말해. 무슨 생각을 한 거야."

"그냥. 별거는 아니고. 정리할 게 있다는 게 혹시 침대 밑에 그…… 야한 잡지야?"

강준이 딱밤으로 탁 모자를 튕겼다. 마음 같아서는 그 속에 감춰진 이마를 때리고 싶었는지 그의 단정한 눈매가 일그러졌다.

"왜? 남자라면 다 본다던데. 있어? 없어? 가지고 있지? 침대 밑에? 아니면 다른 책 사이에 숨겨놨어?"

"그런 거 없어. 안 봐."

"예전에는 봤지? 응?"

뒤에서 쫑알쫑알 연달아 물으며 장난을 치는 수인을 무시한 채 강준은 초인종을 눌렀다. 벌컥 문이 열리자 강준의 등을 손가락으로 찌르며 대답을 종용하던 수인이 몸을 굳힌 채 현관문을 잡고 서 있는 지휴를 봤다.

"왔어? 오랜만이네. 수인이 너…… 눈가에 주름 생겼다."

"죽을래?"

모자를 눌러쓰고 있어서 보이지도 않는 눈가 주름을 지적하는 지휴에게 주먹을 보이며 흔들었다. 오랜만에 보는데도 지휴는 어색함 없이 씩 웃으며 수인을 맞이했다.

둘의 모습을 본 강준은 진즉에 지휴를 친구로 옆에 두게 해줄걸 후회하며 수인의 등을 밀어 집 안으로 들였다.

"와, 나 남자 집에 처음 와봐."

"영광이다."

강준의 얼굴을 살핀 지휴는 수인의 말에 큰 반응이 없는 그를 보고 수인에게 다가가 모자를 벗겼다.

"오랜만에 예쁜 얼굴 보며 눈 정화 좀 하자. 강준이 저 녀석이 꽁꽁 감싸고도니 이 귀한 얼굴, 오늘 맘껏 봐둬야지."

"앞으로는 자주 보게 될 거야."

지휴에게 강준이 낮게 말하고는 바로 부엌으로 향했다. 딱 봐도 시킨 음식인 티가 났다. 심지어 그릇에 옮겨놓지도 않고 플라스틱 용기 그대로 포장이 된 걸 본 강준의 눈에는 한심함이 담겼다.

"어때? 괜찮게 꾸며놨지? 내가 서재에 얼마나 공을 들였는데."

집 구경을 하는 수인의 뒤를 졸졸 따라다니며 지휴가 하나하나 설명을 했다. 책으로 가득 채워진 책장을 훑던 수인의 눈이 하단 부에 고정됐다. 무릎 부근의 위치에는 성인잡지가 한데 모아져있었다.

"어허. 여자들이 보는 거 아니야, 이거는."

"봐. 지휴도 보잖아. 이렇게 많이 가지고 있는데?"

수인이 손가락으로 가리키며 말하자 강준의 눈에는 지휴를 향한 한심함이 더해갔다.

"이 정도면 많은 거 아니거든? 건강한 남자라면 다 가지고 있는 예술잡지야. 그런 눈으로 보지 마라. 야, 이강준. 왜 너도 그렇게 보는 건데."

"강준은 이거 없대. 보지도 않는대."

"저 결벽증. 설마 내가 선물로 준 것도 버린 건 아니지? 야! 그거 내가 어렵게 구해서 너 준 거야. 버릴 거면 다시 나나 주지."

오래전 아주 어렵게 구한 화끈한 외국 누님들이 나온 잡지를 억지로 강준의 손에 들려주었던 지휴는 이미 버린 지 오래라는 말에 몸을 들썩이며 그 귀한 걸 왜 버렸냐고 소리를 질렀다. '네가 인간이냐.'라는 소리를 듣고도 강준은 태연히 수인의 손을 잡고 서재를 나왔다.

"이강준. 너 진짜 버린 거 아니지? 네 집에 가서 찾아본다."

"너, 강준이 집에 가본 적 있어?"

씩씩대던 지휴가 멈칫하며 강준의 눈치를 살폈다. 경직된 얼굴과 차가운 눈빛에 지휴가 머쓱하니 머리를 긁적이며 그 시선을 피했다.

"뭐, 두 번인가? 저 녀석 집에 데려다주면서. 아, 배고프다. 앉아. 버너랑 냄비만 꺼내면 돼."

어색함이 흐르는 분위기를 바꿔보려는지 지휴가 부산스럽게 움직였다. 수인은 옅게 감도는 싸늘함을 느꼈지만, 부드럽게 머리를 쓰다듬으며 웃는 강준 때문에 억지로 미소를 띠었다.

버너를 꺼낸 지휴가 가스를 확인하고는 위에 냄비를 올리고 포장을 뜯어 육수를 부었다. 반찬도 가게에서 사가지고 온 것인지 하나하나 풀어놓기만 한 걸 강준이 접시를 꺼내와 깔끔하게 담아 식탁 위에 놓았다.

"설거지 많아지는데 그냥 먹지는."

유난을 떤다고 떨떠름하게 이야기하는 지휴에게 강준은 손님 대접 이따위로 할 거면 앞으로 부르지 말라고 스산하게 충고를 했다.

"야, 내가 버섯도 종류별로 많이 사왔거든?"

버섯이 담긴 봉투를 흔드는 지휴의 손에서 빼앗아 반찬과 마찬가지로 커다란 접시에 담아온 강준이 수인의 옆에 앉았다. 집 근처 샤브샤브 가게에서 사가지고 왔으면서도 천연덕스럽게 자신이 만든 것마냥 맛있을 거라고 지휴가 으스댔다.

육수에 야채를 가위로 썰어 넣고, 보글보글 끓어오르자 얇게 썰린 소고기와 버섯을 넣었다. 군침이 돌 정도로 맛있어 보이는 샤브샤브에 수인이 젓가락을 들어 입에 물고 익기를 기다렸다. 적당히 익은 고기와 야채를 강준이 집어 그녀의 개인접시 위에 올려주었다.

"잘 먹겠습니다."

"아, 소스. 잠깐만."

찍어 먹을 걸 찾는 수인에게 한쪽에 버려두었던 봉지에서 소스를 찾아준 지휴가 어서 먹어보라는 손짓을 했다. 수인이 먹고 나서야 남자들도 식사를 시작했다.

"술은? 소주랑 맥주 있는데."

"난 운전해야지. 수인이는 마실래?"

술을 별로 즐기지 않는 강준은 뺐다. 술 생각이 있는지 수인이 지휴에게 입 모양으로 소주를 외쳤다.

"딱 한 병씩만 마시자."

두 병을 꺼내온 지휴를 노려본 강준이 한 병을 도로 냉장고에 넣었다. 아쉬움에 쩝쩝거리던 지휴는 단호한 강준의 얼굴을 보고는 포기한 듯 병을 따서 수인의 잔을 채웠다.

"넌 물이라도 줄까?"

"됐어."

자연스레 지휴에게서 병을 받아 들려는 수인의 손을 제지한 강준이 지휴의 잔을 채웠다. 강준을 제외하고 두 사람은 허공에서 잔을 부딪친 뒤 깔끔하게 다 비웠다.

지휴는 가급적이면 지난 2년간을 피해서 이야기를 풀어놓았다. 가장 만만한 게 강준의 과거 이야기였다. 고등학교 때의 이야기를 하자 수인의 눈이 반짝반짝 빛이 났다. 지휴에게서만 들을 수 있는 강준의 과거사이기도 하고, 잘 듣지 못한 이야기이기에 귀를 쫑긋 세우고 경청했다.

"진짜? 진짜 둘이 그렇게 소문이 났었다고?"

"그래. 이 자식이 고백하는 여자애들마다 줄줄이 퇴짜를 놓지. 남자 좋아하는 거 아니냐는 소문이 무성했어."

"아, 재미있어. 강준이가 인기 많았구나."

새삼 강준의 단정한 얼굴을 훑으며 수인이 고개를 끄덕였다. 깨끗한 피부에 짙은 눈썹 아래 깊은 눈매, 오똑한 코와 붉은 입술, 날카로운 턱 선. 이보다 어렸을 때를 상상한 수인은 여자애들에게 꽤 인기가 많았을 거라는 데 동의했다.

"인기 많았지. 매년 반장을 하고, 공부 잘하고 성격도 좋았으니까. 얘가 그때만 해도 엄청 매너가 좋았어. 지나가는 여자애가 무거운 거 들고 있으면 그거 꼬박 들어다 주고."

"들어줬다고?"

"응. 그래서 한동안 여자애들이 무거운 거 들고 이 녀석 앞에 자주 나타났지. 가만, 지금 생각해 보면 너 그런 식으로 여자애들을 끌어모았지? 선수였네, 선수였어."

"푸훗. 선수래. 정말 그랬어? 막 여자애들 앞에서 자상하게 굴었어?"

강준의 미간이 접혔다. 자신이 안줏거리로 전락한 게 마음에 들지는 않지만, 수인이 재미있어하자 그는 기꺼이 안주가 되었다.

품행이 단정하고 조용히 제 할 일을 묵묵히 해내며 공부에만 집중하는 모범생의 표본이었던 그는 여자애들 사이에서 인기가 많았다. 대놓고 여자들에게 관심을 갖는 10대의 여느 남자애들과 달라 더 눈길을 끌었다.

어렸을 때부터 어머니에게 배운 여자에 대한 배려와 몸에 배어 있는 매너로 연약한 여자들을 도왔던 건 사실이다. 그로 인해 오해를 하고 강준에게 고백한 여학생들이 많았다.

"그렇게 인기가 많았으면서 왜 안 사귀었어?"

"학생이 무슨 연애야."

공부에 전념해야 할 시기에 공부했을 뿐이라고 그답게 대답하자 지훈가 야유를 보냈다. 수인을 만나기 전 대학 때 딱 한 번 연애를 했던 여자 이야기를 꺼내는 지훈의 다리를 발로 찬 강준은 재빨리 수인을 거실로 내보낸 뒤 식탁 정리에 나섰다.

"아쉬운데 한 잔 더 하게."

"안 돼. 그만 마셔."

"쳇. 야, 설거지는 네가 해라. 나 수인이랑 맥주 한 캔씩만 마실게."

냉장고에서 맥주 캔 두 개를 꺼내는 지훈를 노려봤지만, 그는 강준에게 수인과 속을 터놓는 친구 사이가 되어달라고 했던 사람은 너라고, 속을 트는 데에는 술만 한 게 없다고 말을 하고는 거실로 나갔다.

"강준은?"

"설거지한대. 우리끼리 한 잔 더 마시자."

탁. 캔을 따고 수인에게 준 그는 짠을 한 뒤 쭉 들이켰다. 소주와는 달리 톡 쏘는 맥주가 식도를 타고 내려가며 짜릿한 자극을 선사하자 지훈가 캬 소리를 냈다. 따라 하듯 수인도 맥주를 마신 뒤 캬 소리를 내뱉었다.

"너희 다시 만나는 거 처음에는 반대했는데. 생각보다 괜찮다."

"아, 우리? 반대했어?"

"응. 난 저 자식이 너 때문에 어떻게 변했는지를 봤으니까. 난 네가 더 대단하다. 그걸 다 받아줬냐, 어떻게."

"뭘. 강준이가 나한테 얼마나 잘해줬는데."

조곤조곤 작게 대화를 나누는 두 사람의 목소리는 조심스러웠다. 강준에게 들리지 않는지 설거지를 하는 그를 목을 쭉 빼서 확인을 한 수인이 지휴에게 물었다.

"강준이가 또 무슨 말은 안 해?"

"네 친구가 되어달라는 거? 넌 뭐 하느라 이 나이까지 친구 하나가 없냐? 와, 갑자기 나 소름 돋았어. 우리가 30대 중반을 향해 가고 있잖아."

갑자기 이야기가 나이로 흘렀고, 야속하게 흘러가는 세월을 한탄하기까지 했다. 저만 혼자라는 생각에 지휴가 작은 심술을 부렸다.

"이 나이에 여자친구도 없고. 아, 결혼하려면 선을 봐야 하나. 아, 강준이 선을 몇 번 봤는지 알아?"

"아니. 보고 다닌 건 알아."

별로 듣고 싶지 않은 이야기인지라 수인의 입술이 앞으로 쭉 나왔다. 퉁퉁거리는 수인이 귀엽다는 듯 본 지휴가 대화 주제를 바꿨다.

"너 활동 안 해? 이제 슬슬 뭐라도 찍어야 하는 거 아니야? 하다못해 CF라도."

"아직은. 별로. 그보다 강준이 집에 갔을 때 어땠어?"

수인의 질문에 지휴는 처음으로 강준의 집에 발을 들였던 날을 떠올렸다. 그때 강준은 늦게까지 이어진 회식에 제법 술을 많이 마셨다. 자제를 하던 다른 날과 달리 넙죽넙죽 잔을 다 비워내더니 결국 취했다.

취한 강준을 같은 아파트에 사는 지휴가 데려다주느라 그동안 오지 못하게 막았던 집에 갔는데 그곳에서 그는 강준의 수인을 향한 집착을 봤다.

"강준이 너를 집에 안 데리고 갈 만도 하지. 너 그 집에 갔으면 강준이 피해 다녔을지도 모른다."

"왜?"

"난, 그 집에서 너를 향한 사랑의 끝을 봤다고나 할까."

그가 무엇을 본 것인지 가늠이 되지 않는지 수인이 고개를 갸웃거렸다. 집에 뭐가 있냐고 묻는 그녀에게 지휴는 난처한 듯 시선을 회피했다. 그때 설거지를 마친 강준이 거실로 나와 수인의 옆에 앉아 그녀의 어깨를 감싸 안았다.

"무슨 이야기 중이었어?"

"지휴가 네 집에 갔던 거."

강준이 지휴를 노려봤다. 지휴는 손을 흔들어 결백을 주장하듯 억울한 표정까지 지었다.

"무슨 큰 비밀이라도 있어? 자꾸 나한테 이야기 안 해주고."

"에잇. 몰라. 나 다 말한다?"

"서지휴."

급속도로 차갑게 굳은 얼굴과 낮아진 목소리에 수인이 긴장했다. 그 긴장 속에서 지휴는 큰 비밀을 이야기하듯 조심스럽게 말을 꺼냈다.

"수인이 네가 오르골을 좋아한다며."

"응? 오르골?"

"응. 저 녀석 집에 그거 엄청 많아. 너 준다고 그동안 사서 모았
단다."

지휴의 이야기가 끝나고 탁 풀리듯 강준이 몸의 힘을 풀었다.
수인이 의심쩍은 눈으로 그게 다냐고 지휴를 봤다.

"그게 다야?"

"응, 그게 다야. 그러고 보니 너 주려고 사서 모았는데, 하나도
준 적이 없구나."

수인이 가장 아끼는 물건이 하나 있었다. 손톱만 한 작은 종이
배로 가득한 상자는 열면 노래가 흘러나왔다. 그 오르골을 유난히
좋아해 짧은 노래가 끝나면 다시 상자를 닫았다 열기를 반복해 가
며 노래를 들었다. 아쉽게도 고장이 나서 이제는 들을 수 없지만,
버리지 않고 가지고 있는 물건이었다. 종종 지금도 오르골에서 흘
러나오던 로망스를 허밍을 한다.

"정말 나 주려고 오르골을 모았어?"

"응. 나중에 다 가져다줄게."

자신에게 주려고 모았다는 말에 수인이 감격했는지 활짝 웃으
며 강준의 품에 안겼다. 빨리 보고 싶은데 오늘 주면 안 되냐고 애
교를 부리는 수인의 모습을 본 지휴가 쓸쓸함에 자신의 몸을 감싸
안았다.

"어이, 커플. 외로운 총각 앞에서 애정 행각은 좀 삼가해 주지?
아, 미칠 듯이 외롭다. 이번 겨울 추워서 어찌 사나, 나는."

더는 두 사람의 애정 행각을 볼 수 없다고 지휴가 그들에게 집으로 돌아가라고 축객령을 내렸다. 그래도 어찌어찌 이야기를 잘 돌렸기에 지휴는 수인이 몰래 가슴을 쓸어내렸다.

"잘 가. 혹시 내 목소리 듣고 싶으면 전화하고."

고민 있으면 자신에게 털어놓아도 좋다는 말을 우회적으로 표현한 지휴는 두 사람을 엘리베이터 앞까지 배웅했다. 문이 닫힐 때까지 손을 흔들어 인사를 한 그는 쌀쌀한 가을 공기에 몸을 감싸고는 재빨리 집으로 들어갔다.

"오늘 재미있었어?"

"응."

엘리베이터에 오른 수인은 강준의 눈치를 보다가 11층을 눌렀다.

"수인아."

"그게 아니라, 나 오르골. 응? 그것만 오늘 주라. 집에 안 들어갈게. 정식으로 초대받으면 갈게."

강준이 모았던 오르골에 눈독 들이며 수인이 졸랐다. 지금 받고 싶다고 조르는 수인에게 강준은 딱 하나만 주겠다고, 현관에서 잠깐만 기다리라는 약속을 받아냈다. 수인이 크게 고개를 끄덕이며 얌전히 기다리겠다고 약속했다.

딱 현관 안까지만 따라 들어온 수인은 캄캄한 거실 안을 눈으로 훑었다. 움직임에 센서등이 켜졌지만, 거실까지는 밝히지 못했다. 아무것도 보이지 않는 거실을 강준은 성큼성큼 걸어 방으로 들어갔다. 지휴의 집 구조와 같을 걸 생각하면 안방이 아닌 작은방이었다. 문을 닫고 들어갔기에 틈으로 불이 새어 나왔다. 얼마 지나지 않아 불이 꺼지고 문을 열고 그가 나왔다.

"오르골이야?"

손바닥에 다 들어오는 오르골은 가지고 있는 뮤직 박스와 달랐다. 오른쪽 가장자리에 장식으로 꽃 한 송이가 요염하게 피어 있고, 새하얀 자기에 꽃이 만개한 그림이 그려져 있었다. 예전의 오르골을 생각해 수인은 뚜껑을 열었다. 하지만 무언가를 보관할 수 있게 공간이 비워져 있을 뿐 노래가 흘러나오지는 않았다.

"이게 뭐야? 노래 안 나와."

차에 올라탈 때까지 뚜껑을 열었다 닫았다를 반복하다가 고장난 것 같다고 울상을 지어 보이는 수인의 안전벨트를 매준 강준이 오르골을 받아 들었다. 장식된 꽃을 잡고 시계 방향으로 돌리자 태엽을 감는 소리가 나며 돌아갔다. 다 감고 놓자 천천히 꽃이 돌아가면서 음악이 흘러나왔다.

"나 이거 아는데. 무슨 애니메이션 영화 주제곡 아니야?"

"응, 맞아."

"좋다. 진짜 좋아."

오르골 특유의 청량한 소리에 수인이 눈을 감고 귀를 기울였다. 띵띵띵. 집에 도착할 때까지 수인은 태엽을 감아 오르골을 반복해서 틀었다.

"그렇게 좋아?"

"응. 정말 좋아. 이거 몇 개 모았어? 많아?"

"응. 많아. 다 줄게. 이제 씻어야지."

손에 들린 오르골을 빼앗자 아쉬운지 수인이 눈을 떼지 못했다. 이럴 줄 알았다는 듯 강준이 고개를 절레절레 흔들고 수인을 안아서 욕실로 데리고 들어갔다.

"같이 씻어. 나 술 때문인지 씻다가 잠들 것 같아."

수인이 나가려는 강준의 팔을 잡았다. 정말로 졸리다는 걸 보여주려는지 눈을 깜빡이며 비볐다.

"이리 와."

군더더기 없는 손놀림으로 수인의 옷을 벗긴 그가 직접 씻겨주려고 팔을 걷어붙였다. 샤워기를 틀어 물의 온도를 맞추는 강준의 뒤에서 그의 티셔츠 속으로 수인이 손을 집어넣었다. 단단한 가슴 근육이 조여들고 몸에 힘이 바짝 들어갔다.

"같이 씻자고. 누가 씻겨달래?"

나긋나긋한 여체가 옷을 통해 고스란히 전해졌다. 바스락거리는 옷감이 수인의 체온을 담았다가 그대로 강준에게 전했다. 조금씩 올라가는 체온에 강준이 물의 온도를 더 낮췄다.

단단한 가슴을 더듬다가 그의 유두를 손에 넣은 수인이 손톱으로 긁어내렸다. 꽉 조여드는 복근과 팽창하는 등에 조금 더 과감하게 손가락이 움직였다.

"수인아."

한층 더 낮아진 목소리에 수인의 손이 내려갔다. 허리 벨트와 바지 버클을 풀고 드로어즈 안으로 불쑥 손을 넣자 뜨거운 열기가 손을 감싸며 맞이했다. 발기한 남성을 부드럽게 감싸고 문지르자 숨을 들이켜는 강준의 등이 또 한 번 팽창했다.

탁. 그가 들고 있던 샤워기를 떨어뜨리자 물이 분수처럼 사방으로 피어올랐다. 그러든 말든 수인의 뒷목을 감싸고 입을 맞춘 강준이 입고 있던 바지를 벗었다. 수인의 손에 의해 끌어 올려지는 티셔츠까지 벗은 그는 벽에 그녀를 밀치고 깊이 혀를 집어넣었다.

"아, 하아……."

강준의 손에서 일그러지는 가슴에 통증이 동반한 쾌감을 이기지 못해 수인의 입에서 신음이 흘러나왔다. 타액과 함께 그 신음을 삼키며 그가 수인의 성감대를 찾아 손을 움직였다. 귓불을 삼키고 혀로 성감대인 목덜미를 더듬으며, 손으로는 허리선을 훑자 등이 활처럼 휘며 수인이 강준의 목을 감싸 안았다.

"수인아, 한수인."

애타게 연인의 이름을 부르는 남자의 목소리에는 색정이 가득했다. 모든 걸 삼킬 듯 수인의 피부 위로 샅샅이 그의 입술과 혀가 지나갔다. 이로 깨물기도 하고 혀로 핥아 입으로 맛본 강준이 가슴을 지나 한 줌의 허리에 닿았다.

천천히 내려가던 몸이 무릎을 꿇고 앉아 수인의 복근에 얼굴을 묻고 잠시 쉬어갔다. 거칠어진 두 사람의 숨소리가 사방에 뿌려지는 물소리에 섞여 젖어 들어갔다.

"아흑. 앙, 아앗."

갑작스러운 공격을 받은 듯 수인이 강준의 머리카락을 잡고 넘어갈 듯 뒤로 휘었다. 간신히 벽에 기대 균형을 잡았지만 허벅지 안쪽을 파고드는 까슬한 혀에 숨이 넘어갔다. 체모를 만지작거리는 기다란 손가락이 클리토리스를 압박했다. 자지러지는 신음 소리를 감상하듯 지그시 감겼던 강준의 눈이 떠졌다.

한 손으로 수인의 엉덩이를 쥐고 다른 손으로는 수인의 오른쪽 다리를 들어서 어깨에 걸쳤다. 넘어지지 않기 위해 반사적으로 수인이 지탱하고 있는 왼쪽 다리에 힘을 줬다. 적나라하게 드러나는 여성에 그의 시선이 박혀들었다. 갈라진 틈을 손가락으로 벌린 그가 그곳에 입을 가져갔다.

강준의 혀가 은밀한 곳을 더듬고 흘러나오는 애액을 빨아들이자 짜릿하게 올라오는 전율에 수인의 교성이 커졌다. 그의 머리카락을 잔뜩 헤집으며 가쁜 숨을 내쉬는 수인의 몸에 힘이 실려 위아래로 들썩였다.

"그…… 그만! 제발!"

피하고 싶지만 강준의 어깨 위에 올려진 다리를 내리지 못하게 그가 잡고 있고, 엉덩이도 그의 손에 잡혀 있는 상태라 몸을 내뺄 수 없다. 잔뜩 몸을 비틀어봤지만 강준의 입술이 끈질기게 따라붙었다.

흘러나오는 애액을 모조리 빨아들이고, 속살을 혀로 헤집으며 다시 애액이 흘러나오게 만드는 그의 애무에 수인의 저항이 커져 갔다.

"아앙."

수인의 눈꼬리를 타고 한 줄기 눈물이 흘렀다. 고개를 뒤로 젖힌 상태라 관자놀이를 타고 흐른 눈물이 머리카락 속으로 자취를 감췄다. 후들거리는 다리에 힘이 빠지고 그녀의 몸이 벽을 타고 흘러내리자 강준은 어깨 위에 올린 다리를 내려주었다.

수인의 흔적으로 젖은 강준의 입술이 빛을 받아 번들거렸다. 샤워기를 집어 든 그가 물을 얼굴에 뿌려 세수를 했다. 잔뜩 달아오른 몸에 차가운 물이 튀자 수인이 잘게 몸을 떨었다. 주저앉았기에 차가운 타일에 엉덩이와 등이 닿아 서늘했지만 몸에 힘이 들어가지 않아 일어설 수가 없었다.

"아직 안 끝났어, 한수인."

용케 관자놀이를 따라 흐른 쾌락의 잔재물을 알아챈 강준이 입술로 그 자국을 지웠다. 흠칫 떠는 수인이 그의 목에 매달리며 신음을 내뱉었다. 강준의 손가락은 조금 전 그의 얼굴을 묻었던 곳을 더듬으며 길을 냈다.

"으음…… 강준아."

그의 남성이 수인의 허벅지를 연신 찔렀다. 자리에서 일어나며 강준은 수인의 몸을 돌려 벽을 짚게 한 뒤 허벅지를 그녀의 다리 사이에 넣어 벌렸다.

"나, 힘들어. 아훗."

다리에 힘이 들어가지 않아 살짝 휘청이는데도 그는 수인의 목덜미에 이를 박고 애무를 이어갔다. 척추를 따라 자잘하게 키스를 이어가다 수인의 엉덩이를 잡아 뒤로 뺐다. 잔뜩 흥분한 그의 페니스가 젖은 속살을 가르고 들어갔다.

두 사람의 입에서 동시에 만족스러운 신음이 터졌다. 천천히 허리를 움직이는 강준의 존재가 선연하게 느껴졌다. 수인은 벽을 짚은 손에서 힘이 빠져나가자 등을 뒤로 젖혀 강준의 어깨에 기댔다.

힘든 체위에도 어떻게든 버텨보려는 수인이 사랑스러워 강준의 입술이 그녀의 얼굴 곳곳에 닿았다. 자신을 품어주는 여자가 어찌 사랑스럽지 않을 수가 있을까. 이내 버티지 못하고 수인이 허물어졌다. 자신의 몸을 빼낸 그가 수인을 돌려 세우고 그녀의 다리를 자신의 허리에 감고 다시 파고들었다.

"아훗. 앙."

빠르게 움직이는 허리에 수인이 호흡곤란 증세를 보였다. 숨을 나눠주며 강준이 더욱 빠르게 움직였다. 한순간에 찾아오는 절정에 눈을 질끈 감은 그가 아낌없이 자신을 쏟아부었다.

"사랑해. 사랑한다, 한수인."

"강준아. 내 남자……."

깊게 입을 맞추며 사랑을 속삭이는 강준에게 수인도 애정 공세를 펼쳤다. 사랑한다는 말에 똑같은 답변이 돌아오지 않아도 강준은 지금 이 순간이 행복했다.

"좋아. 행복해. 너무 행복해, 강준아."

똑같은 생각을 하고 있는 연인 때문에 그의 입술에 크게 호선이 그려졌다.

서 있지를 못하는 수인을 안아 들고 욕조로 들어간 강준은 부드러운 손길로 그녀를 씻겼다. 머리만 말리고 자자고 해도 수인의 몸이 자꾸 앞으로 고꾸라졌다. 욕실에서 나눈 사랑에 올라오는 술기운도 한몫한 결과다.

"졸려."

"자. 잘 자."

팔베개를 한 수인이 하품을 연달아 하면서도 쉽사리 잠에 들지를 못했다. 혹여 또 불면증이 도졌는가 싶어, 그가 머리카락을 부드럽게 매만졌다. 이런 스킨십에 스르륵 잠이 들고는 했던 그녀이기에.

"못 자겠어?"

"응. 나 오르골. 그거 들으면 잘 수 있을 것 같아."

괜히 줬다고 낮게 투덜거리면서도 강준은 조심스럽게 수인의 머리 아래서 팔을 빼내어 몸을 일으켰다. 오르골을 가지고 와 꽃

장식을 시계 방향으로 돌렸다. 태엽이 감기는 소리만으로도 좋은지 수인이 입꼬리를 올렸다.

띵딩딩.

맑고 청아한 소리가 작은 오르골에서 흘러나왔다. 오르골이 들려주는 음악은 애니메이션의 주제곡 원곡보다 느릿한 속도다. 한 번 끝이 났을 때, 수인의 두 눈이 느릿하게 감겼다가 떴다. 다시 강준이 태엽을 감았다. 두 번의 노래 끝에 수인의 두 눈이 완전하게 감겼다. 세 번째에서는 고른 숨소리가 낮게 흘러나왔다.

오르골을 침대 옆 협탁 위에 올려놓고 강준이 수인의 옆으로 몸을 뉘었다. 그녀의 몸을 감싼 그는 느른한 얼굴로 수인의 잠든 얼굴을 보았다. 새근새근 잘 자는 모습에 오늘은 부디 새벽에 수인이 홀로 깨지 않기를 바랐다.

불면증 때문에 수인이 잠이 들었다가도 새벽에 홀로 깨서 아침이 될 때까지 가만히 안겨 있는 걸 안다. 아침이 되면 부족한 수면으로 침대 밖으로 잘 나오지를 못하고 몽롱한 정신으로 사경을 헤매다시피 할 때마다 속상했다.

"잘 자."

낮은 저음의 목소리를 마지막으로 방은 정적에 잠겼다. 그리고 다행히도 강준의 바람대로 아침까지 수인은 깨어나지 않았다.

11

2011년, 수인의 집.

오르골에서 나오는 소리는 기계가 만들어내는 음색치고는 굉장히 깨끗하고 맑았다. 하지만 강준의 눈에는 못마땅함이 가득했다. 종종 자주 저걸 듣기는 했지만, 오늘처럼 손에서 놓지 않은 적은 없었다. 탁. 뚜껑을 닫은 수인이 다시 열었다. 오르골이 또다시 노래를 부른다.

"수인아."

"응."

부름에 대답을 하면서도 쳐다는 보지 않고 오르골 음악이 끝나기 전에 다시 뚜껑을 닫았다가 연다. 불만이 있다는 걸 표현하는 것 같은데. 강준의 눈썹이 씰룩인다.

"이리 와."

슬쩍 강준을 돌아본 수인이 못 들은 체하고는 오르골 안에 가득 있는 손톱만한 종이배를 만지작거렸다. 그가 다시 낮게 이름을 부르자 수인이 팩 돌아봤다.

"왜에?"

"왜 화가 난 건데."

수인은 어떤 대답을 해야 할지 몰랐다. 하고 싶은 말이 다 섞여서 말문이 막혀 버렸다. 저렇게 태연하게 구는 강준에게 무엇부터 이야기를 해야 할지, 이게 이야기를 해도 되는 건지 몰라 답답한 마음에 자꾸 오르골만 만지작거렸다.

"이야기하기 싫으면 하지 마."

다정하게 굴다가도 한 번씩 강준이 저리 나올 때가 있었다. 그러면 찔끔 놀라 수그러지는 수인이었지만 둘 다 화가 났을 때는 고성이 오갔다. 그리고 지금이 바로 그때다.

"너 야유회 갔다 왔잖아!"

소파에 앉아 책을 읽던 그가 읽던 책을 아예 덮어버리고 소파에서 내려와 러그 위에 앉았다. 또 수인의 손이 오르골 뚜껑을 닫았다. 막 뚜껑을 열려는 그녀의 손을 덮어 힘을 준 강준이 열지 못하게 막았다.

"그냥 산에 올라갔다 온 거야. 그리고 그날 갔다가 그날 왔고. 뭐가 문제인데?"

"나는! 난 못 가게 해놓고!"

2주 전, 같이 드라마를 찍었던 수인의 동료 배우들이 해외로 여행을 다녀왔다. 가고 싶어 하는 수인을 강준이 붙잡아 가지 못하게 했다. 다녀온 여자 배우가 정말 재미있었다고, 다음에 같이 다녀오자고 인사 전화를 했는데, 수인은 저 혼자 가지 못한 서러움에 한동안 우울해했다. 쌓이고 쌓인 서러움과 억울함이 지금 한계까지 도달했는데, 강준이 혼자서 놀러 갔다 오자 화가 난 것이다.

"내가 괜히 가지 말라고 했어? 너 몸살 나서 아팠잖아."

"다 나아가고 있었어! 갈 수 있었단 말이야!"

"한국도 아닌 해외야. 그 몸으로 갔다가 무슨 일이라도 생기면? 그리고 나만 반대했어? 네 소속사에서도 가는 거 반대했잖아."

아팠던 건 사실이다. 강준이 요목조목 따지려 들자 듣기 싫다는 듯 수인이 자신의 손을 덮은 그의 손을 때렸다. 억지로 떼어내고 다시 오르골 뚜껑을 열자 강준이 닫아버렸다.

"여행 못 가서 그런 거야? 가자. 나랑 가자."

"싫어! 나도 동료들과 가고 싶어! 너도 회사 사람들하고 야유회 다녀왔잖아!"

후우. 강준이 길게 한숨을 내뱉었다.

"수인아."

"그리고! 너는 지휴랑 주은이랑도 놀다 왔잖아! 등산하고 난 뒤에 셋이서 술 마시고 그랬다며!"

그동안 쌓인 걸 수인이 하나하나 꺼내놓기 시작했다. 혼자서만 친구들을 만나는 것과, 특히 주은과 어울리는 것. 수인은 보지 못했지만, 주은의 이야기에서는 강준의 눈에 한줄기 빛이 스쳤다.

"왜 나만 집에 있어야 하는데? 소속사에서 감시하는 것도 모자라 너도 나 감시하는 것 같아!"

강준의 얼굴이 급속도로 굳어졌다.

"다시 말해봐. 감시? 내가 널 감시했어?"

목소리가 한층 더 낮아졌다. 수인이 입을 꾹 다물고 그의 눈치를 살폈다. 턱에 잔뜩 힘이 들어간 강준의 온몸에서 무서운 기세가 피어올랐다. 자신의 말실수에 수인이 혀를 깨물었다. 절대 해서는 안 되는 말을 했다.

"내가 널 감시하고 속박하고 고립되게 하고. 그래, 맞아. 잘 알고 있네."

"강…… 준아."

"답답했어? 내가 널 답답하게 만들었어?"

그의 눈이 형형하게 빛났다. 180도로 변한 모습에 수인이 놀라 입만 뻐끔거렸다. 그동안 애써 감추려 했던 그의 모습이 드러나려 했다.

"그게 아니라…… 나는……."

수인이 간신히 정신을 차리고 그의 앞으로 다가가 팔을 잡았다. 탁. 강준이 수인의 손을 떨쳐 내려 움직이자 그의 손에 잡혀 있던 오르골이 테이블에서 떨어져 바닥을 뒹굴었다. 안에 있던 손톱만 한 종이배들이 바닥으로 흩어졌다.

수인의 눈동자가 크게 일렁거렸다. 겁으로 가득한 눈동자를 보자 강준이 제 얼굴을 감싸 가렸다. 절대 보이면 안 되는 모습을 보였다.

오로지 저만 수인을 독점하고 싶은 욕망. 점점 미쳐 가는 모습. 고래고래 소리를 지르고 싶다. 누구 때문인 줄 아냐고. 내가 왜 이렇게 변했는지, 내가 너에게 무엇을 원하는지. 그걸 알고도 도망가지 않을 수 있겠냐고. 왜 내가 이렇게 변해 버리게 만들었냐고. 이게 다 너로 인한 거라고.

하지만 그리 원망해 버리면 수인을 잃어버릴까 겁이 나 강준은 감췄다. 자신의 욕심, 욕망, 모든 걸 감췄다. 그러나 수인은 알고 있었다. 은연중에 드러난 욕심과 집착을 알고 답답해했다.

수인의 몸이 미약하게 떨리고 있다. 강준은 해머로 뒤통수를 맞은 듯한 충격과 함께 정신이 들었다.

"수인아. 내가, 내가 잘못했어."

"아니야! 아니야, 강준아. 그런 거 아니야. 너 잘못한 거 없어."

자신에 대한 혐오감이 가득한 목소리에 수인이 울먹이며 그의 품에 안겼다. 안아달라고, 자신이 잘못했다고 흐느끼는 수인의 등으로 강준의 팔이 교차했다. 그러자 그녀가 마음 놓고 울기 시작했다.

"흐윽. 흑. 강준아……."

"응. 괜찮아. 수인아, 괜찮아."

누구에게 하는 말인지 모를 말이 그의 입에서 흘러나왔다. 바닥에 입을 벌린 채 떨어진 오르골과 여기저기 흐트러진 종이배들을 멍하니 보며 강준이 수인을 안은 팔에 힘을 줬다. 가득 안기는 따뜻한 온기, 달콤한 체취를 잃을까 그의 얼굴이 간절함으로 물들었다.

그날 이후로 오르골에선 음악이 흘러나오지 않았다.

상자에 조심스럽게 오르골을 옮겨 담은 강준은 작은방을 둘러보았다. 커다란 상자 몇 개와 여러 가지 물건들이 뒤섞여서 바닥에 있었고, 벽에도 온갖 것들이 붙어 있다. 바닥에 놓여 있는 물건들과 벽에 붙은 사진을 하나하나 처분해야 한다.

바닥에 있는 상자들과 몇 가지 물건들은 이곳에 있던 물건이 맞지만, 벽에 붙어 있던 사진과 박스에 담긴 테이프는 원래 그가 가장 오랜 시간을 보내는 안방에 있던 물건들이다. 수인과 헤어진 뒤 자신을 추스르고 정리하기 위해 이 방으로 모조리 옮겨놓았다.

버리지 못했던 물건들을 수인을 다시 만나고 하나하나 정리하는 모순된 상황에 그가 피식 웃었다. 이 방에 있는 것들 중, 유일하게 수인에게 주려고 모았던 오르골을 제외하고는 모두 그의 손으로 없앨 생각이다. 강준은 한결 편해진 얼굴로 방을 쭉 돌아봤다.

수인에게 미안한 마음으로 오르골을 하나하나 모은 게 커다란 상자에 가득 찼다. 모양과 노래가 다 다른 오르골을 지난 4년간 모았다. 수인과 헤어졌던 2년 동안에도 지나가다가 눈에 띄면 사서 몇 개를 더 모았다. 오늘은 이 오르골을 가져가고 나머지는 차근차근 처분하자는 생각으로 그가 자리에서 일어났다.

묵직한 상자를 들고 강준은 수인의 집으로 향했다. 야근 때문에 늦을지도 모른다고 미리 말해두어서인지, 아직 수인에겐 연락이 없다.

엘리베이터에서 내린 그는 상자를 바닥에 내려놓고 잠시 숨을 골랐다. 벨을 누를까 고민하다가 그는 비밀번호를 누르고 현관문을 열었다. 도어스토퍼로 문을 고정시키고 상자를 번쩍 들어 안으로 들인 그가 도어스토퍼를 올려 현관문을 닫았다.

"수인아."

다다다 달려오는 작은 발소리가 들리지 않아 그는 신을 벗고 거실로 들어섰다. 눈에 들어오는 거실과 부엌에 수인이 보이지 않아 그는 상자를 들고 조용히 안방으로 발걸음을 옮겼다.

"수인아, 자?"

쓱 열리는 문으로 거실의 빛이 흘러들어 갔다. 침대 위에 누워 있는 인형(人形)에 강준이 더욱 조심스럽게 걸음을 옮겼다. 바닥에 상자를 내려놓고 침대 끝에 걸터앉아 넥타이를 풀며 수인에게로 고개를 돌린 그의 동공이 커졌다.

"수인아!"

자면서 수인이 귀를 틀어막고 있었다. 식은땀이 이마를 적시고 있고, 고통스러운 듯 이마에 주름이 갈 정도로 얼굴에 힘이 잔뜩 들어가 있었다.

"한수인! 수인아, 일어나 봐!"

수인을 흔드는 강준의 손이 억세졌다. 모로 누워 몸을 웅크리는 그녀를 억지로 뒤집은 그가 귀를 틀어막은 손을 잡아 눌렀다.

"헉! 하아. 하아. 콜록."

번쩍 눈을 뜬 수인이 숨을 들이켰다. 급하게 들이켠 숨에 기침을 하자 강준이 그녀의 목덜미와 등 아래로 손을 집어넣어 안아 들고 등을 토닥였다. 천천히 숨이 가라앉자 조심스레 다시 눕힌 그가 상체를 숙인 채로 수인과 이마를 맞댔다.

"악몽 꿨어?"

"강준아. 나, 귀가 아파."

손에 잔뜩 눌린 귀가 벌겠다. 그가 세심한 손길로 귀를 만지자 수인이 낮게 숨을 내뱉었다. 흘러들어 오는 그녀의 숨으로 다시 숨을 쉰 그가 몸을 일으켰다.

"무슨 꿈을 꿨어. 또 그 꿈? 누가 웃었어?"

"응."

힘없이 고개를 끄덕이는 수인의 양손을 모아 감싼 그가 아무런 도움이 되어주지 못해 미안한 눈길로 바라봤다.

"수인아, 우리 상담 한번 받아보자."

"상…… 담?"

단번에 거부감이 실리는 눈빛에 강준의 얼굴이 난감함으로 물들었다. 불면증에도 수면제 한 번 복용하지 않았다. 몸이든 정신이든 아파도 참고 버티는 수인은 그의 말에 극도의 거부 반응을 보였다.

데뷔 초에 생리 증상 때문에 산부인과를 간 적이 있었다. 생리 주기가 일정치 않았고, 하지 않고 넘어갈 때가 많아 건강검진을 받을 겸 병원을 찾았다. 그때 몰래 따라붙었던 기자가 병원을 찾은 이유를 제대로 알아보지 않고 산부인과에 들어가는 사진을 찍어 악성 기사를 보도하겠다고 그녀의 소속사에 연락을 취했다. 소속사에서 발 빠르게 진료 기록을 보내서 오보를 낼 경우, 고소를 하겠다고 하자 기자가 슬그머니 기사를 접었다. 그 이후로 수인은 병원이라면 질색했다.

수인이 몸을 담고 있는 세계의 사람들은 의외로 정신적인 아픔을 많이 겪고 있었다. TV에도 남몰래 상담과 치료를 받았던 이야기를 꺼내놓는 연예인들이 허다하다. 아니, 날이 갈수록 이상해지는 사회에 현대인들에게 상담 치료가 흔해졌다. 그러니 거부감 없이 수인이 따라주었으면 해서 강준은 차분히 이야기를 이어갔다.

"스트레스가 너무 심하면 일반 직장인들도 상담을 받아. 절대 이상한 거 아니야. 지극히 평범한 거야. 몸이 아프면 병원을 찾는 것과 같아."

"싫어. 아파도 병원에 잘 안 가는데."

"수인아, 아프면 병원에 가야지. 너 그렇게 혼자 참을 때마다 나 속상해. 응? 한 번만. 딱 한 번만 상담하자. 제 매니저님이 직접 의사를 집으로 데리고 올 거야."

"연우 씨가?"

강준은 연우와 나누었던 이야기를 하고 수인을 설득했다. 옆에 있는 모든 사람들이 걱정을 하니, 상담을 받아달라고 회유했다.

"무슨 일이 있어도 널 지켜줄게. 그러니까 나 믿고 상담받아 보자. 응?"

도와주지 못해서, 마치 악몽이 자신으로 인한 것처럼 괴로워하는 강준의 얼굴을 보자 수인이 작게 고개를 끄덕였다. 불안한지 꼼지락거리는 손가락을 쥔 그가 하나하나 입을 맞췄다.

"무서워하지 마. 수인아, 고맙다."

큰 결심을 해준 그녀가 고마워 그가 손가락부터 해서 손등, 손바닥, 손목에 자잘하게 입을 맞췄다. 온몸에 사랑이 담긴 키스를 할 듯 끊임없이 입을 맞춰왔다.

오래전부터 수인은 불면증이 심했다. 진즉에 어떻게든 설득해서 병원을 다니거나 상담을 받게 했어야 했다. 혼자 독점하고 싶은 욕심에 그러지 못했던 자신을 질책하며 강준은 오래도록 수인에게 입을 맞추며 용서를 구했다.

침울하게 가라앉은 수인에게 강준은 커다란 상자를 앞에 놓아주었다. 상자를 열고 오르골을 하나하나 꺼내주자 조금씩 수인이 관심을 보이며 바짝 몸을 당겼다. 상자에 얼굴을 들이밀고 안을 본 그녀의 눈이 호선을 그렸다.

"이게 다 오르골이야?"

"응. 다 너 주려고 모은 거."

침대 위에 가득 놓이는 오르골을 하나하나 매만지던 수인이 예전에 가지고 있던 것과 비슷한 상자를 집어 들었다. 뚜껑을 열자 영화 '티파니에서 아침을' OST가 흘러나왔다. 느릿한 박자의 투명한 음색이 귓가를 감돈다.

"좋다. 너무 예뻐, 다."

하나하나 다 틀어보고 싶은지 음악이 끝나자마자 내려놓고 다른 걸 집어 든 수인이 장식을 잡아 돌렸다.

"전부 다 노래가 달라. 마음에 들어?"

"말이라고? 좋아 죽겠어. 이거 다 나 주는 거 맞지? 줬다가 뺏기 없기다."

"다 줄게. 내가 다 줄게. 내가 가진 것 전부 다."

낮고 진중한 목소리에는 진심이 담겨 있었다.

수인의 모든 걸 다 갖고 싶었다. 그녀가 내뱉는 숨까지. 허공으로 흩어지는 그 숨결이 아까워서 어쩔 줄 모르던 때가 있었다. 다 갖고자 했다. 어떨 때는 내가 수인이었으면, 수인이 나였으면, 우리 둘이 하나였으면 하고 바라기도 했다. 그래서 더욱 수인이를 옭아맸는지도 모른다.

그녀의 옆에 있는 사람들, 물건 모두 싫었다. 집착하고 또 집착하고. 나만 보라고 강요했다. 오로지 나만을 보라고! 수인의 곁에는 나만 있어야 했고, 그녀의 모든 것은 다 내가 가져야 한다고 당연하게 생각했다. 그렇게 자신은 점점 미치광이가 되어갔다.

자신의 눈치를 보느라 수인은 다른 사람들과 어울리지 못했다. 내 안에 고립되어 외톨이가 되어가는 걸 알면서도 그녀는 자신을 택했다. 사랑이라는 허울만 좋은 삐뚤어진 감정으로 주지를 못하고 다 빼앗았던 괴물. 더, 조금만 더. 계속 욕심을 내면서 괴물이 된 난 스스로에 대한 혐오감에 무너졌다. 비겁하게 수인이 자신을 사랑하지 않는다고 핑계를 댔다.

수인이 그렇게 떠나고, 자신을 찾지 않을 때 오히려 버림받은 기분이 들었다. 자신은 버려졌다. 지독한 외로움에 그녀를 원망했다. 하지만 그 원망보다 수인을 그리워하는 게 더 컸다. 다 버리고 수인을 잡아다 가둬둘까 생각하다가 티켓을 끊었다. 무작정 휴가를 내고 공항으로 가는 걸 지휴가 붙잡았다.

"미친놈. 또 그 짓을 반복하게? 네가 하는 게 사랑이냐 집착이냐? 네 사랑에 네가 더 힘들어하면 어쩌자는 거냐, 넌."

사랑. 사랑을 했다. 자신의 지독한 사랑에 수인이 아닌, 그 스스로 무너져 내리는 걸 지휴는 안타까운 눈으로 봤다. 몸에 힘이 쭉 빠졌다. 그의 말대로 이대로 수인을 데려와서 또 집착하고 가둬두다가 괴물이 되어서 자기혐오에 빠지겠지.

매일 술을 마시다가 휴가 마지막 날, 지휴가 찾아왔다. 혀를 차던 지휴가 정신과 치료나 받으라고 비아냥거렸다. 지휴는 그냥 지나가는 말로 내뱉었지만, 다음 날 아무도 모르게 심리상담소를 찾아갔다. 완전한 타인에게 속에 담아두었던 모든 걸 털어놨다. 아무에게도 말하지 못했던 이야기. 수인에 대한 광적인 사랑. 그녀 앞에서 자신이 얼마나 미치광이 괴물이 되어버리는지.

"그분은 당신에게 무엇을 주었나요? 당신은 그분에게 무엇을 주었나요? 그분은 당신에게 무엇을 받았나요? 당신은 그분에게 무엇을 받았나요? 그분은 당신에게서 무엇을 가져갔나요? 당신은 그분에게 무엇을 가져갔나요?"

주고받고, 빼앗은 것. 뒤통수를 가격당한 기분이었다. 무엇을 주었지? 무엇을 받았지? 무엇을 빼앗았지? 난 내 감정만 밀어붙였고, 다 빼앗았다. 수인은 다 빼앗겼다.

몇 번의 상담 끝에 조금씩 깨달았다. 괴물이 되어가는 자신을 그대로 받아들이고 온전히 그녀 자신을 내어줬던 수인. 그녀는 아니라고 했지만, 그녀에게 사랑이 없다고 우겼지만, 그게 그녀의 사랑이었다.

그 뒤로 수인을 만나기까지 후회하고 자책하며 살았다. 다시는 그런 사랑을 하지 말자는 다짐으로 선을 보고 적당히 결혼을 하려 했다. 그러다 수인을 다시 만났을 때, 혹시나 그때로 되돌아가 버릴까 겁이 나서 멀리하려 했다. 하지만 인정해야 했다. 수인 없이는 미치광이도 될 수 없는 기계와 같음을.

이제는 수인에게 하나하나 모든 걸 줄 것이다. 자신이 망가뜨렸던 물건, 자신이 빼앗았던 사람. 그 모든 걸 되돌려 줄 것이다. 망가뜨리고 빼앗는 게 아닌, 줄 것이다.

작은 것 하나를 주자 수인이 어여쁘게 피어난다. 이 모습을 지난 7년 동안 왜 보지 못했을까. 물건뿐만 아니라, 지휴를 시작으로 그녀의 동료 배우들까지. 하나하나 되찾아주면 곱게 웃을 수인을 생각하자 마음 한구석이 푸근해진다.

그녀의 것을 빼앗지 않고 자신이 가지고 있는 것을 주자, 자신의 속에 숨어 있던 욕심 많은 괴물이 더는 나타나지 않았다. 주는 것에 더 행복한 진짜 사랑을 하게 되었다.

"왠지 나 엄청난 고백을 받은 것 같아."

강준의 말에 수인이 얼굴을 붉히고 고개를 떨궜다. 도저히 강준의 눈을 바라볼 수가 없다. 그의 눈에는 따뜻함이 가득했다. 사랑이 가득했다. 온몸이 그의 눈빛 때문에 떨려서 수인은 더는 바라보지 말라고 그의 눈을 손으로 덮었다.

"하하. 한수인, 지금 부끄러워하는 거야?"

당돌하고도 대범한 유혹을 수인에게서 많이 받았다. 고작 눈빛에 부끄러워하는 그녀를 본 강준의 입에서 웃음이 터져 나왔다.

"부끄러워하는 거 아니야! 네 눈빛이 느끼해서라고."

"느끼? 한수인, 이리 와. 진짜 느끼한 걸 보여줄 테니."

단정, 정갈, 깔끔, 모범, 반듯함 등등의 표상인 강준이 억지로 느끼한 표정을 짓자 어울리지 않아 수인이 깔깔거리며 웃었다. 웃는 수인의 옆구리를 간지럽히며 엎치락뒤치락하던 두 사람은 달콤한 키스로 분위기를 전환했다.

일주일 내내 이어진 야근은 강준을 지치게 했다. 말이 야근이지, 12시가 넘어서 들어와 새벽에 나간 게 3일. 이틀은 자정 전에 퇴근했지만, 마찬가지로 새벽에 출근을 해야 했다. 경쟁사와의 특허 침해에 관한, 제법 큰 소송을 준비하느라 팀원 전체가 비상에 걸려서 눈코 뜰 새 없이 바빴다.

그는 자신이 잠이 부족한 건 괜찮지만, 덩달아 수인까지 잠을 잘 이루지 못했기에 마음먹고 주말 늦잠을 자는 중이었다.

"으음. 강준아, 전화."

연이어 울리는 진동에 선잠에 들었던 수인이 먼저 깼다. 정신이 희미하게 깼으나, 몸이 깨지 않아 그녀는 허리에 둘러진 강준의 팔을 쿡쿡 때렸다. 허리에 감겨 있던 팔이 앞으로 쭉 뻗어 나가면서 침대 옆, 협탁 위의 핸드폰을 집어 들었다.

발신자를 확인한 강준이 헛기침을 하고는 전화를 받았다.

"이강준입니다."

[하아. 자던 중이었습니까.]

전화를 받자마자 한숨부터 내쉬는 정민의 전화 예절에 강준의 미간이 깊게 패었다.

더는 연락할 일이 없을 거라 생각했는데.

"일어났습니다. 말씀하십시오."

딱딱한 말투에 수인이 한쪽 눈을 비비며 상체를 일으켰다. 누구냐고 묻는 수인의 팔을 잡아내려 눈을 비비지 못하게 한 뒤 가슴으로 끌어당기자 폭삭 안겨든다.

[혹시 지금 여기, 제가 지내는 아파트에 있습니까?]

"네. 그렇습니다. 무슨 일 있습니까."

맨가슴에 얼굴을 비벼대다가 단단한 가슴골 사이에 얼굴을 묻고 자리 잡은 그녀가 강준이 말을 할 때 울림이 좋아 입매를 늘어뜨렸다.

[하아. 그럼 잠시만 올라와 줘요. 내가 지금 상황이 많이 안 좋은데, 부탁할 사람이 없네요.]

"무슨 일입니까."

[오면 자세히 이야기하죠. 전화상으로 할 이야기가 아니라서.]

끊어진 전화에 강준이 마른침을 삼켰다. 가볍던 정민의 목소리가 지독히도 낮아서 마치 폭풍 전야처럼 불길했다. 아니, 이미 폭풍이 휘몰아치고 지나가 지쳐 버린 목소리다.

"누군데 그래?"

"박정민 상무이사. 나 잠깐 내려갔다 와야 할 것 같아. 혼자 있어도 괜찮겠어?"

"내가 무슨 애인가? 너 출근할 때도 혼자 있거든?"

걱정 말고 다녀오라는 수인이 꼼지락 움직여 품에서 벗어나 베개에 얼굴을 묻었다. 드러난 등에 입을 맞추고 이불을 끌어 올려 준 강준은 침대에서 벗어나 곧장 욕실로 향했다.

주말이기에 편안한 니트에 면바지를 입은 복장으로 곧장 정민의 집으로 향했다. 운동도 할 겸 계단으로 단숨에 내려간 강준은 초인종을 누르고 기다렸다.

강준은 이혼소송부터 소송취하까지 말도 탈도 많았던 정민이 장기휴가를 쓰고 회사를 나오고 있지 않아 오랜만에 그의 얼굴을 봤다.

벌컥 열린 문으로 초췌해진 정민이 희미하게 웃으며 반겼다. 역시나 가슴이 깊게 파인 옷에 눈이 찌푸려졌지만, 연민이 절로 생길 정도로 많이 상한 얼굴에 강준은 얼굴을 폈다.

"무슨 일 있으십니까."

"그게……. 일단 들어와요."

현관에서 할 이야기는 아닌지라 정민은 그를 집 안으로 들였다. 집 안은 엉망이었다. 제대로 청소가 되지 않아 발에 먼지가 밟히기도 하고, 쓰레기와 술병이 나뒹구는 집 안은 절로 눈을 찌푸리게 만들었다.

"일하는 아주머니 안 계십니까."

"아아. 많이 더럽죠?"

소파에 앉아 정민은 초조함을 감추지 못하고 머리를 헤집었다.

"말씀하십시오."

"기사가 났어요. 아마 검색해 보면 바로 나올 거예요. 지금 어떻게든 무마하려고 하는데 이미 퍼질 대로 퍼진 상태라. 와, 밤새 계속해서 기사가 복사되는데. 사람들이 잠도 안 자나."

씁쓸하게 웃더니 정민이 괴로운 듯 얼굴을 감쌌다.

"결론을 이야기하자면, 기사대로예요."

"죄송합니다만, 제가 기사를 보지 못했습니다."

알지도 못하는 이야기의 결론을 이야기해 주는 정민에게 왠지 사과해야 할 분위기였다. 침울하게 얼굴을 감싸 고개를 숙이고 있던 정민이 고개를 들고 주먹으로 테이블을 내려쳤다.

울컥 치미는 울분을 토해내지 못하고 삼키듯 괴로운 얼굴이 예전의 자신을 보는 듯해 강준은 불편해졌다.

"민주. 제 딸이 아닙니다. 지금 그 기사가 쏟아져 나오고 있습니다."

강준의 동공이 커졌다. 이 이야기를 꺼내는 게 치욕적이어서가 아닌, 민주가 자신의 딸이 아니라는 걸 자신의 입으로 꺼내어 인정하는 게 괴로워 정민은 타들어가는 가슴을 꽉 쥐었다. 깊게 파인 옷이 그의 손에 형편없이 구겨졌다.

"민주는 상무이사님과 황혜진 씨가 결혼하고 태어났습니다. 제가 알기로는 결혼 이후에 생긴 아이로 알고 있습니다. 아닙니까?"

정민은 스물일곱 살에 결혼을 했고, 지금 그의 나이가 서른여섯이다. 민주가 일곱 살이니, 계산상으로는 정민의 아이가 맞다.

"크윽. 왜 이혼하려는지 알고 싶었죠? 뭐, 소송도 취하가 된 마당에 웃기지만. 지금 이야기하죠."

그동안 이혼 사유에 대해서 입을 닫았던 정민이 지금, 이때에 입을 열었다. 강준은 굳이 들어야 할 필요가 있나 싶었지만, 왠지 들어주어야 할 것만 같은 기분이 들었다. 그래서 잠잠히 정민이 입을 열기를 기다렸다.

"결혼은 우리 집에서 먼저 제안했어요. 뭐, 혜진이의 집안에서는 내가 망나니라는 것만 빼고는 대환영이었죠."

과거 어느 시점을 회상하는 정민의 눈은 아득했다. 설핏 미소가 스치기도 했다.

"너무 예뻐서 다른 여자는 눈에 안 들어오더군요. 첫눈에 반했다고나 할까."

30대 중반의 남자가 첫눈에 반한 여자 이야기를 꺼내는 게 머쓱한지 잠시 그가 강준의 얼굴을 살폈다. 변화 없는 무덤덤한 얼굴에 머쓱함을 지우고 이야기를 이어갔다.

"결혼하고 한 달 뒤에 알았어요. 난 신혼이라는 달콤한 꿈에 빠져 있었는데, 혜진이는 아니었더군요. 사랑하는 남자가 있었대요."

드라마에서 보는 흔한 이야기다. 남자는 여자의 돈만 보고 접근을 했는데, 순진한 부잣집 딸이었던 혜진은 그 남자를 온 마음을 다해 사랑했다. 남자는 혜진의 집에서 준 돈을 받고 조용히 사라졌고, 혜진은 정민에게 시집을 왔다.

"혜진이 만나던 남자가 있었다는 것이 솔직히 마음에 들지는 않았지만, 나도 놀았던 전적이 있어서 그걸로 물고 늘어지지 않았어요. 그런데 혜진이 결혼을 하고 뒤늦게 남자가 돈을 받고 자신을 떠났다는 걸 알았더군요."

혜진의 집안에서는 혜진이 상처받을까 봐, 남자가 그녀의 행복을 빌며 스스로 떠났다고 속였다고 했다. 결혼하고 얼마 지나지 않아 모든 게 드러나자 혜진은 깊이 상처받았다. 온실 속에서 자란 화초였던 그녀는 단 한 번의 경험과 상처로 남자라는 종족을 전혀 믿지 않았다.

"그때부터였어요, 혜진이 밖으로 나간 것이."

짙은 화장과 지독한 향수. 혜진은 스스로를 망가뜨렸다. 낮에는 조신한 현모양처였지만, 밤에는 확 변했다.

"그래도 나는 혜진이를 사랑했기에 어떻게든 잡아보려 했어요. 그때부터 집착을 했죠. 억지로 가두고 붙잡고. 제발 사랑하는 날 봐달라고. 널 사랑하는 내가 보이지 않느냐고."

혜진을 향한 정민의 사랑은 그 남자의 거짓 사랑과 달랐음에도 혜진은 믿지 않았다. 집 안에 갇히자 미쳐 날뛰었다. 걷잡을 수 없이 두 사람의 사이는 악화되어 갔다. 강제로 붙잡아뒀던 게 오히려 독이 되었던 걸까.

"경호원을 붙여놨는데. 임신을 하더군요. 하늘이 무너지고 땅이 꺼지는 기분. 그 참담함. 집안에는 사실대로 알리지 않았어요. 뻔했으니까."

양측 집안이 알면 좋게 넘어가야 강제 유산이다. 혜진이 또 상처를 받을까 봐 조용히 물었다. 그렇게 민주가 태어났다.

"민주가 내 딸이 아니라고 생각한 적 없어요. 단 한 번도. 그 작은 핏덩이가 부러질 것같이 작은 손으로 내 새끼손가락을 겨우 잡았을 때, 난 내 모든 걸 바치리라 맹세했습니다."

정말 사랑스러운 존재였다. 민주는 그의 일생에 있어서 혜진 다음으로 사랑을 준 존재. 민주는 그 누가 뭐라 해도 정민의 딸이었다.

"하아. 민주가 태어나도 혜진은 변하지 않았어요. 민주도 나이를 먹어가면서 눈치를 채더군요. 그 어린것이 부모의 불화를 알고, 엄마의 부정을 알고."

민주를 위해서라도 이혼을 해야겠다고 결심했다. 혜진을 잃고 싶지 않았지만, 민주 또한 혜진만큼 소중했다.

이혼이 쉽지는 않을 거라 생각했다. 하필 그때 혜진이네 집안이 기울었고, 두 사람 모두 민주의 양육권을 원하는 것도 문제였다. 혜진은 민주가 정민의 친딸이 아니라는 걸 밝히지는 못하면서도, 그것으로 정민을 압박해 양육권을 가져가겠다고 했다.

"뭐, 그 뒤는 이강준 변호사님도 잘 알 테고. 우리 둘 다 민주가 내 친딸이 아니라는 걸 밝힐 생각은 절대 없었어요. 다행히도 혜진이 민주가 상처받는 걸 원하지 않았기에. 걔도 엄마이기는 하더군요."

소송을 준비하면서 알고 싶었던 이혼 사유를 뒤늦게 들으면서 강준의 마음은 더욱 무거워졌다.

"기사는 어떻게 난 겁니까?"

"뭐, 아버지가. 크큭. 내 죄죠. 내가 지켜주지 못했으니까."

어떻게든 아들을 이혼시키려던 그의 부친은 혜진에 대해 캐고 또 캐서 민주가 당신의 손녀가 아니라는 것까지 알아냈다. 감히 당신의 집안에 이런 모욕을 안겨주었냐고, 큰 화를 내며 기사를 냈다고 한다.

정민의 얼굴에는 자책감이 가득했다. 딸을 지켜주지 못한 죄. 혜진을 지켜주지 못한 죄를 홀로 짊어졌다.

"상처받았던 혜진을 집착하고 가둬두지 않고 잘 보듬어줬다면 민주는 진짜 내 딸이었겠죠."

애초의 모든 원인을 자신의 탓으로 돌린 정민의 얼굴에는 후회로 가득했다. 강준은 2년 전의 자신이 떠올랐다.

집착. 어리숙했던 자신의 모습을 떠올린 강준은 쓰게 웃었다.

"저도, 그랬습니다. 저도 집착을 해서 그 사람을 힘들게 했죠."

"이 변호사님이요?"

강준의 말에 놀라 잠시나마 정민의 얼굴에 후회감이 사라졌다. 그는 의외라는 듯 눈을 크게 뜨고 앞에 앉은 강준을 바라봤다.

"네, 그랬습니다. 그리고 후회했습니다, 지금 상무이사님처럼."

집착이 어떠한 독이 되는지를 잘 안다. 강준의 집착은 그를 향한 독이 되었고, 정민의 집착은 혜진에게 독이 되었다. 결과적으로는 당사자와 상대방 모두에게 독이 되고야 마는 집착.

"어떻게 됐습니까, 그 여자분과는."

"결과적으로는 지금 같이 지내고 있습니다. 하지만 아직 풀어 나가야 할 일이 많이 있습니다. 제가 변하고 있고, 수인이 잘 따라와 주고 있습니다. 상호 노력이 없으면 변하지 않을 관계입니다."

"다행이군요. 두 사람 모두 변화하고 있다니."

진심으로 부럽다는 듯 정민이 강준을 바라봤다. 그러고는 이내 쓸쓸하게 웃었다. 자신은 앞으로 무엇을 해야 할지. 어떻게 해야 할지. 이대로 손을 놓아야 하는 것인지. 집안의 반대는 더욱 거세지고 있었다.

"하아. 집안 모두가 안 된다고 하네요. 이제는 혜진이네 집에서도 이혼에 동의하나 봐요."

몇 번째인지 모르는 한숨. 짙은 무력감이 스며든 목소리. 강준은 과거의 자신의 모습을 엿봤다.

집착으로 인해 망쳐 버린 사랑. 그리고 이어지는 무력감. 이대로 정민이 혜진을 놓아준다고 해서 해결될 일이 아니라는 걸 안다. 그 또한 돌고 돌아 수인에게 돌아왔으니. 강준은 정민을 도와주고 싶었다.

"사모님을 정말 사랑하십니까."

"사랑해요. 그래서 후회해요. 잘 보듬어줬어야 했는데, 집착하고 가둬두었던 걸."

짙은 후회가 가득한 정민의 말.

"이대로 포기하실 겁니까. 지금 사모님께는 상무이사님뿐입니다. 그리고 민주가 이대로 상처받기를 원하십니까."

민주 이야기에 정민의 눈시울이 붉어졌다. 하나뿐인 그의 딸. 세상 그 무엇과도 바꿀 수 없는 존재.

"그럼 이제 부탁하십시오."

정민은 처음에는 강준에게 기사에 대한 법적인 대응을 부탁하려고 했다. 하나 마음을 바꿨다.

"잠깐 전화 좀 하겠습니다."

핸드폰을 쥔 정민의 얼굴은 결연했다. 더는 보고만 있지 않겠다는 듯, 온 힘을 다해 지키겠다는 의지가 가득했다.

단축번호를 누르고 긴 통화 연결 끝에 상대방이 전화를 받았다.

"사람 보낼 거야. 민주 데리고 당장 여기로 와."

자신이 왜 거기를 가냐고 소리를 지르는 상대의 목소리가 강준에게까지 와 닿았다.

"시끄러워! 민주 데리고 와! 당장! 내 딸 데리고 와. 내가 지켜주겠다고! 내 아내랑 내 딸! 내 뒤에 숨기고 모든 욕과 손가락질 내가 다 받을 테니까 와. 제발. 이번 한 번만 내 말 들어줘. 혜진아, 이제 그만 나한테 와."

고함을 지르던 정민이 끝에 가서는 절절하게 애원을 했다. 제발 지킬 수 있게 해달라는 정민의 말에 핸드폰 너머로 정적이 흘렀다.

"이강준 변호사님 전에 봐서 알지? 지금 집으로 보낼게. 기자들 건물 내부로 들어가지는 못했을 거 아니야. 이 변호사님 차 타고 와. 전화번호는 문자로 넣어놓을게."

뚝. 전화를 끊은 정민이 정신을 차리려는 듯 거칠게 머리를 흔들었다.

"어디로 모시러 가면 됩니까."

"고마워요. 내가 이 은혜 잊지 않을게요. 다음에 무슨 일 생기면 꼭 나한테 와요."

"네, 기억해 두죠."

정민에게 집 위치를 들은 강준은 혜진의 번호까지 받고 지하주차장으로 향했다. 수인에게 시간이 더 걸린다고 문자를 넣어두고 혜진과 민주가 있는 곳으로 향했다.

주변에는 카메라를 목에 걸어 신분을 대놓고 드러내는 기자들이 있었다. 아파트 지하주차장으로 향하는 차의 번호판을 들고 있는 종이와 대조를 하는 걸 보니, 박정민 일가와 황혜진 일가의 소유 차 번호를 입수해 확인하는 듯했다.

경비실에 혜진이 미리 말해두어 바로 지하주차장으로 들어간 강준은 라인 입구 가까이에 차를 댔다. 챙이 큰 모자와 선글라스를 쓴 혜진이 때 이른 목도리를 칭칭 감아 얼굴을 반 이상 가린 딸의 손을 잡고 걸어왔다. 차에서 내리는 강준의 얼굴을 확인한 두 모녀가 그의 차에 올랐다.

"바로 출발하겠습니다."

정민의 집으로 향하는 차 안은 쥐죽은 듯 고요했다. 엄마의 손을 꽉 잡은 민주의 두 눈이 퉁퉁 부어 있었다. 기사를 본 것인지, 아니면 입이 가벼운 어른들에게 들은 것인지는 모르겠지만, 민주가 알고 있는 것만은 확실했다.

주차를 하고 곧장 정민의 집으로 향했다. 엘리베이터에서 내리자 현관 밖에서 기다리고 있던 정민이 땅에 무릎을 굽히고 앉아 양팔을 벌렸다.

"민주야, 아빠한테 와야지."

"으아앙. 아빠!"

꽉 잡고 있던 엄마 손을 놓고 정민의 품으로 뛰어든 민주가 아빠의 목을 꽉 껴안고 울었다.

"아빠! 으아아앙. 아빠…… 흑."

"응. 아빠야. 민주야, 아빠야. 아빠가 미안해. 아빠가 다 잘못했어."

강준은 큼큼 기침을 했다. 부녀의 상봉에 가슴이 묵직해져 고개를 돌려 잠시 숨을 골랐다.

정민이 한 팔로 민주를 안아 들었다. 그리고 홀연히 서 있는 혜진의 앞으로 천천히 걸어왔다.

"미안하다. 이젠 내가 지켜줄게."

남은 팔로 혜진의 등을 감싸자 그녀가 저항 없이 안겼다. 그리고 흐느꼈다.

"미안해요. 내가 미안해요."

"괜찮아. 이젠 괜찮아."

정민의 입가에 환하게 미소가 피어올랐다. 양팔로 사랑하는 두 여자를 안고 있는 정민은 실로 행복해 보였다. 강준은 조용히 비상구 문을 열고 수인이 있는 집으로 올라갔다.

"왔어?"

비밀번호를 해제하고 현관문을 열자 그 앞에 수인이 웃으면서 손을 흔들고 있었다. 강준은 신발을 벗고 거실로 들어가 그대로 그녀를 품에 가뒀다.

"무슨 일 있어? 심장이 빨리 뛰어."

평소보다 강준의 심장이 빠르게 뛰었다. 그의 심장 소리에 귀를 기울이며 수인이 괜찮은 거냐고 물었다.

"그냥. 이젠 다 괜찮아질 것 같아서."

"무슨 일인데 그래? 나 궁금해. 응?"

가슴에 묻었던 얼굴을 들자 환하게 웃는 강준의 얼굴이 눈에 들어왔다. 연애를 시작하던 시절. 순수했던 강준이 그 모습 그대로 환하게 웃고 있었다. 수인의 눈이 촉촉하게 젖어 들어갔다.

"지금 무지 행복한 것 같아."

"그래?"

정민의 행복이 강준에게까지 전이되었는지, 그도 행복한 미소를 지었다. 사랑하는 사람과 함께 웃고 있는 지금, 가슴 충만하게 가득 차는 행복에 강준은 그 어느 때보다 환하게 웃었다.

"좋다. 한수인, 사랑해."

"나도 좋아, 강준아."

연애를 시작할 때 설레는 감정이 고스란히 떠올랐다. 처음처럼 설레고 행복할 때가 있을까. 그런데 지금도 그때처럼 설레었다. 수인의 얼굴을 보자 강준의 심장이 더 거세게 뛰었다. 그 속도에 맞춰 수인의 심장도 빠르게 뛰었다. 천천히 내려오는 그의 얼굴에 수인이 수줍게 눈을 감았다.

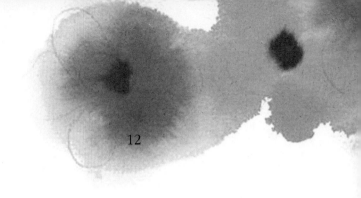

12

민희는 오랜만에 큰아들과 함께 외출했다. 요즘 들어 도대체 어디로 자꾸만 사라지는 것인지. 큰아들인 강훈은 어제도 김 비서를 따돌리고 사라졌다. 매번 강훈을 놓치는 김 비서는 자신을 따돌리는 방법도 모르겠다고 우는소리를 했으나, 강훈의 꼬드김에 넘어가 모르는 체해주는 건 아닌지 의심이 되었다. 그렇지 않고서는 매번 비서를 따돌리고 사라지기란 쉽지 않으니.

"어제는 어디를 간 거니?"

"쉿."

손가락을 입술 위에 대고는 눈을 찡긋하는 큰아들을 황망히 바라보던 민희는 어떻게 하면 강훈이 입을 열까 고민을 했다. 장난기 많고 순진하다가도 한 번씩 강훈은 다른 모습을 보였다. 가끔 예리하게 굴거나, 생각지도 못하게 어긋날 때에는 민희의 심장이 철렁 떨어졌다.

"다시는 김 비서 따돌리지 말고. 응? 이 엄마가 뒷목 잡고 쓰러져야 말을 듣겠니?"

"어머니, 저도 사생활이 있어요. 언제까지고 품 안의 자식으로만 있을 수는 없잖아요. 강준이도 독립했는데."

늘 아픈 손가락인 강훈이, 세상 물정도 모르는 강훈이 한 번씩 성숙한 모습을 보이면 오히려 더 불안했다. 불안감이 깃드는 모친의 얼굴에도 그는 싱글벙글 웃었다.

"그런데 강준이가 알면 싫어할 텐데요."

외출을 하려는 강훈을 붙잡아 모자간의 데이트를 청한 민희는 둘째 아들에게 연락하지 않고 집으로 찾아가는 중이었다. 독립을 한 지는 꽤 오래되었으나, 주소만 알고 있을 뿐 단 한 번도 간 적이 없었다.

아들이 혼자 사는 게 걱정되어 간다고 해도, 강준은 극구 말려서 오지 못하게 했다. 자신이 본가로 갈 테니 무슨 일이 있으면 연락을 하라 했고, 강준은 자신이 한 말대로 연락을 받으면 꼬박꼬박 본가로 성실하게 왔다.

그 누구보다 모범적이고 성실한 아들이니 걱정되지는 않았지만, 오지 못하게 막자 스멀스멀 걱정이 피어올랐다. 강준은 사생활을 보장받고 싶고, 결혼 전까지는 진정한 독립을 하고 싶다고 부모님들에게 양해를 구했다. 둘째 아들의 설득이 한몫하기는 했지만, 그 누구보다 믿는 아들이기에 영진과 민희는 고개를 끄덕였다.

가끔, 먹는 게 걱정되어 가정부의 손에 음식을 들려 보냈다. 강준이 없으면 경비실에 맡겼고, 그가 있으면 가정부는 집 안으로 들어가 음식 정리를 하고 나왔다. 가정부의 말에 의하면 깔끔하게 잘 살고, 특별히 이상한 점은 없었다고 했다.

가정부의 말에 안심한 민희는 걱정을 지웠다. 생각해 보면 같이 살 때도 강준은 제 방은 자신이 청소하기를 즐겼다. 타인이 방에 들어오는 걸 별로 좋아하지 않았다. 그 성격 때문에 그러는 것이라 뒤늦게 이해를 했다.

그런 민희가 둘째 아들에게 연락도 없이 무작정 집으로 찾아가는 데에는 요즘 말썽인 큰아들 강훈이 어디로 종종 사라지는지 알 길이 없어 답답한 마음에 강준과 이야기를 해보고 싶어서였다. 그리고 선을 거절한 이유가 마지막으로 선을 보았던 슬아 양 때문인 줄 알았더니 애프터 신청이 없었다는 이야기를 듣고, 강준이 결혼할 마음이 없는 것인지 알아보기 위해서였다.

민희는 그동안 사교 생활로 바빠서 미루고 미루었던 이야기를 할 생각으로 강준을 찾아가는 중이었다. 평소처럼 집으로 부르면 되지만, 오늘은 그녀도 바깥바람을 쐬고 싶어 직접 집을 나섰다.

오지 못하게 하고 꽁꽁 숨긴 집에 가서 어떻게 사는지 보고, 다 같이 맛있는 식사를 하러 외출할까 했다. 요즘 들어 강훈이 이상 행동을 하니 덩달아 강준에 대한 걱정도 생겨났다. 빨리 강준이 장가를 가서 귀여운 손주를 안겨주었으면 하는 바람도 생겨난 걸 보면, 늙기는 늙었나 보다.

"강준이한테 전화 안 해도 돼요?"

강훈은 강준의 집에 말없이 가는 게 께름칙한지 핸드폰을 만지작거렸다.

"엄마가 아들 집에 간다는데, 왜?"

"그래도. 첫 방문이니까 미리 알리는 게 좋죠."

"그래. 그럼 전화해 봐."

강훈이 냉큼 동생에게 전화를 걸었다. 그러나 연결음이 다 끊어질 때까지 강준은 전화를 받지 않았다.

"안 받아요."

"주말이니 쉬나 보다."

"에이. 그 녀석이 낮잠 자는 걸 본 적이 있으세요? 외출한 것 같은데."

외출을 했다면 집에 들어갈 수 없으니 가봤자 헛걸음을 하는 것이지만, 민희는 거의 다 도착했다는 운전기사의 말에 조용히 창밖을 응시했다.

흐릿한 날씨와 싸늘하게 부는 바람에 바깥에 있는 사람들이 모두 외투를 여몄다. 오랜만에 아들들과 데이트를 하기에는 날씨가 도와주지를 않는다. 이런 날씨 때문인지 두 아들과의 데이트에 대한 기대감도 사그라지고 민희는 축 처졌다.

아파트 입구에서 내려 보자기로 곱게 싸온 반찬들을 손에 든 강훈의 팔짱을 끼고 민희는 강준이 사는 곳으로 향했다. 다행히 입구에서 만난 경비가 아들 집에 왔다고 하니 바로 비밀번호를 눌러 아파트 입구 문을 열어주었다.

"11층이랬지?"

"네, 1103호."

강훈은 강준이 집에 없을 것 같다고 말을 하면서도 싱글벙글 웃어서 민희의 속을 뒤집어놓았다.

강훈의 말대로 강준은 집에 없는지 초인종을 눌러도 묵묵부답이었다. 전화도 받지를 않으니, 들고 온 반찬들은 경비실에 맡길 생각으로 민희는 물러섰다.

"어머니, 그냥 열어볼까요?"

"비밀번호를 모르잖아. 그냥 가자꾸나."

강훈은 어깨를 으쓱이더니 비밀번호를 해제하겠다고 나섰다.

삑삑삑삑. 누르고 나자 오류로 삐익 소리가 나며 다시 입력하라고 번호판이 반짝거렸다.

"그냥 가재도."

띠리릭.

"어? 열렸다. 열었는데요."

한 번 더 비밀번호가 틀렸다고 날카로운 소리를 내던 잠금장치가 다른 소리를 내며 풀렸다. 열고 나서도 강훈의 얼굴은 어리둥절해했다. 정말 열릴 줄은 몰랐는지 고개를 갸웃거리다가 '자, 어떻게 하실 건가요?' 하는 표정으로 모친을 봤다.

"반찬만 놓고 가자꾸나."

민희가 먼저 들어갈 수 있도록 강훈이 문을 활짝 열고 물러섰다. 아들의 집이니, 못 올 곳을 온 것도 아닌데 괜스레 그녀는 긴장했다. 막상 들어와서 보니 가정부의 말대로 정말 별거 없었다. 강준의 성격답게 깔끔하고 단조로웠다.

"전부 다 냉장고에 넣어요?"

"응."

호기심에 민희의 발걸음이 빨라졌다. 부엌을 돌아보며 냉장고에 차곡차곡 반찬을 넣는 강훈을 지나 안방으로 향했다. 깔끔하게 이불이 덮인 침대를 보고 옷장 앞에 선 그녀는 열어보려다 옷장 검사까지는 너무 오버인가 싶어 손을 다시 거뒀다.

보이는 것만 눈으로 훑으며 민희는 잘 지내고 있는 아들에 대한 대견함에 미소를 지었다.

"괜한 걱정을 했군."

진작 한 번은 자신을 집에 오게 했으면 더 좋았을걸. 마음의 짐을 던 후련한 얼굴로 안방에서 나온 그녀는 화장실의 불도 켜봤다.

"여기가 서재인가?"

남은 방으로 들어간 민희는 안방과 거실과는 달리 상자와 물건들이 어질러진 방에 선뜻 들어갈 수 없었다. 아니, 방에서 싸한 범접할 수 없는 기류가 흘러 묘한 섬뜩함에 들어가기가 주저되었다.

"어머니?"

강훈이 벽을 손으로 더듬어 불을 켰다.

"헉!"

번쩍 불이 켜지고 온전하게 드러난 방의 모습에 민희가 손으로 입을 막았다. 방 이곳저곳을 훑는 그녀의 눈동자에는 시나브로 경악이 차올랐다.

"이게…… 무슨……."

"왜 그러세요?"

놀란 민희와 달리 강훈은 태연했다. 방으로 들어온 그는 벽에 붙어 있는 사진들을 전시회장에 걸린 작품 구경을 하듯 조용히 감상했다.

"예쁘네, 수인이."

"이 여자…… 배우 아니니?"

"아, 맞다. 수인이 배우라 밖에서는 얼굴 가려야 해요. 어? 이거는 강준이랑 같이 찍은 거네요."

민희는 할 말을 잃었다. 강훈이 가리키는 사진에는 누군가의 팔을 베고 잠이 든 수인의 얼굴이 찍혀 있었다. 도대체 뭘 보고 강준이라 하는 것인지.

"왜…… 이 여자의 사진이 여기에 있는 거니? 어디가 강준이랑 같이 찍었다는 거야."

"이 팔, 강준이겠죠. 이 사진은 강준이가 찍어서 여기에 있는 것일 테고요. 어? 그런데 둘이 헤어졌는데?"

혼잣말로 '다시 만나나?' 라고 중얼거렸지만, 민희는 둘이 헤어졌다는 말에 충격을 받아 강훈의 뒷말은 듣지 못하고 멍하니 사진만을 봤다.

사진에는 아들의 사생활이 담겨 있었다. 잠이 든 얼굴을 몰래 찍은 게 대부분이었고, 소파에 누워 있는 사진과 촬영하는 듯한 야외에서 찍은 사진도 붙어 있었다. 대본을 보는 모습과 샤워를 하고 나온 듯 촉촉이 젖은 얼굴에 가운을 입은 모습 등, 일상이 담겨 있다.

"강준이가…… 이 여자를 만났었다고?"

사진의 대부분이 몰래 찍은 게 분명했다. 수인이 카메라를 응시하는 사진은 지극히 일부였다.

"네. 꽤 오래 만났다가 한 2년 전에 헤어졌나?"

늘 엉킨 실타래처럼 꼬인 기억으로 살아가는 강훈이 오랜만에 정확한 기억을 꺼내놓았다. 강훈이 지금 온전한 상태의 기억으로 된 이야기를 하고 있다는 걸, 그의 또렷하게 빛이 나는 눈을 보고 느낀 민희는 다리에 힘이 풀려 스르륵 주저앉았다.

"2년 전에 헤어졌다고? 그럼, 우리 강준이가 스토킹을 했다는 거니?"

헤어졌다는데 왜 이런 사진들로 가득한 걸까.

"아닐걸요. 둘이 서로 좋아해요. 다시 만났는데. 저 최근에 수인이 만났어요."

강훈이 하는 말은 전혀 민희의 귀에 닿지 않았다. 마치 TV에서나 봤던 미치광이 스토커처럼 몰래 찍은 사진들로 가득한 방. 그리고 이 방의 주인은 그녀의 번듯한 둘째 아들의 것.

"아닐 거야."

자신의 둘째 아들이 배우와 인연이 닿았을 수는 없었다. 언제나 반듯하고 모범적인 아들이 이런 사진을 간직할 리가 없었다.

"어머니, 괜찮으세요? 왜 그러세요. 수인이가 마음에 들지 않으세요?"

고개를 갸웃거리며 강훈이 두 사람의 사이를 반대하는 것이냐고 물었다. 그런 강훈의 모습을 본 민희의 팔에 오소소 소름이 돋아났다. 큰아들이야 정상적인 사고와는 조금 먼 생각을 하기는 했다. 하지만 하필 이런 상황에서도 저런 생각을 해야 할까.

"넌! 네 동생이 지금! 이렇게 미……."

차마 미쳤다는 말이 나오지 않았다. 그 누구보다 자랑스러운 아들이 미쳤다니. 민희의 눈에 눈물이 차올랐다.

혼자서 뭐든 척척 했기에 마음을 놓았던 것이 문제일까. 늘 큰아들에게만 신경을 쏟았던 게 문제일까. 진즉 강준에게 관심을 가졌어야 했다. 집에 이런 어마어마한 걸 숨겨놓았을 줄은 몰랐다.

"어머니?"

어떻게든 생각을 하려고 눈을 부릅뜨는 민희를 따라 바닥에 주저앉은 강훈은 어질러진 바닥을 쓱 둘러보았다. 상자 하나를 끌어온 그는 그 안의 것들을 하나하나 꺼냈다. 바닥에 늘어지는 종이가 많아질수록 민희는 사고를 잃고, 점점 하얗게 질렸다.

"이거…… 편지 아니니?"

예쁜 편지봉투와 엽서가 수두룩하게 나왔다. 덜덜 떨리는 손으로 하나를 집어 열어본 민희는 입술을 깨물었다. 사랑한다는 말이 가득한 편지. 그런 편지가 상자에 가득했다. 다른 상자에는 선물로 보이는 사진이 넣어진 액자가 있었다. 커다란 액자는 상자에 들어가지 않아 바닥에 겹겹이 쌓여 있었다.

"이 편지들과 저 사진들이 왜 여기에!"

갑자기 소리를 지르는 모친의 모습에 강훈이 놀라 상자에서 손을 뗐다. 민희는 벌떡 일어나 다른 상자를 헤집었다. 다른 상자에도 편지가 가득했다.

"어? 캠코더다."

강훈의 손에서 빼앗은 민희가 전원 버튼을 눌렀다. 배터리가 부족하다고 깜빡이기는 했지만 영상이 흘러나왔다. 촬영을 하는 듯 사람들에게 둘러싸인 수인의 모습. 그걸 몰래 찍은 영상.

"내…… 내 아들이 스토……."

민희는 자신의 둘째 아들이, 그 누구보다 믿음직스러웠던 강준이 여배우를 스토킹하는 미치광이라는 생각에 결국 울음을 터뜨렸다.

"어머니? 어머니."

강훈이 민희를 품에 안고 등을 토닥거렸다.

연우가 데리고 온 의사는 40대 중반으로 보이는 여의사였다. 푸근한 몸매와 자애로운 얼굴은 의사로서의 권위가 보이지 않아 오히려 더 친근하면서도 믿음을 주었다. 무슨 이야기를 꺼내도 다 받아줄 것 같은 엄마의 느낌.

상담을 꺼려하던 수인은 의사의 첫인상에 조금은 누그러진 얼굴로 상담을 하기 위해 방으로 들어갔다. 혼자가 불안하면 같이 들어가도 된다고 했지만, 수인은 거절했다.

거실에서 상담이 끝나기를 기다리며 두 남자는 조용히 정면을 응시했다.

"언제까지 이곳에 있을 겁니까."

"상담 결과에 따라 달라지겠죠."

"질문을 달리하죠. 언제까지 수인이를 가둬둘 겁니까."

강준의 얼굴이 급속도로 굳어졌다. 냉기를 풍기는 얼굴이 옆으로 돌아가 연우를 노려봤다.

"처음부터 마음에 들지 않았습니다. 수인이를……."

"저도 제 매니저님이 마음에 들지 않습니다. 피차 마찬가지이군요."

딱 잘라 이야기를 끊어버리는 강준의 태도에 연우는 약이 바짝 올라 그를 향해 몸을 돌렸다. 여차하면 주먹이 나갈 정도로 머리까지 화가 단숨에 치솟았다.

"당신이 수인이한테 무슨 짓을 했는지 압니까. 모든 것으로부터 고립시켰죠. 교묘하게 수인이 스스로 선택을 한 것처럼 만들어서 수인이를 가뒀잖습니까. 그 꼴이 되풀이되는 거 못 봅니다."

수인은 강준에게서 벗어나지 못했다. 그런 수인을 볼 때마다 지독히도 속이 쓰렸다. 강준이 보이는 집착에 환멸감을 느끼기도 했다. 절대 강준처럼 수인을 사랑하지 않으리라 다짐했다. 강준보다더 잘해줄 자신이 있었지만, 수인은 좀처럼 자신을 돌아보지 않았다.

"헤어진 연인이 다시 시작하는 게 보통 쉬운 일인지 아십니까."

수없이 다짐을 한다. 수인을 행복하게 해주겠다는 다짐. 모든걸, 그녀가 원하는 모든 걸, 해줄 수 있는 건 뭐든 다 해주겠다는다짐.

"사람이 변하는 게 그리 쉽지는 않죠."

빈정거리는 연우에게 강준은 응하지 않고 수인이 들어간 방문을 쳐다봤다. 어차피 입만 아픈 싸움이다.

지이이잉.

강준의 주머니에서 진동이 울렸다. 핸드폰을 꺼내 발신자를 확인한 그는 아예 무음으로 바꿔 버리고는 테이블 위에 올려놓았다. 강훈과 한번 이야기를 나누어야 하기는 하지만, 지금은 상황이 여의치 않았다.

달칵.

문이 열리는 소리에 두 남자가 자리에서 일어났다. 의사가 먼저나오고 수인이 나오기를 기다렸으나 잠잠했다. 의사는 고개를 저으며 수인이 나오지 않을 것을 알려주었다.

"오늘은 많은 이야기를 나누지 않았어요. 처음이니 수인 씨가 긴장하기도 했고, 아마 첫 상담이 버거웠을 거예요. 그리고 아시죠? 상담 내용은 말씀드릴 수 없어요."

"혹시, 제가 수인이에게 도움이 될 만한 건 없습니까."

"음. 다독여 주세요, 고생했다고."

의사는 보호자가 잘 보살펴 주어야 한다고, 그러면 차도가 보일 거라고 조언했다.

"감사합니다."

"수고하셨습니다."

인자하게 웃은 의사는 강준에게 인사한 뒤 현관으로 향했다. 연우는 억지로 발에 힘을 주고 의사를 따라 집을 나섰다.

"수인아."

방으로 들어가자 수인이 침대에 다리를 모으고 앉아 무릎 위로 얼굴을 묻고 있었다. 바닥에 무릎을 꿇고 앉아 강준이 그녀의 이름을 부르자 수인이 그의 목을 감싸고 안겨들었다.

"피곤해."

"고생했어. 잘했어, 수인아."

자신의 속내를 생판 남에게 꺼내는 게 얼마나 힘들고 어려운 일인지 잘 안다. 짧은 상담이었지만, 잘 버텨준 그녀가 대견해 강준은 따뜻하게 안아주었다.

"쉬고 싶어."

"좀 잘래? 재워줄까?"

"응."

"그래. 일어나면 맛있는 점심 먹자."

수인을 눕히고 그 옆에 앉은 강준은 부드러운 머리카락을 만지작거리며 쓸어내렸다. 기분이 풀리는지 수인의 입매가 늘어졌다. 그녀가 눈을 깜빡이는 횟수가 적어질수록 그의 손도 따라서 느려졌다. 수인의 눈이 완전히 감겼을 때, 강준은 그녀의 머리에서 손을 뗐다.

날씨가 화창했다. 푸른 하늘이 굉장히 높게 느껴질 정도로 하늘이 맑았다. 구름도 몽실몽실 예쁘게 둥둥 떠다녔다.

"오늘 늦어?"

"일찍 오도록 할게."

출근 준비를 하는 강준의 뒤를 종종 따라다니던 수인은 그가 넥타이를 매다가 무언가를 찾듯 두리번거리자 눈으로 물었다.

"핸드폰을 어디다 뒀지?"

"거실에 있는 거 아니야?"

종종종. 거실로 가볍게 뛰어나가는 수인을 보고 피식 웃은 그는 다시 넥타이를 맸다.

거실 테이블 위에 놓인 핸드폰을 집어 들면서 버튼 하나가 눌렸다. 팟. 빛이 들어오는 푸른 화면에는 부재중 표시가 10통이 넘게 떴다. 혹시나 급한 전화였나 싶어 확인하며 방으로 들어가던 수인은 막 방에서 나오는 강준과 마주했다.

"강훈 오빠한테랑 집에서 계속 전화 왔었네. 몰랐어?"

"응. 출근해서 전화하지 뭐. 다녀올게."

쪽. 가볍게 입을 맞춘 그가 서류가방을 들고 집을 나섰다. 뒤에서 코맹맹이 소리로 들리는 '다녀오세용.' 소리에 그가 뒤돌아 손을 흔들었다.

"그러고 보니 내 핸드폰은 어디 있지?"

방에서 찾은 핸드폰은 배터리가 방전되어 꺼져 있었다. 충전기를 찾아 충전해 놓은 배터리로 갈고 핸드폰을 켠 수인은 부재중 목록을 확인하고는 눈을 동그랗게 떴다. 잠깐 고민을 하는 통화 버튼을 누르고 그녀가 귀로 핸드폰을 가져갔다.

"강훈 오빠?"

[수인이? 아, 어제 전화했는데.]

"핸드폰 배터리가 방전돼서. 무슨 일이에요? 강준이가 출근해서 전화한다던데."

[응. 별거 아니야. 어제 강준이 집에 갔었거든. 어머니가 강준이를 급히 찾으셔서.]

평온한 목소리에는 위기감이 전혀 실려 있지 않았다. 그래서 '아, 그랬어요? 별거 아니네요.' 라는 말이 흘러나와도 이상하지 않을 정도였다. 하나 강준의 집에 갔다는 말에 통화를 하며 침대에 눕던 수인이 몸을 바로 세웠다.

"강준이 집에 갔다고요? 그런데요?"

[어머니랑 강준이 집에 갔거든. 그런데 강준이가 전화를 안 받아서.]

집에 갔는데 전화를 받지 않아서 여러 차례 통화를 시도했다는 건 이상하지 않다. 강준을 찾으려고 자신에게 전화를 했던 것도 이상하지 않다. 그런데도 뭔지 모를 불길함이 몸을 감돌았다.

"혹시, 집에 들어갔어요?"

[응. 강준이 집 비밀번호가 네 생일인 거 알아? 그러고 보니 내가 네 생일을 기억하네. 하하.]

강훈의 기억력이 정확할 때가 오히려 더 불안하다.

"들어가서요? 그래서 무슨 일 있었어요?"

[있었나? 어머니가 작은방 벽에 붙은 네 사진을 보고 화내시던데. 아, 그 방에 편지랑 사진이 잔뜩 있어. 편지 네 거지?]

"내…… 사진이요? 편지?"

"난, 그 집에서 너를 향한 사랑의 끝을 봤다고나 할까."

예전에 지휴가 했던 말이 떠올랐다. 절대 강준의 어머니가 봐서는 안 될 걸 봤다는 느낌이 들었다. 차가운 물이 차르르 머리부터 발끝까지 쏟아졌다. 뼛속까지 냉기가 스며들어 날카롭게 온 신경을 찔렀다.

[수인아? 수인아?]

대답이 없자 강훈은 몇 차례 수인의 이름을 부르다가 그냥 끊었다. 뚜뚜뚜. 끊긴 전화에서 날카로운 소리가 흘러나와 귀를 때렸지만, 수인은 그대로 굳어버렸다.

툭. 핸드폰이 손에서 떨어져 바닥을 나뒹굴면서 배터리가 분리되고, 액정이 깨졌다. 멍하니 그걸 보던 수인은 자리에서 일어났다. 바닥에 주저앉아 핸드폰에 배터리를 끼우고 다시 켜서 떨리는 손으로 전화번호를 찾았다. 액정이 깨져서 애를 먹었지만, 기어코

번호를 찾아 통화를 했다.

확인을 해야 될 것 같다. 강훈과 그의 모친이 본 사진과 편지가 무엇인지 확인해야 할 것 같았다. 등줄기를 싸하게 만드는 불길함에 심장이 제멋대로 뛰었다.

[여보세요.]

"연우 씨, 나 지금 갈 데가 있는데."

[어디를? 기다려. 곧 갈게.]

연우와 통화를 끊은 수인은 손에 잡히는 대로 옷을 갈아입었다. 얼굴을 가릴 수 있게 모자도 쓰고 마스크까지 챙겼다.

딩동. 딩동.

잠깐의 시간이 흐른 것 같은데 벌써 30분이 훌쩍 넘었다. 운동화에 발을 꿰고 수인은 현관문을 열었다.

갑작스레 열리는 문에 놀라서 물러난 연우는 얼굴 전체를 가린 그녀를 보고 의아해했지만, 수인이 막 닫힌 엘리베이터로 향해 버튼을 누르는 통에 잠잠히 따를 수밖에 없었다.

"어디로 가면 되는데?"

한창 모 배우의 불륜 소식이 터져서 연예계가 발칵 뒤집히는 바람에 아파트 앞에 간간이 보이던 기자들이 모두 철수했다. 느긋하게 핸들을 돌리는 연우는 수인이 말하는 아파트 주소를 내비게이션에 찍었다.

강준의 아파트 입구에 차를 세운 연우가 따라 내리려 했지만 수인은 혼자 다녀오겠다며 차에서 내려 달려갔다. 평일인 데다 학생들은 등교하고, 직장인들은 출근하고 난 뒤의 시간대라 지나다니는 사람은 적었다. 그들 중 달려가는 수인에게 관심을 갖는 사람은 없었다. 다만, 문제가 발생했다. 아파트 입구 비밀번호를 모르니 들어갈 수가 없었다.

초조하게 그 앞을 왔다 갔다 하는데 안에서 사람이 나왔다. 무심하게 지나가는 사람 덕분에 안으로 들어간 수인은 11층으로 곧장 향했다.

중력을 거슬러 올라가는 엘리베이터가 멈추면서 약하게 위아래로 진동을 했다. 느릿한 걸음으로 강준의 집 앞에 선 수인은 도어록을 해제하기 위해 손을 올렸다.

강훈이 알려주었던 비밀번호는 그녀의 생일인 0412. 삑삑삑. 마지막 숫자를 누르기 직전 수인의 손이 잠시 멈췄다. 삑. 띠리릭. 마지막 숫자를 누르자 도어록이 해제되었다. 손잡이를 쥐고 수인이 힘을 줘서 현관문을 열었다.

띠릭.

현관문이 닫히면서 문 잠기는 소리가 났다. 수인은 눈앞의 현관문을 노려보다가 몸을 돌려 아직 11층에 멈춰 있는 엘리베이터 버튼을 눌렀다.

출근을 하자마자 시작된 회의 때문에 점심시간이 다 되어서야 강훈에게 연락을 했다. 퇴근하고 본가로 오라는 어머니의 말씀이 있었다고 전하며 웃는 강훈에게 이따 보자고 전화를 끊었다.

퇴근 전까지 수인에게 간간이 문자를 하고, 퇴근 때에는 본가에 다녀오느라 조금 늦을 거라는 전화를 한 강준은 본가로 향했다.

퇴근길로 막힌 도로에 꽤 오랜 시간을 허비한 뒤에야 본가에 도착한 그는 뻐근한 목을 가볍게 좌우로 돌려 푼 뒤 집 안으로 들어갔다.

"저 왔습니다."

"왔니. 앉아라."

"안녕, 동생."

부친과 형의 인사를 받은 강준이 소파에 앉았다. 맞은편에 앉은 모친의 얼굴색이 좋지 않아 그가 걱정스러운 목소리로 물었다.

"어머니, 어디 편찮으세요?"

"크흠."

영진이 크게 기침을 했다. 그는 둘째 아들의 얼굴을 새삼 꼼꼼하게 훑었다.

큰 탈 없이 잘 자라주고, 변호사라는 직업까지 가진 강준은 집안의 자랑이다. 학교를 다닐 때에도 매년 반장을 했고, 맡은 일에는 늘 열심이었다. 형처럼 다정하지는 않았지만, 속이 깊어 부모의 속을 썩이는 법이 없었다.

영진은 그런 아들이 차마 입에 담기도 힘든 일을 행했을 거라고는 믿어지지 않았다. 아직 충격에서 헤어 나오지 못한 아내의 하얗게 질린 얼굴을 본 그는 눈앞이 암담함에 강준의 얼굴을 외면했다.

"어제…… 네 엄마와 강훈이 네 집에 다녀왔다."

"…… 제집에요?"

멈칫한 강준이 민희에게로 시선을 돌렸다. 민희는 아들의 얼굴을 보지 못한 채 기도를 하듯 잡은 두 손에 힘을 실었다.

"직접 반찬 가지고 오신 거예요? 죄송해요. 전화를 못 받았어요. 헛걸음하게 만들었네요, 제가."

"아닌데. 집에 들어갔어. 수인이 생일이던데? 현관 비밀번호가."

옆에 앉아 있던 강훈이 내뱉은 말에 강준은 심장이 멎는 기분을 느꼈다. 느릿하게 고개가 강훈에게로 향했다. 싱글벙글 웃는 강훈이 강준과 눈을 맞추더니 더 크게 웃었다.

"미안. 말없이 집에 들어가서."

"들어…… 갔다고?"

강준의 얼굴이 구겨졌다. 턱에 힘이 실리고 꽉 쥔 주먹은 피가 통하지 않아 하얗게 질렸다.

"네 엄마가 한 말이 모두 사실이냐?"

"무슨……."

설마 그 방에 들어간 건가.

강준은 모친의 얼굴을 봤다. 눈을 질끈 감은 민희는 입을 달싹이며 주님을 찾았다.

"어머니."

"오, 주여. 강준아, 아니지? 그 사진들과 편지들. 아니지?"

몸에 있는 모든 털이 곤두서는 싸한 느낌에 강준은 눈을 질끈 감았다. 도무지 부모님을 볼 면이 서지 않아 고개를 숙였다.

"정말, 그 여자를 따라다닌 거니? 그런 거야?"

민희가 강준의 옆으로 걸어와 아들의 팔을 잡고 매달렸다. 제발 사실이 아니라고 말해달라는 애원의 눈빛으로 아들을 바라봤다.

"무슨······."

"네가 그 배우를 스토킹했냐고 묻는 거다!"

영진은 아내를 일으키며 뒤로 물러나게 했다. 대답 없이 멍하니 올려다보는 강준에게 영진의 손이 크게 휘둘러졌다.

짝.

큰 소리와 함께 강준의 얼굴이 옆으로 휙 돌아갔다.

"아버지!"

놀란 강훈이 강준의 앞을 막아섰다. 노기 띤 얼굴로 둘째 아들을 실망이 가득한 눈으로 보는 부친에게서 강준을 보호하던 강훈이 싸늘하게 내뱉었다.

"강준이와 수인이는 서로 사랑하는 사이예요."

"네 엄마가 보고 온 것은! 몰래 찍은 사진들이 수두룩하다고 하더구나!"

자리에서 일어난 강준이 강훈을 옆으로 밀쳤다.

"아버지, 아닙니다. 아버지가 생각하시는 그런 거 아닙니다. 수인이와 저 사귀는 사이입니다."

"강훈이 말로는 2년 전에 헤어졌다면서. 2년 동안 그 여자를 따라다니면서 그런 사진을 찍은 거야?"

촬영장에서 몰래 찍은 사진들을 떠올린 민희가 눈물을 흘리면서 강준의 팔을 잡고 흔들었다. 모친의 양어깨를 잡은 강준이 고개를 흔들었다.

"어머니, 그 사진들 다 수인이와 만날 때 찍은 사진이에요. 몰래 찍은 것도 있기는 하지만, 스토킹을 해서 찍은 건 아니에요."

"시끄럽다! 네가, 어떻게 네가!"

"두 분을 실망시켜 드린 점은 죄송합니다. 좋은 모습 보여 드리지 못해 죄송합니다. 하지만 믿어 주세요. 정말 그런 거 아닙니다. 제가 수인이를 많이 사랑합니다. 수인이도 절 아주 많이 좋아합니다."

"듣기 싫다! 당장 집으로 짐 싸들고 들어와! 그리고 전에 선봤던 슬아 양을 다시 만나든지 아니면 선을 또 보든지! 정신 차리고 제대로 된 여자와 만나서 결혼하란 말이다!"

"아버지!"

아들에게 실망했다는 건 이해가 가고 죄송스러운 마음이 가득하지만, 제 말을 듣지도 않고 믿어주지 않자 강준이 억울함에 부친을 불렀다.

"저 수인이랑 다시 만나요. 아버지, 어머니, 이번 일은 잊어주세요. 제발. 부탁드립니다. 수인이와 저의 관계 받아주세요."

영진은 들을 것도 없다는 듯 아내와 안방으로 들어갔다. 안방에서 어머니의 울음소리가 새어 나오자 강준은 괴로운 표정으로 얼굴을 떨궜다.

"강준아."

"왜! 왜 그랬어! 왜 내 집에 들어갔어!"

강훈의 멱살을 잡고 흔든 강준은 미친 듯이 소리를 지르고 싶었다. 하나 목에서 막혀 꺽꺽대는 소리만 흘러나왔다. 안방에 계시는 부모님 때문에 마음껏 소리도 지르지 못했다.

강훈의 멱살을 놓고 강준은 집을 뛰쳐나왔다. 뒤에서 강훈이 그의 이름을 부르며 쫓아 나왔지만 그는 곧바로 차의 시동을 걸고 거칠게 운전을 해 그곳을 빠져나왔다.

딩동. 딩동.

무슨 정신으로 왔는지 모르겠다. 온몸에 힘이 빠져나갔다. 쉬고 싶었다. 도어록을 해제할 힘도 없어서 간신히 초인종을 눌렀다.

"강준아?"

"수인아."

수인의 눈이 커졌다. 한쪽 뺨이 붉게 달아오른 얼굴로 희미하게 미소를 짓는 강준은 위태로워 보였다. 툭. 어깨 위로 떨어지는 머리를 그녀가 부드럽게 쓰다듬었다.

"왜 그래. 응? 얼굴이 왜 그러냐고."

"피곤하다. 자고 싶어."

아니라고, 내 아들이 그럴 리 없다고 애처롭게 바라보던 어머니. 아들에게 잔뜩 실망한 아버지. 두 분이 내쉬던 한숨에는 믿음이 한 자락도 남아 있지 않았다.

그저 죽은 듯이 잠을 자고 싶다. 자고 일어나면 꿈이었기를.

침대 위로 축 늘어진 강준은 미동도 없었다. 숨을 쉬고 있는지 겁이 날 정도로 움직임이 없어 수인은 조심스럽게 그의 숨소리를 확인했다.

부어오른 얼굴에 슬며시 손을 가져다 댔다. 아픔도 잊고 잠이 든 얼굴이 창백해 울컥 속에서 응어리가 올라온다.

두 시간이 넘게 한 자세로 강준을 보던 수인은 뻐근한 몸을 일으켜 거실로 나왔다. 핸드폰을 찾은 그녀는 강훈에게 전화를 걸었다.

[수인아, 강준이 거기에 있어?]

"네. 오빠, 무슨 일이 있었던 거예요?"

[음……. 어머니하고 아버지가 강준이한테 집 정리하고 들어오라고 하셨어.]

"그게 다가 아니잖아요."

[오해하고 계셔, 널 스토킹했다고. 내가 아니라고, 강준이도 아니라고 했는데 믿지를 않으시네. 아, 강준이 집에 가봤어? 거기에 있는 거 별거 아닌데. 그치? 어머니는 왜 그걸 보고 그리 화를 내시는지 난 이해가…….]

"끊어."

[강…… 준아?]

강훈의 목소리는 더 이상 들리지 않았다. 수인의 핸드폰이 강준의 손에서 바닥으로 떨어졌다. 핏발이 선 눈으로 그는 수인을 서늘하게 쳐다봤다.

"너. 내 집에 갔었어?"

"강준아, 그게 아니라……. 내 말 좀 들어봐."

"내가 정리 좀 하고 초대한다고 했잖아. 왜 약속을 안 지켜."

목소리에는 고조가 없어 더 무섭게 다가왔다. 평온한 듯 말을 내뱉고 있지만, 그의 숨이 끊어질 듯 가늘었고, 차가운 눈빛과 굳어진 얼굴이 그가 분노했음을 드러냈다.

"갔는데…… 갔는데 집에는 안 들어갔어. 정말이야. 응? 강준아."

팔을 붙잡고 울먹이는 수인이 잘못했다고 용서를 빌었다. 강준은 눈을 질끈 감았다가 떴다. 자신의 치욕이 부모님께 드러난 날.

수인은 약속을 어겼다. 자신 안에 있는 괴물이 적나라하게 드러났다. 부모님과 수인에게.

"수인아, 그만하자. 더는 못 하겠어."

얼어붙은 수인을 두고 그는 집을 나갔다.

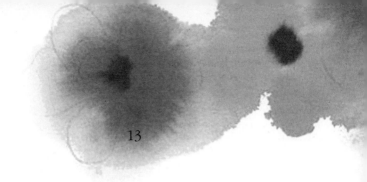

13

　방 안은 난장판이었다. 모든 상자가 헤집어져 있었고, 벽에 붙어있던 사진들은 잔뜩 구겨지거나 바닥에 떨어져 나뒹굴었다. 강준은 묵묵히 하나하나 치워 나갔다.

　편지들과 액자는 다 수인이 받은 선물이다. 팬들이 쓴 모든 편지가 다 수인에게 보내지는 건 아니다. 간혹 칼날과 같은 위험한 물건이 섞여 있기도 해서 소속사가 일차적으로 검사를 한다. 너무 과한 애정 표현이나 성(性)적인 내용이 있는 편지도 다 걸러졌다.

　하지만 수인이 직접 받는 팬레터도 어마어마했다. 그걸 자신이 먼저 읽어보고 걸러냈다. 걸러진 편지와 선물을 수인에게 건네주고 나머지는 다 집으로 챙겨왔다. 수인을 향한 사랑을 절절하게 고백하거나, 성(性)적인 내용이 섞인 편지를 보면서 일종의 승리감에 도취되었다. 편지를 읽으면서 그들에게 조소를 날리기도 했고,

그들의 사랑을 비웃기도 했다.

너희들이 갖지 못하는 수인의 마음과 몸을 난 가졌어. 너희들이 아무리 이래도 다 소용없어. 그녀는 나의 것이란 말이다.

편지를 버리지 않고 모아두어 혼자 있을 때면 그걸 보면서 수인을 독차지한 행복을 느꼈다.

수인의 사진이 든 액자는 모두 팬들이 선물한 것이다. 수인이 집에 다 둘 수가 없어서 보관을 부탁한 것이다.

집에 하나하나 수인의 사진으로 채워지는 게 좋았다. 시선을 돌리는 곳마다 그녀의 사진이 눈에 들어왔기에 마치 한 공간에 있는 것처럼 느껴졌다. 수인이 촬영으로 지방을 가거나 밤을 새워 촬영을 할 때 만날 수 없어도 참을 수 있게 되었다. 떨어져 있다는 불안감이 다소 해소되었지만 시간이 지날수록 부족했다.

수인의 팬이 준 액자 속 사진은 누구나 가진 사진이었다. 남들도 다 가지고 있는 사진으로는 부족했다. 난 그들이 볼 수 없는 모습을 보고 간직할 수 있는 자격이 있다. 그래서 시시때때로 수인의 사진을 찍었다. 자는 모습부터 해서, 씻고 나온 모습, 대본에 집중한 모습 등 몰래 찍은 것도 많다. 하지만 사진으로는 부족했다. 사진 속에서 그녀는 움직이지 않았다. 살아서 움직이는 모습이 그리워졌다.

사진 다음으로 선택한 것이 캠코더였다. 수인의 촬영장에 찾아갈 때는 작은 캠코더도 챙겨 차 안에서 그녀의 모습을 찍었다. 타인에게 웃어줄 때면 저도 모르게 주먹이 쥐어진 손에 힘이 실렸다. 하지만 그 웃음을 담을 수 있기에 참았다. 하나하나 수인이 살아서 움직이는 모습을 담은 테이프가 늘어났다.

이 모든 게 전부 집착의 증거물이다. 수인과 헤어지고, 안방에 있는 모든 사진과 영상들을 작은방으로 옮겼다. 그리고 작은방의 문을 잠갔다. 그녀를 다시 만나고 나서야 이 방의 문을 열었다. 그리고 과거의 자신과 마주했다.

1년간의 상담 치료가 헛되지는 않았는지, 2년 만에 이 방에 들어 왔을 때 모든 걸 정리할 수 있을 것 같았다. 집착이라는 잘못된 사랑을 버릴 수 있게 되었다. 진즉 정리를 했어야 했는데, 수인과 지내다 보니 집에 오는 날이 적어 미처 치우지를 못했다.

치우면서 생각을 하고, 치우다가 생각에 잠기고. 어느새 해가 떠올랐다. 강준은 이명인 부장에게 전화를 걸었다. 그리고 생애 처음으로 결근을 했다.

쓰레기를 분류해 버리고 온 강준은 사진과 영상테이프를 따로 챙긴 상자를 들고 집을 나섰다. 차에 상자를 싣고 그가 간 곳은 수인과 왔었던 바다였다.

모래사장 위에 버려진, 철제로 된 통에 사진과 영상테이프를 넣고 그는 불을 붙였다. 그리고 모든 걸 태웠다.

2주일째 강준과 연락이 되지 않았다. 이번에는 꼭 그를 찾아가야 된다는 생각을 하고 있지만, 몸이 따라주지 않았다. 2년 전과는 확연히 다른 느낌. 정말 그에게 버림받는다는 생각에 수인은 잠을 이루지 못했다.

"수인아, 듣고 있어?"

"응? 응. 계약?"

연우의 입에서 한숨이 흘러나왔다. 넋을 놓고 있는 수인을 보자 답답함에 그의 얼굴엔 수심이 가득했다.

"응. 재계약할 때라고. 이미 시기가 지났어. 다음 주면 계약 끝이야. 연장해야지."

소속사와 수인과의 계약이 만료 직전이다. 연우는 그의 부친인 제 대표의 명을 받아 계약서를 들고 수인을 찾아왔다. 최근 2년간 뚜렷한 성과나 활동이 없었지만, 그래도 Cielo기획사를 대표하는 배우이기에 기존과 동일한 조건으로 계약서가 작성되었다. 도장만 찍으면 될 터인데 수인은 묵묵부답이다.

"저기…… 나 계약 안 하면 안 될까? 조금 쉬고 싶어. 다른 곳으로 가겠다는 거 아니야. 정말로 쉬고 싶어서 그래."

계약서에 도장을 찍는 순간, 제 대표라면 분명 활동을 시작하기를 강요할 것이다. 현재 활동이고 뭐고 간에 의욕이 없었다. 돌연 모든 일에 신물이 났다. 쉬고 싶다는데 왜 자꾸 귀찮게 하는 것인지.

"수인아, 일단 도장 찍고. 일은 천천히 해도 되니까."

"연우 씨, 나 은퇴할까 봐."

"뭐?"

연우는 뒤통수를 강타당하는 느낌과 함께 눈앞이 아찔해지는 경험을 했다. 뜬금없이 이게 무슨 소리인가.

"은퇴. 나 연기 그만둘까?"

"당장 활동이 부담되면 기다려 주겠다니까. 그러니까……."

"아니, 나 도장 안 찍어. 지금은 계약할 마음이 없어."

연우는 뻐근해져 오는 목을 좌우로 돌렸다. 팍팍 올라가는 스트레스 지수와 몸을 휘감는 불안감에 목이 죄여왔다.

"왜 그래. 이야기해 봐. 응? 내가 도와줄 테니까."

"연우 씨가 도와줄 문제가 아니야, 이건."

상관 말라는 태도에 연우는 대화할 생각이 싹 사라졌다.

"계약서 놓고 갈게."

"아니. 가져가."

수인은 계약서에 시선도 두지 않으며 말했다. 탁. 테이블 위에 있는 계약서를 낚아채고 연우는 거친 걸음으로 현관으로 향했다. 쾅. 문을 닫는 소리에 그의 분노가 드러났다.

수인이 빠져나가려 한다. 어떻게, 자신이 어떻게 이 세계에서 지켜왔는데. 그녀가 연기자로서 성장하는 모든 과정을 지켜봤다. 최고의 자리에 오르기까지 미친 듯이 함께 노력했다.

신인 시절 수인이 윗사람에게 혼이 나면 같이 옆에 서서 고개를 숙였다. 그녀가 칭찬을 받으면 자신이 더 기뻐했다. 작품이 흥행하면 서로에게 수고했다고 박수를 보내고 더 잘해보자고 의기투합했다. 가장 힘들었다고 할 수 있는 할리우드 진출 때 서로를 다독여 가며 힘을 냈다. 그런 자신을 이렇게 배신할 수는 없다.

"그렇게 쉽게 이야기할 만큼 나랑 함께해 온 이 일이 아무것도 아니야? 하, 하하."

자조적인 웃음이 쏟아졌다. 지리멸렬한 감정에 사로잡힌 연우는 분노를 잠재울 수가 없었다. 지난 시간 동안 그는 수인을 위해 갖은 노력을 다했다. 여배우에게 뻗쳐 오는 스폰서 제의를 거절하고, 악의적인 손길을 다 끊어냈다. 특히, 지난 2년간 미국에서 치욕스러운 일을 겪으면서도 미친 듯이 노력했다.

이렇게 쉽게 은퇴 이야기를 해서는 안 된다. 내가 저를 위해 어찌 노력을 했는데. 자신을 돌아봐 달라는, 좋아해 달라는 말을 하지도 않았다. 그저 함께이기를 바랐다. 그게 동료로서여도 상관이 없었다. 수인의 행복만을 바랐는데.

상관 말라고, 내가 해줄 수 있는 게 아니라고 선을 긋는 태도에, 실컷 제 손에 쥐고 부려 먹고는 이제는 쉽게 내팽개치고 타인으로 밀어버리는 수인에게 연우는 큰 상실감과 함께 상처를 받았다.

기획사까지 운전을 하고 오는 내내 연우의 화는 식을 줄 몰랐다. 탁탁탁. 거친 발걸음에 마주 오던 사람들이 피하고, 길을 막고 있던 사람들이 홍해가 갈라지듯 갈라졌다. 대표실 앞까지 씩씩대고 걸어온 그는 노크 한 번을 끝으로 바로 문을 열어젖혔다.

쾅. 벽에 부딪힌 반동으로 문이 다시 되돌아오자 그는 빠르게 안으로 들어선 뒤 발로 문을 차서 닫았다.

"이게 무슨 짓이냐!"

예의라고는 밥 말아 먹은 아들의 태도에 제 대표가 힘을 실어 엄하게 타박을 했다. 성큼성큼 걸어 소파에 주저앉은 연우는 그의 손에 잔뜩 구겨진 계약서를 테이블 위로 던졌다.

"도장을 안 찍겠다던?"

"네. 쉬고 싶답니다."

"허헛. 누구 맘대로. 그동안 오냐오냐했더니. 네가 그리 감싸지만 않았어도 그리 기고만장하게 굴지 못했을 거다. 쯧쯧."

혀를 차는 아버지에게 습관적인 반감이 들었지만, 연우는 아직 갈무리되지 않은 감정에 계속 씩씩거렸다.

"도장 받아와. 우리가 걔한테 들인 공이 얼마인데. 혹시 주제도 모르고 돈을 올려달라 하든?"

"아니요."

"그게 아니면? 이미 한 달 전부터 다른 소속사들이 눈독 들이고 있어! 설마 벌써 다른 곳에서 계약서를 받았대?"

"아니요. 다른 소속사로 갈 일은 없을 겁니다. 은퇴하겠답니다."

"뭐? 은퇴?"

제 대표가 책상을 내려치고는 자리에서 일어나 연우의 맞은편으로 옮겨 앉아, 형편없이 구겨진 계약서에 시선을 두었다.

"지난 2년간 걔로 인한 손실액이 얼마인 줄 알아? 어떻게든 도장 받아와! 건방진 년. 같잖은 애를 누가 이리 키워줬는데. 아니! 계약은 무슨. 대체할 여배우는 수두룩해. 내가 이번에야말로 본때를 보여주지. 배은망덕한 계집애 같으니라고. 뭐? 은퇴? 가더라도 고이 못 보내주지!"

제 대표의 검은 눈동자가 일렁거렸다. 그렇지 않아도 제 아들이 빠져 제대로 혼쭐내 보지도 못한 수인을 이번에는 가만두지 않을 기세다. 그런 부친의 번들거리는 눈빛에 섬뜩한 한기가 감돌았지만, 화가 난 연우는 그가 무슨 생각을 하든 상관치 않았다.

쾅. 화장실 문을 거칠게 열고 들어간 수인은 변기를 붙잡고 헛구역질을 했다. 잠을 잘 이루지 못해 머리가 띵했다. 연우가 가고 난 뒤에도 멍하니 앉아만 있다 보니 하루가 지나갔다. 입을 헹구고 거실로 나온 그녀는 약한 현기증에 벽에 기댔다.

"가야겠어."

이대로 기다리기만 해서는 안 된다. 찾아야 한다. 그를 찾아와야 한다.

강준을 만나야 한다는 생각으로 가득한 머리를 흔들고 수인은 옷장으로 향했다. 니트에 청바지를 걸치고 가을 야상점퍼를 집어든 수인은 핸드폰을 찾았다. 습관적으로 연우에게 데려다 달라고 전화를 걸려던 손가락이 움직임을 멈췄다.

계약을 하지 않겠다고 하는 마당에 연우를 부를 수는 없다. 아직 계약 기간이 일주일 정도 남아 있다고는 하지만, 활동을 하고 있지 않으니 끝이 난 거나 다름없다.

한국에서 매니저 없이 밖에 나가는 건 얼굴이 많이 알려지지 않았던 활동 초기 이후로는 처음이나 마찬가지이다. 그래서인지 수인의 발은 현관에서 떨어지지 않았다. 초조하게 입술을 깨물던 그녀는 결심 어린 얼굴로 밖으로 나왔다.

엘리베이터에서 내리기 전 야상점퍼 앞자락을 여미고, 야상점퍼에 달린 큰 모자를 쓴 뒤 고개를 푹 숙인 수인은 종종걸음으로 입구로 향했다. 경비원이 슬쩍 보았지만, 나가는 사람이기에 주의 깊게 보지는 않았다.

밖으로 나오자 차가운 바람이 온몸을 때렸다. 날짜를 헤아려 보니 벌써 11월 말이다. 황망하게 둘러보다가 사람이 지나가자 푹 고개를 숙였다. 속으로 저를 알아보면 어떡하지 하는 걱정에 섣불리 다리가 움직여지지 않았다.

한참을 그곳에 박힌 듯 서 있던 수인은 직진을 했다. 옆에 사람이 지나가면 몸이 움츠러들었지만, 결코 고개를 들지 않았다. 앞을 확인할 정도로만 최소한의 고개를 들고 걸어갔다.

도로가에 서서 택시를 어떻게 잡아야 하는지 고민하는데, 주황색 택시가 부르지 않아도 앞에 와서 정차를 했다. 타도 되는 것인가 걱정에 머뭇거리는데 성질이 급한 택시기사가 빠앙 견적을 울려 놀란 수인이 냉큼 차 문을 열고 올라탔다.

"어디로 모실까요."

목적지를 이야기하지도 않았는데 차를 출발시키며 미터기를 켠 기사가 백미러로 수인을 봤다. 무심코 눈이 마주치자 화들짝 놀란 수인이 시선을 피해 옆으로 몸을 움직였다.

"손님?"

기사의 부름에 수인은 강준이 사는 동네와 아파트 이름을 말했다. 두근두근. 기사가 알아본 건 아닌지 하는 걱정에 그녀의 심장이 빠르게 뛰었다.

별말 없이 운전에만 집중하는 기사의 모습에 어깨에 실린 힘이 빠졌다. 땀이 찬 손을 바지에 문지르며 고개를 돌렸다. 휙휙. 창밖의 사물이 빠르게 지나간다.

천천히 느려지는 속도에 수인은 또 긴장했다. 오만 원권 두 장으로 택시비를 지불한 그녀는 잔돈을 받지 않고 차에서 내려 문을 닫았다. 꽤 많이 남은 잔돈에 이게 웬 횡재냐 기뻐하며 기사가 쏜살같이 내뺐다.

아파트 입구에 선 수인은 안내문에 따라 호출 버튼을 누르고 강준의 집을 호출했다.

[누구십니까.]

"나야, 수인이."

야상점퍼 모자를 쓰고 고개를 푹 숙이고 있던 탓에 강준은 수인인 줄 몰라봤다. 문을 열어주지 않으면 어떡하나 또 긴장되어 수인의 심장이 빠르게 뛴다.

띠리릭.

문이 열리자 안도의 한숨을 내쉰 수인은 빠른 걸음으로 안으로 들어갔다. 7층에 있는 엘리베이터가 느릿하게 내려왔다. 그리고 11층까지도 느릿하게 올라갔다. 입안이 다 타들어갈 듯 메말랐다. 그와 반대로 열이 오른 몸에서는 땀이 나서 축축했다. 손바닥을 연신 바지에 문지르며 그녀는 엘리베이터에서 내려섰다.

문 앞에 서서 초인종을 누르자 얼마 안 가 문이 열렸다.

"강준아."

울컥 치미는 그리움과 원망에 수인이 그의 허리를 감싸고 품에 안겼다. 현관문 손잡이를 잡고 자신의 품으로 파고드는 수인을 망연히 내려다보던 그는 도어스토퍼로 현관문을 고정한 뒤 그녀의 어깨를 잡았다. 그리고 힘주어 떨쳐 냈다.

"왜 왔어."

"왜라니? 전화도 안 받고. 얼마나 걱정했는데!"

"돌아가. 이야기했잖아, 그만하자고."

"뭘? 뭘 그만하자는 건데! 또 2년 전처럼 너 혼자 도망가는 거야?"

주먹을 쥔 작은 손이 강준의 가슴을 탕탕 내려쳤다. 그 손을 그가 한 손으로 잡아 저지했지만, 수인은 온몸을 흔들어 저항했다.

"어떻게 그래! 변한다며! 변한다고 했잖아! 그런데 왜 또 날 버리는 건데!"

강준의 손에서 힘이 빠져나갔다. 그의 눈이 흔들리는 걸 본 수인이 그의 목에 팔을 감싸고 안겼다.

"미안해. 네가 그렇게 변했던 거 알면서도 모르는 체해서 미안해. 혼자 힘들게 해서 미안해. 이제는 혼자 힘들게 하지 않을게. 응? 그랬잖아, 변한다고. 나도 네가 변할 수 있도록 도와달라고 했잖아."

네가 그랬잖아. 그런데 왜 또 나를 버리려 해. 수없이 수인이 반복했다.

"또 너에게 집착을 하고, 널 가둬두려 한다면?"

"그러지 않을 거잖아."

변해가고 있던 그다. 고개를 흔드는 수인을 안타깝게 내려다보며 강준은 쓰게 웃었다.

"모르지. 장담할 수 없지."

변하겠다고 했던, 그리고 변했던 강준은 감추고 싶었던 과거가 드러나자 자신감을 잃었다. 실망이 가득했던 부모님의 시선에 나약해졌다. 그들의 기대를 저버렸던 자신에게 화가 났다. 그래서 더는 그러지 않으리라. 다시는, 절대 실망시켜 드리지 않으리라. 그래서 생각한 것이 수인을 떠나는 것이었다.

장담할 수 없는 미래. 지금은 변한다고 할지라도 언제 자신 안에 있는 괴물이 튀어나올지 모른다. 싹을 잘라내려면 수인을 떠나야 한다.

"상관없어. 네가 예전처럼 그래도 난 상관없어. 그게 싫었다면, 끔찍했다면 진즉 널 떠났을 거야. 알잖아, 응? 너도 알잖아, 내가 얼마나 널 좋아하는지."

조금씩 수인의 목소리에 물기가 어렸다.

"부탁이야. 수인아, 그만하자."

아무리 수인이 애원을 해도 강준은 굳건했다. 떨어지지 않으려는 수인을 억지로 떨쳐 낸 그는 현관문을 고정하던 도어스토퍼를 올렸다. 그리고 수인에게 인사도 없이 현관문을 닫았다.

혼자 복도에 버려진 수인은 쾅쾅 현관문을 두드렸다. 강준의 이름도 부르고, 초인종도 연달아 눌렀다. 그럼에도 그는 다시 모습을 드러내지 않았다.

온몸에 한기가 돌고 힘이 쭉 빠져나갔다. 열어줄 때까지 기다릴 생각으로 현관문에 기대고 앉았다.

띵.

11층에 엘리베이터가 멈춰 서고 문이 열렸다. 수인은 야상점퍼 모자를 쓰고 고개를 푹 숙였다.

"일어나."

낯익은 목소리에 수인의 몸이 움찔거렸다. 다정한 손이 그녀의 어깨를 잡아 일으킨다. 다리가 저려오자 수인의 입에서 신음이 흘렀다.

"강준이가 연락했어. 너 집에 데려다주라고. 도대체 무슨 일이야. 저 녀석 멋대로 결근한 뒤로는 내내 회사에서 차가운 기운만 내뿜고. 둘이 싸웠어?"

"지휴야, 나 어떡해."

얼굴을 감싸고 수인이 울음을 터뜨렸다. 그녀가 울자 당황한 지휴는 어쩔 줄을 모르다가 어색한 손길로 어깨를 토닥거렸다.

"일단 가자. 집에 데려다줄게."

숨결이 스미다

"네가 열어달라고 해봐. 응?"

그만 가자고 잡아끄는 지휴의 손을 붙잡고 수인이 애원했다. 이대로 강준과 헤어질 수 없다고 우는 수인이 도통 진정이 되지 않아 지휴는 어쩔 수 없이 초인종을 눌렀다.

"야! 좀 나와 봐. 수인이 이러다 잘못될 것 같아."

인터폰 너머로 낮은 한숨이 들리는가 싶더니 뚝 인터폰이 끊겼다. 황망하게 현관문을 바라보는 수인을 억지로 끌고 지휴는 자신의 집으로 향했다.

"마셔. 일단 진정하고. 차근차근 이야기를 해봐. 둘이 무슨 일이 있었는지."

물 잔을 받아 들고 멍하니 있는 수인의 어깨를 툭툭 치고 손가락으로 물 잔을 가리켰다. 지휴의 손짓에 수인은 물을 마시고 잔을 테이블 위로 내려놓았다.

"이야기해 봐."

수인은 머뭇거리다가 차근차근 이야기를 풀어 나갔다. 지난 7년간의 연애 동안에 강준이 변했던 것을 시작으로 지금에 이르기까지 모든 이야기를 했다.

"반듯하고 단정한 강준이 조금씩 변해갈 때 솔직히 난 좋았어. 나로 인한 것이니까. 그래서 변하는 자신의 모습에 강준이 괴로워하는 걸 알면서도 도와주지 않았어. 강준이는 정말 힘들었나 봐. 그만하자고 하더라."

어쩌면 강준의 선택이 옳았을지도 모른다. 2년간 그는 자신을 추슬렀고, 본연의 모습으로 돌아갔다.

그 뒤로 수인은 강준의 어머니와 강훈이 그의 집으로 가서 모든 걸 알아버린 일과 가족들이 강준을 오해한 일까지 털어놨다. 그리고 자신이 그의 집 앞까지 찾아갔다가 다시 돌아온 것까지.

"집에 들어가지 않았어. 초대해 줄 때까지 기다리기로 했으니까. 하지만 내가 잘못한 거겠지. 들어가지 않았다고 한들, 애초에 가지를 말았어야 했으니까."

차근차근 이야기를 하면서 생각해 보니, 집에 초대할 때까지 기다리겠다는 약속이 얼마나 중요했는지를 깨달았다.

"아, 머리 아파. 단순하면서도 복잡하네. 이래서 남의 애정사에 관여하면 안 되는데."

머리를 부여 감싼 지휴가 앓는 소리를 했다.

"강준이 널 굉장히 사랑하지. 알지. 아는데, 도가 지나쳤던 건 사실이야. 넌 그걸 알았다면 제지를 했어야지."

어쩌면 옆에서 그저 방관했던 그도 잘못이 있을 수도 있다. 진짜 친구였다면 한마디쯤은 했어야 했다.

"강준이에게 시간을 좀 주자. 기다려 보자."

일단은 서로가 생각이란 걸 할 필요가 있었다. 마지못해 고개를 끄덕이던 수인에게 데려다주겠다고 이야기를 한 지휴는 차 키를 챙겼다.

"그보다 너, 뭐 먹기는 하냐? 쓰러질까 겁난다."

"가서 먹을게."

지휴의 반듯한 눈썹이 찌푸려졌다. 잠시 생각을 하던 그는 수인의 팔을 잡고 부엌으로 향했다. 냉장고에서 반찬들을 꺼내고, 밥솥에서 밥을 펐다.

"뭐 해?"

"먹어. 먹고 난 뒤에 데려다줄게."

억지로 숟가락을 들린 지휴는 수인이 다 먹을 때까지 기다렸다.

위장이 음식을 잘 받아들이지 않아 숟가락이 느릿하게 움직였다. 까끌한 입안에 씹히는 밥알을 넘기는 것도 힘들었다.

지휴는 물을 떠 와 수인의 밥그릇에 부었다. 물에 말아 먹는 게 좋은 건 아니지만, 안 먹는 것보다는 나을 거란 생각으로 억지로 먹게 했다.

"체할 것 같아."

"약 먹어."

소화제까지 챙겨 먹인 뒤 지휴는 수인을 집으로 데려다주었다.

딩동. 딩동. 탕탕탕.

초인종을 누르고 발로 문을 탕탕 찬 지휴는 현관문이 열리자 냉큼 안으로 들어섰다.

"데려다줬어?"

내일 출근을 생각한다면 잠자리에 들 시각이지만, 강준은 깨어 있었다. 데려다 달라고 부탁을 했는데 지휴에게서 연락이 없어서 초조한 마음으로 기다리고 있었다.

"어. 와, 걔 사는 곳 대박이더라. 아파트에 들어가는 것도 어렵고, 엘리베이터에 타고 나서도 보안카드가 있어야 움직이더라?"

철저한 사생활 보호를 위해 지어진 건물이니 당연한 것이지만, 처음 간 일반인들은 놀랄 법도 했다.

"냉정한 놈. 진짜 문을 안 열 줄은 몰랐다."

강준의 얼굴에 설핏 고통이 스쳐 지나갔다. 무덤덤하게 보이려

애쓰지만, 힘이 실린 턱과 주먹은 간신히 버티고 있음을 보여주었다.

"수인이 말랐더라. 살이 더 빠졌어. 내가 집에서 밥도 먹이고 데려다줬다. 고맙지?"

"고맙다."

강준도 살이 빠져서 그전보다 날렵한 턱 선을 자랑했다. 둘 다 연애 한번 고약하게 하는구나, 속으로 중얼거린 지후는 부엌으로 가 냉장고에서 맥주 캔을 꺼냈다. 몸을 트는데 부엌 옆에 있는 작은방 문이 열려 있어 자연스레 그곳으로 시선이 갔다. 방은 물건 하나 없이 깨끗하게 비워져 있었다. 못 본 척 거실로 나와 소파에 앉아 캔 하나를 강준에게 건넸다.

"이야기해 봐."

"뭘?"

"상담. 네가 나 두 사람의 연애 상담에 이용하려고 했잖아. 아닌 척하지 마라. 전에 수인이 만나게 해줄 때 이미 눈치챘거든?"

피식. 강준의 입에서 웃음이 새어 나왔다. 겉으로는 수인에게 친구를 만들어주겠다는 거였지만, 그런 속셈이 없었다고는 할 수가 없었다.

탁. 치이익.

맥주 캔을 딴 지후는 절반가량을 쉼 없이 비워냈다. 맥주 캔을 만지작거리던 강준은 손이 차가워지자 테이블 위에 올렸다.

"부모님이 알아버리셨어. 눈앞이 캄캄해지더라, 내 추악한 면모를 들켰다는 생각에."

"누구나 그런 면이 있어. 야, 나라고 없겠냐?"

그걸 위로라고 하냐는 듯 강준이 흘끗 봤다.

"그런데 웃긴 건, 내가 수인이를 스토킹했다고 생각하시더라."

"풉. 뭐?"

간신히 뿜어지는 맥주를 손으로 막아 삼키자 탄산이 주는 얼얼함에 지휴가 목을 부여잡았다. 그는 수인에게 가볍게 그의 부모님이 강준에게 실망하고 오해를 하고 계시다고만 들었다. 설마, 스토커로 오해받고 있는 줄은 몰랐다.

"날 믿지 않으셔. 수인이와 만났던 건 사실이고, 지금도 만난다고 했지만 스토커 취급을 하셔."

강훈이 보통 사람들과 달라진 뒤 모든 기대가 강준에게로 향했다. 부모님의 기대를 저버리지 않기 위해 누구보다 애썼던 그가, 달라진 그들의 시선에 얼마나 괴로울지 알기에 지휴의 얼굴에 안쓰러움이 서렸다.

"아니라고 다시 잘 말씀드려 보는 게……."

"수인이랑 있다가 다시 그렇게 변하면? 사람 일이란 건 모르잖아. 난 겁나. 다시 수인이에게 집착하고 괴롭힐까 봐. 2년 전 헤어지지 않았다면 수인이는 결국 내 집착에 지쳐서 날 떠났을지도 몰라. 그런 상상을 수없이 했어. 헤어지자고 한 이유에는 그것도 포함되어 있었어. 버려질 바에는 먼저 떠나자. 그런 생각도 했었어. 그리고 지금, 부모님을 잃을까 봐 두려워."

지휴는 말없이 강준의 등을 토닥거렸다. 그만하라고 강준이 몸을 빼자 그가 더 크게 손을 휘둘렀다.

"짜식, 네 부모님들은 절대 자식을 버리는 분들이 아니다. 그리고 수인이도 절대 너 안 버려. 널 버리겠다고 집 앞까지 쫓아왔겠냐."

강준의 머릿속이 얼마나 복잡할지 알기에 지휘는 부정적인 생각은 하지 말라고 조언했다. 그도 생각할 시간이 필요해 보여 지휘는 캔을 다 비우고 자리에서 일어났다.

회사에 출근하고 무섭도록 일에만 열중하는 강준의 옆으로 누구도 섣불리 다가갈 수가 없었다. 스치는 냉기에 베일 듯 그를 피해 다니던 팀원들은 회의 시간과 점심시간에만 간신히 말을 걸었다.

"점심 먹죠? 시간이 늦었네요."

꽤 늦은 점심시간을 확인하고는 다들 우드득 뼈 소리를 내며 의자에서 일어났다. 한바탕 사원들이 휩쓸고 간 구내식당은 적막했다. 그들과 마찬가지로 늦은 식사를 하는 두 테이블이 허공에 있는 TV를 보며 밥을 먹고 있었다. 한 곳에만 TV가 틀어져 있었기에 자연스레 그 부근의 테이블에 자리를 잡았다.

"그런데 그 판사가 보통이 아니라던데요? 엄청 까다로워⋯⋯."

"대박! 저거 진짜야?"

기훈이 내일 있을 재판을 담당하는 판사 이야기를 하는 도중, 옆 테이블에서 들리는 커다란 목소리에 말이 뚝 끊겼다. 예의 없이 큰 소리를 치는 탓에 법무 1팀원들의 시선이 그곳으로 쏠렸다.

"뭐지?"

다른 테이블의 사람들이 모두 입을 떡 벌리고 놀란 얼굴로 TV를 보고 있었다. 법무 1팀원들도 TV로 시선을 돌렸다.

"와우. 진짜? 할리우드 진출한다고 엄청 기사 떴었는데 활동 없더니. 저런 기사 났으니 좋 났네."

형우가 기사를 보고서는 어이없다는 듯 한숨을 내쉬었다.

"야, 저거 뭐냐."

지휴가 옆에 앉은 강준의 옆구리를 찔렀다. 대꾸가 없어 옆을 보자 강준의 입에서 낮게 욕이 흘러나왔다.

"젠장. 누가 저따위 기사를. 씨팔."

강준의 욕설에 다들 놀라 TV에서 그에게로 시선을 돌렸다. 좁혀 들어간 미간과 찌푸려진 눈썹, 숟가락을 쥔 채 부들부들 떨리는 주먹.

"뭐야? 이 변, 괜찮아?"

"강준아?"

팀원들과 주은이 강준에게 물었지만, 그의 시선은 TV에서 떨어지지 않았다. 연이어서 같은 기사가 토씨만 바꿔서 흘러나왔다. 저 기사가 그와 무슨 관련이 있는 것인지 다들 궁금한 눈초리로 강준을 바라봤다.

"야. 일단 나가자. 죄송합니다. 저희 먼저 일어나겠습니다."

지휴가 강준의 팔을 잡고 일어났다. 뒤이어 주은이 따라나서려 했으나, 지휴는 일어나지 말라는 듯 그녀의 어깨를 잡아 눌렀다.

14

일어나서 소파에 앉아 멍하니 정면을 바라보는 수인의 눈은 초점이 흐려 언뜻 보면 정신이 나간 사람처럼 아슬아슬했다. 적막한 거실을 가르고 울리는 인터폰 소리에 수인의 눈이 느릿하게 감아졌다가 뜨였다.

소파 밑으로 다리를 내리고 손으로 소파를 밀어내며 자리에서 일어난 그녀는 터벅터벅 걸어 인터폰의 버튼을 눌렀다.

"네."

[집에 계세요? 손님이 찾아왔습니다. 서지휴라는 분이신데.]

"아, 네."

짧은 대답에 경비가 인터폰을 끊었다. 얼마 지나지 않아 또 인터폰이 울렸고, 수인은 엘리베이터가 올라올 수 있도록 확인 버튼을 눌렀다.

딩동. 딩동.

초인종 소리에 현관으로 걸어가 잠금장치를 풀자마자 문이 열리고 지휴가 씩씩거리며 숨을 골랐다.

"야! 너 전화를 왜 꺼놔! 사람 미치는 꼴 기어이 봐야겠어?"

"아…… 미안. 핸드폰 방전됐나 봐."

지금 난리가 났는데 태연하게 대꾸하는 수인의 모습에 지휴가 자신의 머리카락을 쥐어뜯었다.

"무슨 일 있어?"

"너 몰라?"

마치 큰 잘못을 저지른 사람을 취조하듯 노려보는 눈빛에 수인이 곰곰이 생각했다.

"네 매니저가 말 안 해? TV 안 봤어? 인터넷 기사는? 어제부터 얼마나 난리인지 알아?"

수인은 멍하니 하루를 보내는 게 다였기에 지휴의 질문을 전혀 알아듣지 못했다. 답답함에 제 가슴을 치던 그가 수인의 집 안으로 들어와 리모컨을 찾았다.

"너 저거 몰랐어? 네 소속사는 뭐 하는 거래? 사실이든 아니든 대응을 해야지! 가만히 있으니까 더 난리잖아!"

TV 화면 전체에 수인의 사진이 크게 실렸다. 제 사진을 보던 수인의 시선이 위에 걸린 기사 타이틀을 보더니 눈이 경악으로 가득 찼다. 아래의 자막을 보던 그녀는 힘이 탁 풀린 듯 그 자리에 주저앉았다.

"저 기사 뭐야? 응? 아니지? 아니, 이게 중요한 게 아니라 네 소속사에 먼저 연락해 봐."

"아니야! 저거 아니야!"

뒤이어 모자이크 처리가 된 사진이 나왔다. 영상의 일부로 보이는 사진은 희미하게 두 사람의 맨몸이 얽힌 모습이었는데, 모자이크 처리가 되었어도 꽤 자극적이고 민망한 사진이었다.

"나 아니야! 나 아니라고!"

귀를 막고 고개를 흔드는 수인이 흐느꼈다. 돌연 격한 반응을 보이는 수인의 태도에 놀란 지휴가 그녀의 어깨를 감싸고 괜찮다고 등을 두드렸다. TV를 끄고 수인이 진정이 될 때까지 기다린 그는 그녀의 흐느낌이 줄어들자 품에서 놓았다.

"너 아니야? 확실하지?"

"아니야! 절대 아니야!"

할리우드 진출을 한 한국 여배우가 영화감독에게 몸 로비를 했다는 기사가 쏟아졌다. 영상의 일부가 인터넷에서 나돌았고, 그 영상의 주인공이 수인이라는 기사가 도배되었다. 모든 매체에서 계속해서 같은 기사를 내보내고 있었고, 대중들은 충격에 빠져 진실을 요구하고 있었다. 일부에서는 이미 이 기사가 진실로 받아들여져 수인을 향해 손가락질하고 있었다.

"젠장!"

품에서 핸드폰을 꺼내 든 지휴는 곧장 어디론가 전화를 걸었다.

"나야. 수인이 만났어. 아니래. 응. 수고해라."

"누구야? 강준이? 설마 강준이도 저 기사를 봤어?"

절망에 빠진 얼굴이 한 줄기의 희망을 바라는 듯 지휴를 애처롭게 바라봤다. 느릿하게 끄덕이는 그의 고개에 그녀의 얼굴이 절망과 슬픔으로 가득 찼다.

"네가 아니라면 아닌 거지. 일단 진실을 밝히는 게 중요해."

"아니야. 나 절대 아니야. 나 저 감독 영화 안 찍었다는 거 알잖아!"

처음에는 네티즌들이 수인이 아닐 거라고 감쌌다. 영화도 찍지 않았는데, 수인일 리가 없다고 댓글이 달렸지만, 영화감독이 몸 로비만 받고 모르는 체했다는 다음 기사에 순식간에 네티즌들이 돌아섰다.

수인은 믿을 수 없었다. 왜 자신에게 이런 일이 일어나는지. 여배우에게 일어나서는 안 되는 가장 최악의 스캔들이고, 모든 노력이 물거품으로 돌아가는 재앙이다. 그보다 그녀는 강준이 이 기사 소식을 접했다는 생각에 눈앞이 아득해졌다.

"정신 차려, 한수인. 너 이대로 주저앉을 거야? 일단 네 소속사에 전화부터 하자."

넋이 빠진 수인을 두고 지휘는 그녀의 핸드폰을 찾았다. 안방까지 거침없이 들어간 그는 충전기를 찾았다. 그 안에 꽂아진 다른 배터리를 찾아 바꾸고 전원을 켰다.

"네 매니저한테 전화해."

덜덜 떨리는 손으로 수인은 연우에게 전화를 걸었다. 한참 신호가 가고 나서야 연우의 목소리가 들렸다.

[여보세요.]

"연우 씨, 저 기사 뭐야? 기사가 뜨자마자 나한테 말했어야지! 어떻게 해? 기자회견 해야 하나? 나 아니잖아!"

[미안하다. 수인아, 계약 끝났잖아. 우리 소속사 배우 아니라서 도와주기 힘들 것 같다.]

수인의 몸이 흔들렸다. 재빨리 손을 뻗어 지탱한 지휴는 핸드폰을 빼앗아 받았지만, 이미 전화는 끊겼다.

"뭐야? 어? 한수인!"

"계약이 끝나서 도와줄 수가 없대."

"뭐 이런 개 같은!"

지휴는 욕을 내뱉더니 자신의 핸드폰으로 다시 강준에게 전화를 걸었다. 빠르게 용건을 말하고 전화를 끊은 그는 수인을 소파에 기대앉히고 물을 떠왔다.

"마셔. 정신 차리고."

지휴는 왜 수인의 소속사에서 일절 대응이 없었는지를 깨달았다. 지금, 또 앞으로 받게 될 질타와 손가락질에 수인과, 그런 그녀를 보고 괴로워할 강준이 안쓰러워 지휴의 눈이 동정으로 가득했다.

"2년 전에 감독이 그런 제의를 요구했어."

멍하니 허공을 보며 수인이 이야기를 꺼냈다. 제의가 있었다는 그녀의 말에 지휴의 눈이 의심으로 물들었다. 아니라고 하더니 사실이었던가 하는 생각에 수인을 보는 눈이 매섭게 변했다.

"제의가 있었다고?"

"응. 그런데 거절했어. 당연한 거잖아."

당연히 거절했다는 말에 지휴의 긴장한 목에서 우드득 뼈 소리가 났다. 그는 수인의 옆에 앉았다. 지금, 수인이 그에게 무언가를 이야기하려 한다는 걸 느끼고 잠자코 듣기로 했다.

한참의 침묵 끝에 수인의 목소리가 다시 들렸다. 속삭이듯 작은 목소리에 지휴가 귀를 기울였다.

"제의를 거절했을 때 감독의 반응은 없었어. 마치 그냥 해본 말이었다는 듯 바로 다른 이야기로 넘어가더라. 그리고 며칠 뒤, 촬영진들 모임이 있어서 그곳에 갔어."

그때만 생각하면 정말 창피했다. 땅이 꺼져서 자신이 사라졌으면 하는 기분.

"갔는데, 다들 나를 보면서 키득키득 웃는 거야. 왜 왔냐고 하는 사람들도 있고. 전부 다 알아듣지는 못했는데 날 비웃는 말이었어."

그때야 알았다, 감독은 로비 제안을 거절한 자신을 촬영에서 제외시켰다는 걸. 다른 중국계 배우가 그 배역을 차지했다. 중국계 배우는 감독 옆에 서서 '어디 한번 해볼 테면 해봐라.' 하는 눈빛이었고, 감독은 자신의 제안을 거절한 값을 톡톡히 치르게 해주겠다는 시선으로 얼굴에 비열한 비웃음을 걸었다. 순식간에 웃음거리로 전락했다. 다들 어떻게 반응하는지 기대감과 궁금증이 가득한 얼굴로 웃으며 자신을 바라봤다.

화가 난 연우는 감독을 가만두지 않겠다고 했지만, 할리우드에서 일개 한국 소속사의 매니저가 할 수 있는 일이라곤 없었다. 보복은 감히 엄두도 못 냈다. 소속사에서는 은근히 제안을 거절한 수인을 탓했다. 그러면서 그 중국계 배우가 계약서에 도장을 찍지 않았으니 정말로 밀려나기 전에 감독과 만남을 가지라는 압박을 가해왔다. 당연히 수인은 감독을 만나지 않았다. 그렇게 영화 배역을 잃었다.

그 뒤로 두 사람은 처음부터 시작하는 마음으로 노력했지만, 모든 길이 그 감독으로 인해 막혔다. 겨우 뚫고 들어가 따낸 배역도 결국 중도 하차를 했다.

"그날 이후로 사람들이 비웃는 소리가 들려. 나를 보고 웃고, 손가락질하고. 마치 철창에 갇힌 원숭이가 된 것 같아."

불면증은 그 일로 더 심해졌다. 잠들면 그들의 비웃음이 들렸다.

"왜! 왜 나한테 그러는 건데! 내가 뭘 잘못했는데! 그들이 잘못한 거잖아!"

애초에 할리우드에 가지 말았어야 했다. 억울함과 미래에 대한 막막함에 수인은 가슴을 부여잡고 울었다.

"너 아니잖아. 네가 아니잖아. 그럼 된 거야."

지휴는 수인의 이야기에 제가 억울하고 화가 났다. 그리고 가슴이 먹먹해졌다.

이 불쌍한 여인을 어떻게 구제할 수 없나.

조용한 룸에 석상같이 앉아 있던 강준은 드르륵 문이 열리는 소리에 자리에서 일어났다. 정민이 신발을 벗고 룸 안으로 들어서며 씩 웃다가, 강준의 얼굴에 웃음을 거뒀다.

"이 변호사님, 무슨 일 있습니까."

정민이 자리에 앉고 뒤이어 앉은 강준은 종업원을 불렀다. 빠르게 차려지는 밥상을 보던 정민이 입맛이 도는지 기대 어린 눈으로 숟가락을 들었다.

"부탁이 있습니다."

낮고 정중한 목소리에는 힘이 잔뜩 실려 있었다. 들어주지 않으면 가만두지 않겠다는 협박이 비쳤다.

"이런. 식사는 물 건너갔군요."

'식사 후에 부탁을 하지.' 하며 속으로 투덜거린 정민은 숟가락을 내려놓고 물 잔을 집어 들었다.

"절 도와준 일도 있으니 들어드려야죠."

약속을 지키겠다는 정민의 말에 안도의 숨을 내쉰 강준이 머뭇거리다가 이야기를 꺼냈다. 강준은 영상 속의 주인공들이 누구인지 알아야 했다. 수인의 누명을 벗기기 위해서는 한시라도 빨리 사실을 캐내야 했는데, 방법이 없었다. 대기업의 변호사라 할지라도 그는 수많은 변호사 중 한 명일 뿐이다. 지휴가 발 벗고 나서서 도와주겠다고 했지만, 진상 규명을 하기에는 시간도 힘도 부족했다. 그래서 정민에게 연락을 취했다. 결혼 전, 정민이 어울렸던 사람들 중에 연예계에 종사하는 사람들이 많았다는 이야기를 듣고, 지푸라기라도 잡는 심정으로 정민을 찾았다.

"제 연인에게 일이 생겼습니다. 제 힘으로는 진실을 밝히기가 힘듭니다."

"진실이라. 난 진실을 밝히지 않으려 애썼는데."

이혼 사유에 얽힌 아내의 부정과 딸의 탄생 비화를 감추고자 했던 정민은 자신과 반대 상황에 놓인 강준을 흥미로운 눈으로 바라보다 이내 그 눈빛을 지웠다. 모든 걸 건 눈빛. 장난이나 흥미로 대해서는 안 된다는 생각에 그는 허리를 곧추세웠다.

"어떤 진실을 원합니까."

"한수인. 제 연인이 배우 한수인입니다."

정민의 눈썹이 추켜올라 갔다. 한수인이라면, 강준이 그의 변호를 맡고 처음 그의 집으로 왔던 날, 엘리베이터에서 만났던 여배우다.

"그날, 모르는 사이처럼 굴던데."

"헤어졌다가 다시 만났습니다."

"아, 그러고 보니 그랬다고 했죠."

정민은 참 재미있는 인연이라는 생각을 했다. 그의 집으로 왔다가 옛 연인을 다시 만났다니.

"그런데 저에게 무엇을 부탁하려는 겁니까."

"기사가 하나 났습니다."

정민은 그와 아내, 딸에 관련한 기사에 시달린 이후로 아예 매체를 끊었다. 그랬기에 수인의 기사를 여태 알지 못했다. 직접 핸드폰을 꺼내 기사를 검색해서 확인을 한 정민은 무엇을 도와달라고 하는지 알겠다는 듯 고개를 끄덕였다.

"기사가 문제죠. 이놈의 인터넷."

정민은 빠르게 머릿속으로 자신의 인맥들 중 도움이 될 만한 자들을 걸러냈다. 얼추 명단을 걸러낸 정민은 바로 알아본 뒤 연락을 주겠다며 먼저 자리에서 일어났다. 룸을 나서기 전 상에 올려진 음식들을 보고 조금 아쉬운 얼굴을 했지만, 지금 이 분위기에서 저런 서늘한 얼굴을 한 강준 앞에서 식사를 했다가는 체할 것이 분명하기에 미련을 떨쳤다.

정민이 나가고 홀로 남겨진 룸에서 강준은 점심시간이 끝날 때까지 가만히 앉아 있었다.

정민의 힘과 인맥을 통해 조사는 빠르게 진행되었다. 그리고 그 보고서가 강준의 손안으로 넘어왔다. 정민은 일부 매체를 통해 사건의 진실을 흘렸고, 강준은 증거를 토대로 법적 소송을 준비했다.

수인은 지휴의 연락을 받고 자신의 집에서 지금 생방송으로 흘러나오는 기사를 보고 있었다. 어찌나 큰 기삿거리로 전락했는지, 뉴스에서도 보도가 되고 있었다.

"다음은 배우 한수인 씨에 관한 소식입니다. 하연수 리포터가 전합니다."

모자이크 처리된 영상의 일부가 먼저 흘러나왔다.

"사흘 전, 배우 한수인 씨의 성 상납 기사가 나왔습니다. 할리우드 진출을 위한 영화 계약을 앞두고, 해당 영화의 영화감독에게 성 상납을 했다는 기사였는데요. 확인 결과, 모두 거짓인 것으로 드러났습니다."

모자이크 처리가 된 여자와 남자 사진이 화면 가득 메워졌다. 딱 보아도 그 영화에서 수인 대신 배역을 따낸 중국계 여배우와 몸 로비를 제안했던 영화감독이었다.

"해당 영상의 원본이 제보되었습니다. 영상 속에 있는 남자는 영화감독 크모 씨가 맞습니다. 하지만 여자는 배우 한수인 씨가 아닌 중국계 여배우로 드러났습니다. 초반 인터넷에 떠돌았던 영상에서는 일부가 삭제가 되었는데요. 원본에는 두 사람의 얼굴이 확연하게 담겨 있습니다."

다음 영상으로 수인의 사진과 소속사 건물 사진이 띄워졌다.

"배우 한수인 씨의 전 소속사인 C기획사는 영상 속의 여자가 배우 한수인 씨가 아니라는 걸 알고 있었음에도 전혀 대응을 하지 않았던 것으로 드러났습니다. 이는, 배우 한수인 씨가 잠정적인 활동 중단으로 재계약을 하지 않아, 이에 분노한 소속사가 보복 심리로 대응을 하지 않았다는, 해당 소속사 직원의 인터뷰가 있었습니다."

이제는 화면 가득 수인의 사진만이 띄워졌다.

"현재, 한수인 씨는 허위 기사를 낸 언론들과 전 소속사를 상대로 명예 훼손 및 허위 사실 유포로 법적 소송을 준비하고 있습니다. 또한 악성 댓글을 작성하고 허위 기사를 유포한 일부 네티즌들에 대한 소송도 이어질 것으로 보입니다. 이상 KSM 하연수였습니다."

수인의 사진이 사라지고 아나운서가 화면에 잡혔다.

"네. 한수인 씨의 이번 사건이 빠른 시일 내에 좋은 결과로 해결이 되기를 바랍니다."

형식적인 아나운서의 이야기가 끝나고 수인은 리모컨 버튼을 눌러 TV를 껐다. 그녀의 얼굴에는 씁쓸함이 가득했다. 방금 전 지휴와의 통화에서 수인은 애초에 이 기사를 낸 사람이 그녀의 전 소속사의 제 대표라는 말을 들었다.

딩동. 딩동.

수인은 시계를 확인한 뒤에 자리에서 느릿하게 일어났다. 인터폰에는 그녀가 부른 사람의 얼굴이 띄워졌다.

"오랜만이네요."

현관문을 열자 연우가 초췌한 얼굴로 서서 시선을 피했다. 들어오라는 듯 비켜서자 그가 머뭇거리며 들어왔다.

"기사 봤어요?"

갑작스러운 존대에 연우는 수인과의 멀어진 거리감을 온몸으로 느꼈다. 서늘함도, 화도 담기지 않은 무덤덤한 시선에 그는 이제 정말 끝이라는 걸 실감했다.

"미안…… 하다."

연우의 사과에 수인은 지휴의 말이 사실이라는 걸 깨달았다. 그래도 설마 했다. 9년을 함께한 소속사이고, 연우를 그 누구보다 믿었었다.

"사과 안 받을게요. 못 받겠네요."

연우의 고개가 더욱 아래로 떨궈졌다. 그때는 화가 나서 제대로 판단이 되지 않았다. 수인의 기사가 나고, 그녀에게서 전화를 받았을 때 연우는 아차 싶었다. 수인의 목소리를 듣고 나서야 정신을 차렸다. 하지만 이미 기사는 손쓸 수 없이 퍼져 나갔고, 그의 힘으로는 어찌해 볼 수가 없었다.

"미안하다. 이 말밖에 할 말이 없어."

수인은 착잡한 심경으로 연우를 봤다. 큰 덩치의 사내는 작은 여자의 시선 하나 견디지 못하고 저렇게 고개를 푹 숙이고 있었다.

"소송 소식도 들었죠? 법정에서 봐요."

그 소송 소식에 연우의 부친인 제 대표는 길길이 날뛰었다. 잘 못하다가는 큰 사단이 날 수도 있었다. 어떻게 구했는지 증거는 빠져나갈 수 없을 정도로 완벽했다. 더불어 그동안 소속 배우들과 고위 간부들 및 그들의 자제들 사이에서 은밀하게 주선했던 만남까지, 모든 증거물이 익명으로 소속사에 전해졌다. 이게 외부로 새어 나가면 자칫하다가는 그대로 문 닫는 것도 모자라 법의 심판까지 받아야 할 판이었다. 봉투 안에는 이 증거물들이 조만간 각 매체에 뿌려질 거라는 경고가 있었다. 제 대표는 증거를 보낸 이를 찾아 협상을 하려 했지만 찾을 수가 없었다.

"수인아, 미안하다. 정말 미안하다."

연우는 다 포기한 상태였다. 이 일로 연예계는 발칵 뒤집힐 것이고, 제 대표와 그는 이 계통에 절대 다시 발을 들이밀 수 없을 것이다.

사과를 끝으로 연우는 더는 면목이 없는 얼굴로 현관으로 향했다.

"연우 씨."

막 닫히는 현관문이 그녀의 부름으로 다시 열렸다.

"그동안 고마웠어. 연우 씨가 아니었다면 나 소속사 다른 배우들처럼 몸 팔며 연기했을 거라는 거 알아. 정말 고마워. 그리고 미안해. 연우 씨도 나 용서하지 마."

제 대표의 손에서 놀아나지 않고 잘 지낼 수 있었던 건 연우 덕분이었다. 제 대표는 돈이 되는 일이라면 마다하지 않았다. 모든 사람을 이용했다.

처음에는 수인에게까지 손을 뻗쳤지만, 아들인 연우 때문에 그 손을 거둘 수밖에 없었다. 그럼에도 아들이 수인에게 빠지는 걸 탐탁지 않아 했다. 그래서 그는 강준의 존재를 묵인했다. 강준이 있는 한, 아들이 수인과 연결될 리는 없다는 걸 알았기에. 그렇게 그는 강준을 이용했다.

수인은 돈을 벌어다 주는 수단으로 이용당했다. 아들은 사업을 잇는 수단으로 이용당했다. 주위의 모든 사람들이 제 대표에게 이용당한 거나 마찬가지이다.

하지만 역으로 보면 수인도 소속사를 이용했다. 제 대표가 연우와 그녀 사이를 걱정해서 강준의 존재를 모르는 체했다는 걸 알기에, 아무런 거리낌 없이 그를 촬영장에 초대하기도 했다. 그리고 자신을 향한 연우의 마음을 알면서도 수인은 그의 보호를 받고자 끊어내지 않았다. 그 생각에 돌연 수인은 씁쓸해졌다.

모두가 이해관계에 얽혀 이용했다. 어쩌면 가장 큰 피해자는 연우일지도 모르겠다.

많은 감정이 담긴 수인의 눈에 연우는 울컥 속에서 치고 올라오는 응어리를 애써 삼켰다. 이제는 이 모든 관계를 끊고자 하는 수인의 의지를 본 그는 고개를 끄덕여 인사를 받은 뒤 현관문을 닫았다.

여론이 동정으로 바뀌었다. 수인은 TV로 계속해서 기사를 확인했다. 그리고 지후에게 전화를 걸었다.

[여보세요.]

"나야. 묻고 싶은 게 있어. 어떻게 증거를 찾았어?"

현재 영상으로 한국뿐만 아니라 중국과 미국도 발칵 뒤집혔다. 캐스팅에 있어서 정당치 않은 방법으로 배역을 따낸 중국계 여배우와 몸 로비를 요구한 영화감독 모두 여론의 몰매를 맞고 있었다. 이 영상의 출처에 관해서도 보도가 되었지만, 정확하게 알려지지는 않았다.

[박정민 상무이사가 힘을 좀 썼어.]

"박정민 상무이사?"

수인은 자신과 안면도 없는 정민이 왜 도와주었는지 의아해하면서 감사의 인사를 해야겠다고 생각했다. 전화를 끊은 수인은 9층으로 향했다. 강준을 우연히 다시 만난 날, 그와 박정민이 9층에서 올라탔던 기억으로 직접 정민의 집을 찾아가기로 마음먹었다.

처음으로 초인종을 누른 집에서는 반응이 없었다. 나란히 있는 세 개의 집 중에서 어디가 정민의 집인지 확실치 않아 조마조마하던 수인은 이번엔 옆집으로 향했다. 마찬가지로 초인종 소리에도 인기척이 느껴지지 않았다. 수인은 기대감을 안고 마지막 집의 초인종을 눌렀다.

벌컥. 갑자기 열린 문에 놀라 수인이 뒤로 물러났다. 현관문을 잡고 서 있는 사람은 귀여운 꼬마 아가씨였다.

"누구세요?"

"저, 혹시 부모님 안 계시니?"

"민주야! 누군지 확인하고 문 열어야 한다니까!"

매서운 목소리와 함께 성인 여자의 손이 아이의 어깨를 잡았다.

수인은 여자와 눈이 마주치자 고개를 숙여 인사했다.

"어? 혹시…… 한수인 씨?"

"누구 왔어?"

뒤에서 들리는 성인 남자의 목소리에 모두들 한곳으로 시선을 돌렸다. 가운 차림의 남자의 품에 언제 달려간 것인지 민주가 폭 삭 안겨들었다. 수인은 재빨리 고개를 돌렸다.

"당신! 빨리 들어가서 옷 입어요!"

혜진의 지적에 정민이 현관을 흘끗 보고는 민주를 안은 채로 안 방으로 향했다.

"무슨 일이세요?"

"혹시, 박정민 상무이사님 댁이 맞나요?"

혜진은 왜 수인이 남편을 찾아왔나 경계 어린 눈으로 보다가 들 어오라는 듯 옆으로 피해 섰다. 맞다는 대답은 없었지만, 들어오 라는 태도에 수인이 머뭇머뭇 안으로 들어섰다.

"앉으세요. 그이 불러올게요."

혜진은 안방으로 들어가 옷을 갖춰 입은 남편에게 왜 수인이 온 것인지를 물었다. 정민은 수인이 이강준 변호사의 애인이고, 이번 에 일을 도와준 것 때문에 찾아온 것 같다고 설명한 뒤 혼자 거실 로 나왔다.

"어떻게 집을 알고 찾아왔네요?"

씩 웃는 정민은 질문을 해놓고도 대답은 궁금하지 않은지 바로 다른 질문을 했다.

"어쩐 일로 왔어요?"

"이번 일, 감사합니다. 도와주셨다는 이야기를 들었어요. 그런데, 왜 저를 도와주셨나요."

정민은 수인이 단편적인 것만 알고 왔다는 걸 한눈에 알았다. 이걸 이야기해, 말아? 고민을 한 그는 강준과 얽힌 일화를 간략하게 이야기하면서 그의 부탁으로 그녀를 도왔다고 설명했다.

수인은 지휴가 도와주고 있다고 생각했었다. 법적인 소송까지도. 지휴가 그리 이야기했으니까. 그런데 정민의 말에 의하면, 실제로는 강준의 주도하에 소송 준비가 이루어지고 있었다.

"강준…… 이가요?"

"참, 이강준 변호사는 왜 이야기를 안 한 것인지. 남자란 게 그래요. 드러내고 도와주지 않는 걸 멋있다고 착각한다니까? 뭐, 떠벌리고 생색내며 도와주는 건 또 재수가 없긴 하지만."

정민은 자신의 농담에도 흐려지는 수인의 얼굴에 무언가 더 있다는 생각이 들었지만, 남의 연애사에 깊이 관여할 마음이 없어 아는 척하지 않았다. 다시 한 번 고맙다고 허리를 숙여 인사한 수인은 정민의 배웅을 받으며 현관으로 향했다.

"혹시 필요한 거 있으면 말해요. 내가 워낙 이 변호사에게 큰 빚을 져서, 갚아도 갚아도 빚이 탕감이 안 되네."

매력적인 웃음을 지으며 정민은 수인에게 손을 내밀었다. 그는 오랜 시간 돌아온 수인과 강준이 남 같지 않게 느껴져 도와주고 싶었다.

"그럼, 하나만 더 부탁드려도 될까요?"

수인이 정민의 손을 잡았다.

지휴는 꼭 마치 큰일을 보고 뒤를 덜 닦은, 개운치 않은 얼굴로 수인과 정민을 번갈아 봤다. 갑자기 기자회견을 하겠다고 한 수인은 정민과 같이 있었다. 정민은 기자회견을 열 수 있도록 기자를 모으고 장소를 섭외하는 걸 도와주었으며, 오늘 딱 하루만 매니저 역할을 자청했다.

"진짜 한다고?"

"응. 그러니 어서 전화해. 내 전화는 여전히 안 받더라."

정말 하기 싫은 얼굴로 지휴는 강준에게 전화를 걸었다. 수인과 정민은 지휴를 뚫어져라 쳐다봤다. 그 시선이 그는 부담스러워 뒤돌아섰다.

[여보세요.]

"난데, 너 어디냐."

주말인 지금, 묻지 않아도 집일 거라 생각했지만, 강준은 회사라고 짧게 대답했다.

"회사에서 뭐 하는데."

[소송 준비. 왜? 나 바빠.]

대화가 길어지자 수인은 손을 내밀었다. 체념한 얼굴로 지휴는 그녀의 손 위로 핸드폰을 살포시 내려놓았다.

[서지휴, 나 바쁘니까 별 이야기 아니면 끊자.]

"나야, 강준아."

전화기 너머로 숨소리도 들리지 않아 수인은 잠시 귀에서 핸드폰을 떼서 끊긴 건지 확인했다.

"강준아, 듣고 있어?"

[응.]

짧은 대답에 수인의 얼굴에 미소가 걸렸다. 살짝 눈에 물기가 어리기도 했다.

"나, 한 시간 뒤에 기자회견할 거야. 네가 내 변호사라며. 와줘. 기자들이 법적인 질문도 할 텐데 도와줘."

[무슨 기자 회견?]

무섭도록 가라앉은 강준의 목소리에 수인은 목이 메어왔다. 화가 아닌 걱정이 담긴 목소리가 기자회견을 앞둔 지금, 떨리는 마음을 가라앉혀 주었다.

"와보면 알아."

[지휴한테 부탁해. 지휴가 네 변호……]

"너 안 오면 변호사 없는 대로 진행할 거야."

수인은 먼저 전화를 뚝 끊었다. 정민은 전화가 끊기자 자리에서 일어나 밖으로 나갔다. 지휴와 시간을 만들어준 것인지, 아니면 기자회견을 앞두고 마음 정리를 하라는 것인지. 나가기 전 그는 수인을 지그시 쳐다봤다.

"도대체 무슨 생각이야?"

"나도 결혼해 볼까 해, 물론 강준이랑."

수인의 말에 축하를 해야 할지, 아니면 충고를 해야 할지 지휴는 감이 잡히지 않았다. 축하든 충고든 뒤로하고 그는 현실을 이야기했다.

"강준이 생각은? 그리고 강준이 부모님은? 걔네 집안 교육자 집안이야. 고지식한 분들이시라 네 직업 마땅치 않아 할 거 뻔해. 더욱이 지금 강준이를 오해하고 계신다며."

수인은 고개를 끄덕였다. 저 혼자 강준과 결혼하고 싶다고 할 수 있는 건 아니다.

"그런데 왜 갑자기 결혼 생각을 한 건데? 그럴 거였으면 2년 전에 하지 그랬냐."

솔직히 지휴는 지금 최악의 상황을 겪고 나서 모든 걸 버리고, 마지막으로 남은 최후의 보류인 강준을 선택하는 것 같아 마음에 걸렸다.

"강준이 없이는 안 되니까."

강준이 두 번째로 그만하자고 했을 때, 처음과 달리 화가 나기보다는 눈앞이 깜깜해지고 지독한 한기가 몰려오는 걸 느꼈다. 그의 집에 찾아갔다가 내쳐졌을 때, 그 없이 살아가야 한다는 생각에 겁이 났다. 강준이 없이는 살 수 없다. 그와 함께하고 싶다는 생각만 했다. 당장 그의 품에 안겨 숨을 쉬고 싶었다. 영원히 함께하고 싶다. 결혼이라는 제도가 그걸 가능하게 해준다면, 곧 죽어도 싫었던 결혼이지만 그와는 할 수 있다. 아니, 꼭 해야 한다.

텀텀하게 사실을 이야기하듯 수인의 말에는 한 치의 머뭇거림도 없이 직설적으로 나왔다. 정말 그것뿐이라는 듯 수인은 고개를 끄덕였다.

"강준이 사랑하냐?"

수인이 입술을 깨물었다. 그녀에게는 없는 사랑. 부모의 사랑에는 배신과 허무한 결과뿐이었다.

강준에 대한 마음이 고작 그것일까. 강준과의 유대, 그와의 공유, 그와 나눈 것은 부모님들이 했던 것과는 다르다. 사랑이라는 것보다는 한 단계 더 위의 무언가.

"아니, 그 이상."

"이상? 뭐라는 거냐. 어쨌든 사랑한다는 거지? 그럼 잘해봐라. 너네 보면 사랑이 얼마나 위대한 것인지 알 것 같다. 아주 진저리 날 정도로 위대하지, 암."

마지막은 비꼬는 거였지만, 수인은 환하게 웃었다.

지휴와 토닥거리는 사이 정민이 문을 열고 들어왔다. 그의 뒤에 는 강준이 굳은 얼굴로 서 있었다. 정민에게 무슨 이야기를 들은 것인지 그는 수인을 쏘아봤다.

"왔어?"

지휴는 문으로 걸어 나가면서 강준의 어깨를 툭 쳤다. 정민도 강준의 어깨를 툭 치고 자리를 비켜주었다. 느릿한 발걸음으로 안 으로 걸어 들어온 그는 등 뒤로 문을 닫았다. 쾅 닫히는 소리에 수 인은 어깨가 움찔거렸지만, 애써 태연하게 웃으며 그를 맞이했다.

"와서 앉아."

수인이 가리키는 자리에 앉아 강준은 그녀와 시선을 맞췄다.

"은퇴라니? 무슨 생각이야, 너."

"아등바등 연기하면서 살았는데 남는 게 없는 것 같아. 허무 해."

"네 팬들은? 네가 찍은 작품들이 남아 있어. 뭐가 허무하다는 건데."

연기를 할 때 수인은 그 누구보다 반짝반짝 빛이 났다. 그래서 일까. 강준은 그녀의 갑작스러운 은퇴 이야기에 화가 났다.

"상의 못 한 거 미안해. 화내지 마."

수인의 말에 강준은 멍해지며 정신이 흐트러졌다. 그녀의 말에 그는 지금 수인이 자신과의 상의도 없이 결정한 일에 화가 났다는 걸 인지했다.

"강준아, 혼자 힘들게 해서 미안해. 모르는 척해서 미안해. 날 용서해 줘. 그리고 우리 같이 노력하자."

수인은 다시 정중하게 사과했다. 그리고 그의 손을 잡았다. 움찔하며 힘이 들어가는 손을 더욱 꽉 쥔 그녀는 강준에게 그 어느 때보다 환한 미소를 지었다.

"그 노력이 은퇴야? 내가 너 활동하는 거 싫어하는 것 같아?"

"아니, 그런 게 아니야. 내가 그렇게 하고 싶어서 그래. 쉬고 싶어. 지휴에게 들었지?"

강준은 지휴에게 수인이 그곳에서 영화감독에게 당한 일을 들었다. 그리고 누군가가 비웃는다는 환청이 그 일로 기인했다는 것도 들었다.

"그 일을 겪고 난 뒤로 연기가 싫어졌어. 정말 하기 싫어서 그래."

똑똑.

짧은 노크 소리와 함께 정민이 문을 열고 들어왔다.

"기자회견 시작해야 해요."

수인은 정민에게 알겠다고 고개를 끄덕였다. 강준의 손을 꽉 잡았다 놓은 뒤 자리에서 일어난 그녀는 정민에게로 향했다.

15

찰칵. 찰칵. 찰칵.

수인이 등장하자마자 플래시가 연이어 터졌다. 환하게 깜빡이는 플래시에도 수인은 당황하지 않고 차분하게 기자들 앞으로 걸어가 준비된 자리에 앉았다. 그녀의 앞으로는 수십 개의 마이크가 놓였다.

수인은 고개를 옆으로 돌려 정민을 봤다. 오늘 이 기자회견 준비를 그녀는 정민에게 부탁했다. 그 옆에 지휴가 힘내라는 듯 주먹을 쥐고 파이팅 포즈를 했다. 그리고 강준은 흔들리는 시선으로 수인을 봤다.

"질문은 한수인 씨의 이야기 후에 몇 가지만 받도록 하겠습니다."

사회자가 말을 끝낸 뒤 수인을 바라봤다. 수인은 자리에서 일어나 정중하게 인사를 한 뒤 다시 자리에 앉았다.

"안녕하세요, 한수인입니다."

파밧. 찰칵. 모든 매체의 기자들이 사진기 셔터를 누르자 플래시가 터진다. 타닥타닥. 인사 한마디에 기자들이 바삐 손가락을 움직여 타자를 쳤다.

"지난 9년간, 연기만을 하고 살았습니다. 그 세월 동안 힘든 게 없었다면 거짓말이겠지요. 하지만 행복한 게 더 많았습니다."

잠시 끊어지는 호흡에 기자들이 숨을 죽이고 수인을 응시했다. 잠시의 과거 회상에서 벗어난 그녀가 살포시 미소를 지었다. 또 한 차례 플래시가 터졌다.

"이번 일로 저를 포함해 제 주변 사람들이 많은 상처를 받았습니다. 많은 오해가 있었습니다. 이제는 그 오해들을 풀고자 합니다. 최근에 보도되었던 기사들은 전부 사실이 아닙니다. 이미 매체를 통해 저의 결백이 밝혀졌습니다만, 아직까지도 저를 믿지 않으시는 분들이 계시다는 거 압니다. 여러분들을 탓하는 게 아닙니다. 여러분들께 믿음을 드리지 못해서, 좋지 않은 모습을 한순간이나마 보여 드려 죄송합니다."

오해를 풀고자 한다면서 수인은 사과를 하고, 또 고개를 숙였다. 오히려 믿음을 드리지 못한 자신을 책망한 그녀는 잠기는 목소리를 가다듬고 입을 열었다.

"공인으로서 좋지 않은 모습을 보여 드렸습니다. 하지만 여배우로서는 가장 치욕적인 스캔들에 휘말렸고, 한 여자로서는 큰 상처를 받았습니다."

공인으로서 이런 기사로 사회의 물의를 일으킨 점은 죄송하지만, 사실이 아닌 일로 치욕스러운 일을 겪어 여배우로서도, 여자로서도 상처를 받았다 말하는 수인의 얼굴에 슬픔이 차올랐다. 그 모습에 기자들 사이에서 작은 소란이 일었다. 이곳에 있는 모두가 그 기사를 썼기에 불편함과 죄책감이 어린 시선으로 수인을 바라봤다.

"저는 이제 쉬려고 합니다. 배우 한수인이 아닌 여자 한수인으로 살아가려 합니다. 이번 일로 저뿐만이 아니라, 저의 소중한 사람도 같이 아팠습니다. 더 이상의 아픔을 겪게 하고 싶지 않은 사람입니다."

"사랑하는 사람이 있다는 겁니까? 지금 말씀하신 분은 누구입니까!"

수인의 말을 가르고 한 기자가 외쳤다. 사회자가 자중해 달라는 듯 손을 펼쳤다. 수인은 대답 없이 희미하게 웃으며 계속 말을 이어갔다.

"이번 일로 많은 생각을 했습니다. 저의 독단적인 행보로 인해 상처를 받으실 팬분들께는 진심으로 사죄를 드립니다. 행복해지겠습니다. 그 누구보다 행복하게 살겠습니다. 그러니 저의 은퇴를, 저와의 이별을 슬퍼하지 말아주세요."

팬들이 느낄 배신감에 죄송하지만, 행복하게 살고 싶다는 수인의 간절함이 고스란히 드러났다.

수인의 말이 끝나자 여기저기에서 질문이 쏟아졌지만, 사회자는 신중하게 기자 세 명을 뽑았다. 그동안의 심경을 묻는 기자의 질문에 수인은 간결하게 대답을 했다. 그리고 뒤이어서 소중한 사람이 누구냐는 질문이 따랐지만, 수인은 그저 웃을 뿐이었다. 그리고 마지막 기자에게 질문할 기회가 돌아갔다.

"……죄송합니다. 기자들을 대표해서 제가 사과의 말씀을 드리겠습니다."

갑작스러운 기자의 말에 장내가 소란스러워졌다. 수인 또한 눈을 크게 뜨며 기자를 봤다. 간신히 소란이 가라앉자 기자는 입을 뗐다.

"한수인이라는 여배우를 우리는 많이 사랑했습니다. 당신의 결심이 행복을 찾는 거라면 따라야지요. 행복하십니까. 앞으로가 아닌, 지금 이 결정에 행복하십니까?"

수인의 눈에서 눈물이 흘러내렸다. 그리고 그녀가 환하게 웃었다.

"행복했습니다. 행복합니다. 감사합니다."

짝. 짝. 짝. 한 기자에게서 시작된 박수가 모든 이에게 퍼졌다. 수인은 자리에서 일어나 정중하게 허리를 숙였다. 그리고 웃으면서 손을 흔들었다. 기자들의 박수를 뒤로한 채 퇴장한 그녀는 강준의 품으로 뛰어들었다.

집으로 향하는 차 안은 적막만 흘렀다. 전방을 주시하며 운전에만 집중하는 강준의 오른손은 수인의 손을 꽉 쥐고 있었다. 집에 도착할 때까지 두 사람은 말이 없었다. 현관 안까지 들어오고 나서야 손을 놓은 그는 고개를 저었다.

"집에 가봐야 해."

주말 낮에 갑작스레 잡힌 수인의 은퇴 기자회견은 생방송으로 전국에 중계되었다. 수인의 기자회견이 끝나고 강준은 형인 강훈에게 걸려온 전화를 받았다. 본가로 오라는 부모님의 말씀을 전하는 강훈의 목소리는 평소처럼 밝았다.

"응. 연락 줘."

희미하게 웃은 강준이 가고 나자 수인은 급히 드레스룸으로 달려갔다. 입고 있는 옷을 벗어 던진 그녀는 옷장을 헤집어 앞과 뒤가 깊이 파이지 않은, 최대한 얌전한 원피스를 찾았다. 마땅한 게 없어 결국 블라우스에 H라인 스커트를 입고 검정색 스타킹을 찾았다. 화려한 무늬가 있거나 망사로 된 스타킹 사이에서 간신히 무늬도 없고 망사도 아닌 검정색 팬티스타킹을 찾아 입고서는 화장실로 향했다.

운 흔적으로 인해 화장이 얼룩덜룩, 얼굴이 엉망이다. 머리띠로 머리를 넘기고 수인은 재빨리 클렌징 오일을 손에 덜어 화장을 녹여내 물로 헹궜다. 꼼꼼하게 클렌징을 두 차례에 걸쳐 한 뒤 얼굴에 미스트를 뿌렸다.

화장대 앞에 앉아서 성급한 손길로 기초케어를 한 뒤 비비크림을 손등에 덜어 얼굴에 얇게 펴 발랐다. 팩트로 마무리해 준 뒤, 마스카라만 하고 입술에는 옅은 핑크빛의 립글로스를 발라 화장을 마무리 지었다.

머리띠 자국과 함께 화장을 지우느라 살짝 젖은 머리를 헤어드라이어로 정리한 뒤 거울을 보며 살짝 미소를 지어 보였다.

"이 정도면 괜찮겠지?"

시계를 보고 화들짝 놀란 그녀는 트렌치코트를 걸치고 가방을 챙겨 황급히 집을 나섰다.

엘리베이터가 1층에 멈춰 서자 수인은 낮게 파이팅을 외치고 로비로 나왔다.

"저기, 외출하시게요?"

젊은 경비원이 수인의 앞을 가로막았다. 갑자기 앞이 가로막히자 수인은 얼떨떨한 얼굴로 남자를 올려다봤다.

"밖에 기자들이 있어요."

기자회견이 끝나고 나서도 바로 일반인으로 돌아갈 수 없다는 걸 알면서도 수인은 깜빡 했다. 기자들을 헤치고 택시를 타기까지 험난한 여정을 할 자신이 없어 수인은 난처한 얼굴로 한숨을 내쉬었다.

"괜찮으시다면 콜택시를 이용하시는 게 어떠세요? 지하주차장으로 부르면 될 것 같은데."

"아, 그게 가능해요?"

늘 편하게 매니저가 운전하는 차를 탔던 수인이 반색하며 물었다. 경비원은 재빨리 전화를 걸어 콜택시를 불렀다.

"다행히 5분이면 도착한다고 하네요. 같이 내려가 드릴게요."

뒤에서 다른 경비원이 삐쭉 쳐다봤지만, 경비원은 수인을 가까이에서 보는 기회를 놓칠 수 없어 지하주차장까지 그녀를 인도했다.

"감사합니다."

"저, 기자회견 봤어요. 정말 배우를 그만두시는 거예요? 제가 팬이거든요."

머뭇거리는 남자는 악수를 청하며 얼굴을 붉혔다. 수인이 기꺼이 손을 잡아 위아래로 흔들었다.

"네. 연기하면서 배역으로 행복한 건 그만두려고요. 이제는 제 자신이 행복해지고 싶어요."

"아…… 네, 응원할게요."

지하주차장까지 온 콜택시에 올라타며 수인은 고개를 숙였다. 경비원은 직접 문을 닫아주며 그녀를 배웅했다.

"어디로 모실까요."

택시기사의 질문에 수인은 핸드폰을 꺼내 들었다. 강훈에게서 온 문자를 확인한 그녀는 강준의 본가 주소를 말했다.

본가로 향하는 강준의 발걸음은 무거웠다. 그 일이 있은 뒤 처음으로 찾는 본가다. 초인종이 울리고 대문이 열리는 소리가 묵직하게 마음을 긁어낸다.

"저, 왔습니다."

"왔니."

부모님 모두 얼굴이 초췌했다. 유일하게 강훈만이 웃으면서 그를 맞이했다. 거실에 앉아 앞에 놓인 찻잔을 보던 강준이 입을 열었다.

"죄송합니다. 그동안, 저 혼자 정리하느라 연락을 드리지 못했습니다."

"그래, 정리는 된 거냐? 그럼 됐다. 슬아 양과 다시 자리를 마련해 보도록 하마."

아들의 과오나 변명은 듣기 싫은 것인지, 영진이 황급히 말을 돌렸다. 새로운 여자와 만남 외에는 해결책이 없다는 듯 영진과 민희는 강준의 결혼을 서두르려 했다.

"어머니, 아버지, 저 선 안 봅니다. 그리고 다른 여자……."

"강준아, 부탁이다. 응? 엄마와 아빠의 의견을 이번 한 번만 따라주렴."

"어머니, 저 수인이랑……."

"난 인정 못 한다. 그런 스캔들도 있는 데다가 배우라니! 그런 직업을 가진 여자는 난 인정 못 한다. 다 그 여자 때문이야. 네가 그렇게 된 건 다 그 여자 때문이야!"

민희는 생각에 생각을 하다가 모든 걸 다 수인의 탓으로 돌렸다. 반듯했던 아들이 그리 미치광이처럼 변해 버렸던 것도 다 수인이 때문이라 여겼다. 그래서 좋은 집안의, 좋은 환경에서 자란 여식을 한시라도 빨리 강준의 옆에 데려다 놓아야 한다고 생각했다.

"어머니, 제 이야기 좀 들어보세요."

자꾸만 자신의 이야기를 끊어버리는 부모님께 간절한 눈빛을 보냈지만, 두 사람 모두 고개를 돌려 외면했다. 무겁게 가라앉은 분위기에도 강준은 말을 이어갔다.

"수인이 스캔들 사실이 아닌 것으로 다시 기사가 났어요. 그리고 수인이 아버지와 어머니가 생각하시는 것처럼 그런 여자 아니에요. 수인이 그 누구보다 자신의 일에 최선을 다했……."

"그만. 네 엄마는 생각 안 하는 거냐! 넌 부모는 안중에도 없어?"

하얗게 질려가는 아내의 얼굴을 보다 못해 영진이 소리를 질렀다. 민희가 남편의 팔을 잡아 그러지 말라고 고개를 저었다. 더 이상은 아들과의 대립이 힘들어 민희는 결국 눈물을 쏟았다. 그 앞에서 강준은 말문이 막혔다.

"오늘 집에서 자고, 내일 당장 짐 싸들고 들어와."

그러지 않을 시에는 부모 자식이고 간에 모든 관계를 끊겠다고 영진이 최후의 통보를 내리고 방으로 들어가 버렸다. 민희는 눈물을 닦으며 강훈의 부축을 받으며 영진의 뒤를 따랐다.

"하아."

깊은 한숨을 쏟으며 강준이 자리에서 일어났다.

"어디 가게?"

안방 문을 닫으며 나오던 강훈이 강준의 앞으로 걸어오더니 대뜸 동생을 끌어안았다.

"뭐 하는 거야."

"미안. 형이 정상인이었다면 네 부담이 더 줄었을 텐데. 못난 형 때문에 미안해."

"무슨…… 소리를 하는 거야."

강준의 눈에 물기가 어렸다. 아무도 알아주지 않았던, 혼자 짊어졌던 부모님의 기대라는 무거운 짐. 형의 몫까지 해내려 아등바등 애썼지만, 부모님은 더 큰 기대만 안겨줬을 뿐 애정은 다 형에게로 향했다.

부모님의 애정 없이 자랐다는 게 아니다. 다만, 형에게 향하는 부모님의 관심과 보호가 더 컸다. 가끔은 부모님에게 원망이 들었던 적이 있었다. 자신보다 형을 더 사랑하는 것 같아서. 그래서 철이 없었을 때는 형이 아닌 자신이 납치를 당했다면 하는 생각도 했다.

납치를 당하고 수십 일을 깜깜한 곳에 갇혀 지내다가 구조된 강훈은 한동안 입을 닫고 귀를 닫았다. 부모의 모든 관심이 그에게

쏠릴 수밖에 없었다. 정신과 치료를 받으면서 차츰 나아졌지만, 강훈은 스스로의 기억을 왜곡했고, 사회생활에는 어려움이 있을 정도로 정신적으로 성장을 하지 못했다.

그런 형을 시기하고 질투했다면 미친 걸까.

"강준아, 힘내."

강훈을 밀어내려 했지만, 생각보다 따뜻한 온기에 밀어내려던 손이 서서히 아래로 떨어졌다. 강훈의 단단한 가슴이, 포근한 품이 든든했다. 철이 들 무렵부터 그 누구에게도 기대지 않았다. '한 번쯤은 이렇게 기대도 되는 거였구나.' 하는 생각과 함께 마음에 안정이 찾아왔다.

집 안을 가르고 초인종이 울렸다. 거실 소파에 앉아 핸드폰으로 게임을 하고 있던 강훈은 부엌에서 나오는 가정부에게 손을 들어 보여 자신이 문을 열겠다는 표시를 했다. 누가 올 사람이 없기에 고개를 갸웃거리는 가정부에게 그는 2층 방에 있는 강준을 불러 달라고 부탁했다. 인터폰을 확인한 강훈은 대문을 열어준 뒤, 직접 현관문을 열어 상대를 기다렸다.

"왔어? 많이 춥지. 이제 겨울이야."

"네. 고마워요, 오빠."

수인은 추위 때문이 아닌 긴장으로 굳은 손을 쥐었다 편 뒤 강훈의 뒤를 따라 거실로 들어섰다. 강훈은 성큼성큼 걸어 안방 문을 똑똑 노크한 뒤 영진과 민희를 불렀다.

2층에서 내려오다 거실에 서 있는 수인을 보고 얼어버린 강준과, 마찬가지로 안방에서 나오다 그녀를 본 영진과 민희가 그 자리에서 굳어버렸다.

"안녕…… 하세요. 처음 뵙겠습니다. 한수인입니다."

오면서 택시 안에서 계속해서 연습했던 인사를 내뱉으면서 수인은 단정하게 허리를 숙였다가 올렸다. 웬만한 일에서는 기죽지 않는 그녀일지라도, 강준의 부모 앞에서는 주눅이 들었다.

"여긴 어떻게 왔어요."

가장 먼저 정신을 차린 사람은 영진이었다. 그의 질문에 수인은 택시를 타고 왔다는 농담을 건넬까, 아니면 드릴 말씀이 있다고 정중하게 대답할까 고민을 하다 대답할 타이밍을 놓쳤다.

"앉아서 이야기해요."

강훈의 말에 그래도 집에 온 손님이기에 이렇게 대접할 수 없어 영진은 아내를 데리고 소파로 향했다. 잔뜩 굳어진 얼굴로 계단에 서 내려온 강준은 알 수 없는 시선으로 그녀를 응시했다.

"강준아, 와서 앉아. 수인이도."

이 상황에서 유일하게 웃는 강훈이 손짓을 했다. 상석에 영진이 앉고 그의 왼편으로는 민희와 강훈이 앉았다. 천천히 발걸음을 옮긴 수인은 영진의 오른편에 앉는 강준을 따라 앉았다.

"수인이 뭐 마실래? 아줌마! 여기 차 좀 내줘요."

강훈이 추우니 따뜻한 차가 좋을 것 같다고 자신의 질문에 자신이 대답하고는 가정부를 불렀다. 가정부가 차를 내올 때까지 거실에는 무거운 정적만이 흘렀다.

달그락.

가정부가 조심스럽게 차를 내려놓았지만, 쥐 죽은 듯이 조용한 탓에 테이블 위로 놓이는 찻잔 소리가 유독 컸다.

"들어요."

"네, 감사합니다."

영진을 따라 찻잔을 들어 입술을 축인 수인은 옆에 앉은 강준을 바라봤다. 감정이 없는 얼굴은 지독히도 차가웠다. 혹시나, 상의도 없이 이렇게 온 것 때문에 그의 기분이 상한 건 아닌가 싶어 수인은 걱정되었다.

"제가 이곳에 온 이유는……."

"일어나. 죄송합니다. 나중에 다시 오겠습니다."

벌떡 일어난 강준은 수인의 팔을 잡아 일으켰다.

도대체 이곳에 와서 무슨 소리를 듣고 어떤 상처를 받으려고 제 발로 걸어 들어온 것인지.

"잠깐만! 강준아, 나 아직 말씀드릴……."

"이게 무슨 행동이냐! 네가 어쩌다가!"

버릇없이 구는 걸 절대 용서치 못하는 영진은 둘째 아들의 예의에 어긋난 행동에 화가 치솟았다. 이런 게 모두 다 수인 때문이라는 듯 민희는 강준의 손에 팔목이 잡힌 그녀를 원망스레 바라봤다.

"죄송합니다. 오늘만 용서해 주세요."

부모님의 화에도 강준은 수인을 잡은 손에 힘을 주었다. 하지만 수인이 도로 소파에 주저앉아 버티는 탓에 걸음을 옮길 수가 없었다.

"한수인, 안 일어나?"

"나 이대로 못 가."

두 사람의 싸움을 망연히 바라보던 영진과 민희는 한숨을 쏟아냈다. 가만히 앉아 그 모습을 보던 강훈이 자리에서 일어나 강준의 손에서 수인의 팔목을 빼냈다.

"형!"

"수인이 할 말이 있어서 왔다고 하잖아. 들어봐."

수인은 소파에서 내려와 바닥에 무릎을 꿇었다. 놀란 강준이 손을 뻗었지만, 강훈에게 가로막혔다. 고개를 절레절레 젓는 강훈이 가만히 지켜보라고 눈으로 말했다.

"이게 무슨……."

"아버님, 어머님, 초면에 이런 말씀 드려서 죄송합니다. 저, 강준이와 결혼하고 싶습니다."

영진과 민희보다 강준이 더 크게 놀랐다. 그런 그의 상태를 모르는 것인지, 수인이 말을 이었다.

"저 오늘 은퇴 기자회견도 했습니다. 제가 마음에 차지 않으실 거라는 거 잘 압니다. 제가 많이 노력할게요. 그러니까 강준이 저에게 주세요."

"지금 이게 무슨……. 결혼이라니. 아가씨, 우린 강준이가 아가씨가 아닌 다른 사람과 짝이 되었으면 해요."

영진이 단칼에 수인을 잘라냈다. 배우인, 아니, 배우였던 여자를 집안의 며느리로 받아들일 수 없고, 사실이 아니라 해도 그런 스캔들이 있었던 여자는 더더욱 안 된다. 게다가 아들을 망칠 수도 있는 여자다.

"제가 많이 부족하다는 거 알아요. 하지만 아버님. 저 잘할 수 있어요. 집안 살림도 배우고, 강준이 내조도 잘할게요. 저 자신 있어요."

수인은 무작정 영진에게 매달렸다.

"나도 반대예요. 우리 강준이는 아가씨와는 안 돼요. 우리 아들이 어떤 아들인데."

울컥. 수인은 가슴 깊숙한 곳에서 그동안 느끼지 못했던 아픔이 돌연 떠올랐다. 귀한 아들이라는 민희의 말에 수인은 자신의 부모를 떠올렸다.

나도 한때는 저렇게 귀한 딸이었는데.

부모가 없는 서러움을 다 크고 나서야 크게 느꼈다.

"그리고 난 아가씨 때문에 우리 아들이 변하는 거 원치 않아요. 지금도 이렇게 우리 아들이 아가씨 때문에 예의 없이 굴잖아요. 단 한 번도 부모 말을 거스른 적도, 부모를 걱정시킨 일도, 실망시킨 일도 없었는데."

민희는 최대한 돌려서 이야기했다. 하지만 수인은 단번에 그녀가 무슨 이야기를 하는지 깨달았다.

잠시 정적이 흘렀다. 그 정적 사이 영진과 민희가 간간이 내뱉는 한숨이 공기 중으로 흩어졌다.

"아버님, 어머님, 강준이 그 누구보다 두 분에게 자랑스러운 아들이 되기 위해 노력했어요. 지금도 그렇고요. 아버님과 어머님께 실망을 안겨 드린 적이 없잖아요."

없었다. 하지만 이번에 수인으로 인해 큰 실망을 줬다.

"강준이를 믿어주세요. 강준이는 그 누구보다 올바르게 저를 사랑해 줬어요."

"올바르게?"

영진이 외면했던 수인에게로 고개를 돌렸다.

"저, 강준이의 사랑 속에서 행복했어요. 두 분이 오해를 하신 거예요. 강준인 절대 저에게 해를 가한 적도 없고, 저를 괴롭힌 적도 없어요."

영진과 민희의 눈빛이 흔들렸다. 수인은 그걸 놓치지 않고 진실함을 담은 얼굴로 이야기를 이어갔다.

"저도 그와 같은 마음으로 강준이를 사랑합니다. 우리의 사랑이 두 분에게 실망을 안겨 드린 것이지, 강준이 실망을 안겨 드린 게 아니에요."

강준은 헛된 짓을 한 적이 없다. 그저 우리 둘이 사랑을 한 것뿐이다. 당신들의 아들은 여전히 자랑스러운 아들이다. 수인의 말속에 담긴 속뜻에 영진은 아내를 바라봤다. 그리고 강준을 봤다.

아내의 말만 듣고 강준을 호되게 야단쳤다. 실망했다고 소리쳤다. 그 누구보다 자랑스러운 아들을 잃었다고 생각했다.

"강준이는 두 분의 자랑스러운 아들이 아니었던 적이 한순간도 없어요. 그러니 저를 미워하셔도 되지만, 그에 대한 오해는 푸세요."

오해. 강준은 계속해서 오해라고 했다. 수인의 말에 영진은 자신이 아들에게 무슨 짓을 한 것인지 깨달았다. 아들을 믿지 못했다. 반듯한 아들을 한순간에 미치광이로 만들어 버린 것은 오히려 부모인 자신들이라는 생각에 영진은 눈앞이 아찔해졌다. 그것은 민희도 마찬가지였다.

"헤어지자고 하는 그를 제가 붙잡곤 있어요. 저, 강준이 없인 못 살아요. 저를 받아주시지 않아도 괜찮아요. 하지만 강준이를 빼앗아 가지만 말아주세요. 제발 부탁드립니다."

부모님에게 더는 실망을 안겨 드릴 수 없다는 강준이 자신에게 헤어지자고 했다고. 하지만 자신은 그 없이는 살지 못한다고. 제발 강준에 대한 오해를 푸시고, 그를 빼앗아 가지 말아달라고 수인이 반복해서 애원했다.

털썩. 수인의 옆으로 강준이 무릎을 꿇었다. 커다란 그의 손이 고개를 숙인 수인의 머리 위로 얹어졌다. 부드럽게 매만지는 손길에 수인의 눈에서 뚝뚝 참았던 눈물이 쏟아졌다.

"수인아, 그만해. 이젠 됐어. 그리고 고마워."

수인이 그의 허물을 덮어주려 애쓰는 모습에 강준의 얼굴에 희미하게 웃음이 피어올랐다. 그가 가장 중요시 여겼던 부모님의 기대. 그것 때문에 수인이 잘못을 다 덮어쓰려 하자, 강준은 그 모습을 보고 가슴이 묵직해지면서도 오히려 홀가분해지는 걸 느꼈다.

왜 그리도 아등바등 애를 썼는지. 그렇다고 해서 자신이 부모님의 자식이 아닌 것도 아닌데. 조금은 그 기대를 저버려도 됐는데.

지켜주겠다고, 언제나 옆에 있겠다고 다짐을 했으면서도 그녀에게 가장 무서운 존재일지도 모르는 자신의 부모님에게 그녀의 존재를 숨겨왔고, 부모님들에게서 지켜주지도 못했다. 오히려 수인이 저를 지켜주려 한다.

그 모습이 안쓰럽고 애잔하면서도 너무나 사랑스러워 강준의 미소가 조금씩 짙어졌다. 천천히 고개를 드는 수인의 얼굴은 눈물로 젖어 있었다. 강준이 부드러운 손길로 그녀의 눈물을 닦아냈다.

"아버지, 어머니, 사실이든 오해든 이제는 중요치 않아요. 실망시켜 드려 죄송합니다. 저도 수인이 없이는 못 살아요. 집에 들어오지는 못하겠습니다. 수인이와 살고 싶어요."

수인이 놀라 고개를 흔들었다. 왜 부모님에게 그러냐고. 그들에게 실망을 안겨 드리는 걸 가장 싫어하면서 왜 그러냐고. 그들의 화를 다 자신이 짊어질 수 있다고 고개를 흔드는 수인에게 강준은 고개를 저었다.

"한수인. 행복하겠다며. 이제 행복하게 살자."

강준이 자리에서 일어나 수인에게 손을 뻗었다. 머뭇거리는 수인이 손을 마주 잡자 그녀를 일으키며 환하게 웃었다. 아무런 근심걱정이 없는, 기대 부응에 대한 부담감 등의 다른 감정이 섞이지 않은, 오롯이 기쁨만 존재하는 강준의 웃음에 영진과 민희는 멍하니 둘째 아들을 올려다봤다.

언제부터인가 강준은 웃음을 잃었다. 분명 어릴 때에는 둘째이자 막내였기에 제법 애교를 부렸다. 하지만 강훈의 일이 있은 뒤로 강준은 변해갔다. 모든 관심이 강훈에게 집중되었기에 그런 강준의 변화를 알아채지 못했다. 뒤늦게 알았지만, 철이 든 것이다 안일하게 생각했다.

강준의 미소가 원래는 저랬다는 걸, 지금 웃는 아들의 얼굴에 아주 어릴 때의 모습이 겹치고 나자 영진은 깨달았다. 그의 얼굴에 후회와 회환이 감돌았다. 강준에게 지나친 기대를 한 것과 달리 관심은 강훈에게 모조리 쏟았다. 그게 지금 와서 못내 미안하게 다가왔다.

수인의 손을 잡고 집을 나서는 둘째 아들의 뒷모습을 보면서도 영진은 화를 낼 수도 붙잡을 수도 없었다. 민희 또한 마찬가지였

느지 황망하게 강준과 수인의 뒷모습을 바라봤다.

"강준이랑 수인이. 이제, 결혼 날짜 잡을까요?"

씩 웃은 강훈이 부모님을 뒤로하고 집 밖으로 나갔다.

수인의 집으로 들어오자마자 강준은 현관을 간신히 벗어나 거실에서 그녀를 안았다. 안기면서 우는 수인을 달래가며 강준은 제 욕심껏 그녀를 가졌다. 씻을 힘도 남지 않아, 거실 러그 위에 가만히 누워 서로를 바라보다 수인이 먼저 잠이 들었다.

강준은 욕실에서 수건에 물을 적셔와 잠든 수인의 몸을 조심스럽게 닦아낸 뒤 이불과 베개를 방에서 가지고 나왔다.

"으음."

거실의 커다란 창으로 쏟아지는 햇빛에 수인이 강준의 품으로 숨어들었다. 하지만 강준은 받아주지 않고 자리에서 벌떡 일어났다. 밤새 품어주던 온기가 사라지자 수인이 억지로 눈을 떴다. 이불을 몸에 칭칭 감고 강준을 찾아 걸음을 옮겼다.

"뭐 해?"

"씻고 밥 먹어야지."

수인의 몸에 감긴 이불을 풀고 그는 그녀를 안아 조심스럽게 욕조 안으로 들어갔다. 이제 막 차오르기 시작하는 물이 찰랑찰랑 그들의 몸을 간지럽혔다.

"어제 저녁도 먹지 못했잖아. 배 안 고파?"

"고파."

이마에 닿았다가 떨어지는 입술에 수인의 눈이 접혔다.

다 씻고 나와 밥을 먹으면서 수인은 강준의 눈치를 살폈다. 어제 그의 집에서 그러고 나와 자신은 좌불안석인 데 반해, 그는 천하태평이었다. 걱정이라고는 찾아볼 수 없는 평온한 얼굴에 수인이 결국 물었다.

"괜찮아?"

"응. 괜찮아."

"정말?"

식사가 끝나고 소파에 앉아 따뜻한 차를 마시면서 그들은 주말을 만끽했다.

"실은 어제 네가 날 사랑한다고 해서 놀랐어."

"아……."

수인의 얼굴이 난처함으로 물들었다. 강준이 그걸 보고 피식 웃었다.

"그래야 할 것 같아서. 난 사랑이 뭔지 모르겠어. 하지만 우리가 하는 건 사랑 그 이상이라 생각해."

콩. 강준이 수인의 머리에 자신의 머리를 살짝 박았다.

"그게 사랑이야, 내가 하는 거. 네가 하는 거. 우리가 하는 거. 그걸 사랑이라 하는 거야."

"이게…… 사랑이야?"

부모들이 보여준 사랑. 수많은 드라마와 영화를 찍으며 연기했던 사랑. 그 어떠한 것에도 그들과 같은 건 없었다. 하지만 생각해보면 찍었던 영화와 어렴풋이 비슷하기도 한 것 같다.

"사랑은 어려워."

"그래? 나한테는 널 사랑하는 게 가장 쉬운 일인데. 난 널 사랑하는 게 가장 쉬웠어."

자신을 사랑하는 게 가장 쉬운 일이라는 그의 말에 수인은 심장이 멎는 기분을 느꼈다. 환하게 들어오는 햇빛이 오롯이 그만을 비췄다. 따뜻하고 포근한 햇빛처럼 빛나는 그의 미소에서 보이는 행복.

"사랑한다, 한수인. 내 아내가 되어줘."

반지도 없는 프러포즈였지만, 수인은 세상에서 가장 최고의 프러포즈를 받은 여자처럼 행복한 미소로 답했다.

두 사람은 하루 만에 다시 강준의 본가로 향했다. 부모님의 부름에 가지 않겠다는 강준을 수인이 설득했다. 어제처럼 모두 같은 자리에 앉았지만, 분위기는 달랐다.

"저희 결혼합니다."

수인의 손을 꽉 잡은 강준이 부모님께 말했다. 영진과 민희는 두 사람의 모습을 가만히 바라봤다. 수인이 그 시선이 부담스러운 듯 꼼지락거리자 강준이 수인에게 괜찮다는 듯 미소를 지었다.

"언제 할 계획이냐?"

영진의 질문에 강준과 수인의 눈이 크게 떠졌다.

"올해가 가기 전에 하고 싶습니다."

영진이 고개를 저었다. 강준과 수인의 얼굴에서 혹시나 하는 기대감이 허물어졌다.

"올해는 준비하기에 빠듯하다. 내년 봄이 어떻겠냐?"

짧은 정적이 흘렀다.

"감사합니다."

강준이 고개를 숙였다. 아들의 선택을 허락해 주신 것에 감사함을 담아 그는 어머니에게도 고개를 숙였다.

"감사합니다. 저 잘할게요."

수인도 강준을 따라 고개를 숙였다.

16

짐을 내려놓은 인부들은 이미 다 가버렸고, 셋이서 마지막 상자까지 다 풀어 정리를 끝냈다.

"이제 끝인가? 와, 무슨 혼자 사는 여자가 짐이 이렇게 많아."

지휴가 손을 탈탈 털면서 진저리를 쳤다.

어쩌다가 자신이 이렇게 끌려와 수인의 짐 정리까지 하고 있는지. 애석하게도 벌써 토요일이 다 지나갔다. 어둑해진 밤하늘을 보며 그가 탄식을 쏟아냈다.

"수고했다."

아침에 인부들이 수인의 짐을 모조리 싸서 점심 무렵에 이곳, 강준의 집으로 다 옮겼다. 어느 정도는 인부들이 짐을 풀고 정리를 도와주었지만, 세세한 것은 강준과 수인의 몫이었다. 가만히 남은 상자들을 보던 그는 6층으로 내려가 달콤한 낮잠을 자고 있던 지휴를 끌고 와 일을 시켰다.

고생한 지휴에게 시원한 맥주를 건네주고 그는 수인을 찾아 방으로 들어갔다.

"얼마나 남았어? 도와줄게."

"다 했어. 작은방 정리는 다 끝난 거야?"

비어 있던 작은방이 수인의 드레스룸 겸 그녀의 방으로 탈바꿈했다. 워낙에 짐이 많았기 때문에 그냥 대부분이 그녀의 물건들로 가득 찼다고 봐도 무방했다.

수인은 강준의 옷장 빈 곳에 그녀의 몇 가지 옷으로 채우고, 화장대를 들여 두 사람의 스킨로션 및 화장품을 정리했다. 자잘한 것들을 정리하는 것도 꽤 시간이 걸렸다.

"그쪽은 정리 다 됐어."

강준은 새삼스러운 눈으로 자신의 방을 둘러봤다. 결혼 전에 수인과 같이 살겠다고 결정을 내리자 부모님의 반대가 있었지만, 결국 설득했다. 처음에는 그가 수인이 살고 있는 곳으로 들어가려 했지만, 수인이 자신이 그의 집으로 이사를 오겠다고 했다.

은퇴를 했지만, 아직 기자들이 수인을 주시하고 있는 상황이기에 사생활 보호가 되는 그곳에서 지내자고 그가 설득했으나, 그녀는 더 이상은 숨어서 지내고 싶지 않다고 했다. 그 결과, 오늘 수인은 이곳으로 이사를 왔다.

"다 했어. 끝!"

만세를 부르며 수인이 자리에서 일어났다. 흐뭇한 얼굴로 방을 둘러보고는 강준의 손을 잡고 거실로 나왔다.

"아. 배고파. 자장면에 탕수육. 그리고 군만두도. 아니, 양장 피?"

"수인아, 뭐 시킬까? 근처에 돌솥비빔밥 가게도 있어."

"야! 이사하는 날에는 자장면 몰라?"

"수인이 밥 먹어야 해. 자장면은 네 집에 가서 시켜 먹던가."

실컷 부려 먹고는 쫓아내냐고 지휴가 흥분해 몸을 들썩였다.

"나는 해물볶음밥 먹을게. 지휴가 먹고 싶다는 거 시켜줘."

수인이 중간에서 적당한 선에서 타협안을 내놓았다. 구시렁거 리며 지휴가 바닥에 누웠다.

"음식 오면 깨워."

"잘 거면 네 집에 내려가서 자라."

"와. 고급 인력을 이렇게 부려 먹고서는. 진짜 너무한 거 아니 냐? 진짜 진상 커플. 내가 니들 사이에서 얼마나 고생했는데."

상체를 들고 그동안 쌓였던 불만을 토로하는 지휴의 가슴을 강 준이 발로 밀어 다시 눕혔다.

"자라 자. 깨워줄게."

음식이 올 때까지 누워서 명상을 하던 지휴는 저녁을 먹고도 돌 아가지 않고 밍기적거리다가 결국 강준의 손에 의해 쫓겨났다.

"피곤하지."

"조금. 졸린다."

수인이 하품을 하며 입고 있던 옷을 벗었다. 졸린 얼굴은 온데 간데없이 매혹적인 미소를 지으며 마지막 속옷까지 탈의하고서 는 뒤돌아 욕실로 향했다. 투명한 나신이 굴곡진 곡선을 자랑하 며 욕실 안으로 사라졌다. 초대를 하듯 살짝 열린 욕실 문과 바닥에 떨어진 그녀의 옷가지들을 본 강준은 기꺼이 그 초대에 응했다.

수인의 옷 위로 자신의 옷을 벗어 떨어뜨린 강준은 나신으로 수인을 쫓아갔다.

욕실 등 아래 수인의 몸이 새하얗게 빛을 낸다. 강준은 그녀의 뒤에 바짝 섰다. 이미 그의 페니스는 부풀어 그녀의 엉덩이를 찌르며 제 존재를 드러냈다. 커다란 거울에 수인의 아름다운 얼굴과 가는 목선, 풍만한 가슴과 도드라진 유륜이 비춰졌다. 그녀의 얼굴에는 기대감이 서려 있었다.

"하아……."

뒤에서 뻗어진 팔이 가슴을 쥐고, 귀 뒤에서는 뜨거운 숨결이 닿았다. 목선에 진한 키스를 한 강준이 가슴의 윤곽을 따라 손가락을 움직였다. 부드러우면서도 탄력적인 가슴이 손가락에 닿아 녹아내린다. 그보다는 조금 딱딱한 유륜을 손가락 사이에 끼우자 수인이 고개를 젖히고 그의 어깨에 기댔다.

두 가슴을 한 손에 모아 쥐고 조몰락대며 그가 다른 손으로 샘을 찾았다. 배를 가르듯 쭉 손가락이 홀쭉한 배 사이를 가로질러 내려갔다. 체모에서 그의 손이 멈췄다. 까슬한 체모를 쥐고 매만지던 손이 더 밑으로 내려갔다. 갈라진 틈새 위로 손가락이 거닐었다. 체모를 가르고 단번에 손가락 하나가 그녀의 몸 속으로 들어갔다. 꽉 조여오는 내밀한 속살에 그의 분신이 까딱이며 반응을 했다.

"침대로 가자."

수인을 안아 들고 성큼성큼 걸어 침대로 간 그는 조심스럽게 그녀를 눕혔다. 열이 오른 모습을 찬찬히 감상한 강준은 고개를 숙여 수인의 입술을 머금었다.

살짝 닿았다 떨어지던 입술이 꼭 맞물리자 두 사람의 입에서 신음이 흘러나왔다. 강준의 다리에 자신의 다리를 옭아맨 그녀가 단단한 어깨와 가슴, 복근을 차례로 손으로 훑었다.

"으음…… 강준아."

가슴을 머금고 빨아들이는 그의 얼굴을 내려다본 수인은 얼굴에 열이 오르는 걸 느꼈다. 눈을 지그시 감고 가슴을 애무하는 모습이 지독히도 섹시했다. 자잘하게 떨면서 한숨을 내쉰 그녀는 복근 아래로 내려가는 그의 얼굴에 상체를 일으켰다.

강준의 팔을 잡아 끌어당기자, 그가 손쉽게 올라와 입을 맞췄다. 천천히 밀어서 침대에 눕힌 수인은 그의 배 위로 올라탔다.

"수인아."

자신의 몸 위로 숙인 수인의 눈이 반짝 빛이 났다. 그의 가슴을 짚고 앉자 그녀의 팔에 가슴이 모아졌다. 저 가슴에 얼굴을 묻고 질릴 때까지 탐하고 싶은 열망이 가득한 눈으로 강준이 쳐다봤다. 홀쭉한 배와 그 밑의 새카만 음모. 그 아래는 그의 복근에 맞닿아 있었다. 그가 시선으로 그녀를 탐닉했다. 촉촉하게 젖어드는 여성이 복근위에서 움찔거렸다. 수인의 입가에 걸린 미소가 그를 유혹했다. 혀를 내밀어 입술을 축이더니 목이 마른 눈으로 그를 갈망한다.

가슴에 입술이 닿고, 혀가 피부를 쓸자 그의 입에서 억눌린 신음이 튀어나왔다. 손으로는 유두를 지분거리고 엉덩이를 조금씩 아래로 내리더니 그의 분신을 자극했다.

아래에서 열기가 전해지자 수인은 손을 내려 그의 페니스를 잡았다. 그녀에게서 흘러나온 애액으로 강준의 페니스가 젖어 있었다. 부드럽게 쓸어내린 뒤 페니스를 잡고 천천히 엉덩이를 내렸다. 꽉 몸을 채우며 열기가 한층 더 가까이 다가오자 수인의 입에서 열기 섞인 신음이 터졌다.

"아핫. 으응……."

"으……."

강준이 입술을 깨물고 그녀의 허리를 잡아 내리눌러 더욱 깊이 안으로 들어갔다. 허리를 움직이는 그의 가슴을 손으로 누르고 수인이 자신이 움직이겠다는 눈짓을 보냈다.

천천히 들었다 내리는 엉덩이에 내밀한 속살 안에서 그의 페니스가 길을 냈다. 단단한 게 가득 차 내벽을 긁어내는 자극에 온몸이 쾌락에 빠져든다. 수인은 눈을 감고 엉덩이를 흔드는 데에 집중했다.

수인의 허리를 잡고 있던 손을 그녀의 가슴으로 옮긴 그는 그녀의 움직임을 감상하며 자신을 뜨겁게 감싸는 느낌을 만끽했다. 순간 수인이 위아래로 크게 움직이자, 강준의 손에 힘이 실렸다.

"아앗……."

수인이 자신의 가슴을 쥐고 있는 팔뚝에 손톱을 박았다.

"천천히. 수인아…… 천천히."

빠르게 움직이는 수인을 달랬지만, 수인이 움직이는 속도가 점점 빨라졌다. 신음을 하며 움직이는 수인은 부족한지 그를 쳐다봤다. 수인이 쾌감에 일그러진 그의 얼굴을 보고 만족스러운 미소를 지었다. 하지만 부족한 무언가에 그녀가 불만을 터뜨렸고, 강준은 힘을 줘 허리를 올렸다.

"아, 으응. 앙!"

몇 차례 그가 허리를 치받자, 거칠어지는 호흡과 함께 수인이 그의 팔을 쥐어 잡고는 허리를 뒤로 휘었다. 그 순간 강준은 상체를 세워 그녀를 품에 안았다. 아찔한 쾌락에 빠져 허우적거리는 수인을 눕히고 그도 그 쾌락을 쫓아 허리를 움직였다.

"으, 웃……."

눈앞이 순식간에 암흑에 휩싸이더니 작은 불꽃이 터진다. 모든 걸 쏟아낸 그는 수인의 귓가에 얼굴을 묻었다.

"사랑해, 한수인."

그의 무게가 무거울 법도 한데 수인은 그의 등을 팔로 감싸고 힘을 줬다. 묵직하게 느껴지는 무게감이 안정감을 선사한다.

"나도…… 사랑해. 흑, 흐윽."

처음으로 강준에게 말하는 사랑해라는 말이 왜 그리도 슬픈지. 아니, 슬픔은 아닌 것 같다. 말로 표현할 수 없는 느낌에 저도 모르게 눈물이 났다.

그녀조차도 자신이 왜 우는지 모르는데, 그는 이해를 한다는 듯 부드럽게 등을 쓰다듬어 주었다.

대문이 열리는 소리에 수인은 어깨를 움찔거렸다. 오라는 부름이 있었던 것도 아니고, 저 스스로 찾아와 놓고서는 어쩔 줄 모르는 얼굴로 안으로 들어섰다.

"어머님, 저 왔어요."

택시에서 내린 지 얼마 되지 않았지만, 추위에 얼굴이 차갑게 굳었다. 새해 인사를 드리러 온 뒤로 일주일 만에 예비 시댁을 찾은 그녀는 아직은 어색한 예비 시어머니에게 반듯하게 인사를 했다.

"그래. 밖에 많이 춥니?"

수인은 강준의 가족들 마음에 들기 위해 노력했고, 그 노력을 알아본 것인지 민희는 전보다는 살갑게 수인을 맞아주었다. 수인과 강준은 이미 같이 살고 있고, 또 차근차근 결혼식 준비도 진행 중에 있었다. 예식장도 알아봤고, 날이 풀리면 웨딩촬영도 할 예정이다. 민희는 수인을 며느리로 받아들이니 이제 마냥 밉지만은 않았다.

"많이 쌀쌀해요. 오늘 또 눈이 내린다고 하던데요."

처음 대본 연습을 할 때처럼 수인은 또박또박 말했다. 행여나 책 잡힐까 싶어 모든 게 조심스러웠다. 결혼 전 자진해서 신부수업을 받겠다고 말하는 수인을 기특히 여긴 민희는 매번 직접 음식을 가르쳤다. 가정학과 교수였던 사람답게 강의를 하듯 가르쳐서 수인은 마치 일대일 개인 교습을 받는 것 같아 어려웠지만, 단 한 주도 빼먹지 않고 일주일에 한 번씩 찾아왔다.

"오늘은 어떤 음식 해요?"

저번 주에는 김치를 담갔으니, 이번 주는 국이나 찌개일 확률이 높았다.

"오늘은 매운탕을 끓여볼까 하구나. 추운 날이 되면 남자들은 뜨끈한 탕을 찾거든."

"네. 그럼 올라갔다가 준비해서 내려올게요."

강준이 사용하던 방으로 올라온 수인은 겉옷을 벗어 걸어두고는 화장실에서 손을 씻고 다시 주방으로 내려왔다. 앞치마를 두르고 이제는 제법 할 줄 아는 재료 다듬기를 했다.

"어머님, 이 생선은…… 우욱."

스티로폼 상자에 담겨 있는 생선을 꺼내기 위해 뚜껑을 열던 수인은 바닥으로 뚜껑을 내팽개치고는 싱크대로 향했다.

역한 비린내가 코를 찌른다. 계속해서 그 비린내가 가시지 않아 헛구역질이 멈추지 않았다. 결국 수인은 도망치듯이 주방을 벗어났다.

"괜찮니? 어디가 안 좋은 거니?"

뒤따라 나온 민희가 걱정스레 수인을 봤다. 창백하게 질린 얼굴의 수인이 돌연 입을 틀어막고 화장실로 달려갔다.

"어머! 애!"

꽃게를 다듬던 손으로 나왔던 터라 수인을 잡지 못한 민희는 어정쩡하게 손을 허공에 든 채로 따라갔다. 민희가 화장실에 따라 들어오자 수인은 당황했지만, 구역질에 변기에서 고개를 들지 못했다. 물을 틀고 손을 씻은 민희가 수인의 등을 두드려 주었다.

"뭐 잘못 먹었니?"

"그게 아니라…… 비린내가, 우욱."

"아무래도 병원에 가봐야겠다. 한데 비린내가 어쨌다고?"

"욱. 우욱."

대답도 못 하고 수인은 계속 구역질을 했다. 속이 진정되고 구역질을 멈춘 수인이 입을 헹구고 민희의 부축을 받으며 나오자 가정부가 기사에게 부탁해 차를 대기시켜 놨다고 전했다.

"그런데 사모님, 혹시 임신 아니에요? 사모님, 둘째 도련님 가지셨을 때 생선 비린내를 못 맡으셨다고 하셨잖아요."

가정부의 말에 민희가 수인을 돌아봤다. 비린내를 맡고는 헛구역질을 하는 것이 강준을 가졌을 때와 똑같다.

"너, 임신한 거 아니니?"

수인은 멍하니 민희를 쳐다봤다.

생리 불순이 꽤 오래된 탓에 임신이 힘들 거라 생각했다. 결혼을 하면 아이를 가져야 한다는 생각을 했지만, 그동안 피임에 신경을 쓰지 않았어도 임신이 된 적이 없어서 인공수정을 내심 생각하고 있었다. 한데 결혼을 결심하고 준비할 때 이렇게 보란 듯이 임신이 될 거라고는 생각도 못 했다.

"아…… 그게."

잘 모르겠다고 고개를 젓는 수인을 보고 민희는 확신했다.

"아줌마, 올라가서 애 옷 좀 가지고 내려와요. 나랑 같이 가자꾸나."

멍하니 서 있는 수인과 달리 두 사람은 재빠르게 움직였다. 눈길에 미끄러지지 않게 조심하라고 민희가 그녀의 손을 꽉 잡았다. 수인은 그런 민희를 보며 눈시울이 뜨거워졌다.

산부인과에 들어서자, 아직 수인을 알아보는 사람들의 시선이 느껴졌지만 개의치 않았다. 아니, 그것에 신경 쓸 수가 없었다. 진료 전 소변을 받아오라는 간호사의 말대로 화장실에 다녀오고 난 뒤, 진료 차례가 되자 수인은 민희와 같이 진료실로 들어갔다.

"음……. 소변 검사로는 임신으로 나오네요. 마지막 생리를 언제 하셨나요?"

"세 달 정도 된 것 같아요. 안 하고 넘어갈 때가 많아서 확실하지가 않아요."

"초음파 검사를 해볼게요."

의사를 따라 옮겨가 진료 침대에 누워 검사를 받았다. 의사는 검사가 다 끝날 때까지 말이 없었다.

"축하드립니다. 임신입니다. 아기가 자리는 잘 잡았고요, 별 이상은 보이지 않네요."

초음파 사진을 보던 의사가 사진을 보여주며 설명했다.

"어머! 아가! 임신이란다."

민희는 첫 손주를 가진 수인이 대견스러워 손을 잡고 토닥였다. 기뻐하는 그녀의 모습에 수인은 자신이 임신한 것을 실감했다.

"지금 나이가 서른넷이기에 노산이세요. 첫 아기인 데다 노산이시니 조심하셔야 해요."

의사는 조심에 또 조심을 하라고 당부하며 유의 사항을 몇 가지 이야기했다. 넋을 놓은 수인을 대신해 민희가 꼼꼼히 들으며 고개를 끄덕였다.

"어머님, 감사합니다."

병원을 나서며 수인이 민희의 손을 잡고 눈물을 흘렸다.

"아니, 내가 고맙지. 고맙구나, 아가."

품에 수인을 안고 민희가 등을 쓰다듬어 주었다.

기억도 나지 않는 엄마의 품처럼 포근했다. 그리고 처음으로 엄마가 보고 싶어졌다.

민희에게 부탁해 수인은 점심시간에 맞춰 강준의 회사로 향했다. 처음으로 온 그의 회사가 하늘 높이 아득하게 뻗어 있어서 놀란 그녀는 옅은 아찔함을 느꼈다. 건물 로비로 들어선 수인은 조심스럽게 경비원 앞으로 걸어갔다.

"한수인 아니야? 맞지?"

업무 시간이 아닌지라 로비에는 사람들이 제법 많았다. 수인을 알아보고 속닥거리는 소리가 늘어갔다.

"어떻게 오셨습니까."

"아, 음……. 약혼자를 만나러 왔는데요."

경비원이 묻고 나서야 강준에게 연락하지 않았음을 깨닫고 수인은 아차 싶었다. 너무 들뜬 마음에 무작정 찾아오고 그 뒤는 생각을 하지 못했다.

"누구를 찾아오셨습니까."

직접 전화를 해서 부르겠다고 하려 했지만, 이미 경비원은 성급하게 수화기를 들고 귀에 가져갔다.

"법무 1팀의 이강준 변호사님이요."

"아, 네."

경비원은 얼떨떨한 얼굴로 법무 1팀의 사무실 번호를 찾아 눌렀다. 한수인이 지금 자신의 눈앞에 있다는 것과, 약혼자를 찾아왔다는 게 현실감이 없는 듯 그의 눈이 살짝 풀려 있었다.

점심시간을 잊고 회의실에서 한창 회의 중이었다. 회의실 옆의 사무실에서 계속 울리는 전화에 막내인 서연이 회의실 책상 중앙에 있는 전화기로 손을 뻗었다. 전화를 받은 서연의 목소리가 커졌다.

"네? 누구라고요? 말도 안 돼요. 잡상인 아니에요? 네? 누구요?"

"소 변, 누군데 그래."

형우의 부름에 단번에 서연의 눈이 치켜올라 갔다.

"제가 소서연 변호사라고 불러달라고 했죠!"

"소서연 변호사. 전화."

명인이 얼굴을 찌푸리며 그녀의 손에 들린 전화기를 가리켰다. 서연이 홱 강준을 돌아봤다.

"경비원이 이 추위에 정신이 나갔나."

낮게 속삭였지만, 이미 회의실의 모든 사람이 다 들었다. 다들 서연을 보며 한숨을 지었다.

"이 변호사님 약혼녀라는 사람이 찾아왔다는데요?"

"약혼녀? 너 약혼녀가 있었냐?"

지휴가 강준에게 물었다. 서연은 그럼 그렇지, 하는 눈으로 피식 웃더니 경비원에게 잡상인이면 빨리 내보내라고 말을 했다.

"잠깐."

강준이 서연에게 손을 내밀었다. 서연이 머뭇거리며 수화기를 넘겼다.

"이강준 변호사입니다. 누가 왔습니까."

[약혼녀시라는데요? 한수인 씨가…….]

"제 약혼녀 맞습니다. 내려가겠습니다."

강준이 전화를 끊자 다들 멍하니 그를 쳐다봤다. 생전 듣지도 못한 약혼녀 소리에 명인과 형우, 기훈, 용천은 눈에 물음표를 띠웠고, 서연은 날을 세웠으며 주은은 실망과 체념 어린 얼굴을 했다. 지휴는 뒤늦게 '아.' 하며 고개를 끄덕였다.

"이 변, 약혼했어?"

기훈이 총대를 메고 물었다.

"약혼식은 안 올렸는데, 이 녀석 결혼할 여자 있어요."

지휴가 대변하자 다들 그에게 시선을 돌렸다.

"결혼? 누구랑? 이 변, 만나는 여자 있었어?"

있다고, 무려 9년을 넘게 만나는 여자가 있다고 지휴가 강준을 음흉하게 쳐다봤다. 원래 얌전한 고양이가 부뚜막에 먼저 올라간다고, 저 녀석이 그 얌전한 고양이라고 이야기를 하다가 강준이 어깨를 꽉 잡자 입을 다물었다.

"죄송합니다. 잠시 나갔다 오겠습니다."

명인이 알았다고 손짓을 했다.

"잠깐! 우리도 밥 먹어야지. 오늘은 나가서 먹을까? 어때요, 부장님."

용천이 재빨리 일어나 책상을 정리하며 물었다. 빨리 내려가서 강준의 약혼녀를 만나자는 눈짓에 다들 바삐 자리에서 일어났다. 미적대는 서연과 주은을 재촉해 모두 엘리베이터에 올랐다.

"허허. 내 그런 줄도 모르고 우리 딸 이야기를 했네."

귀한 딸 내어줄 마음도 없었으면서 명인이 아쉬움에 쩝쩝 입맛을 다셨다. 지휴는 수인을 보고 놀랄 팀원들의 반응을 예상하며 혼자 키득거렸다.

"미리 인사를 드렸어야 했는데, 상황이 여의치 않았습니다."

강준은 이렇게 수인을 팀원들에게 인사시켜도 되는 것인지 걱정이 되었지만, 이미 모두 다 따라 나온 터라 어쩔 수가 없었다.

"뭐지? 사람들이 많은데?"

1층으로 나오자 사람들이 빙 둘러 한곳을 보고 있었다. 의아한 얼굴로 법무 1팀원들은 강준을 따라 걸었다. 그러다 수인의 모습을 보고 너도나도 할 것 없이 수인의 이름을 말했다.

"한수인 아니야?"

"대박. 맞네. 한수인이네. 은퇴한 사람이 여기는 웬일이지?"

"예쁘다. 진짜 예쁘네. 오늘 횡재했네. 내가 한수인을 보게 될 줄이야."

형우와 기훈, 용천이 수인을 보고 감탄을 자아냈다. 슬쩍 그들을 본 강준은 성큼성큼 수인에게로 향했다.

"수인아."

"강준아."

사람들에게 둘러싸여 있던 수인은 그녀를 부르는 익숙한 목소리에 활짝 웃으며 가벼운 걸음으로 강준에게 다가섰다. 가볍게 그의 팔짱을 끼자 여기저기에서 소란이 일었다. 그 틈에서 법무 1팀은 한겨울에 얼어버린 듯 움직임 없이 멍하니 그들을 바라봤다.

"저거 뭐야. 설마, 이 변의 약혼녀가 한수인?"

"네, 맞아요."

형우의 질문에 지후가 실실 웃으며 대답했다. 다들 넋을 놓고 두 사람을 바라봤다. 강준은 수인을 데리고 팀원들 앞으로 걸어왔다.

"부장님, 저와 결혼할 사람입니다."

먼저 명인에게 소개를 했다. 명인은 수인에게 악수를 건네며 반갑다고 미소를 지었다. 이어서 다른 팀원들과 서연에게까지 소개를 했다. 서연은 고개만 까딱이더니 씩씩거리는 얼굴로 강준을 쏘아봤다. 수인은 그 모습을 눈에 담으며 마지막으로 주은을 봤다.

"오랜만이다."

"응. 결혼…… 한다고?"

"왔어? 어떻게 여기를 올 생각을 다 했네."

어색한 둘의 인사에 지휴가 끼어들어 수인에게 인사를 했다. 다들 정신을 못 차리는데, 명인이 강준과 수인을 내보냈다. 나가서 점심을 먹고 오라는 명인의 인사를 받으며 두 사람은 밖으로 향했다.

"춥지. 가까운 데 음식 잘하는 집이 있어."

수인을 데리고 한정식 가게로 들어간 강준은 갑자기 그의 손을 놓고 나가 버리는 수인을 따라 다시 밖으로 나왔다.

"수인아!"

수인은 밖의 상쾌한 공기를 맡다가도 역한 냄새에 재빨리 강준의 품에 안겨 그의 체취를 들이마셨다.

"왜 그래. 괜찮아?"

"응. 임신 때문에 그래. 가게 안에 생선구이 냄새가 역해서."

강준에게서 반응이 없어 수인이 고개를 들었다. 깜빡. 강준이 눈을 감았다 뜨며 수인을 눈에 담는 걸 반복했다.

"강준아?"

"임…… 신?"

"응. 나 어머님이랑 병원 다녀왔어. 임신이래."

강준의 가슴이 크게 부풀었다. 한껏 숨을 들이쉰 그가 격양된 어조로 수인을 불렀다. 그러곤 그녀의 얼굴에 자잘한 키스를 쏟아부었다.

"잠깐, 사람들이 봐."

애정 행각을 펼치는 커플에 수인이 껴 있음을 본 사람들이 가던 걸음을 멈췄다.

"고마워. 수인아, 사랑해."

강준의 고백을 지나가던 사람들도 다 들었다. 부끄러움에 고개를 숙이는데 어디선가 휘파람 소리가 들려왔다.

"못살아, 정말."

"하하. 하하하."

강준의 커다란 웃음에 수인은 더욱 고개를 들 수가 없었다. 수인이 춥다고 그만 가자고 말을 하고 난 뒤에야 그는 부랴부랴 그녀를 품에 안고 그곳을 벗어났다.

수인의 임신 소식과 더불어 결혼 소식이 매체를 통해 빠르게 퍼졌다. 은퇴를 했지만, 그녀에 대한 관심은 여전히 뜨거웠다. 벌써부터 2세의 외모에 대한 기대를 비치는 사람들도 있었다.

수인의 임신은 결혼식을 앞당겼다. 최대한 간소하게 치르겠다는 강준과 집안의 첫 결혼이니 해야 할 건 다 해야 한다는 민희의 의견이 충돌했지만 걱정보다는 수월하게 지나갔다.

기자들이 몰래 결혼식장에 난입해 사진을 찍어 결혼식 사진이 만천하에 드러났지만, 강준과 수인은 조용히 넘어갔다.

정신 없이 결혼식을 치르고, 시간은 흘러 드디어 임신 9개월에 돌입했다.

첫 임신에, 노산이기에 조심하라는 당부가 있었기에 수인의 생활은 굉장히 단조로워졌다. 모든 수발을 강준이 자처해서 씻는 것도 그가 퇴근 때까지 기다렸다가 같이 씻었다.

"어디 가?"

침대에서 일어나는 수인의 팔을 잡은 강준이 물었다.

"물. 목이 말라서."

"가져다줄게."

벌떡 일어난 강준이 정성껏 끓인 보리차를 가져왔다. 꿀꺽꿀꺽 다 마신 수인이 자리에서 일어나자 또 그가 물었다.

"뭐 필요해?"

"화장실."

강준이 수인을 안아 들고는 화장실 안까지 들어왔다.

"안 나가?"

"욕실에서 넘어지는 사고가 많이 발생한대. 노산이니까 조심……."

"나가! 빨리!"

수인이 그의 등을 주먹으로 때리며 밀었다. 강준이 나가고 나자 씩씩거리던 수인은 볼일을 보고는 화장실 문을 쾅 열었다. 다가오는 그를 밀쳐 내고 쿵쾅쿵쾅 걸어 침대에 걸터앉았다.

"수인아! 노산인데 조심해야지!"

"그만! 자꾸 노산노산 할 거야? 그러지 않아도 나이 많은 거 알거든? 사람 서럽게 자꾸 노산이라고 하고! 그러는 너는 얼마나 젊다고!"

울컥 서러움에 수인이 강준에게 소리를 질렀다. 호르몬 분비 조절 이상으로 잠이 늘고 툭하면 울지만 이번에는 자신이 잘못했다는 생각에 강준이 손을 모아 싹싹 빌었다.

"미안. 수인아, 미안. 나는 걱정이 돼서. 진짜 미안해."

부른 배가 가로막았지만 강준은 최대한 그녀를 품에 안고 달랬다. 절대 노산이라고 말하지 않겠다고 싹싹 빌고 나서야 수인은 울음을 멈췄다.

"물 줄까?"

물과 그녀가 좋아하는 오렌지까지 대령해 살뜰히 챙긴 강준은 침대에 누워 수인의 얼굴을 멀뚱히 바라봤다.

"우리가 결혼을 했어."

"응."

"아이도 생겼어."

"응, 아이도."

가끔 강준은 믿기지 않는 현실을 확인하듯 잠들기 전 확인하는 버릇이 생겼다. 그때마다 수인은 꼬박꼬박 답을 해서 확인시켜 주었다.

"예쁘다, 내 아내."

아이를 가져서 몸에 살도 붙고 했기에 수인이 입을 삐죽였다. 그래도 예쁘다는 듯 강준이 사랑이 가득한 눈으로 수인을 봤다.

"사랑해, 한수인."

"나도 사랑해."

수인의 눈이 감기는 걸 확인한 뒤에 강준도 눈을 감았다. 가까이 얼굴을 마주한 두 사람의 숨결이 섞였다가 다시 서로에게 스몄다.

에 필 로 그

  적어온 목록을 확인하고, 아들 강혁이 잘 따라오나 확인을 하고, 거기에 제품이 싱싱한지 확인하느라 수인은 정신이 없었다. 강혁은 계속해서 과자나 장난감이 가득한 코너로 가려고 엄마의 눈치를 봤다. 카트에 물건을 담는 사이 몇 번이고 뛰어가려는 강혁의 어깨를 붙잡던 수인의 입에서 결국 큰 소리가 튀어나왔다.

  "이강혁! 엄마가 기다리라 했지! 다 사고 나면 과자랑 장난감 사준다고 했잖아!"

  빽 하니 수인이 소리를 지르자 강혁이 어깨를 축 늘어뜨리고 울상을 지었다. 불쌍한 표정을 지었지만, 단호한 엄마의 얼굴에 강혁은 결국 얌전히 엄마의 치맛자락을 손에 쥐었다.

  한참을 야채코너에서 장을 보는데 옆에 있던 시식코너의 아주머니 한 명이 수인을 불렀다.

"어머나! 그 배우였던 아가씨 아니여? 아이구. 은퇴했어도 여전히 곱네."

알아보는 사람들이 아직도 많은 탓에 이런 일이 비일비재했다. 처음에 황급히 그 자리를 피했던 것과 달리 이젠 얼굴에 철판을 깐 아줌마가 된 수인은 화사한 미소로 답을 했다.

"이것 좀 먹어봐. 이게 두부에 이 소스를 뿌린 건데 맛 좀 봐."

지금처럼 이쑤시개 가득 음식을 꽂아줄 때면 처음에는 사야 하는 부담감이 들었지만, 이제는 맛을 보고 하나를 더 찍어 아들의 입에 넣어준 뒤 '맛있네요. 다음에 꼭 사야겠다. 많이 파세요.' 하는 능청을 떨고 자연스럽게 자리를 뜰 정도가 되어 있었다.

"엄마, 이거."

갖가지 공룡 모양인 치킨너겟을 가리키며 강혁이 사달라고 졸라댔다. 수인은 집에 있다고 아들의 손을 잡아끌었지만, 집에 있는 건 공룡 모양이 아니라고 떼를 쓰는 통에 다음에 사주겠다고 달래기 시작했다.

"거짓말! 엄마는 맨날 거짓말만 해. 전에도 그래 놓고 안 사줬잖아. 거짓말하는 엄마는 나빠!"

말문이 트이고부터 '시져.'를 외치던 아들이 요즘 들어 많이 하는 말이 '엄마 미워!' 였다. 수인은 아파오는 머리를 감싸 쥐고 아들을 엄한 눈초리로 봤다.

"자꾸 그러면 할아버지, 할머니 집으로 보낸다."

교육에 있어서, 특히 예절교육에 있어서는 엄한 할아버지와 할머니이기에 강혁에게 있어선 두 분이 가장 무서운 존재였다.

갖고 싶은 물건도 쉽게 사주는 법이 없이 왜 갖고 싶은지, 어디에 쓸 것인지를 묻고 난 뒤에야 사주시는 그들의 교육 방침은 손자도 피해갈 수 없었다. 아직 어린 강혁에게는 통하지 않아 늘 마지막에는 강혁의 울음으로 끝이 나지만, 그들은 손주에게 쉽게 져주지 않았다. 여러 차례 이 같은 경우를 겪었던 강혁은 이제는 제법 자신의 의견을 피력할 줄 알게 되었다.

할아버지 집에 보낸다는 말에 입을 꾹 다물던 강혁이 엄마에게 이걸 왜 사야 하는지 설명하기 시작했다.

"공룡으로 먹으면 더 맛있어요. 그러면 강혁이 키도 쑥쑥 자라고 잠도 많이 자요."

그 설명이 비록 엉뚱하긴 했지만, 귀여움에 웃음이 터졌다. 강혁이 왜 이것을 사야 하는지 이유를 대면 사주기로 한 교육 방침대로 수인은 결국 카트에 집어 넣었다.

연휴가 겹쳐서 마트에는 사람들이 많았다. 지하부터 지상 5층까지, 복합 쇼핑몰이기에 사람의 수는 어마어마했다. 그중에서도 식료품과 장난감, 문구류를 파는 1층은 더 복잡했다. 수인은 그 복잡한 틈으로 카트를 끌고 나가면서 강혁을 눈에 담았다.

탁. 잠깐 강혁을 보는 사이에 막 코너에서 나오는 카트와 부딪혔다. 상대편 카트에 가득 쌓인 물건이 떨어져 수인은 재빨리 사과했다.

"죄송합니다. 괜찮으세요?"

떨어진 물건을 같이 주워 상한 데는 없는지 확인한 뒤에 상대방의 카트에 담았다.

"괜찮습니다."

"죄송합니다."

다시 사과를 한 뒤 고개를 든 수인은 상대방을 보고는 눈을 키웠다.

"하하. 여기서 만나네요."

"그러게요. 잘 지내셨어요?"

정민은 오랜만에 보는 수인을 향해 반가운 미소를 보였다. 수인도 마찬가지로 반가운 기색을 보였다.

"나야 잘 지냈죠. 이 변호사는 간간이 회사에서 봐요."

수인은 남편인 강준에게서 들어서 알고 있었다. 정민은 가족들과 한동안 해외 지사에 나가 있다가 1년 전쯤에 다시 한국으로 들어왔다.

"아빠!"

뒤쪽에서 들리는 목소리에 정민이 몸을 돌렸다. 교복을 입은 어여쁜 소녀가 정민의 팔짱을 끼고 수인을 쳐다봤다. 누군지 알아본 것인지 고개를 숙이고는 방긋 웃었다.

"따님이 많이 컸어요. 벌써 중학생이에요?"

"네. 사춘기라 말을 안 들어…… 윽."

민주가 옆구리를 찌르자, 기습 공격을 당한 정민이 숨을 들이켜며 허리를 숙였다.

"야. 이번에는 진짜 아팠다."

"그러게 왜 사춘기인 딸을 건드려요."

뒤쪽에서 또 다른 목소리가 들렸다. 사내아이를 안고 있는 혜진이 남편을 흘겨봤다.

"오랜만이에요."

"네. 아들이에요?"

 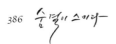

혜진이 안고 있는 아들은 정민을 쏙 빼다 박았다. 정민이 아내의 품에서 아들을 받아 안고는 수인에게 아들의 손을 잡고 흔들어 보였다.

"요즘 요 녀석 키우는 재미에 살아요."

"그때가 가장 예쁘죠 , 뭐. 참! 우리 아들!"

정민의 아들을 보고 나서야 수인은 강혁의 존재를 떠올렸다. 주위를 둘러보았지만, 어디로 사라진 것인지 강혁이 보이지 않았다.

"아들 데리고 왔어요? 어디로 간 거지? 같이 찾아봐요."

정민도 덩달아 놀라 아들을 다시 혜진의 품에 안겨주고는 사방을 두리번거렸다.

"아니에요. 보나마나 장난감코너에 갔을 거예요. 괜찮아요."

수인은 사라지는 아들이 익숙하다는 듯 웃은 뒤 정민과 혜진, 민주에게 인사를 하고 카트를 밀었다. 간간이 부딪히는 카트들과 가로막는 카트들 때문에 장난감코너로 향하는 데 애를 먹었다.

"강혁아. 이강혁!"

늘 있던 자리에 강혁이 보이지 않았다. 공룡장난감을 진열한 곳에 쭈그리고 앉아 구경을 하는 아들이 없자 수인은 급격히 빨라지는 심장박동에 피가 빨리 돌아 숨이 가빠졌다. 카트를 버리고 수인은 강혁을 찾아 나섰다. 다시 한 번 장난감코너를 둘러본 뒤 수인은 강혁을 놓쳤던 곳으로 향했다.

사람들로 가득한 곳이기에 어린이들이 묻혀 잘 보이지 않았다. 작은 강혁이 어딘가에 휩쓸려서 길을 잃어버린 건 아닌지, 혹 누가 데리고 간 것은 아닌지 생각을 하자 아찔함에 수인의 몸이 휘청거렸다.

"강혁아! 이강혁! 아들!"

지나가던 사람들이 수인을 돌아봤다.

"아이고, 새댁! 아이 잃어버렸어? 저쪽에 가면 방송해 줘. 어여 가봐."

한 아주머니가 딱하다는 듯 혀를 찼다. 수인은 마지막으로 찾아보는 심정으로 장난감코너로 향했다. 제발 그곳에 있기를.

"저거! 아빠, 저거!"

"이거? 자. 이제 엄마 찾으러……"

"이강혁!"

두 남자가 움찔하며 뒤돌았다.

"어? 당신. 어디에 있다가……"

수인이 달려가 강혁을 끌어안고 엉덩이를 때렸다. 강준이 놀라 장난감을 제자리에 올려두고 같이 쭈그리고 앉아 엄마에게 맞아 우는 강준을 품에 안았다.

"이강혁! 너 엄마 옆에서 떨어지지 말라고 했지! 왜 엄마 말을 안 들어!"

"여보. 수인아, 진정해. 응? 괜찮아. 우리 아들 여기 있어."

강준은 금세 상황을 파악했다. 강혁은 강준의 품에서 엉엉 울다가 수인이 손에 얼굴을 묻고 흐느끼자 더 울음을 터뜨렸다.

"으앙. 엄…… 마, 엄…… 마."

강혁이 수인의 목을 끌어안았다.

"엄마. 흑. 엄…… 마."

수인이 강혁을 안고 울음을 삼켰다. 놀란 마음이 진정되자 더 놀랐을 아들을 다독였다.

"미안해. 엄마가 미안해."

많이 놀란 것인지, 수인의 뒷목이 식은땀으로 젖어 머리카락이 들러붙었다. 강준은 손바닥으로 그 땀을 쓱 닦아준 뒤 수인을 일으켰다.

"많이 놀랐어? 내가 빨리 전화를 했어야 했는데."

퇴근 때에 맞춰 장을 보면, 강준이 짐을 실으러 오고 저녁 외식을 하기로 했다. 마트로 온 강준은 혹시나 싶어서 장난감코너로 향했는데, 바로 아들을 만났다. 수인이 보이지 않아서 핸드폰을 꺼내 들었는데, 강혁이 사색이 된 얼굴로 화장실을 찾자 그는 아들을 안아 들고 급히 화장실로 뛰었었다.

"장 본 거는?"

진정이 된 수인과 강혁을 데리고 강준은 아내가 버린 카트를 찾아 계산대로 향했다. 한 번 떨어지더니 애틋한 마음이 생겼는지, 강혁은 엄마의 옆에서 떨어지지를 않았다.

주말마다 강혁을 데리고 본가로 향하는 일이 이제는 익숙하다. 강혁은 사촌 여동생인 정인이와 내내 소꿉놀이를 하다가 같이 일찍 잠들었다. 강혁과 정인을 영진과 민희가 돌봐줄 테니 오랜만에 부부끼리 나가서 데이트하고 오라는 말에 네 사람은 밖으로 나왔다. 강훈은 어린 아내와 영화를 보러 갔고, 강준과 수인은 포장마차로 향했다.

"이모! 국수 두 개랑 꼼장어, 골뱅이무침, 소주 하나요."

"아이고. 우리 배우 아가씨 오랜만에 왔네."

결혼 전, 낮에는 많이 외출을 하지 않았다. 하지만 강준의 퇴근 시간에 맞춰 저녁, 또는 밤에 밖에서 데이트를 많이 했다. 임신을 하고 유독 포장마차 음식이 당겼다. 그래서 포장마차를 자주 찾게 되었는데, 시댁 근처의 이곳도 자주 가는 포장마차 중 한 곳이었다.

결혼 전부터 이곳에 터를 잡아 장사를 하던 할머니는 여태 정정한 목소리로 수인과 강준을 맞았다.

"자. 많이 줬응께 남기지 말어."

보기만 해도 입에 침이 고이는 국수와 안주에 수인이 재빨리 소주를 땄다. 지금도 술을 즐기지 않는 강준은 잔을 받아놓고도 그 한 잔을 홀짝였다.

"천천히 마셔."

"응. 맛있다."

워낙 말썽꾸러기인 아들에 치여 수인이 많이 고생을 하고 있었다. 강준도 틈틈이 육아를 도와주곤 있지만, 자신과는 전혀 다른 활발한 아들을 어찌 다뤄야 할지를 몰라 당황한 적도 많았다. 하나뿐인 아들이기에 다 해주고 싶다가도, 그럼 교육에 좋지 않다는 부모님의 말에 야단을 치다가, 또 어릴 때 형과 달리 많은 사랑을 받지 못했던 기억이 떠올라 무조건 아들에게 져주기를 반복했다.

"우리 여행 갈까?"

"여행? 어디로? 강혁이 워낙 잘 사라지니 사람 많은 데는 가지 말자."

"아니, 우리 둘이서."

아들에게만 매달리다 보니 둘만의 시간이 많이 줄었다. 이게 자연스러운 거라는 걸 알면서도 한 번씩 아들에게 수인을 빼앗기는 기분이 들었다.

"둘이서? 정말? 아들은?"

"어머니께 부탁드릴게."

"진짜다. 약속! 어디 가지? 해외는 좀 그렇고. 제주도?"

무척 좋아하는 수인의 모습에 진즉 여행 계획을 세워볼 것을, 하며 강준이 후회했다. 여행 약속에 기분이 좋아진 수인은 소주 한 병을 더 시켰다. 시댁에서 자고 갈 때는 조심하더니, 흥이 올라 절로 술이 들어갔다.

"아직 있었네요?"

천막을 젖히고 강훈과 유민이 들어왔다. 영화를 보고 바로 왔다며 남은 자리에 앉더니 소주를 또 시켰다.

"수인이는 그만 마셔야 해요."

"에이, 같이 한 잔은 마셔야죠."

어린 형수는 강준의 잔에도 술을 따르더니 잔을 허공에 들어 올렸다. 하지만 말과 달리 유민은 소주를 들이켜지 않았다. 그녀를 대신해 강훈이 잔을 비웠다.

"어? 형님! 뭐예요, 혼자 빼고."

"이 사람 마시면 안 돼."

강훈이 씩 웃으며 손으로 브이를 만들었다.

"설마! 형님 임신하셨어요?"

마흔두 살인 강훈과는 열 살 차이. 30대 초반인 유민이 부끄럽다는 듯 고개를 숙였다. 강준이 새삼스러운 눈으로 강훈을 바라봤다. 같은 40대인 두 살 위의 형을 존경스러운 눈으로 보고는 축하의 인사를 전했다.

"서른이 넘었으니 노산…… 윽."

노산 이야기를 꺼내는 남편의 옆구리를 꼬집은 수인이 눈에 힘을 줬다. 그 말이 여자들에게 얼마나 서러운 말인지 아냐고 눈으로 묻는 아내에게 강준이 고개를 끄덕였다.

그들이 결혼을 하고 채 1년도 되지 않아 강훈이 지금의 아내인 유민을 데리고 왔다. 그리고 그녀의 뱃속에는 자신의 아이가 자라고 있다고 폭탄선언을 해 집안이 한바탕 뒤집어졌었다. 부랴부랴 치른 결혼식에서 지휴가 얌전한 고양이 형제라고 놀리더니 혼자인 제 신세를 한탄했던 후일담까지 있었다.

늦은 둘째를 가진 강훈에게 축하를 하고 네 사람은 자식들에 대한 이야기로 대화를 이어갔다. 각자의 남편의 어깨에 얼굴을 기댄 수인과 유민은 육아 이야기에 한창 빠져 있었다. 그런 아내들의 어깨를 감싸고 강준과 강훈은 술잔을 기울였다. 얼마 후 남은 술을 비우고 네 사람은 자리에서 일어났다.

임신한 유민을 극진히 모시며 앞서가는 강훈을 보고 강준이 눈을 가늘게 뜨고 수인을 바라봤다.

"왜? 왜 그렇게 보는 건데?"

"우리도 둘째를……."

"미쳤어! 진짜 노산이야! 난 강혁이 하나면 족해."

수인은 강혁이를 낳을 때 꽤 고생했다. 그것 때문에 수인을 닮은 딸을 갖고 싶었던 욕심을 죽였는데, 강훈과 유민이 둘째를 갖자 부러워졌다.

부러움이 담긴 시선으로 강훈과 유민을 보는 강준의 허리를 감싸 안으며 수인이 작게 속삭였다.

"난 당신이 다른 여자한테 푹 빠지는 거 못 봐. 아무리 우리 딸이라도."

수인의 말에 웃음을 터뜨린 그가 그녀를 넙죽 안았다. 놀라서 꺅꺅거리는 수인에게 강준이 속삭였다. 영원히 사랑한다고. 너밖에 없다고.

수인이 세상에서 가장 행복한 미소로 화답했다.

외전 강훈과 유민

　어둠 속에서 속삭이는 목소리가 들린다. 아주 어린 아이의 목소리. 미성이지만 낮게 가라앉았다. 지친 것일까. 목이 찢어질 듯 아파온다. 어째서? 그 목소리를 듣고 있는데, 왜 내 목이 아픈 거지?

　아, 내 목소리다. 어릴 때의 내 목소리. 어두운 곳에 갇혀서 한없이 숫자를 셌다. 아는 숫자가 한계에 달하거나 헷갈리면 다시 1부터 숫자를 셌다.

　그들은 잠을 자지 못하게 했다. 먹을 것도 주지 않아 배가 고프고 잠이 쏟아졌다. 울면 어김없이 손과 발이 몸을 때리고 걷어찼다.

　"누가 자래? 숫자 안 세?"

잠을 자지 못하도록 그들이 선택한 방법은 숫자를 세게 하는 거였다. 갈수록 세는 숫자가 짧아졌다. 백 단위에서 십 단위로 대폭 줄었다.

"이자식이!"

잠깐 졸았던 걸까. 뚜벅뚜벅 거친 발걸음이 가까워진다. 직감적으로 손이 날아드는 게 느껴져 머리를 감쌌다.

"헉!"

한껏 몸을 움츠리고 있던 강훈은 온몸이 땀에 젖은 채로 한참을 씩씩거렸다. 눈 속으로 땀이 흘러들어 오자 따가워 눈을 비비면서 자리에서 일어난 그는 자신이 침대에 있는 걸 확인한 뒤 안도의 숨을 내쉬었다.

납치. 그들의 손에서 간신히 구해진 뒤로 강훈은 수를 세지 못했다. 정신과 치료를 받아도 숫자에 있어서는 절대 차도를 보이지 않았다. 숫자에 대한 지독한 트라우마.

강훈은 그날 이후로 기억을 왜곡하는 증상도 나타났다. 납치당하기 전으로 돌아가기도 하고, 납치를 당했던 상황으로 돌아가기도 했다. 몇 달 전에 있었던 일을 마치 어제 있었던 일처럼 이야기하고, 어제 있었던 일을 아예 기억하지 못하기도 했다. 그래서 다 컸음에도 한순간에 어린 시절로 돌아가 나이에 맞지 않는 순수한 모습을 보이기도 했다.

하지만 그러다가도 엄청난 기억력을 보이기도 했다. 그런 그를 걱정해 그의 부모는 어렸을 때는 비서와 경호원을 붙였다. 각종

호신술을 익히고, 성인이 된 후로는 경호원은 없을지언정 비서는 꼭 옆에 붙여 다녔다.

땀으로 젖은 머리를 털며 강훈은 욕실로 향했다.

요즘 들어 악몽을 꾸는 횟수가 많아졌다. 악몽을 꾸는 날이면 늘 하는 일이 있다. 외출. 사람들 틈에 섞여서 그들과 같은 장소에 있다는 안도감, 그리고 갇혀 있지 않다는 자유가 필요하다.

김 비서가 화장실에 간 사이 강훈은 재빨리 자리에서 일어나 카페 밖으로 나갔다. 뒤를 돌아보지도 않고 때마침 켜진 횡단보도를 건너 빠르게 골목길 안으로 들어갔다. 걸어가면서 핸드폰은 진동으로 돌려놓고 휘파람까지 불었다.

"아! 커피."

커피를 막 시키고 자리에 앉아 기다리고 있었기에 손에 커피가 있을 리가 없었다. 강훈은 두리번거리다가 가장 가까운 카페로 들어섰다.

"어서 오세요."

"가장 달달한 거 주세요."

당당하게 말하는 강훈을 유민은 멀끔히 쳐다봤다. 싱긋 웃는 얼굴은 넋이 나갈 정도로 잘생겼다. 하지만 처음 보는 여자에게 눈웃음을 치는 걸 보면 바람기가 많을 확률이 크다고 속으로 강훈을 판단한 유민은 정신을 차리고 뒤돌아 메뉴판을 올려다봤다.

"카라멜마끼아또랑 카페모카. 둘 중에 어떤 걸로 드릴까요?"

"가장 달달한 거."

유민은 지금 이게 뭐 하자는 것인지 싶어서 강훈을 보다가 이런 손님이 없었던 건 아니기에 대충 하나를 선택했다.

"5,600원입니다."

강훈은 지갑에서 만 원권 한 장을 꺼내면서 유민의 눈치를 살폈다. 유민은 빨리 달라는 듯 눈썹을 올렸는데, 그걸 본 그가 만 원권 하나를 더 꺼냈다.

"저, 손님. 한 장만 주셔야죠."

지금 장난하냐고 유민이 쏘아봤지만, 강훈은 실실 웃으며 고개를 갸웃거렸다.

"왜요? 많이 주면 좋아하던데."

씩 웃는 그의 얼굴에 유민은 이 돈을 던져 버리고 싶었지만, 간신히 참고 만 원권과 거스름돈, 영수증을 몰아서 돌려주었다. 돈을 받아 세지도 않고 지갑에 넣고 동전은 앞에 놓인 불우이웃 돕기 저금통에 넣는 강훈을 보며 유민이 속으로 또라이라고 읊조렸다.

유민이 강훈을 다시 만난 곳은 다른 카페에서였다. 막 들어섰을 때, 강훈은 주문대 앞에 서 있었다. 유민은 그의 뒤에 섰는데 갑자기 강훈이 뒤로 돌더니 유민을 빤히 쳐다봤다.

"왜…… 왜요?"

"아! 맞지! 그 카페. 잘 왔어. 전에 내가 마시던 거 뭐지?"

"카페모카요."

갑자기 친근하게 말을 놓고 묻는 강훈에게 얼떨결에 유민이 대답을 했다. 강훈은 앞에 선 남자에게 그걸로 달라고 하더니 또 유민에게 물었다.

"뭐 좋아해?"

"아메리카노?"

왜 자신이 일일이 대답을 하는지.

"아메리카노도 주세요."

"네. 10,500원입니다."

강훈이 지갑에서 만 원권 한 장을 꺼내 건넸다. 직원이 더 달라는 듯 손을 계속 펴고 있자 강훈이 이번에는 오만 원권을 꺼내 들었다.

"잠깐만요!"

유민이 주머니에서 500원 동전을 꺼내 직원에게 주고 차임벨을 받아 들었다.

왜 이 남자와 같이 커피를 기다리다 못해 같이 마시고 있는 것인지.

"저기, 커피값 드릴게요."

"응? 왜? 선물하는 건데?"

씩 웃는 남자가 보통이 아니라는 생각이 들었다. 돈도 막 뿌리고 실실 웃고.

"저기요, 여자 꼬실 거면 다른 데를 가시는 게 좋을 것 같은데요."

"응? 너 여자 좋아해? 여자 꼬시러 가려고?"

"저 말고 그쪽이요."

"나는 이강훈. 아, 나 여자 꼬시러 가라고? 왜?"

싱긋. 환하게 웃는 얼굴에 유민은 강훈에 대한 결론을 내렸다. 상종하지 말아야 할 또라이라고.

"저 갈게요. 여기 커피값이요."

주머니에서 꼬깃꼬깃 돈을 꺼내 테이블에 올려놓은 유민은 미련 없이 자리를 떴다.

딸랑.

"어서 오세…… 요."

초인종 소리에 손님을 맞이하던 유민은 말끝을 늘였다. 앞에 서서 강훈이 환하게 웃으며 인사를 했다.

"안녕. 나 전에 마신 거랑 너 전에 마신 거."

"저는 왜요?"

경계심 가득한 얼굴로 유민이 몸을 뒤로 뺐다.

"왜. 싫어? 그런데 왜 다른 데에서 커피 사 마셔? 여기서 몰래 공짜로 마시면 되잖아."

"여기 원두 맛이 없어요."

저도 모르게 가게의 비밀을 실토한 유민은 재빨리 입을 막았다. 강훈은 개의치 않는 듯 웃더니 커피를 주문했다.

강훈에게서 주문받은 커피를 만들고 있던 차에 가게 문이 열렸다. 손님을 맞이하려 고개를 돌린 유민은 상대를 확인하고는 재빨리 숙였다.

딸랑.

"유민아, 안 바쁜가 보네. 오늘 끝나고 영화 보자. 곧 끝나지?"

한 달 전부터 내내 쫓아다니던 선배가 아르바이트 장소까지 와서 데이트 신청을 하자 유민은 무시로 일관하다가 더는 안 되겠다는 듯 단호하게 말했다.

"저 바빠요."

"야! 내가 예쁘다 예쁘다 하니까."

드디어 본색이 나왔다. 질이 나쁘기로 소문이 난 선배는 여자 후배들에게 술을 먹이고 모텔에 데려가는 걸로 유명했다. 어쩌다 저런 인간의 눈에 띄게 된 것인지. 골치가 아파오자 유민은 얼굴을 찌푸렸다.

"유민아, 수고했어. 그만 가봐."

때마침 가게 사장이 들어오더니 유민에게 그만 가보라는 말을 했다. 선배는 눈을 번뜩이며 유민에게 다가왔지만, 그녀는 커피를 들고 직접 강훈에게 갔다.

"가요, 빨리."

"어딜 가?"

아니, 여자가 곤경에 처해 있는 걸 보면 구해줄 생각을 해야지.

눈치 없이 커피만 받아 들고 쪽 들이켜는 강훈의 모습에 유민이 낭패 어린 얼굴을 했다.

"뭐야. 아는 사람 아니지? 너, 튕기는 것도 적당히 해야지."

뒤에서 종알거리는 선배를 내버려 두고 유민은 카페 밖으로 바삐 걸음을 옮겼다.

탁. 손목을 잡더니 끌어당겨 억지로 껴안는 남자의 힘에 놀라 유민은 소리도 지르지 못했다.

"앗! 뜨거. 뭐야!"

갑자기 등이 뜨거워지자 남자가 놀라 유민의 손을 놓고 뒤돌았다. 강훈이 씨익 웃으며 남자에게 손을 흔들었다.

"미안. 뜨거워? 그런데 유민이가 나랑 놀자고 했는데."

"뭐, 이런 미친!"

남자가 주먹을 뻗었지만, 강훈은 가뿐하게 피하고 역으로 그 손을 잡아 뒤로 꺾었다. 복부까지 무릎으로 차고 남자를 바닥으로 꿇린 강훈이 혀를 찼다.

"이런. 괜찮아? 아프지."

다 때려놓고는 정말 걱정스러운 눈으로 보는 강훈에게 소름이 돋은 남자는 풀린 손을 주무르며 재빨리 자리를 떴다.

"고마워요."

"응? 가자. 그런데 우리 어디 가?"

구해준 것보다는 아까 어디로 가자고 했냐고, 그게 더 궁금한지 묻는 강훈에게 유민은 떨떠름한 얼굴을 했다.

강훈은 오늘도 김 비서를 따돌리고 유민에게로 향했다. 가는 길에 다른 카페에서 유민이 마실 아메리카노를 샀다.

"여기. 마셔."

"왜 자꾸 커피를 사와요?"

"응? 너 여기는 원두가 맛없다며."

유민이 화들짝 놀라 강훈의 입을 막았다. 하지만 옆에 있던 사장님은 이미 다 듣고 유민을 노려봤다. 감히 카페 원두가 맛없다고 소문을 냈냐는 잔소리와 함께 유민은 바로 카페에서 잘렸다.

"이게 다 아저씨 때문이에요."

열 살 차이가 나는 걸 안 뒤로 유민은 강훈을 아저씨라 불렀다.

"왜? 맛없으면 맛없다고 하는 거야. 억지로 먹으면 배탈 나."

유민은 한숨을 삼켰다. 강훈과 만날수록 유민은 그가 남들과 다른 사고를 가지고 있다는 걸 깨달았다.

내색은 하지 않았지만, 가끔 어린아이처럼 굴 때는 그가 한심하기도 했다. 하지만 정이 떨어지거나 하지는 않았다. 오히려 그답다고나 할까.

"이제 어떡해. 나 이번 달 방세 못 낸단 말이에요. 이게 다 아저씨 때문이야!"

"맛있는 거 사줄게."

유민은 먹을 걸로 달래는 강훈을 노려보다 걸음을 옮겼다. 편의점에서 소주와 과자를 잔뜩 골라 계산대에 올렸다.

"34,500원입니다."

"자."

강훈은 자연스럽게 자신의 지갑을 유민에게 건넸다. 유민은 익숙하게 돈을 꺼내 계산한 뒤, 지폐 잔돈을 넣고 동전은 불우이웃 저금통에 넣었다. 강훈이 착하다는 듯 유민의 뒷머리를 쓰다듬어 주었다.

이렇게 강훈이 쓰다듬을 때마다 유민은 이상한 감정이 생겨났다. 어렸을 때 부모를 잃어 고아나 다름없는 그녀는 따돌림도 많이 당해 친구가 적어 이런 스킨십이 익숙지 않아 피하고 싶으면서도 계속 그 손이 머물렀으면 했다.

"가요."

유민은 편의점 로고가 박힌 하얀색 봉지를 강훈의 손에 들리고 먼저 편의점을 나섰다. 유민이 향한 곳은 그녀의 자취방이었다. 반지하인 집에 들어서면서 강훈은 신기한 눈으로 두리번거렸다.

"유민이 집이야? 작다. 유민이가 작아서 집도 작구나."

놀리는 것인지.

유민이 팩 쏘아봤지만, 강훈의 얼굴에는 놀리는 기색이 없었다.

"앉아요."

작은 집에 서 있는 강훈은 머리가 거의 천장에 닿을 정도여서 유민은 그를 앉히고 상을 꺼냈다.

"술 잘 마셔요?"

"응."

그렇게 시작된 술자리는 유민의 필름이 끊길 때까지 이어졌다.

"으음……."

머리가 아파 뒤척이던 유민은 따뜻한 온기에 폭 파고들었다. 그러다 단단한 타인의 몸을 느끼고 벌떡 일어났다. 입을 틀어막고 새어 나오는 소리를 간신히 막은 유민은 먼저 자신의 몸을 살폈다.

"하아."

다행히 둘 다 옷을 입고 있었다.

"일어나요. 응?"

"끙. 일어나."

강훈이 일어나더니 유민이게 웃으며 인사를 했다.

"굿모닝."

탁 풀리는 몸에 유민이 다시 누웠다.

"외박했는데 괜찮아요?"

"아니, 졸려."

강훈은 그대로 다시 누워 유민을 품에 끌어안았다. 놀란 유민이 바르작거리며 벗어나자 강훈이 왜 그러냐는 듯이 쳐다봤다.

"왜 허락도 없이 안아요?"

"어제 안고 잤는데. 아, 어제 네가 안아달라고 옷 벗으려고 했어. 그리고 막 내가 좋다고 하고. 옷 입어도 안아줄 수 있다고 하니까 네가 싫은 거냐고 펑펑 울었는데. 어제 왜 그랬어? 이리 와. 안아줄게."

강훈의 말에 유민은 하얗게 질렸다.

옷을 벗고 달려들었다니. 그런데 이 남자는 뭐란 말인가. 옷 입어도 안아준다고? 이거 남자도 아닌 거 아니야?

유민은 순결을 지킨 것에 기뻐해야 할지, 아니면 슬퍼해야 할지 몰랐다.

"좋아. 나도 유민이 좋아. 그러니까 안아줄게."

멍하니 강훈의 품에 안기며 유민은 한숨을 삼켰다.

순결한 하룻밤을 같이 보낸 뒤로 유민은 강훈을 볼 때마다 가슴이 뛰었다. 덤덤하게 씩 웃는 강훈이 얄미워 틱틱거리기도 여러 번. 그러다 유민은 강훈이 남들과는 다르다는 걸 인정하고는 다른 방법으로 강훈을 유혹했다. 어떻게? 바로 직설적으로.

"안아달라는 말은 같이 자자는 거예요. 혹시 야동 안 봤어요?"

얼굴이 붉어지는 유민에 반해 강훈은 얼굴색 하나 변하지 않고 싱긋 웃으며 봤다고 대답했다. 옷을 다 벗는 것부터 시작해서 세세하게 자신이 본 야동을 이야기하는 강훈의 입을 틀어막고 유민은 알면 됐다고, 지금 우리는 야동에서 본 그대로 하면 된다고 강훈에게 때 아닌 성교육을 해줬다.

그리고 몇 달 뒤, 임신을 한 상태로 그의 손에 이끌려 영진과 민희, 강준과 수인을 마주했다.

"저도 아빠 돼요. 강준이처럼 저도 아빠가 된다고요."

놀라서 턱이 빠질 정도로 입을 벌리는 네 사람과 강준의 집을 보고 눈이 휘둥그레진 유민 사이에서 강훈만이 환하게 웃었다. 아주 행복하다는 듯.

⟨The End⟩

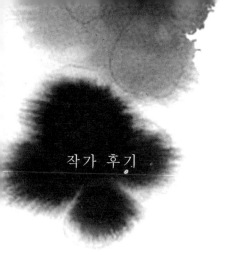

작가 후기

24만 자가 넘는 글을 또 마쳤습니다. 이번 글이 제가 쓴 글들 중 그나마 무겁지 않았나 합니다. 그전의 작품들은 발랄하고 달달했던 것 같네요. 매번 글을 쓸 때마다 다양한 분위기의 이야기를 쓰고 싶어 고민을 많이 합니다. 그런 고민 끝에 나온 글이 강준과 수인의 이야기입니다.

강준의 집착 강도를 더 적나라하게 드러내고 감정선을 더 깊이 끌어나가지 못한 점이 조금 아쉽게 느껴집니다. 수인에게도 그녀의 감정을 더 드러내 주지 못해 아쉬움이 남아 있습니다. 더 묵직한 글을 쓰고 싶었는데, 아직은 많이 부족하다는 걸 느낍니다.

실은 강훈의 이야기를 따로 쓸까 했지만, 너무 지나친 욕심으로 이어질까 싶어서 외전으로 끝을 냈습니다.

담당 편집자님께 원고를 보내면서 걱정이 많았어요. 그런데 편집자님께서 꼼꼼하게 리뷰를 해주시고, 또 저의 이야기를 잘 수렴해 주셔서 걱정을 덜었습니다. 다시 같이 작업을 하게 되어서 기뻤습니다. 청어람출판사 관계자님과 최고은 편집자님, 정말 감사합니다. 또 제 글을 시각적으로 표현해 주시는 표지디자이너님, 감사합니다.

또 하나의 글을 제 손에서 떠나보냅니다. 저는 아쉬움의 안녕이지만, 독자님들께는 반가움의 안녕이 되었으면 하는 바람입니다.

믿고 의지하고 조언해 주는 사람이 있다는 게 정말 좋아요. 혜련 씨, 앞으로도 좋은 인연, 잘 부탁드립니다.

제가 글을 쓸 때마다 응원을 해주신 그린나래 및 로망띠끄 독자님, 감사드립니다. 그리고 그린나래 작가님들, 고맙습니다. 가까운 곳, 또는 멀리서 응원해 주는 친구들을 포함한 지인분들, 깨미책방 이모, 감사합니다.

제 가족들과 제 남자에게도 감사함을 전합니다.

종이책 출간작들을 보니, 유독 배우가 많이 등장을 했더군요. 그래서 마지막으로 배우들을 주인공으로 써보자고 생각한 글이 '숨결이 스미다' 전에 출간한 책입니다. 출간 순서가 뒤바뀐 셈이죠. 제 개인적인 욕심에 '숨결이 스미다'가 나중에 출간되었습니다. 이 글을 마지막으로 당분간은 배우들을 주인공이나 조연으로 책을 쓰지 않을 것 같네요.

폭을 넓혀서 다양한 배경과 성격을 가진 주인공들을 만나볼까 합니다. 앞으로 다양한 글로 독자님들을 찾아뵐 수 있도록 노력하겠습니다.

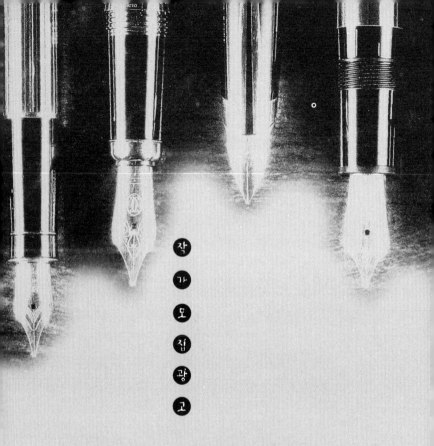

작

가

모

집

광

고

도서출판 청어람의 문은 항상 열려 있습니다.
실력있는 작가 분들의 많은 관심 부탁드립니다.

TEL:032-656-4452 • FAX:032-656-4453
http://www.chungeoram.com
e-mail:chungeorambook@daum.net